CW Niemeyer

Der Roman spielt hauptsächlich in fiktiven Regionen, die Geschehnisse bleiben reine Fiktion. Sämtliche Handlungen und Charaktere sind frei erfunden.

MIX
Papier | Fördert gute Waldnutzung
FSC® C104608
FSC www.fsc.org

Bibliografische Information der Deutschen Nationalbibliothek
Die Deutsche Nationalbibliothek verzeichnet diese Publikation in der Deutschen Nationalbibliografie; detaillierte bibliografische Daten sind im Internet abrufbar über https://www.dnb.de

www.niemeyer-buch.de

Umschlaggestaltung: Carsten Riethmüller
Der Umschlag verwendet Motiv(e): 123rf.com, Foto von Alina Legierko
Druck und Bindung: *Nørhaven, Viborg*
Printed in: *Denmark*
ISBN 978-3-8271-9319-3

Carsten Schütte

EISKALT

–

Wenn Kinder morden

Für Nico

Prolog

Der Hausmeister der Kooperativen Gesamtschule Bargenstedt ging seine erste Runde kurz vor 7 Uhr bei anhaltendem Nieselregen. Er hatte die Kapuze seiner Regenjacke tief ins Gesicht gezogen. Trotzdem legten sich die feinen Tropfen auf seine Brillengläser und nahmen ihm die Sicht. Aus langjähriger Erfahrung hatte er einen blauen Müllsack und Handschuhe dabei. Gerade an den Wochenenden nutzten Schüler und andere Jugendliche das Schulgelände als Treffpunkt. Am Vorabend war es trocken und warm. Es wurde gegrillt und nicht gerade wenig Alkohol konsumiert. Nicht alle nahmen ihren Abfall mit, sondern hinterließen oft riesige Müllhaufen. Das Schulzentrum betreute über 600 Schülerinnen und Schüler und war entsprechend dimensioniert. Auf dem Gelände befanden sich neben einem Fußballplatz mit festen Metalltoren auch Sitzecken und feste Tischtennisplatten, an denen der Hausmeister plötzlich stutzte.

Durch seine nasse Brille sah er nur schemenhaft eine Gestalt auf einer der Tischtennisplatten liegen. Er musste erst seine klobigen Handschuhe ausziehen und seine Brille an dem noch trockenen T-Shirt putzen, um besser sehen zu können.

Das nunmehr deutlichere Bild ließ ihn erstarren, und sein spärlicher Mageninhalt aus einem Kaffee und einem Marmeladentoast erbrach sich unkontrolliert auf dem nassen, leicht federnden Boden des Schulhofes.

Auf der Tischtennisplatte lag der blutüberströmte, leblose Körper eines Mädchens. Ihr T-Shirt und der BH waren aufgerissen, ihr Unterkörper mit weit gespreizten Beinen war nackt. Sie trug weiße Chucks aus Stoff, die mit Blut von den frei hängenden Beinen durchtränkt waren. Das Gesicht war zur Unkenntlichkeit zertrümmert. Auf ihrem Kopf, am gesamten Oberkörper, auf dem Bauch und am linken Oberschenkel waren blutende Wunden zu erkennen.

Ihre Arme waren nach oben überstreckt, weil ihre Hände beidseitig an dem Tischtennisnetz aus Metall mit einer Kordel fixiert waren.

Der Hausmeister musste sich zwingen, den Blick abzuwenden, und kramte nach seinem Handy. Er wählte zittrig den Polizeinotruf.

„Krause hier. Ich bin der Hausmeister der KGS. Hier liegt ein totes Mädchen auf einer Tischtennisplatte. Es ist schrecklich. Kommen Sie schnell. Bitte!“

Der Beamte der Notrufzentrale versuchte, den Anrufer zu beruhigen und weitere Informationen zu erlangen.

„Herr Krause, bleiben Sie bitte ruhig und schildern Sie mir genau, was Sie sehen. Sind Sie allein oder sind noch weitere Personen in der Nähe?“

Der Hausmeister konnte keine klaren Gedanken fassen.

„Hier ist sonst niemand. Es ist alles voller Blut. Kommen Sie schnell, bitte, schnell.“

„Herr Krause, ein Notarzt, Rettungswagen und die Polizei sind unterwegs. Ist die Person noch ansprechbar? Atmet sie noch? Trauen Sie sich zu, den Puls zu prüfen?“ Der Beamte wollte den völlig verstörten Hausmeister zum Handeln ermutigen, was ihm allerdings nicht gelang.

„Ich kann nicht. Ich kann einfach nicht", stotterte er in sein Handy.

„Herr Krause, beruhigen Sie sich. Die Einsatzkräfte müssten in wenigen Minuten vor Ort sein. Bleiben Sie bei mir am Telefon und sagen Sie mir, wenn Sie die Martinshörner hören! Dann gehen Sie bitte meinen Kollegen entgegen und weisen Sie sie ein. Haben Sie das verstanden, Herr Krause?", forderte der Beamte des Lagezentrums. Parallel dazu hatte er einen Einsatz mit den erhaltenen Informationen angelegt und die Rettungskräfte alarmiert. Über seinen Monitor konnte er feststellen, dass der Streifenwagen des Polizeikommissariats Bargenstedt etwa vier Minuten vor den Rettungskräften eintreffen sollte.

Der Hausmeister hielt Abstand zu der Tischtennisplatte, denn der Regen hatte die Blutlache darunter ausgedehnt. Von Weitem hörte er jetzt die ersten Martinshörner. Als wenn er der leblosen Person sagen wollte, dass er kurz zur Einfahrt eile, um den Notarzt einzuweisen, drehte er sich für einen Moment um, erschrak zu Tode und schrie auf.

Die Beine des Opfers zuckten plötzlich, aus Richtung des Kopfes kam ein Röcheln und aus dem Bereich, wo er die Nase vermutete, schlugen blutige Blasen hoch.

„Herr Krause, was ist los?", rief der Beamte in das Telefon.

Der Hausmeister rannte wie von Sinnen zur Einfahrt des Schulgeländes und brüllte panisch: „Schnell! Sie lebt noch! Sie lebt!"

Kapitel 1
Bargenstedt steht kopf

Barbara und Helmut Meininger errichteten Samstagmorgen um 6 Uhr ihren Marktstand mit Gemüse aus eigenem Anbau auf dem Wochenmarkt in Bargenstedt. Das Ehepaar betrieb einen kleinen Hofladen auf ihrem Bauernhof am Rande der Stadt, der mittwochs, freitags und samstags an den Markttagen in der Region geschlossen war.

Eine der ersten Kundinnen war die Mutter einer Freundin ihrer 15-jährigen Tochter Kim.

Barbara Meininger begrüßte sie freundlich.

„Guten Morgen, Anni. Na, du bist ja wieder früh unterwegs. Willst du den beiden Mädels ein gesundes Frühstück auftischen?“

„Moin, ihr beiden. Meiner Tochter muss ich mit Gemüse und Obst nicht kommen, und ich vermute, eurer Kim auch nicht, oder? Ich warte ja immer noch auf den Tag, an dem Kim euch hier am Stand unterstützt“, frotzelte die Kundin und fragte nach: „Wie geht's Kim denn? Kommt sie in der neuen Klasse gut zurecht?“

„Das kannst du sie ja beim Frühstück selbst fragen, sie hat ja heute Nacht bei Sina geschlafen“, stellte Barbara Meininger fest.

„Das kann ich mir kaum vorstellen. Sina hatte heute erstmalig ihren Freund als Schlafgast in ihrem Zimmer. Wir haben kaum ein Auge zugekriegt. Auch wenn sie gerade 16 Jahre alt geworden ist, bleibt es ein komisches Gefühl. Wie kommst du denn darauf, dass Kim bei uns übernachtet hat?", hinterfragte die Mutter von Sina.

Barbara Meininger zog verunsichert ihr Handy aus ihrer Fleecejacke hervor und zeigte die WhatsApp von Kim, die sie am Vorabend um 21:57 Uhr geschrieben hatte.

„Hallo Mama, ich schlafe heute bei Sina und bin nach dem Frühstück zurück."

„Also bei uns war sie definitiv nicht", versicherte Sinas Mutter.

Barbara Meininger rief umgehend bei Kim an, wo sofort die Mailbox ansprang. „Verdammt, Kim. Wo bist du? Wir sind auf dem Markt, bitte melde dich schnellstens", forderte sie ihre Tochter auf und war stinksauer über diesen Vertrauensbruch, den sie von Kim noch nicht kannte.

„Vielleicht hat Kim auch einen neuen Freund und traute sich noch nicht, es euch zu sagen. Die meldet sich schon. Seid nicht so streng zu ihr. Bis bald, macht's gut", verabschiedete sich die Mutter von Sina und schmunzelte. „Diese Kim, das fängt ja früh an."

Helmut Meininger hatte alle Kisten aus dem Transporter auf den Marktstand geladen, das Gespräch nebenbei registriert und versuchte, seine Frau zu beruhigen. „Hey, Schatz, mach da kein Drama draus. Sie wird sich schon offenbaren. Wir reden heute Nachmittag mit ihr. Okay?"

Am Stand bildete sich die erste Schlange an diesem Tag und die Kundschaft ging vor. Das Thema war erst mal vergessen.

Es dämmerte schon, als die Viererclique die angesagte Diskothek in Eimbeckhausen verließ. Sie hatten ausgelassen getanzt und ausgiebig den achtzehnten Geburtstag von Annika gefeiert. Ihr Freund Sven hatte sich bei ihr eingehakt. Sie stützten sich gegenseitig, sangen noch den letzten Song und wankten gemeinsam zum Parkplatz. Sonja stützte ihren Partner Nils, dem die Mischungen, die er alle durcheinandergetrunken hatte, in den Kopf gestiegen waren. Sonja hatte sich bereit erklärt zu fahren und lediglich beim Reinfeiern um Mitternacht mit einem Glas Sekt angestoßen. Sie half ihren alkoholisierten Freunden in ihren kleinen Renault Clio, wobei Nils auf dem Beifahrersitz sofort Beats Radio aktivierte und sich die Stimmung von der Tanzfläche im Auto fortsetzte. Sonja fühlte sich fit und wippte mit ihrem Körper zu den rhythmischen Technoklängen, während sie auf die Bundesstraße 442 in Richtung Bad Münder auffuhr.

An diesem Samstagmorgen war nicht viel Verkehr, wobei ein Nieselregen einsetzte und die Intervalleinstellung des Scheibenwischers nicht mehr ausreichte. Vor ihr saß ein älterer Herr in einem Golf Plus, der unsicher nicht mehr als 80 Kilometer pro Stunde fuhr, obwohl hier 100 km/h erlaubt waren. Sonja ließ sich nicht anstecken, als ihre Mitfahrer sie lautstark animierten, ihn zu überholen. Die Strecke war kurvenreich und unübersichtlich und sie hatten Zeit. Auch ihr Freund stieg kräftig mit ein, trommelte im Takt der Musik auf das Armaturenbrett. Als er die Musik noch lauter aufdrehte, war Sonja genervt und wollte nur schnell nach Hause. Sie wartete, bis sie den Gegenverkehr weit einsehen konnte, und setzte zum Überholen an, als frei war. Ihre Mitfahrer feuerten sie weiter an. Sie stellte den Scheibenwischer auf die höchste Stufe und war froh, auf der Gegenspur keine Scheinwerfer zu sehen. Wie aus dem Nichts wurde Sonja plötzlich direkt von vorn geblendet, als ein großer Traktor von links aus einem Feldweg auf die Bundesstraße einbog. Sonja hatte weder die Gelegenheit zu bremsen noch auszuweichen. Der Renault Clio krachte frontal mit etwa 100 km/h in die landwirtschaftliche Maschine, die vorn auf der Ballengabel zwei große Strohballen transportierte. Die Insassen hatten nicht den Hauch einer Chance. Ihre Körper wurden durch die starken Ballengabeln durchstoßen, bevor die überdimensionalen Reifen des Treckers den Kleinwagen überrollten und unter seinem Gewicht wie ein Panzer förmlich zermalmten. Der Fahrer des VW Golf war von dieser unvorhergesehenen Gefahrensituation völlig überfordert. Der Pkw wurde beim Versuch einer Vollbremsung von der Fahrbahn geschleudert und kollidierte mit einer massiven Eiche am Straßenrand.

Der Landwirt wurde in seinem Führerhaus hin und her geschleudert, überlebte den Unfall aber mit leichten Verletzungen und konnte zitternd den Notruf absetzen.

Als die Meldung in der Einsatzzentrale der zuständigen Polizeiinspektion in Bargenstedt einging, hatten sich die Beamten der Nachtschicht schon auf ihren verdienten Feierabend eingestellt. Daraus wurde nichts. Sämtliche verfügbaren Einsatzkräfte wurden alarmiert und in diesen Einsatz beordert.

„Deister an alle, Deister an alle. Schwerer Verkehrsunfall auf der B 442 zwischen Eimbeckhausen und Bad Münder. Frontalzusammenstoß mit Landmaschine. Ein weiterer Pkw soll von der Fahrbahn abgekommen und mit einem Baum kollidiert sein. Mehrere Personen vermutlich schwer verletzt und eingeklemmt. Einsatzführung übernimmt 76.1. Deister 76.3 und 76.4 koordinieren die Absperrmaßnahmen und Einweisung der Rettungskräfte. Feuerwehr und Notärzte sind auf der Anfahrt. Aus Hannover unterstützt euch Christoph 4. Sobald die Frühschicht vor Ort ist, werdet ihr rausgelöst. Deister 76.1: Erwarte Erstmeldung bei Eintreffen. Deister Ende."

Der 38-jährige Einsatzführer des Polizeikommissariats Bargenstedt, Polizeioberkommissar Andreas Kessler, und seine 27-jährige Kollegin, Polizeikommissarin Susanne Reimann, hielten sich zum Zeitpunkt der Alarmierung im Zentrum Bargenstedts auf und wunderten sich, nicht bei dem schweren Unfall eingesetzt zu werden.

„Deister von 76.2. Sollen wir auch mit zur B 442 rüberziehen?", fragte POK Kessler nach.

„Nein, ich habe gerade Beschwerden von den Standbetreibern des Wochenmarktes. Hier sind wieder Fahrzeuge geparkt, die den Aufbau behindern. Fahrt bitte rüber und regelt die Abschleppmaßnahmen. Ihr seid zudem meine eiserne Reserve, bis die Frühschicht übernommen hat. Deister Ende."

„76.2 verstanden", bestätigte die junge Polizeikommissarin.

„Und dass bei diesem Wetter auch noch zum Feierabend", bemerkte sie.

Solche Einsätze waren für die Polizisten am Deister leider Routine. Die Bundesstraße 442 war seit Jahren ein Brennpunkt schwerster Unfälle, die oft tödlich endeten.

Am Marktplatz angekommen, wurden sie wieder einmal von aufbrausenden Händlern empfangen. An den Markttagen war dort ein temporäres Halteverbot eingerichtet. Einige Anwohner dachten abends einfach nicht daran, ihre Fahrzeuge pünktlich zu entfernen. Über eine Halterfeststellung versuchte die Streifenbesatzung die Anwohner zu erreichen, damit sie kurzfristig ihren Pkw wegfahren konnten. Gelang das nicht, wurde ein Abschleppunternehmen beauftragt, was sich schon personell auf die Markttage und bevorstehenden Einsätze vorbereitet hatte.

Barbara Meininger hatte die Polizisten schon gesehen, verließ ihren Marktstand und begrüßte den Einsatzführer. „Moin Andi, hast du mal einen Moment?“

„Hallo Barbara, na klar, aber ich sehe, ihr baut schon auf und braucht unsere Hilfe heute Morgen nicht“, erwiderte der Polizist.

Die beiden kannten sich aus der Schule, denn Kim Meininger und Conrad Kessler gingen in dieselbe Klasse.

„Darum geht es nicht. Kim hat uns gesagt, dass sie gestern Abend bei einer Freundin übernachten würde. Von der Mutter habe ich gerade erfahren, dass Kim definitiv nicht bei ihr war und die Mutter davon auch nichts wusste. Wir machen uns Sorgen, dass sie irgendwo ist und wir das nicht erfahren sollten. Kannst du in deiner Schicht mal die Augen aufhalten?“, bat Barbara Meininger besorgt.

„Wir sind noch die Nachtschicht“, erklärte der Beamte, als ihn seine Kollegin unauffällig in die Seite stieß. Ihr Kollege, der die Kommissarin ausgebildet hatte, verstand sofort.

„Mach dir keine Sorgen. Kim ist ja schon 15 und vielleicht hat sie bereits ihren ersten Freund, den sie euch noch geheimhält. Ich gebe das aber gerne an die Kollegen der Frühschicht weiter“, versuchte er die Mutter zu beruhigen.

„Vermutlich hast du recht, Andi. Dann schlaft euch mal aus. Schönes Wochenende und bis bald“, verabschiedete sie sich.

„Ich dachte, du wolltest ihr gegenüber schon den schweren Unfall auf der B 442 erwähnen. Die hätte einen Schock erlitten“, befürchtete die junge Beamtin.

„Dann hoffen wir mal, dass sie nicht dabei ist. Ach, da ist ja der Abschlepper für den ersten Einsatz", stellte er fest und beide kümmerten sich um die Beeinträchtigung der Marktbetreiber.

Polizeioberkommissar Andreas Kessler und Polizeikommissarin Susanne Reimann hatten in diesem Augenblick den dritten Falschparker auf dem Markt abschleppen lassen, als ein Einsatz sie erreichte: ‚Lebloses Mädchen mit starken Blutungen auf dem Gelände der KGS aufgefunden. Notarzt und RTW rollt. Ich habe keine freien Kräfte aus der Frühschicht. Ihr müsst noch mal ran. Sonderrechte frei! Der Hausmeister der Schule, Herr Krause, weist euch ein. Ich halte ihn am Draht und gebe euch aktuelle Infos'.

Der Wochenmarkt war keine fünf Minuten Fahrtzeit von der KGS entfernt und an einem Samstagmorgen war kaum Verkehr zu erwarten.

Polizeioberkommissar Kessler war stellvertretender Dienstschichtleiter und ein erfahrener Beamter. Er wohnte mit seiner Familie in Bargenstedt und sein 13-jähriger Sohn ging in die 7. Klasse der KGS. Sogar Herrn Krause, den Hausmeister, und das Schulgelände kannte POK Kessler gut.

Mit seiner jungen Kollegin verstand sich Kessler. Sie waren mittlerweile gut eingespielt und fuhren regelmäßig gemeinsam Streife.

Während der rasanten, aber besonnenen Anfahrt folgten weitere Informationen des Lagezentrums. „Deister an alle eingesetzten Kräfte KGS: Der Anrufer meldet nun doch vitale Zeichen an der aufgefundenen Person. Deister 76.2: Ihr werdet etwa drei Minuten vor dem Notarzt vor Ort sein. Herr Krause weist euch an der Einfahrt ein."

Nach kurzer Abstimmung unter den Einsatzkräften griff Polizeikommissarin Reimann das Funkgerät. „Deister von 76.2. Wo genau ist der Fundort? Andi kennt das Gelände sehr gut. Der Zeuge soll beim Opfer bleiben. Wir kommen zurecht."

„76.2 von Deister: Das ist verstanden. Der genaue Fundort sind die Tischtennisplatten auf dem Schulgelände", bestätigte der Einsatzbeamte.

„Herr Krause, die Kollegen wissen, wo sie hinmüssen. Bleiben Sie jetzt doch bitte bei der Person. Können Sie die Verletzte in eine stabile Seitenlage bringen?", fragte der Beamte der Leitstelle.

„Nein, das geht nicht! Sie ist ja an die Platte gefesselt", offenbarte der Zeuge erstmalig.

„Wie gefesselt?", hakte der Polizist nach, als die erste Standortmeldung der Streife einging.

„Deister 76.2 vor Ort, steigen aus."

POK Kessler stoppte unmittelbar vor den Tischtennisplatten und beide sprinteten auf die Verletzte zu.

„Ach du Scheiße! Susi, schnapp dir Herrn Krause und Abstand", forderte er seine Kollegin auf. Ihm war auf den ersten Blick klar, dass dieser Einsatz eine Dimension einnimmt, die in dem kleinen Städtchen mit 25.000 Einwohnern alles andere als alltäglich ist.

„Deister von 76.2: Erster Lagebericht: Mädchen oder junge Frau auf Tischtennisplatte in Rückenlage an den Händen gefesselt. Massive Stichverletzungen am gesamten Körper, Gesicht zertrümmert. Vitalzeichen dennoch vorhanden. Der Notarzt soll Gas geben, und ihr könnt schon die Tatortgruppe sowie das FK 1 mit großem Programm alarmieren. Ich mache erste Handyfotos und löse die Fesseln für die Reanimation," meldete der Oberkommissar.

„Deister hat verstanden", bestätigte der Einsatzleitbeamte.

POK Kessler schoss eine Vielzahl von Fotos aus allen Richtungen, um die Situation am Tatort, die sich in den nächsten Minuten total verändern sollte, zumindest so gut wie möglich zu sichern.

Der Beamte zog sein Leatherman aus dem Holster, zog sich Latexhandschuhe zur Spurenvermeidung über, zerschnitt mittig die zur Fesselung beider Arme genutzte Kordel und versuchte, auf das Opfer einzureden. Erst jetzt bemerkte er unter dem Blut im Gesicht, dass ein schwarzes Panzertape zweimal um den Mund und Hinterkopf fixiert war. Der erfahrene Beamte hob den Kopf der Verletzten kurz an, durchtrennte im Nackenbereich die Lagen des Klebebandes, hob es vorsichtig vom Mund ab und legte es seitlich auf die Betonplatte.

„Hallo, ich bin Andi von der Polizei. Der Notarzt ist gleich bei dir. Kannst du mich verstehen?"

Das Opfer versuchte sich zu artikulieren, was allerdings wieder nur von einem Röcheln samt blutiger Blasenbildung begleitet wurde.

Der Polizist wurde plötzlich grob am Arm zurückgezogen und der Notarzt Dr. Oltendorf samt der Rettungssanitäter übernahmen die weiteren Maßnahmen.

Die junge Kommissarin sprach mit dem Fahrer des Notarztwagens, der die Personalien der Verletzten erfragen wollte.

„Sorry, wir haben nichts. Keinen Ausweis, und schau sie dir an, die würden nicht einmal die eigenen Eltern erkennen", stellte Susi Reimann fest.

„Was für ein Morgen. Wir kommen gerade von der B 442, wo die Feuerwehr gerade die Leichen von vier jungen Leuten aus dem Auto schneidet. Frontalzusammenstoß mit einem riesigen Trecker, der auch noch seine Ballengabeln ausgefahren hatte. Sie hatten keine Chance. Ein älterer Autofahrer, der überholt wurde, ist durch den Schreck gegen einen Baum geknallt. Auch ihm war nicht mehr zu helfen. Der Treckerfahrer hat bis auf ein paar Prellungen nichts abbekommen. Deshalb konnten wir so schnell hier sein", schilderte der Feuerwehrmann betroffen.

Susi musste an die besorgte Mutter vom Markt denken, wurde aber aus ihren Gedanken gerissen.

Nach einer ersten Diagnose verlor der versierte Notarzt keine Zeit.

„Ab mit ihr in den RTW und dann Vollgas. Das wird verdammt eng."

POK Kessler legte die mit einem schweren Gegenstand beschwerte Rettungsdecke auf die Tischtennisplatte, um die verbliebenen verknoteten Reste der Kordel sowie des Klebebandes und die Fläche vor dem Regen zu schützen. Vielleicht waren doch noch Spuren eines Täters zu sichern.

Das Team nahm die erste Aussage des Hausmeisters auf und wartete auf das Eintreffen der Tatortgruppe.

Während der gesamten Fahrt versuchte das Rettungsteam die Blutungen zu stoppen, Infusionen zu legen und die Vitalfunktionen aufrechtzuerhalten. In Abstimmung mit Dr. Oltendorf erfolgte über den Fahrer des Rettungswagens die Ankündigung im Kreiskrankenhaus.

„Junge Patientin mit multiplen Stich- und Schnittverletzungen, Zertrümmerung des Gesichtsschädels, massiver Blutverlust, Vitalfunktionen aktuell über extern. Wir brauchen etwa sieben Minuten. Drückt uns die Daumen!"

In der Notaufnahme des Kreiskrankenhauses Bargenstedt erklang ein schriller Ton und eine rote Rundumleuchte auf den Fluren wurde aktiviert.

Anna Kessler war Stationsschwester in der Notfallambulanz und wollte gerade eine ältere Dame, die sich den kleinen Zeh gebrochen hatte, ins Behandlungszimmer führen, als der Alarm für akute Notfälle ausgelöst wurde.

„Es tut mir leid, ich muss Sie noch mal ins Wartezimmer zurückbringen, wir haben einen Notfall, der gleich mit einem Rettungswagen gebracht wird. Vielen Dank für Ihr Verständnis", erklärte die Schwester höflich.

Die ältere Dame war empört. „Ich bin auch ein Notfall und war viel eher hier. Das geht hier doch wohl der Reihe nach. Ich werde mich über Sie beschweren und bestehe darauf, sofort den Arzt zu sprechen."

Anna Kessler waren derartige Reaktionen und auch der Umgang mit dem Personal insbesondere der Notaufnahme nicht unbekannt. Sie ließ die ältere Dame schimpfen, schob sie in einem medizinischen Rollstuhl zurück in den Wartebereich.

„Ich werde dem Doktor Bescheid geben. Er wird sich Ihrer sicher annehmen, wenn er das Leben der anderen Patienten im OP gerettet hat und Zeit für Sie findet", versuchte die Schwester zu erklären.

Unter externer Beatmung und stetiger Herzdruckmassage wurde die Schwerstverletzte in den Schockraum gebracht, in dem ein Team an Spezialisten um das Leben des Mädchens kämpfen wollte.

Sie schafften es nicht mehr. Der Todeseintritt wurde um 07:53 Uhr bescheinigt.

Die Ärzte und das Schwesternteam standen fassungslos neben dem Leichnam, blickten wütend auf die massiven Verletzungen und die beiden durchtrennten Kordeln um die Handgelenke. Sie waren in ihrem Alltag so einiges gewohnt, blieben aber auch nur Menschen und stießen manchmal an die Grenzen des physisch und psychisch Erträglichen.

Dr. Oltendorf war völlig durchgeschwitzt und erschöpft, seine Kleidung blutbeschmutzt. Er brach das betroffene Schweigen. „Vielen Dank für euer Engagement. Auch wir hatten keine Chance mehr, dieses junge Leben zu retten. Das ist jetzt eine Polizeileiche. Da geht jetzt keiner mehr ran, alles bleibt unverändert. Der Tag hat für einige von euch gerade erst begonnen und wir müssen nun auch allen anderen Patienten, die draußen auf uns warten, gerecht werden. Anna, ich springe kurz unter die Dusche, dann können wir weitermachen, bis die Polizei sicherlich einige Fragen an mich hat. Auf geht's, Leute."

Anna Kessler wechselte die verschmutzte OP-Kleidung, machte sich frisch und wollte sich wieder den wartenden Patienten in der Notaufnahme widmen, als ihr Mann mit seiner Kollegin Susi Reimann vor ihr stand.

Auf den fragenden Blick der beiden Polizisten konnte sie nur den Kopf schütteln und ihren Mann in die Arme schließen.

„Wer, um Himmels willen, macht so etwas? Es ist ein Albtraum. Ich möchte mir nicht vorstellen, wenn Conny plötzlich hier eingeliefert wird. Schrecklich!“, stöhnte die Krankenschwester sichtlich berührt.

„Wir kriegen diese Bestie und dann gnade ihm Gott“, kündigte der Einsatzführer des Kommissariats unter nickender Zustimmung seiner Kollegin an.

„So, jetzt muss ich den Hebel umlegen. Im Wartezimmer sitzen Patienten in Lebensgefahr. Bis nachher, Schatz. Tschüss, Susi. Passt auf euch auf“, verabschiedete sich Anna von ihrem Mann mit einem Kuss und einer Umarmung von seiner Kollegin.

„Das wurde ja auch Zeit, Schwester. Wir warten hier stundenlang und es gibt nicht einmal was zu essen. Wo ist der Arzt dieses unfähigen Ladens?“, wurde sie von der älteren Dame mit dem verletzten kleinen Zeh begrüßt.

Ein super Start in den Tag mit sicherlich vielen weiteren Herausforderungen.

Kapitel 2
Die ersten Ermittlungen

Dr. Oltendorf hatte die Polizei über das Ableben des Mordopfers aus der KGS informiert.

Durch den Leiter des Fachkommissariates 1, den Ersten Kriminalhauptkommissar Jan Radek, war die Tatortgruppe zum Fundort des Opfers zur Tatortaufnahme und ein Team der Mordbereitschaft ins Kreiskrankenhaus zur kriminalpolizeilichen Leichenschau beordert worden. Außerdem wurde die Bereitschaft des rechtsmedizinischen Instituts der Medizinischen Hochschule Hannover durch das Fachkommissariat 1 angefordert. Dr. Sandra Stockinger sagte telefonisch zu, unmittelbar ins Kreiskrankenhaus zu fahren. So konnte die Mordbereitschaft mit der Rechtsmedizinerin gemeinsam die Leichenschau durchführen und einen zeitnahen Obduktionstermin einplanen.

POK Kessler hatte umgehend dem FK 1 die ersten Fotos der Fundsituation zugesandt, die an EKHK Radek weitergeleitet wurden. Der Kommissariatsleiter sagte unverzüglich den Einsatz der Mordbereitschaft und die organisatorische Einrichtung einer Mordkommission zu. Außerdem informierte er seine Vorgesetzten und den Bereitschaftsdienst der Staatsanwaltschaft Bargenstedt über den außergewöhnlichen Fall.

Die beiden Beamten der Mordbereitschaft trafen fast zeitgleich mit der Rechtsmedizinerin Dr. Sandra Stockinger in der Notfallambulanz ein. Das Trio suchte erst das Gespräch mit dem verantwortlichen Notarzt Dr. Oltendorf über seine Wahrnehmungen vor Ort und die ersten medizinischen Maßnahmen. Der Notarzt konnte sich erinnern, dass weder er noch sein Team die Kordeln an den Handgelenken bewusst verändert hatten. Gegenstände oder gar Ausweispapiere, die über die Identität des Opfers Aufschluss gaben, hatten sich nicht finden lassen. Alle eingesetzten Rettungskräfte waren mit einer Speichelprobe zum Abgleich mit eventuellen Täterspuren einverstanden.

Die Beamten der Mordbereitschaft dokumentierten die aktuelle Situation des Leichnams im Schockraum des Krankenhauses sowohl foto- als auch videografisch. In gegenseitiger Abstimmung entschlossen sie sich, die aktuelle Lage des Leichnams nicht zu verändern und sich nur auf die sichtbare Beschreibung zu beschränken.

In der eigentlichen Obduktion sollten dann die kriminaltechnischen Spurensicherungsmaßnahmen durchgeführt und detaillierte rechtsmedizinische Diagnosen getroffen werden.

Leider war der Zustand des Gesichts nicht geeignet, jemandem Fotos für eine Identifizierung des Opfers vorzulegen.

Tattoos und Narben waren auf den ersten Blick nicht wahrzunehmen. Eine parallel verlaufende Überprüfung von Vermisstenfällen verlief negativ. Bei der ersten Inaugenscheinnahme der Verletzungen fiel Dr. Stockinger eine dünne Goldkette auf, die durch die massiven Blutantragungen im Halsbereich zunächst kaum sichtbar war. Die Kriminalbeamten fotografierten den Bereich mit einem Makroobjektiv und konnten in der Vergrößerung im Kameradisplay sehen, dass ein Anhänger durch einen Stich in den Hals in dem Stichkanal steckte. Die Rechtsmedizinerin zog vorsichtig an der Kette und brachte videografisch dokumentiert einen kleinen goldfarbenen Anhänger mit den Buchstaben ‚KM' zum Vorschein.

Auf dem im vorderen Bereich aufgerissenen, ehemals cremefarbenen T-Shirt war ein Aufdruck vom Hard Rock Cafe Amsterdam sichtbar.

Der Fall hatte sich wie ein Lauffeuer in der Kleinstadt herumgesprochen. Die ersten Pressefotografen und Kamerateams waren an der KGS eingetroffen, sodass die Polizeiinspektion Bargenstedt Pressesprecher vor Ort einsetzten, um die Medienvertreter mit gesicherten und vertretbaren Informationen zu versorgen.

Auch auf dem Markt war nun nicht nur der tragische Unfall, sondern ebenso der Fund eines schwer verletzten Mädchens auf dem Schulgelände allgegenwärtiges Thema. Der Tod des Mädchens war allerdings noch nicht bekannt geworden.

Die Mutter von Sina reihte sich wieder in die Schlange am Gemüsestand ein und war total aufgewühlt.

„Na, Anni, hast du noch etwas vergessen?", begrüßte Barbara Meininger die Mutter der Freundin ihrer Tochter.

„Hat sich Kim mittlerweile gemeldet?", fragte sie unsicher und mit einem Unterton, der Frau Meininger Angst machte.

„Nein, bislang keine Nachricht. Wahrscheinlich ist sie längst zu Hause und der Akku ist leer. Wieso fragst du so besorgt? Hast du was gehört?", hakte Kims Mutter nach.

„Habt ihr noch nichts gehört? Auf der B 442 ist ein schwerer Unfall mit mehreren Toten geschehen und auf dem Gelände der KGS soll ein junges Mädchen schwer verletzt aufgefunden worden sein. Sie ist wohl unter Notarztbegleitung ins Kreiskrankenhaus gebracht worden. Mehr weiß ich auch nicht", informierte sie Anni.

Helmut Meininger hatte andere Kunden bedient und von dem Gespräch nichts bemerkt.

„Helmut, mach meine Kunden mal kurz mit. Ich muss mal telefonieren", rief sie ihrem Mann zu.

Barbara Meininger versuchte es erst wieder auf dem Handy ihrer Tochter, jedoch vergeblich. Mailbox. Mit zittrigen Fingern gab sie auf Google ‚Kreiskrankenhaus Bargenstedt' ein und wählte die Nummer der Notfallambulanz.

„Notaufnahme, Schwester Anna, wie kann ich Ihnen helfen?", fragte eine freundliche Stimme.

„Hallo, mein Name ist Barbara Meininger, ich vermisse meine 14-jährige Tochter Kim und habe gerade von dem verletzten Mädchen gehört, das bei Ihnen eingeliefert wurde", schluchzte die Anruferin ins Telefon.

Bei der freundlichen Krankenschwester zog sich alles zusammen. Was war das für ein Tag? Sollte alles noch viel schlimmer kommen?

„Hallo Frau Meininger. Wir kennen uns. Ich bin Anna Kessler. Mein Sohn Conny und Kim gehen in die gleiche Klasse. Bleiben Sie bitte kurz dran. Ich leite Sie weiter", vertröstete sie die verzweifelte Mutter.

Sie konnte und durfte ihr nicht sagen, dass sie dem Mädchen nicht mehr helfen konnten, und eilte in den Schockraum, um das Gespräch Dr. Oltendorf zu übergeben. Anna Kessler traf aber nur die Kriminalbeamten und die Rechtsmedizinerin an. Ihr Blick war anscheinend so verzweifelt, dass Kriminaloberkommissarin Monika Albert sie ansprach. „Was ist passiert? Können wir helfen?"

„Ich habe eine Mutter in der Leitung. Wir kennen uns. Sie heißt Barbara Meininger und vermisst ihre Tochter Kim. Sie geht mit meinem Sohn in dieselbe Klasse. Ich kann ihr doch nicht sagen, dass Kim ..."

Weiter kam sie nicht. Die Schwester brach in Tränen aus und die Polizistin nahm das Gespräch an, während die Rechtsmedizinerin auf den Kettenanhänger zeigte und flüsterte: „KM. Kim Meininger!"

„Guten Tag Frau Meininger, mein Name ist Albert von der Kriminalpolizei. Frau Kessler erwähnte, dass Sie Ihre Tochter Kim vermissen. Wann haben Sie Kim das letzte Mal gesehen?", hinterfragte die Oberkommissarin sensibel.

Barbara Meininger bekam kaum einen vollständigen Satz heraus, schilderte aber den Ablauf des gestrigen Abends und die WhatsApp-Nachricht, die sich heute Morgen als falsch herausstellte. Als sie ergänzte, dass sie ihre Tochter auch heute Morgen nicht erreichen konnte, ahnte Monika Albert, was kommen musste. Sie brauchte aber Gewissheit.

„Frau Meininger, auch wenn es Ihnen aktuell schwerfällt, können Sie Ihre Tochter beschreiben? Was hatte sie gestern Abend an? Hat sie Tattoos, trägt sie Schmuck?"

Für die Mutter war die Situation voller Ungewissheit beängstigend, aber sie riss sich zusammen. „Kim hat keine Tattoos. Gestern Abend trug sie einen hellen Sommerrock, helle Chucks und ich glaube, ihr T-Shirt der letzten Klassenfahrt nach Amsterdam aus dem Hard Rock Cafe. An Schmuck trägt sie immer ihre Kette mit ihren Initialen. Hilft Ihnen das?", hakte die Mutter resigniert nach.

Die Kriminalbeamtin ging nicht darauf ein, sondern stellte eine neue Frage. „Frau Meininger, wo sind Sie zurzeit? Ist jemand bei Ihnen oder sind Sie allein?"

„Warum ist das jetzt wichtig? Mein Mann und ich sind gerade auf dem Wochenmarkt auf dem Marktplatz und verkaufen unsere Erzeugnisse", schluchzte die besorgte Mutter ins Telefon.

In diesem Moment ergriff ihr Ehemann das Telefon. „Meininger, wer spricht dort? Was machen Sie mit meiner Frau?"

„Herr Meininger, mein Name ist Kriminaloberkommissarin Monika Albert. Es geht um Ihre Tochter. Bitte bleiben Sie, wo Sie sind, und bleiben Sie vor allem bei Ihrer Frau. Ich schicke umgehend zwei Kollegen zu Ihnen, die alles erklären werden. Kann ich mich auf Sie verlassen, Herr Meininger? Wo genau stehen Sie auf dem Marktplatz?", ließ die Kriminalbeamtin nicht locker.

„Direkt gegenüber dem Rathaus", konkretisierte der Landwirt und beendete verunsichert das Gespräch.

„Bei dem Opfer wird es sich um eine Schülerin der KGS, Kim Meininger, handeln. Ihre Eltern vermissen sie seit gestern Abend und betreiben momentan einen Stand auf dem Wochenmarkt", klärte die Polizistin auf und entschied: „Bevor wir andere Kollegen einweisen, fahren wir selbst rasch rüber. Hier sind wir erst mal fertig. Bis nachher, Sandra."

„Okay, ich drücke euch die Daumen, das wird nicht einfach. Ich kümmere mich um die Obduktion und melde mich. Bis nachher", sicherte die Rechtsmedizinerin zu.

Helmut Meininger hatte seinen Gemüsestand geschlossen und gerade die Ware in seinen Kleintransporter verstaut, als sich ihm Kriminaloberkommissarin Albert sowie ihren jungen Kollegen vorstellte und direkt fragte: „Herr Meininger, wo ist Ihre Frau?"

Der Landwirt blickte in Richtung einer Parkbank, auf der eine Frau zusammengekauert zu Boden blickte und ihr eine weitere Frau tröstend die Hände hielt. „Wer ist die andere Frau, Herr Meininger?", musste die Polizistin wissen.

„Das ist Anni, die Mutter von Kims Freundin, bei der sie angeblich übernachtet hatte", klärte der Vater von Kim auf.

Er hatte den Rettungswagen zwar registriert, aber nicht damit gerechnet, dass er eigentlich für seine Frau und ihn angefordert worden war. Als nun noch ein Notarzt und Notfallseelsorger hinzutraten, war für ihn klar, was kommen musste.

„Kommen Sie bitte mit, Herr Meininger. Ihre Frau braucht Sie jetzt."

Sie hatten keine Chance, auf dem Wochenmarkt einen ruhigen, unbeobachteten Platz aufzusuchen. Monika Albert kniete sich vor die Parkbank und legte ihre Hand auf ein Knie von Barbara Meininger. „Hallo Frau Meininger, mein Name ist Monika Albert von der Polizei. Wir hatten gerade telefoniert. Ist es okay, wenn Ihre Freundin neben Ihnen sitzen bleibt?"

Barbara Meininger nickte nur schwach. Ihr Mann setzte sich ebenfalls auf die Bank und nahm seine Frau in den Arm, die nun in der Mitte zwischen zwei vertrauten Menschen saß.

Die Oberkommissarin hatte des Öfteren solche Botschaften übermitteln müssen. Routine war es nie. Bei einer gewissen Empathie war es eine enorme psychische Belastung, Menschen vom Tod naher Angehöriger zu informieren und dann sogar auf Einzelheiten der Todesumstände eingehen zu müssen.

„Es tut mir sehr leid, Ihnen mitteilen zu müssen, dass Kim heute Morgen durch den Hausmeister der KGS schwer verletzt auf dem Schulhof aufgefunden wurde. Sie ist noch ins Krankenhaus eingeliefert worden und die Ärzte haben mit allen Mitteln um ihr Leben gekämpft, es aber nicht geschafft, Kim zurückzuholen. Mein aufrichtiges Beileid. Wir würden Sie jetzt gerne nach Hause bringen und uns mit Ihnen über Kim unterhalten, um die Todesumstände aufzuklären. Wären Sie damit einverstanden?"

Die Beamtin versuchte, sie von der Frage abzulenken, die sie in dieser akuten Phase noch nicht beantworten wollte. Aber genau diese Frage kam unmittelbar von Helmut Meininger: „Was sollen wir zu Hause? Wir fahren ins Krankenhaus und wollen sie sehen!"

Barbara Meininger saß, am ganzen Körper bebend, nach vorn übergebeugt auf der Bank und gab Geräusche von sich, die kaum zu beschreiben waren. Von fast Atemnot über ein Schnaufen und Brummen wechselten die Laute zu Weinen und Schreien. Der Notarzt und eine empathische Rettungssanitäterin griffen ihr unter die Arme und führten sie zum Rettungswagen. Der Notfallseelsorger begleitete sie.

„Anni, kannst du auch mitfahren? Ich baue den Stand ab, bringe ihn nach Hause und komme ins Krankenhaus. Ist das auch für Sie in Ordnung?", fragte Helmut Meininger die Kriminaloberkommissarin.

„Natürlich, aber ich fände es angemessen, wenn mein Kollege den Transporter fährt. Wir helfen Ihnen beim Abbau. Sind Sie einverstanden, Herr Meininger?", schlug Monika Albert vor.

Helmut blickte an seinem Körper herunter und bemerkte, dass er das Zittern überhaupt nicht unter Kontrolle hatte.

Den anderen Marktbetreibern und auch Kunden war die Situation nicht verborgen geblieben. Von den anderen Ständen kamen Bauern, Schlachter und Fischhändler betroffen hinzu. Sein direkter Standnachbar ergriff die Initiative.

„Helmut, du bleibst bei deiner Frau und fährst mit der Polizei. Gib uns den Schlüssel. Wir fahren deine Ware auf den Hof und werfen den Schlüssel in den Briefkasten. Wenn ihr uns braucht, sind wir da. Okay?"

Helmut Meininger umarmte dankbar seinen Kollegen und händigte ihm die Fahrzeugschlüssel aus.

Dann folgte er Monika Albert und dem jüngeren Kriminalbeamten in ihren Dienstwagen und sie fuhren dem Rettungswagen, der ohne Sonderrechte langsam in Richtung des Krankenhauses fuhr, hinterher.

„Herr Meininger, ich möchte offen zu Ihnen sein, auch wenn es die Situation für Sie noch verschlimmert. Kim ist Opfer eines Verbrechens geworden und wird in den nächsten Stunden obduziert. Es müssen noch Spuren gesichert werden. Sie können Ihre Tochter jetzt leider nicht sehen und persönlich Abschied nehmen. Es tut uns sehr leid, aber das geht nicht anders und ist erforderlich, um den Mörder Ihrer Tochter zu ermitteln", versuchte die Beamtin sensibel zu erklären.

„Mein Gott, was gibt es für Menschen? Wer tut Kim so etwas an? Ist sie ...?" Er konnte es nicht aussprechen und setzte mehrfach an. „Ist sie vergewaltigt worden?"

„Das wissen wir noch nicht und können Näheres erst nach der Obduktion klären. Vielleicht könnten Sie mit Ihrer Frau sprechen, dass ein Abschied aktuell nicht möglich ist", bat Kriminaloberkommissarin Albert und bedankte sich, als sie ein leichtes Nicken des Vaters wahrnahm.

Kapitel 3
Rückblick aus „Kanarenblut“
Die neue Situation des Teams der Operativen Fallanalyse des LKA Niedersachsen

Vor ein paar Wochen hatte sich das Team der OFA Niedersachsen auf einem Kreuzfahrtschiff, das die Kanarischen Inseln bereiste, an einer Crime Cruise beteiligt. Hier hielten hochkarätige Experten der Polizei, der Staatsanwaltschaft, des Gerichts und der Rechtsmedizin Fachvorträge. Das Profilerteam bot einen mehrtägigen Workshop zur Tatrekonstruktion und Täterprofilerstellung an. Während der Landausflüge konnten die Passagiere an fiktiven Tatorten Spuren sichern, die sie interpretieren und daraus ein Täterverhalten ableiten mussten. Mit jeder neuen Tat sollten sie den Täter einkreisen und sein Profil immer detaillierter skizzieren. Als das OFA-Team plötzlich mit echten Opfern und Tatorten konfrontiert wurde, eskalierte das Szenario unter den Teilnehmern und Experten.

Bei der Rückkehr im Hafen von Las Palmas auf Gran Canaria wurde der Leiter der OFA des LKA Niedersachsen, Thorsten Büthe, plötzlich von hinten niedergestochen (aus *Kanarenblut*, erschienen im März 2023).

Die hannoversche Rechtsmedizinerin Sandra Stockinger hatte sich vor dem Kreuzfahrtschiff, der MS Canaria, von den niedersächsischen Profilern verabschiedet. Mit den anderen Bandmitgliedern von Monday Five belud sie gerade das Großraumtaxi vor dem Kreuzfahrtterminal im Hafen von Las Palmas, als sie Schreie und Schüsse hörte.

Das Team der Ärzteband zögerte nicht und sprintete in Richtung der schreienden Menschen. Am Boden sah die Rechtsmedizinerin zwei Personen liegen, um die sich eine Blutlache ausbildete. Eine Frau am Boden wurde von mehreren bewaffneten Polizisten umlagert, als Sandra Stockinger in der anderen Person am Boden den LKA-Beamten Thorsten Büthe erkannte, um den seine Kollegen des OFA-Teams knieten.

„Kristin, lass mich mal ran. Was ist passiert?", fragte sie die Profilerin.

„Die Psychologiestudentin aus unserem Workshop ist gerade auf Thorsten zugestürmt und hat ihm ein Messer in den Rücken gerammt", klärte sie die Ärztin auf. Der Griff eines großen Schlachtermessers ragte aus der rechten Seite des Rückens heraus. Die Klinge steckte noch vollständig im Körper. Als ein Sanitäter herbeistürmte und das Messer herausziehen wollte, schrie die Rechtsmedizinerin laut: „Stop! Don't move the knife!"

Der OFA-Leiter hatte die Augen geschlossen und war nicht ansprechbar. Die Rechtsmedizinerin legte den Körper des Profilers in eine stabile Seitenlage, wobei sie darauf achtete, dass das Messer in der Wunde nicht bewegt wurde. Sie legte zwei Finger auf eine Halsseite und spürte nur einen schwachen Puls.

Ihre Bandkollegen kehrten von der anderen Person, die von drei Schüssen der Guardia Civil in die Brust getroffen war, zurück und schüttelten den Kopf. Ihr war nicht mehr zu helfen. Durch die schnelle und konsequente Reaktion hatten die spanischen Polizisten weitere Stiche auf den Profiler sicher verhindert.

„Wir brauchen einen Rettungswagen, schnell. Thorsten muss sofort in den OP. Das Messer steckt tief in der Niere. Wird es bewegt oder gar herausgezogen, stirbt er uns unter der Hand weg", diagnostizierte die erfahrene Rechtsmedizinerin. Ein durch Capitán Anna Ramos alarmierter Notarztwagen fuhr vor. Dr. Sandra Stockinger übergab den Schwerstverletzten ihren spanischen Kollegen, die ihre Einschätzung teilten und das Messer mit einem festen Verband um den Körper versiert in seiner Position fixierten. Die Rechtsmedizinerin der Medizinischen Hochschule Hannover informierte ihre Bandkollegen, dass sie den Transport ins Krankenhaus begleiten und später am Flughafen dazustoßen würde.

„Kristin, ich begleite Thorsten bis in den OP. Kommt ihr nach, dann wissen wir mehr. Das hier wird verdammt eng. Bis gleich", verabschiedete sich Sandra Stockinger und verschwand im Rettungswagen, der sich lautstark mit Sirene und Blaulicht einen Weg durch die Passagiere der Canaria bahnte.

Das gesamte OFA-Team war geschockt. Jetzt kamen auch Kapitän Ole Watermann und der Security Director Gerrit Sander auf die Pier und ließen sich in die Situation einweisen.

„Was ist mit Thorsten, Kristin?", fragte Gerrit Sander besorgt.

„Die Psychologiestudentin Anke Kerner aus unserem Workshop war die Komplizin und auch die Mörderin des Täters. Sie hatte Carlotta Bayer-Westholdt die Tat und die Situation an Bord gestanden, als sie plötzlich ein Messer zog, auf Thorsten zulief und es ihm mit voller Wucht in den Rücken stieß. Das

Team von Anna Ramos konnte nur noch verhindern, dass sie weiter auf ihn einstach, und erschoss Anke Kerner", klärte sie den Security Director und auch den Kapitän auf, der fassungslos bei ihnen stand.

Carlotta kämpfte mit den Tränen, als sie Thorstens Handy vom Boden neben seiner großen Blutlache aufhob und es ungläubig anstarrte.

„Thoooorsten ...!", hörte sie Viccis verzweifelte Schreie aus dem Telefon.

„Hallo Vicci, ich bin's, Carlotta. Es tut mir so leid. Du musst jetzt ganz stark sein", versuchte die LKA-Psychologin Thorstens Ehefrau auf das vorzubereiten, was gerade geschehen war, und schilderte ihr unter Tränen die aktuelle Situation.

„Lebt er? Wie schwer ist er verletzt, Carlotta?", flehte Vicci um beruhigendere Informationen.

„Ich weiß es nicht, Vicci. Der Rettungswagen ist gerade losgerast. Sandra Stockinger, unsere Rechtsmedizinerin, ist bei ihm und begleitet Thorsten ins Krankenhaus. Weiteres kann ich im Moment nicht sagen. Wir melden uns, sobald wir Näheres wissen. Mehr kann ich aktuell nicht tun. Tut mir wirklich leid", entschuldigte sich die Psychologin und ließ Vicci mit der quälenden Ungewissheit zurück.

Carlotta ging mit Thorstens Handy zu ihrem Team, was sich gerade zusammenfand und ebenso schockiert war.

Die Psychologin berichtete von dem Telefonat mit Vicci, worauf Kristin das Zepter in die Hand nahm.

„Hier können wir nichts mehr für Thorsten tun. Ich kümmere mich um sein Gepäck, fahre ins Krankenhaus und bleibe hier. Ihr schnappt euch unsere Ausrüstung und fliegt zurück nach Hannover. Ich werde euch und auch Vicci über Thorstens

Zustand benachrichtigen und melde mich bei euch, sobald ich Neues weiß", entschied die stellvertretende OFA-Leiterin.

Carlotta fühlte sich für den Angriff auf Thorsten verantwortlich. Sie hatte Anke Kerner provoziert und eine derartige Reaktion einkalkulieren müssen.

„Ich bleibe auch und lasse mich von niemandem davon abbringen", kündigte die Psychologin unmissverständlich an. Kristin zögerte kurz, aber nicht einmal sie hatte Widerworte.

„Okay, Maik, Saskia, Leander, bekommt ihr das hin? Ich werde auch Iris Höppner aus dem Krankenhaus informieren. Die Details könnt ihr dann ja morgen persönlich vortragen. Vielleicht haben wir dann aus dem Krankenhaus auch schon gute Nachrichten", hoffte die Profilerin.

„Geben Sie uns bitte schnellstmöglich Bescheid, wie es Thorsten Büthe geht", bat Kapitän Ole Watermann betroffen und verabschiedete sich mit Gerrit Sander von dem Profiler-Team. Die LKA-Beamten teilten sich auf zwei Taxis auf und machten sich auf den Weg ins Krankenhaus von Las Palmas und zum Flughafen.

Kristins Handy klingelte und der Name von Vicci Büthe erschien im Display.

„Hallo Vicci, Carlotta und ich sind gerade auf dem Weg ins Krankenhaus. Wir haben noch keinen neuen Stand und melden uns, sobald wir etwas Neues erfahren", kündigte die Profilerin an.

Vicci und Kristin kannten sich seit 30 Jahren und vertrauten sich.

„Ich habe unsere Töchter Celina und Emma informiert und in drei Stunden einen Direktflug von Hannover nach Las Palmas gebucht. Egal wie das alles ausgeht, wir werden bei ihm sein. Wir kommen um 18 Uhr an und fahren dann direkt ins Krankenhaus. Ich werde dich nach der Landung anrufen, um zu erfahren, wo genau wir hinkommen müssen", kündigte Vicci an.

„Okay, Dr. Sandra Stockinger begleitet Thorsten auch im Krankenhaus und wird für eine kompetente Behandlung sorgen. Wir können aktuell nur die Daumen drücken. Bis nachher", verabschiedete sich Kristin.

Die Szenarien in den Köpfen der beiden LKA-Beamtinnen wollte keine von ihnen offen formulieren, sodass die Fahrt ins Krankenhaus beklommen schweigend erfolgte.

Thorstens Leben hing am seidenen Faden, als er von einem Ärzteteam in der Notaufnahme des Hospital Universitario de Gran Canaria Dr. Negrín übernommen wurde. Der jungen Rechtsmedizinerin wurde die Anwesenheit im OP zugesagt, wobei eine aktive Rolle nicht beabsichtigt war. Versiert wurden Thorsten Büthe unzählige Zugänge gelegt, während seine Kleidung vorsichtig zerschnitten und entfernt wurde. Nach den ersten Blutuntersuchungen waren entsprechende Blutkonserven beschafft und vorbereitet worden. Einer erforderlichen Kreislaufstabilisierung schloss sich ein CT an, um den Stichkanal samt dem feststeckenden Messer exakt beurteilen zu können.

Schon hier konnte festgestellt werden, dass die 17 Zentimeter lange Klinge des Fleischermessers die rechte Niere komplett durchstochen hatte. Kaum hatte das vierköpfige Ärzteteam das Messer entfernt, musste es die dann entstehende massive Blutung stoppen, wobei die Niere wohl nicht mehr zu retten war.

Jetzt kam es auf die Gesamtkonstitution ihres Patienten an, ob er diese Operation überstehen würde.

Sandra Stockinger schrieb aus dem OP eine WhatsApp an Kristin. „Thorsten ist stabil. Wir beginnen jetzt mit der OP. Das Ärzteteam ist äußerst kompetent. Drückt uns die Daumen."

Celina und Emma hatten mit ihren Ehemännern spontan eine Lösung gefunden, wie sie die Betreuung der Kinder in den nächsten Tagen gewährleisten konnten. Die erwachsenen Töchter trafen fast zeitgleich in der Doppelhaushälfte von Büthes in Isernhagen ein und fielen sich mit Vicci tränenreich in die Arme.

Nicht zu wissen, wie es um ihren Vater und Ehemann stand, machte sie wahnsinnig. Sie hatten auf die Schnelle je einen kleinen Koffer gepackt, der als Handgepäck deklariert werden konnte. So würden sie auf Gran Canaria nicht auf ihre Koffer warten müssen und konnten direkt nach der Landung ins Krankenhaus fahren. Während sie von Celinas Ehemann zum Flughafen gefahren wurden, ging die von Kristin weitergeleitete WhatsApp der Rechtsmedizinerin bei Vicci ein, die sie ihren Töchtern zeigte. Sie drückten sich die Hände und nickten sich motivierend zu, wobei sie ihre Tränen nicht zurückzuhalten vermochten.

Die Zeit vom Check-in bis zum Boarding kam ihnen unendlich lange vor, wobei die Boing von Condor pünktlich um zwanzig Minuten nach 13 Uhr in Richtung Las Palmas abhob. Während des Fluges über knapp fünf Stunden bis zur Landung von jeglicher Information abgeschnitten zu sein, war unerträglich und für die Familie Büthe kaum auszuhalten.

Das Taxi hielt am Eingang des Krankenhauses und ließ Kristin Bäumer und Carlotta Bayer-Westholdt samt ihren Koffern und auch dem Gepäck von Thorsten Büthe zurück. Nach der Anmeldung an der Rezeption der Klinik nahmen sie in der Cafeteria Platz und hofften auf ein erlösendes Signal von Sandra Stockinger. Kaum hatten sie sich einen Kaffee geholt, winkte ihnen am Eingang Capitán Anna Ramos in ihrer grünen Uniform der Guardia Civil zu.

„Hallo, ihr beiden. Habt ihr schon etwas gehört?", fragte sie besorgt interessiert.

„Wir haben auch nur die Info, dass Thorsten gerade operiert wird. Unsere Rechtsmedizinerin darf dem Eingriff beiwohnen und wird uns schnellstmöglich in Kenntnis setzen. Thorstens Frau und beide Töchter sind gerade in Hannover abgeflogen und werden um 18 Uhr in Las Palmas landen. Sie melden sich dann bei uns", brachte sie die spanische Kollegin auf Stand, die dann die LKA-Psychologin direkt ansprach.

„Carlotta, du hattest den letzten Kontakt zu Anke Kerner und hast den Angriff auf Thorsten unmittelbar beobachtet. Ich müsste dich dazu noch offiziell vernehmen. Können wir das vielleicht hier in einem Nebenzimmer machen?", bat die spanische Polizistin. Die Psychologin war mit der Befragung einverstanden.

„Besser jetzt, das Warten ist unerträglich."

Anna Ramos wandte sich an Kristin.

„Können wir dich kurz allein lassen? Dann entführe ich Carlotta für dreißig Minuten. Ich werde Kollegen zum Flughafen schicken. Kristin, du kannst gern mitfahren und Thorstens Familie abholen. Hier kannst du aktuell nichts tun", bot die Polizistin an. Nachdem sie das gesamte Gepäck in den Nebenraum verstaut hatten, wartete Kristin auf die Kollegen der Guardia Civil, die zum Flughafen fahren sollten.

Sie nutzte die Zeit, um ihren Mann Henrik und Iris Höppner, die Dezernatsleiterin der Zentralstelle Gewalt im LKA Niedersachsen, über die Ereignisse vor Ort zu informieren.

Das Ärzteteam musste die Operation mehrfach unterbrechen, da der Kreislauf des Patienten kollabierte. Sie holten ihn jedoch wieder zurück und setzten die erforderlichen lebenserhaltenden Maßnahmen fort. Ihnen wurde bewusst, dass Thorsten Büthe bei Weitem nicht über den Berg war und noch ein langer Tag vor ihnen lag.

„Wir sind gelandet", erschien auf dem Display von Kristins Handy, die bereits mit zwei Beamten der Guardia Civil im Terminal wartete.

Durch die Glasabtrennung konnte sie Vicci und ihre Töchter ausmachen, denen die Betroffenheit deutlich anzusehen war. Kristin hatte Celina und Emma schon im Kindergartenalter kennengelernt. Als sich die Schiebetür öffnete und sich ihre Blicke trafen, waren sie froh, ein vertrautes Gesicht zu sehen, und lächelten sich kurz an. Die folgende Umarmung geschah in Tränen aufgelöst.

„Danke, dass du uns abholst, Kristin. Hast du schon neue Informationen?", fragte Vicci direkt.

„Thorsten ist noch im OP, was ein gutes Zeichen ist", versuchte die Profilerin zu trösten.

Sie begrüßten die spanischen Polizisten, bedankten sich bei ihnen und wurden in dem zivilen Mercedes Vito mit abgedunkelten Scheiben ins Krankenhaus gefahren. Carlotta empfing Vicci und ihre Töchter herzlich und ebenso emotional. Eine attraktive Polizistin mit langen, pechschwarzen Haaren kam auf Vicci und die beiden Töchter zu und stellte sich in akzentfreiem Deutsch als Capitán Anna Ramos von der Guardia Civil vor.

„Thorsten ist jetzt seit sechs Stunden im OP. Auch ich habe noch keine Information. Wir müssen alle geduldig sein und auf die Kompetenz des Ärzteteams vertrauen", versuchte Anna die Situation zu entschärfen, als sich endlich die Tür zum OP-Bereich öffnete.

„Das war eine schwere Aufgabe. Thorsten ist ein zäher Knochen und hat das Gröbste überstanden. Er ist über den Berg", verkündete Sandra Stockinger, die den Operationssaal nicht eine Sekunde verlassen hatte.

Kristin stellte ihr Vicci, Celina und Emma vor.

„Hallo, ich bin Sandra und eigentlich Rechtsmedizinerin in der MHH. Die Verletzungen sind versorgt, die Blutungen gestoppt, was ein hartes Stück Arbeit war und dem hervorragenden Ärzteteam geschuldet ist. Wir haben einen neuen Kollegen hinzugezogen, der den zweiten Part der Operation weiterführen wird. Thorstens Niere war allerdings nicht mehr zu retten. Sie muss entfernt werden, was in wenigen Minuten ein Transplantationsspezialist übernehmen wird", informierte die Ärztin.

Sie sah in die entsetzten Augen von Vicci und ihren Töchtern. „Macht euch keine Sorgen. Ein Leben mit nur einer Niere ist mit wenigen Einschränkungen möglich. Thorsten wird eine Zeit lang Medikamente nehmen müssen, aber die zweite Niere kann die Funktion komplett allein übernehmen. Ganz ehrlich, Thorsten hat verdammtes Glück gehabt, dass wir ihn vor Ort versorgen konnten und er hier an ein solch kompetentes Ärzteteam geraten ist", erklärte sie nicht ohne Stolz.

„Durch das schnelle Einschreiten von Anna Ramos und ihrem Team ist Schlimmeres verhindert worden", erwähnte Kristin. „Sie hatten die Täterin erschossen, bevor sie das Messer aus dem Rücken ziehen und erneut auf Thorsten einstechen konnte. Wäre das Messer aus der Wunde gezogen worden, hätte Thorsten keine Überlebenschance gehabt", ergänzte die Rechtsmedizinerin.

„Ich schlage vor, wir besorgen euch ein Hotel in der Nähe des Krankenhauses. Ihr werdet informiert. Sobald Thorsten ansprechbar ist, könnt ihr zu ihm", offerierte Capitán Anna Ramos.

„Ich werde die weitere OP begleiten und gebe euch unmittelbar Bescheid. Würdet ihr mich mit einchecken? Heute Abend freue ich mich, mit euch auf den guten Ausgang anzustoßen", motivierte Sandra Stockinger.

„Vielen Dank euch allen. Ohne eure Hilfe wären wir völlig überfordert und hilflos", gab Vicci preis.

Um 22 Uhr erhielt Vicci den erlösenden Anruf, dass auch die Entnahme der durchstochenen Niere erfolgreich verlaufen sei und Thorsten nach etwa zwei Stunden ansprechbar sein würde.

Als der OFA-Leiter auf der Intensivstation aus der Narkose erwachte, blickte er in drei glückliche Augenpaare, die er trotz der erforderlichen Schutzkleidung als Vicci und seine beiden Töchter Celina und Emma erkannte. Der Drang, sie in die Arme zu schließen, wurde von den vielen Zugängen gebremst, die an seinem Körper befestigt waren.

Die beiden Kolleginnen von Thorsten, die Rechtsmedizinerin Sandra Stockinger und Thorstens Familie setzten sich nach dem aufregenden Tag abends in ein Restaurant in der Nähe ihres Hotels zusammen. Nach der optimistischen Einschätzung des Ärzteteams waren jetzt alle etwas entspannter und berichteten Vicci und ihren Töchtern von der Entwicklung der Crime Cruise, wobei Carlotta nochmals den Verlauf vom Geständnis bis zum Angriff schilderte. Dabei konnte sie ihre Tränen nicht zurückhalten, als Vicci ihre Hände griff und sich bei allen für ihre Unterstützung bedankte.

Kristin informierte das OFA-Team und die LKA-Leitung über die gelungene Not-Operation sowie Entnahme der Niere und kündigte für den Folgetag ihre Rückkehr an.

Sandra Stockinger sagte zu, am nächsten Vormittag mit Vicci ins Krankenhaus zu fahren, um gemeinsam den geplanten Behandlungsverlauf abzustimmen.

In diesem Gespräch prognostizierte das kompetente Ärzteteam, dass nunmehr keine Komplikationen zu erwarten waren und ihr Patient in fünf bis acht Tagen mit einem Ambulanztransport nach Deutschland befördert werden konnte.

Mit dieser beruhigenden Nachricht buchten Celina und Emma ihren Rückflug für den Abend. Vicci blieb bei Thorsten und hatte die Bestätigung der Auslandskrankenversicherung, ihren Mann auf dem Ambulanzflug nach Hannover begleiten zu können.

So lange verbrachte sie die Zeit an seinem Krankenbett und war glücklich, dass sich sein Zustand Tag für Tag weiter stabilisierte.

Vicci telefonierte täglich mit ihren Töchtern, ebenso erkundigten sich Kristin und Carlotta nach ihrem Vater.

Nach einem komplikationsfreien Rückflug wurde der lädierte OFA-Leiter am Flughafen von den Familien seiner Töchter und dem OFA-Team samt der Dezernatsleiterin, Iris Höppner, und der Rechtsmedizinerin, Sandra Stockinger, herzlich willkommen geheißen. Der Anblick, den sonst stets agilen Thorsten Büthe im Rollstuhl sitzend von einer Ärztin und einem Rettungssanitäter begleitet zu begrüßen, schmerzte, wobei allen ein Stein vom Herzen fiel, dass er den Angriff überhaupt überlebt hatte.

„Ich freue mich auch, euch zu sehen. Noch bin ich ein wenig schwach auf der Brust und ich darf mich noch nicht stark bewegen, sonst reißt der riesige Reißverschluss an meiner Seite wieder auf. Gebt mir noch ein paar Tage, dann stehe ich wieder auf der Matte", kündigte der LKA-Beamte an, als die begleitende Medizinerin einschritt.

„Das wird wohl erst mal nichts, Herr Büthe. Wir fahren Sie jetzt in die Medizinische Hochschule Hannover. Da werden Sie intensiv untersucht. Dann werden die Fachärzte entscheiden, ob und wann Sie Ihre Reha antreten können. Wenn das alles optimal verläuft, können Sie mit Ihrem Kollegen in etwa sechs bis acht Wochen rechnen. Das war nun mal keine Blinddarmoperation", klärte die Ärztin auf.

„Haltet uns auf dem Laufenden und gib uns ein Zeichen, wenn du Besuch vertragen kannst. Wir freuen uns zwar, wenn du wieder an Bord bist, aber nimm dir die Zeit, um wieder komplett fit zu sein. Mach's gut", verabschiedete sich Kristin und schloss ihn sanft in die Arme. Sie übernahm so lange die Leitung der OFA als seine Vertreterin.

Als auch die anderen sich zu einer Umarmung herunterbeugten, bat die Ärztin um Nachsicht. „Ich kann Sie gut verstehen, aber die Bewegung und die Berührungen reizen die

OP-Narbe zu sehr. Sie können das gerne in ein paar Wochen intensiv nachholen. Vielen Dank für Ihr Verständnis."

Vicci stimmte sich mit ihren Töchtern und Schwiegersöhnen kurz ab, dass sie das Gepäck der beiden nach Hause bringen.

Der Rettungssanitäter schob den Rollstuhl schneller und brachte Thorsten in Begleitung der Ärztin und Vicci in den Krankentransporter.

Das Fachärzteteam der Medizinischen Hochschule bestätigte in der Nachuntersuchung einen kompetenten Eingriff samt Entnahme der Niere und eine vorbildliche Wundversorgung der spanischen Kollegen. Thorsten konnte seine Reha bereits nach wenigen Tagen in einer Fachklinik ganz in der Nähe Hannovers, in Bad Münder, antreten.

Kristin Bäumer hatte sich vorgenommen, Thorsten zweimal in der Woche zu besuchen. Für sie war es ein Katzensprung, von Barsinghausen über den Nienstedter Pass im Deister, einem Gebirgszug im Südwesten von Hannover, die Reha-Klinik in Bad Münder zu erreichen.

Kapitel 4
Vom Krankenbesuch zur Obduktion

Kristin Bäumer hatte die Abwesenheitsvertretung für Thorsten Büthe übernommen und war bis zu seiner vollständigen Genesung mit der Leitung der Operativen Fallanalyse des LKA Niedersachsen betraut worden.

Das Team war mitten in der Vorbereitung von Fallanalysen zu zwei Cold Cases aus 1985 und 1986. Seinerzeit waren in Bremerhaven zwei Prostituierte vom Straßenstrich verschwunden und ihre Leichen am Stadtrand sowie an der Autobahn bei Verden aufgefunden worden. Aktuelle kriminaltechnische Untersuchungen konnten an beiden Leichen dieselbe männliche tatrelevante DNA nachweisen. Die OFA hatte aus dem Täterverhalten in beiden Taten schon einen Zusammenhang vermutet, der sich nun objektiv belegen ließ.

Als verantwortlicher Fallanalytiker der OFA war der kompetente Kriminalhauptkommissar Maik Holzner beauftragt worden, der die Vorbereitungen koordinierte und die Fallanalyse moderierte, die am Folgetag mit dem gesamten Team der OFA und der LKA-Psychologin Carlotta Bayer-Westholdt starten sollte.

Der Ablauf von Fallanalysen allgemein und auch einer solchen Cold-Case-Analyse ist nach einer festen, wissenschaftlichen Methodik des Bundeskriminalamtes verbindlich für die OFA-Einheiten sämtlicher Bundesländer festgelegt.

Der strukturierte, intensive Prozess fordert das gesamte OFA-Team und lässt sich nicht immer in einem täglichen Zeitfenster von acht Stunden unterbringen. Damit ein effizientes Arbeiten gewährleistet bleibt, sind Unterbrechungen möglichst zu vermeiden.

Aus diesem Grund hatten sich Kristin Bäumer und die LKA-Psychologin entschlossen, Thorsten Büthe in der Deister-Weser-Klinik vor der arbeitsintensiven Woche zu besuchen.

Nach der Entnahme einer Niere war der OFA-Leiter vor zwei Wochen in der Rehabilitationsklinik am Höhenzug Deister am Rande des Weserberglandes in der urologischen Abteilung aufgenommen worden.

Die erste Woche hatte er sich noch in einem Rollstuhl, die letzte Woche immerhin schon auf Gehhilfen fortbewegen können. Seit einem Tag konnte der Patient bereits wieder aus eigener Kraft gehen, was ihn allerdings noch sehr anstrengte.

Sein Physiotherapeut war jedenfalls zufrieden, wobei das Thorsten Büthe alles nicht schnell genug ging. Zurückhaltung und Geduld waren nicht gerade seine Stärken. Je nach Entwicklung sollte er noch zwei oder drei Wochen in der Reha bleiben. Thorsten musste sich an ein asketisches Leben in der Reha-Klinik gewöhnen und vermisste neben seiner Ehefrau Vicci, seinen Töchtern und Enkelkindern auch die schmackhaften Steaks auf seinem Gasgrill samt kühlem Bier oder leckerem Primitivo.

Er musste viel trinken, und das hieß: literweise stilles Wasser, wobei der Früchtetee am Abend das Highlight des Tages war. Zudem hasste er Wasser ohne Kohlensäure.

Mit seiner behandelnden Ärztin, Dr. Kerstin Oltendorf, kam Thorsten sehr gut aus. Sie war kompetent und nahm sich auch Zeit für Gespräche außerhalb der medizinischen Themen. Sie sprachen über alle möglichen, auch persönlichen Dinge, wobei sie an der Arbeit der OFA als Krimi-Fan äußerst interessiert war.

Wenn sie den LKA-Beamten ärgern wollte, tauschten sie sich über Weinempfehlungen und Grillrezepte aus.

Die sympathische Ärztin riet ihrem Patienten, die Zeit der Reha zu nutzen, um zu entschleunigen. Thorsten hatte den Begriff schon einmal gehört, konnte ihn aber nicht mit seiner bisherigen Lebensphilosophie in Verbindung bringen. Seine Frau Vicci verstand sich mit Frau Dr. Oltendorf sehr gut und hatte ihr verraten, dass es ihrem Ehemann eher Stress bereitete, zehn Minuten still zu sitzen.

Dennoch versuchte er es und war mit seinen AirPods auf einer Parkbank im Klinikgarten in die Hörbuch-Biografie von Barack Obama eingetaucht. Plötzlich legten sich zwei trainierte Frauenarme von hinten um seinen Hals und drückten zu.

Kristin Bäumer und Carlotta Bayer-Westholdt begrüßten ihren Kollegen übermütig.

„Wir haben immer nach dem alten Mann im Rollstuhl Ausschau gehalten und nun sitzt du auf einer Bank und döst vor dich hin. Hat man dir den Rolli geklaut?“, frotzelte Kristin.

„Ich habe nicht geschlafen, sondern lausche den weisen Worten von Barack Obama. Vom Rollstuhl habe ich mich bereits letzte Woche getrennt und jetzt habe ich fünf Tage auf Krücken verbracht. Inzwischen versuche ich es mal völlig selbstständig", rechtfertigte sich Thorsten.

Die LKA-Psychologin hakte nach: „Und was sagt dein Physiotherapeut dazu? Dir geht es doch wieder alles nicht schnell genug."

„Beruhigt euch. Das ist alles abgestimmt. Die Narbe ist gut verheilt. Jetzt muss ich meinem Körper langsam wieder signalisieren, dass noch Leben in ihm steckt", klärte Thorsten auf.

„Die Betonung liegt auf ‚langsam'", mahnte Kristin, als ihr Handy klingelte und sie sich zurückzog.

Carlotta informierte ihn über die geplante Cold-Case-Analyse, die Neuigkeiten im LKA Niedersachsen und übermittelte die Genesungsgrüße des gesamten Teams.

„Bei den Fortschritten, die ich aktuell mache, könnte ich bald wieder mit einsteigen", prophezeite der Patient.

Carlotta musste lachen. „Das haben wir von deiner behandelnden Ärztin gerade ganz anders gehört. Du sollst noch mindestens zwei Wochen hierbleiben und wirst dann nach einer Ruhephase zu Hause in eine Wiedereingliederung gehen. Bis du wieder vollständig einsatzbereit bist, werden wohl noch zwei Monate ins Land ziehen. Oder traust du uns das ohne dich nicht zu?"

„Nonsens. Daran zweifele ich nicht. Bei meinen Fortschritten könnte ich aber sicherlich eher kommen, um euch wieder zu unterstützen", hoffte Thorsten Büthe.

Kristin kehrte mit ernster Miene zurück.

„Das war gerade Jan Radek. Heute Morgen wurde ein 15-jähriges Mädchen mit massiven Stich- und Schnittverletzungen sowie einem zertrümmerten Gesicht auf einer Tischtennisplatte gefesselt auf dem Schulgelände der KGS in Bargenstedt aufgefunden. Die Ärzte konnten nichts mehr tun. Das FK 1 richtet gerade eine ‚Moko Schulhof' ein und sie hätten uns gerne mit im Boot. Die erste Besprechung ist um 14 Uhr, wobei die Obduktion in einer halben Stunde im Kreiskrankenhaus Bargenstedt durchgeführt wird. Ich habe Jan zugesagt, dass wir gleich ins Krankenhaus fahren und mit den neuen Erkenntnissen aus der Rechtsmedizin in die Sitzung gehen. Saskia, Maik und Leander rufe ich gleich an. Sie sollen direkt dorthin kommen. Alles Weitere klären wir dann."

Thorsten wollte sich gerade von der Bank erheben und setzte kurz an: „Vielleicht kann ich euch irgendwie behilflich ..."

Weiter kam er nicht.

„Du widmest dich jetzt wieder deiner Gesundheit und den weisen Worten von Barack Obama", unterbrach Kristin ihren Chef.

Beide LKA-Beamtinnen verabschiedeten sich mit einer Umarmung.

„Wir schauen mal, was da auf uns zukommt, und melden uns, sobald wieder ein Besuch möglich ist. Du weißt: Nichts übertreiben. Es wird sicherlich schwierig ohne dich, aber wir versuchen es mal", scherzte seine Vertreterin mit einem Augenzwinkern.

Als sich Thorsten wieder dem ehemaligen US-Präsidenten widmete, öffnete sich das nächste Kapitel ‚Der Machtwechsel'. „Wie passend", dachte er sich, musste schmunzeln, sich aber auch eingestehen, dass es wohl so extrem wie in den USA nicht kommen würde.

Im Kreiskrankenhaus Bargenstedt befand sich eine Außenstelle des rechtsmedizinischen Instituts der Medizinischen Hochschule Hannover. Carlotta Bayer-Westholdt hatte ihre Kollegin Kristin Bäumer für den Krankenbesuch mit ihrem Mini von zu Hause abgeholt und parkte direkt neben dem Tatortfahrzeug des Fachkommissariats Forensik, einem grauen VW-Bully. Anstatt der Polizeikelle als übliche Parkberechtigung für zivile Dienstfahrzeuge legte Kristin ihre LKA-Visitenkarte sichtbar aus, denn für Privatfahrzeuge war dieser Bereich nicht zugelassen.

Kristin bemerkte, dass Carlotta auffallend still und angespannt war. Sie glaubte den Grund zu kennen.

„Das ist deine erste Obduktion, oder?“, fragte die Profilerin sensibel nach.

„Ja. Bislang war ich in dieser frühen Phase noch nicht dabei und dann gleich ein junges Mädchen“, gab die Psychologin zu.

„Probiere es einfach aus und halte Abstand vom Sektionstisch. Du musst dir und schon gar nicht uns etwas beweisen. Bei der äußeren Leichenschau ist die erste Beschreibung des Opfers an sich sowie die Art und Lage der Verletzungen interessant. Wenn dann die Leichenöffnung erfolgt und es nicht mehr geht, treffen wir uns wieder hier draußen. Okay?“, schlug die aktuelle OFA-Leiterin vor.

Carlotta nickte wortlos und starrte auf den Zeigefinger ihrer Kollegin, die auf den Klingelknopf ‚Rechtsmedizinisches Institut – Außenstelle Bargenstedt‘ drückte.

„Ja bitte?“, klang eine weibliche Stimme durch die Sprechanlage.

„Hallo Sandra, wir sind’s, Carlotta und Kristin von der OFA“, identifizierten sich die beiden neuen Teilnehmerinnen.

„Prima, dann sind wir vollzählig. Ihr könnt gleich durchgehen“, antwortete Dr. Stockinger.

In einem Vorraum mussten sich auch die beiden LKA-Beamtinnen mit einer entsprechenden Schutzkleidung ausstatten, um keine Spuren zu übertragen.

Der Sektionssaal der Außenstelle war deutlich kleiner dimensioniert als der in der Medizinischen Hochschule. Identisch war der typische Geruch, die Mischung aus Blut, geöffneten Organen und desinfizierenden Reinigungsmitteln, den diese sterilen Räume in allen Pathologien und rechtsmedizinischen Instituten auszeichnen.

Carlotta war geschockt, dass der Leichnam des Mädchens bereits auf dem Sektionstisch lag. Ein schrecklicher Anblick. Sie war davon ausgegangen, dass das Opfer mit einem Tuch vollständig abgedeckt war, welches erst zur Obduktion entfernt wurde. Im Tatort war das stets so. Auch die Vielzahl der Anwesenden, die sich schweigend auf ihre Arbeit vorbereiteten, irritierte die LKA-Psychologin.

Sie erkannte Dr. Sandra Stockinger trotz eines Vollschutzes aus einem grünen Overall, einer farbgleichen Kopfhaube, einem Mundschutz, einer Schutzbrille, Handschuhen und knöchelhohen Gummistiefeln.

Zwei weitere Rechtsmediziner waren identisch gekleidet, wobei ihr Kristin erklärte, dass es sich dabei um den Oberarzt Dr. Bernd Vollbrecht und den Präparator Dirk Sachs handele. Als Carlotta skeptisch blickte, erwähnte Kristin, dass der Präparator jetzt die Leichenöffnung vollziehe, die Organe freilege und zur Begutachtung der Rechtsmediziner vorbereite, die bei Obduktionen stets im Vieraugenprinzip vorgingen.

Zwei Kolleginnen des Fachkommissariates für Forensik dokumentierten die Verletzungen und Maßnahmen der Rechtsmedizin sowohl video- als auch fotografisch. Außerdem hatten sie vor der Leichenöffnung bereits die Spuren am Leichnam gesichert.

Unter der ebenso vollständigen Schutzkleidung erkannte Carlotta den Leiter der Mordkommission, Jan Radek. Nach einer kurzen Vorstellungsrunde stellten die beiden Kriminaltechnikerinnen auf einem großen Bildschirm die Fotos der Fundsituation auf der Tischtennisplatte auf dem Schulgelände vor. Die ersten Handyaufnahmen des Einsatzführers POK Kessler zeigten die Lage und den grausamen Zustand des noch gefesselten Mädchens. Ihr T-Shirt und der BH waren schon vor Eintreffen der Rettungskräfte aufgetrennt, der helle Rock war hochgeschoben. Beide Brüste sowie der Genitalbereich lagen frei. Die weiteren Fotos der Kriminaltechnikerinnen zeigten die Umgebung und den Tatort dann ohne das Opfer. Eine Blutlache hatte sich auf der Tischtennisplatte komplett ausgebreitet, sich durch den andauernden Regen verwässert und tropfte auf den Boden. Rechtsseitig der Platte wiesen die Kriminalbeamtinnen auf eine abgebrochene Messerspitze, die in dem Blut-Wasser-Gemisch aufgefunden und als Teil der mutmaßlichen Tatwaffe sichergestellt wurde. Die einseitig geschliffene Messerspitze wies noch eine Länge von 13,5 Zentimetern und eine Breite von bis zu 2,3 Zentimetern auf. Augenscheinlich war die Klinge direkt am Messergriff abgebrochen.

Oberarzt Dr. Bernd Vollbrecht bedankte sich bei den beiden Beamtinnen und übernahm das Wort.

„So, sind alle vorbereitet? Dann starten wir."

Er aktivierte sein Funkmikrofon und legte in einem typischen Gutachterstil los, nannte Datum, genaue Uhrzeit und den Ort der Sektion sowie alle Anwesenden.

Es folgte die äußere Besichtigung.

„Wie von der Polizei übermittelt, handelt es sich bei dem Leichnam um die 15-jährige Kim Meininger. Nach dem Wiegen ist ein Gewicht von 52 Kilogramm festgestellt und eine Körpergröße von 166 Zentimetern gemessen worden. Der Körper ist von schlanker Statur und altersgemäß entwickelt. Der Leichnam ist mit einem T-Shirt mit vorderseitigem Aufdruck ‚Hard Rock Cafe Amsterdam' bekleidet. Dieses T-Shirt ist von heller Farbe, wobei es im Front- und Seitenbereich rötlich blutdurchtränkt ist. Ein darunter befindlicher BH der Größe 75 B ist ebenso mit starken Blutanhaftungen versehen und – wie das T-Shirt – in der Mitte offensichtlich zerschnitten. Zu Dokumentationszwecken wird der BH und das T-Shirt an den Schnittstellen auf der Brust zusammengeführt. Hierbei ist festzustellen, dass zu den Stichverletzungen im mittigen Brust- und Bauchbereich keine korrespondierenden Durchsetzungen weder im T-Shirt noch im BH vorzufinden sind. Es ist daher davon auszugehen, dass die Bekleidung vor den Stichsetzungen in dem genannten Bereich aufgetrennt wurde. Ein heller Sommerrock scheint hochgeschoben. Der Genitalbereich liegt frei, ein Slip ist nicht vorhanden. An beiden Füßen finden sich helle Chucks mit rötlichen Anhaftungen, teils Durchtränkungen. Um den Hals liegt eine dünne, goldfarbene Kette mit einem Anhänger, der die Großbuchstaben ‚KM' aufweist. Um beide Handgelenke ist je eine Kordel verknotet, wobei die Enden glattrandig durchtrennt sind. Zur weiteren Begutachtung wird der Leichnam durch die anwesenden Kriminaltechnikerinnen spurenschonend entkleidet sowie die Kordel und der Schmuck entfernt. Als ergänzende Information der ersten Beamten vor Ort wurde mitgeteilt, dass am Opfer ein Panzertape um den Hinterkopf und den

Mund in Form eines Knebels gewickelt war. Die Nase soll freigelegen haben. Die Beamten hatten das Klebeband im Rahmen der Erste-Hilfe-Maßnahmen entfernt und sachgemäß vor Ort gesichert. Das Klebeband liegt demzufolge hier nicht vor."

Der Tod der Schülerin war erst vor wenigen Stunden eingetreten, sodass die Leichenstarre noch komplett ausgeprägt war und das Entfernen der Bekleidung erschwerte.

Dr. Vollbrecht nahm seinen Bericht wieder auf: „Fortsetzung der äußeren Besichtigung des unbekleideten Leichnams. Der Kopf lässt Spuren einer massiven stumpfen Gewalteinwirkung erkennen. Das Gesicht ist als solches kaum erkennbar. Die Regio frontalis, nasalis, infraorbitalis, oralis und auch zygomatica scheinen bei äußerer Betrachtung multifractal. Der gesamte Gesichtsschädel weist mindestens 20 stumpfe, geformte Verletzungen auf, verursacht durch ein ovales Werkzeug in den Ausmaßen von etwa zwei Zentimetern Länge und anderthalb Zentimetern Breite. Im Halsbereich finden sich in der Regio cervicalis anterior mindestens zwei und beidseitig dieses Zentrums mindestens drei Stichverletzungen. Drei weitere Stichverletzungen werden in der Regio pectoralis und vier in der Regio umbilicalis lokalisiert. Der Genital- und Analbereich ist äußerlich frei von Verletzungen. Im Bereich beider Oberschenkel, der Regio femoris anterior, lassen sich vier Einstiche diagnostizieren. Die Einstiche insgesamt spiegeln eine Klingenbreite von bis etwa drei Zentimetern wider und dürften von einem Messer verursacht worden sein."

Dr. Vollbrecht unterbrach das Diktat und wandte sich an die beiden Kriminaltechnikerinnen. „Wie breit, sagten Sie, war die abgebrochene Klinge?"

„An der breitesten Stelle maximal 2,3 Zentimeter", erklärten sie nach einem kurzen Blickkontakt und Prüfung ihrer Unterlagen.

„Dann sieht das eher nicht nach unserer Tatwaffe aus", äußerte der Rechtsmediziner selbstbewusst, was die Anwesenden erstaunte.

Die LKA-Psychologin war emotional sehr mitgenommen, konzentrierte sich aber auf die fachliche Begutachtung, was ihr half, diesen Anblick zu ertragen.

Die ganzen medizinischen Fachbegriffe sagten ihr gar nichts. Durch die systematische Betrachtung der Verletzungsareale konnte sie dem Experten jedoch gut folgen. Dem Mädchen war der gesamte Gesichtsschädel mit einem oval geformten Werkzeug massiv zertrümmert worden. Stichverletzungen fanden sich im Halsbereich, in der Brust und im Unterbauch sowie dem linken Oberschenkel. Überrascht hatte nicht nur die Psychologin, dass im Genital- und Analbereich bislang keine Verletzungen diagnostiziert wurden. Das hatten sie bei dieser Fundsituation, mit deutlichem Hinweis auf einen sexuellen Kontext, nicht erwartet.

Sie versuchte, die Aussage des Oberarztes zu interpretieren, dass die aufgefundene Messerklinge eher nicht das Tatwerkzeug gewesen sein dürfte, als sie wegen eines Geräuschs zum Sektionstisch starrte.

Der Präparator hob von hinten den Oberkörper des Leichnams an und begann mit einer Haarschneidemaschine die langen, dunklen, blutdurchtränkten Haare abzurasieren. Carlotta spürte, dass sie ihre Grenze erreicht hatte. Sie wollte sich aber nicht die Blöße geben, schon hier abzubrechen, konnte jedoch den Blick nicht abwenden.

Dr. Vollbrecht diktierte weiter.

„Innere Besichtigung und Öffnung der Kopfhöhle."

Der Präparator startete eine elektrische Knochensäge, die sich nicht nur wie der Dremel ihres Mannes mit einer kleinen Flex-Scheibe anhörte, sondern auch genauso aussah. Er setzte sie oberhalb der Stirn an und öffnete die Schädeldecke.

Das war jetzt doch zu viel, sie musste raus.

Kristin hatte ihre Kollegin beobachtet und nickte ihr verständnisvoll zu. Carlotta hatte hämische Blicke der anderen Kollegen erwartet. Sie waren allerdings professionell auf ihre Aufgaben konzentriert und beachteten die LKA-Psychologin nicht einmal. Carlotta bemühte sich, ruhig den Sektionssaal zu verlassen, hatte aber selbst den Eindruck, dass sie um ihr Leben lief.

Im Umkleideraum riss sie sich den Mundschutz und die Haube vom Kopf, nahm erst mal auf einer Bank Platz und atmete tief durch.

Sie entledigte sich der gesamten Schutzkleidung, stopfte sie in eine spezielle Tonne und trat aus dem Gebäude. Die ersten tiefen Atemzüge an der kühlen Luft genoss sie wie ein Glas eiskalten, prickelnden Champagner. Carlotta setzte sich auf einen kleinen Mauervorsprung und kramte fast hektisch in ihrer Handtasche. Da war sie. Die Schachtel ihrer Notfallzigaretten. Diese Packung hielt Wochen, aber es gab Momente wie diesen, da half nicht nur ein Zug frischer Luft.

Kristin Bäumer und Jan Radek verließen nach wenigen Minuten den Sektionssaal und trafen am Parkplatz auf die Psychologin.

„Wir haben hier erst mal abgebrochen und fahren direkt zur ersten Besprechung der Mordkommission. Die für uns vorerst wichtigen Informationen haben wir erhalten, und die beiden

Kolleginnen der Kriminaltechnik stoßen nach der Obduktion dazu und bringen uns auf den dann aktuellen Stand", klärte Kristin auf.

„Bis gleich", rief ihnen Jan Radek zu.

Kristin winkte zurück und setzte sich neben Carlotta.

„Alles okay? Das war schon heftig, aber allein diese Eindrücke sind für unsere Arbeit enorm wichtig und haben eine ganz andere Dimension als nur Fotos aus einer Ermittlungsakte", ließ die stellvertretende OFA-Leiterin wissen.

„Wie bekommst du diese Bilder aus dem Kopf? Ich könnte das auf Dauer nicht ertragen", schätzte die Psychologin sich selbst ein, wobei sie die Antwort ihrer erfahrenen Kollegin überraschte.

„Gar nicht. Sie sind alle noch da und kommen immer und immer wieder", gab Kristin zu.

Carlotta schluckte. „Mir wird gerade bewusst, wie unprofessionell wir Psychologen eigentlich sind. Wir beraten Betroffene nach traumatischen Ereignissen mit theoretischen Ansätzen und haben nicht die leiseste Ahnung, was das wirklich bedeuten kann, sofern wir es nicht auch persönlich erlebt haben."

„Ich muss dich leider vorwarnen. Ich glaube, es wird noch schlimmer, wenn wir uns dem Opfer in der Tiefe widmen. Wenn Kim plötzlich ein Gesicht bekommt. Wenn wir erfahren, wie sie als Mensch war. Wenn wir ihre Eltern und das Leid kennenlernen, was die Tat in ihnen verursacht hat und wie sie auch ihr Leben zerstören wird. Wie sie im Gerichtssaal verzweifeln werden, wenn der Täter oder der Richter vorträgt, wie und warum Kim wirklich gestorben ist. Ist der Täter reumütig oder hört er den Schilderungen des Vorsitzenden lächelnd zu. Entschuldigt er sich bei den Angehörigen oder verhöhnt er sogar das

Opfer. Damit werden wir zusätzlich zu den heutigen Eindrücken in den nächsten Wochen konfrontiert werden und dürfen nicht wegsehen. Wir müssen es einfach ertragen und unseren eigenen Weg finden, wie wir damit umgehen und es irgendwie verarbeiten. Jetzt allerdings sind wir es Kim und der Familie schuldig, professionell zu arbeiten und die Mordkommission bestmöglich zu unterstützen. Erst wenn ein Täter ermittelt und verurteilt ist, bleibt Zeit, unsere Wunden zu lecken. Schaffst du das, Carlotta?", erkundigte sich die Profilerin ernst.

„Du meinst die Spanne bis zum nächsten Fall in ähnlicher Dimension. Wie oft bleibt nicht einmal Raum dafür, um mal durchzuatmen? Hat euer alter Abteilungsleiter euch nicht mal als ‚Wellnessabteilung' betitelt? Ihr sucht euch die Fälle aus, reist als Berater in der Gegend herum und habt manchmal nur einen Fall im Jahr. Schaut denn niemand genau hin?", echauffierte sich die Psychologin.

„Nein, es schaut niemand hin. Die Mitarbeiter müssen funktionieren. Fällt einer aus, wird er ersetzt, woher auch immer. Du siehst es an dir. Man kann es erst beurteilen, wenn man es erlebt und dann sensibilisiert Gespräche mit den Betroffenen führt. Wir sollten uns jetzt nicht noch weiter herunterziehen. Lass uns fahren und dem Opfer ein Gesicht geben", schlug Kristin berührt vor.

Im großen Besprechungsraum der Polizeiinspektion Bargenstedt trafen die neuen Mitglieder der Mordkommission ‚Moko Schulhof' nach und nach ein. Der Leiter der PI Bargenstedt und der Kripochef begrüßten die Teilnehmer, bedankten sich schon in dieser Phase für das Engagement aller und übergaben das Wort an den Ersten Kriminalhauptkommissar Jan Radek.

Die Mordkommission setzte sich aus Ermittlern des Fachkommissariates 1 und Kollegen anderer Einheiten zusammen, die an einem Samstag spontan erreicht werden konnten. Als Berater war die OFA neben Kristin und Carlotta nun auch mit Maik Holzner, Saskia Münter und Leander Reinert vollzählig vertreten. Zuletzt trat die zuständige Staatsanwältin Dr. Anne Weber hinzu.

Jan Radek hatte eine PowerPoint-Präsentation vorbereitet und begann mit der Fundsituation sowie den ersten Angaben des Hausmeisters der Schule.

Als er mit einem Foto von Kim Meininger das Opfer vorstellte, traf eine Faust mitten in Carlottas Magengrube und ihr wurde schmerzlich bewusst, was Kristin meinte. Das nur drei Tage alte Foto zeigte ein bildhübsches, lebenslustiges, junges Mädchen, das offen in die Kamera lächelte. Jetzt hatte die Psychologin das Gesicht, das sie über das zerschmetterte Gesicht legen konnte.

Der Moko-Leiter ergänzte die ersten Erkenntnisse der Obduktion und teilte die Anwesenden, gemäß ihren Aufgaben, in Teams auf. Der OFA erteilte er offiziell den Auftrag einer Fallanalyse, um die Tat anhand der objektiven Spurenlage zu rekonstruieren, entsprechendes Täterhandeln zu interpretieren, eine Motivstruktur und Angaben zur Täterpersönlichkeit zu erarbeiten.

Die Tür zum Besprechungsraum öffnete sich und eine Kollegin des Social-Media-Teams entschuldigte sich für die Störung. Dann setzte sie sich an den Laptop, der mit dem Smartboard verbunden war. „Sorry, es ist wichtig. Bei TikTok kursiert ein Video, das ihr euch ansehen solltet. Es ist heute Morgen gegen 8 Uhr eingestellt worden und geht gerade viral."

Das Video zeigte offensichtlich Kim Meininger in einem Klassenzimmer. Sie saß lächelnd auf einer Tischkante, hatte ihr T-Shirt hochgezogen und ihre Brüste offenbart. Ein Mann um die 30 Jahre stürmte panisch auf die Kamera zu. Dann brach das Video ab.

„Wissen wir, wer dieser Mann ist?“, fragte Jan Radek. Die junge Kollegin war vorbereitet. „Ihr Klassenlehrer Dirk Wolters. Er wohnt im Birkenweg 6 a in Bargenstedt, ist 28 Jahre alt, verheiratet und hat eine zweijährige Tochter.“

Jan Radek witterte den schnellen Erfolg. „Auf geht's. Ich brauche zwei Teams. Frau Weber, besorgen Sie uns einen Durchsuchungsbeschluss? Vielleicht können wir diese Tat schnell aufklären. Drückt uns die Daumen!“

Die LKA-Psychologin Carlotta Bayer-Westholdt intervenierte. „Jan, einen Moment bitte. Ich warne vor Schnellschüssen. Sollte der Klassenlehrer wirklich der Täter sein, ist er in einer absoluten psychischen Ausnahmesituation. Was wir hier sehen, ist eine überbordende Gewalt an einem jungen wehrlosen und gefesselten Mädchen mit sexuellen und vermutlich auch sadistischen Anteilen. Wenn wir an seiner Tür klingeln, ist seine Situation aussichtslos und wir könnten ihn derart provozieren, dass sein Kind und seine Frau in akute Gefahr geraten. Er würde schlagartig alles verlieren, was ihm lieb ist, falls er wirklich der Täter sein sollte, und auch das müssen wir infrage stellen. Noch haben wir nur ein Video, aus dem sich ein Motiv begründen ließe. Mehr nicht. Wenn es allerdings so ist, müssen wir sogar schon jetzt einen erweiterten Suizid einkalkulieren und entsprechend schnell, aber besonnen reagieren.“

Die aktuelle Leiterin der OFA räusperte sich. „Eine wichtige Person fehlt uns in diesem Kontext noch. Nämlich die hinter der Kamera“, warf sie ein.

Sowohl der Leiter der Mordkommission als auch die Staatsanwältin tauschten einen besorgten Blick aus.

„Was schlagen Sie also vor, Frau Bayer-Westholdt?“, fragte Dr. Anne Weber.

„Wir sollten uns unbedingt verdeckt dem Haus nähern und das SEK dringt mit der Info um die mögliche Situation sensibel ein. So haben wir auch Notarzt und Rettungswagen direkt vor Ort, falls nötig“, regte die erfahrene Einsatzpsychologin an.

Nach einem kurzen Augenkontakt in die Gesprächsrunde waren auch die anderen Kräfte einverstanden und Jan Radek entschied: „Okay, danke für deinen wichtigen Einwand, Carlotta. So machen wir das. Ich fordere das SEK sofort an.“

Kapitel 5
Rückblick: Der erste Schultag

Dr. Johannes Oltendorf hatte sich nach erfolgreicher Bewerbung als Oberarzt der Unfallchirurgie im Kreiskrankenhaus Bargenstedt bereits eingelebt. Seine Ehefrau Kerstin war bereits seit drei Jahren als Stationsärztin in der Reha-Klinik für Transplantationsmedizin in Bad Münder beschäftigt. Die beiden leidenschaftlichen Mediziner waren mit ihrem 14-jährigen Sohn Hannes aus Hameln in einen kleinen Vorort von Bargenstedt in einen großzügigen Bungalow gezogen. Der Oberarzt der Unfallchirurgie war auch für die Notaufnahme des Krankenhauses verantwortlich. Es war für ihn selbstverständlich, dass er in dieser Rolle auch Notarzteinsätze übernahm, um ein Zeichen im Kollegium zu setzen. So hatte er keine langen Anfahrtswege aus Hameln mehr und auch für seine Frau war es ein Katzensprung nach Bad Münder.

Hannes ging in die siebte Klasse des Hamelner Gymnasiums und eine Verbindung mit öffentlichen Verkehrsmitteln nach Bargenstedt war nur über Umwege und einer Fahrzeit von 90 Minuten pro Strecke möglich.

Der Gymnasiast war ein begnadeter Klavierspieler, und als Familie Oltendorf erfuhr, dass in der KGS Bargenstedt ein musisches Profil angeboten und gefördert wurde, wechselte er die Schule.

Hannes war eine zarte Erscheinung und besaß lange, blonde Haare, die er zum Zopf gebunden hatte. Er war schon im Gymnasium ein Musterschüler und kontaktscheuer Streber. Modische Kleidung war ihm fremd. Hannes hatte durch jahrelange Gängeleien in der Schule ein mangelndes Selbstbewusstsein entwickelt und lebte in seiner eigenen Welt. Er war ein talentierter Klavierspieler und wurde durch seine Art von den Mädchen seiner Klasse umschwärmt, was die Jungen noch weiter gegen ihn aufbrachte.

Familie Oltendorf hatte gehofft, die schulische Situation durch den Wechsel auf die KGS Bargenstedt für Hannes entschärfen zu können.

Der neue Mitschüler wurde durch seinen Klassenlehrer mitten im Schuljahr aufgenommen und freundlich begrüßt. Hannes war erleichtert, denn der erst 28-jährige Dirk Wolters war aufgeschlossen und locker, was er von seinen steifen Gymnasiallehrern nicht gewohnt war. Leider verlor er schnell an Sympathie, als er den Schüler aufforderte, sich vor der ganzen Klasse kurz vorzustellen. Für Hannes war es das Worst-Case-Szenario, sich vor 28 Mitschülern zu präsentieren, was auch völlig in die Hose ging.

„Hallo, ich bin Hannes und komme vom Gymnasium in Hameln“, stammelte er unsicher.

„Du siehst nicht so aus, als wärst du vom Gymi geflogen“, rief einer aus der Klasse in den Raum, was Hannes noch weiter verunsicherte.

Dirk Wolters war sich seines Missgriffs bewusst und versuchte Hannes anzuschubsen. „Deine Eltern sind Ärzte und ihr seid erst gerade von Hameln nach Bargenstedt gezogen. Stimmt’s?“

Der Neue nickte nur.

„Möchtest du uns etwas zu deinen Hobbys verraten, Hannes?“, blieb der Lehrer am Ball.

„Musik“, mehr kam nicht über seine Lippen.

„Okay, wen oder welche Gruppe hörst du am liebsten?“, bohrte der junge Lehrer weiter, ohne zu wissen, was er damit anrichtete.

„Ähm, keine Gruppe. Am liebsten höre ich Mozart. Ich spiele Klavier“, entschuldigte er sich förmlich.

„Amadeus, Amadeus. Rock me, Amadeus!“, stimmte der vorlaute Mitschüler lautstark den Songtext von Falco ein.

„Halt doch mal die Klappe, Conny!“, ermahnte ihn der Lehrer.

Doch der selbstbewusste Schüler scherte sich nicht darum und sang textsicher weiter:

„Er war Superstar, er war populär, er war so exaltiert, because er hatte Flair, er war ein Virtuose, war ein Rockidol. Und alles rief: Come and rock me, Amadeus!“, worauf die Klasse auf Zeichen von Conny den Refrain laut mitsang.

Schon war der neue Spitzname von Hannes geboren, wobei er den Impuls, aus der Klasse zu rennen, gerade noch unterdrücken konnte.

Dirk Wolters platzierte Hannes bewusst neben den 13-jährigen Nico Brückner, der sich an diesem Szenario nicht beteiligt hatte.

Er gab ihm die Hand. „Hey, ich bin Nico. Die sind eigentlich ganz okay“, versuchte er die ausgelassene Klasse zu entschuldigen.

„Ich spiele übrigens Schlagzeug in unserer Schülerband. Komm doch mal mit, einen Klavierspieler haben wir noch nicht dabei", versuchte Nico den Neuen, den jetzt alle nur noch ‚Amadeus' nannten, aufzumuntern.

Ein weiterer Schüler in der letzten Bank war froh, dass ‚Amadeus' in die Klasse kam. Er war sicher, dass der Neuzugang ihn endlich ablöste.

Hannes erster Tag war eine Katastrophe, die sich sogar noch steigerte, als ihn seine Mutter nach Schulschluss mit ihrem perlmutt lackierten Porsche 911 abholte und natürlich direkt vor der Tür parken musste. Sie kam euphorisch auf ihn zugelaufen, nahm ihren Sohn in den Arm und drückte ihm vor allen, die gerade Schulschluss hatten, zur Begrüßung einen dicken Kuss auf die Wange.

„Hallo Schatz, na, wie war's?", flötete die Ärztin.

Ihr Sohn versank auf dem Beifahrersitz des Porsche und schlug schnell die Tür zu, während sich seine Mutter noch lächelnd umsah und bewusst den Blick zu seinen neuen Mitschülern suchte.

Conny führte seine fünfköpfige Jungsclique an, die beim Passieren des Sportwagens „Amadeus, Amadeus ..." sangen.

„Na, Hannes, waren das Schüler der Musikklasse, die gerade gesungen haben?", fragte Kerstin Oltendorf interessiert.

Sie hatte nichts verstanden.

Hannes antwortete brav auf die Fragen seiner Mutter. Alles sei gut und er freue sich auf den nächsten Schultag, gab er vor, um nicht auch noch seine Eltern damit zu belasten.

Der 12-jährige Conrad Kessler war seinerzeit in der sechsten Klasse in der gleichen Situation wie sein neuer Mitschüler. Er war klein, untersetzt und alles andere als sportlich. Vor dem Schulwechsel trug er seine dünnen, roten Haare unmodisch mit bravem Seitenscheitel und sah aus wie Ed Sheeran als Grundschüler.

Conrad war in seiner Realschule ein Mobbingopfer, was ihm durch seine ängstliche Ausstrahlung unmittelbar anzusehen war. Er hatte gelitten und suchte seine Bestätigung in der virtuellen Welt. Er war ein Nerd und verbrachte seine Zeit mit Computerspielen und Gewaltvideos, was sich negativ auf seine schulischen Leistungen niederschlug.

Seine Eltern waren beruflich stark eingebunden. Andreas Kessler war als Polizeioberkommissar Einsatzführer im Polizeikommissariat Bargenstedt, seine Mutter Anna Krankenschwester in der Notaufnahme des Kreiskrankenhauses.

Kesslers waren stets bemüht, ihre Schichten so zu legen, dass Conrad betreut werden konnte, was während und nach der Coronapandemie nicht ständig umzusetzen war. Zeit für sich hatte sich das Ehepaar kaum noch gegönnt.

Familie Kessler wollte die niedrigen Baufinanzierungszinsen nutzen und hatte sich ein Jahr zuvor in Bargenstedt ein altes Siedlungshaus gekauft, was sie mit hohen Eigenleistungen renovieren mussten. Sie hatten die aktuelle allgemeine Preisentwicklung insbesondere der mangelnden Baustoffe und Energiekosten unterschätzt und lebten am finanziellen Limit. Die Zulagen durch häufige Nachtschichten verpufften durch die Kostenexplosionen. Die massiven schulischen und persönlichen Probleme ihres Sohnes traten hinter den existenziell tickenden Zeitbomben zurück.

Warnsignale wurden ignoriert, dringende Gespräche mit den Lehrern von Conrad blieben aus. Erst als ihr Sohn eines Tages mit Prellungen und Gesichtsverletzungen aus der Schule kam, wurde Kesslers die Dimension bewusst.

Für eine intensive Aufarbeitung und langfristige Lösung der gravierenden Probleme fehlte den Eltern allerdings nicht nur die Sensibilität, sondern einfach die Zeit. Ihre Priorität lag im Stopfen finanzieller Löcher, um die nächste Strom- und Gasrechnung zahlen zu können. Beide waren derart ausgebrannt, dass ihre Zündschnur auch im Beruf immer kürzer wurde.

Andreas Kessler war im Job einen gesunden Pragmatismus gewohnt und setzte sich mit seinem Sohn sozusagen von Mann zu Mann zusammen. Immerhin gelang es ihm, dass sich Conrad seinem Vater gegenüber unter Tränen öffnete.

Er war von einem Mitschüler gemobbt worden. Er hatte sogar Ladendiebstähle begehen müssen, um nicht weiter jeden Morgen gedemütigt und geschlagen zu werden. Erst auf Nachdruck nannte er den Namen seines Peinigers: Kevin.

Der hatte die sechste Klasse bereits wiederholt und war daher der älteste Schüler und mit seinen 14 Jahren schon polizeibekannt.

Der erfahrene Einsatzführer wusste, wo die Clique von Kevin nachmittags abhing. Sie nutzten einen Spielplatz im Stadtpark, um Drogen an Mitschüler zu verkaufen.

Die Streifenwagenbesatzung, bestehend aus Polizeikommissarin Susanne (Susi) Reimann und Polizeioberkommissar Andreas (Andi) Kessler, meldete sich in ihrer Spätschicht bei der Einsatzzentrale zu einer Fußstreife in den Stadtpark ab.

Susi war die feste Streifenpartnerin von Andi, der die Einteilung der Teams vornahm. Er hatte sie vor drei Jahren als ihr ‚Bärenführer' unter seine Fittiche genommen. Die zierliche Polizeikommissarin war 27 Jahre alt und hatte ihre langen, blonden Haare im Dienst zu einem Zopf geflochten. Susi kannte Andi mittlerweile sehr gut. Insbesondere in den Nachtschichten tauschten sich die beiden auch über ihr Privatleben aus und vertrauten sich Dinge an, die oft sogar den Partnern verborgen blieben. Susi wusste um die finanziell angespannte Situation und extreme Belastung der Familie, aus der aktuell kein Ausweg absehbar war. Sie beobachtete bei Andi eine immer weiter zunehmende Aggressivität im Job. Diese jähzornige Art kannte sie früher nicht von ihm. Sie hatte Verständnis für die Probleme und bemühte sich, als ausgleichender Part ihres Teams zu agieren.

Andi hatte sich ihr auch mit den Problemen von Conrad anvertraut und Susi sorgte sich um den Jungen, den sie in den letzten Jahren hatte aufwachsen sehen. Er war durch die familiäre Situation emotional vernachlässigt worden und oft auf sich gestellt, was gerade in diesem Alter zu echten Problemen in seiner Entwicklung führen konnte. Susi hatte einen guten Draht zu Conrad und auf Grillpartys von Kesslers schon vertrauliche Gespräche mit ihm geführt.

Die junge Polizistin bemerkte die Anspannung ihres Kollegen, der auch ihr Vorgesetzter war. Als die Gruppe aus fünf Personen die Uniformierten bemerkte, lief sie sternförmig in verschiedene Richtungen auseinander.

„Der in der Lederjacke ist Kevin. Los, hinterher! Bleib du dran, ich schneide ihm den Weg ab. Die anderen interessieren jetzt nicht“, rief der Einsatzführer seiner jungen Kollegin zu. Susi war sportlich fit und joggte regelmäßig längere Strecken, sodass sie an dem Flüchtenden dranblieb. Sie achtete besonders darauf, ihn ständig im Blick zu behalten, falls er etwas wegwarf, denn sie vermutete Drogen oder auch Waffen.

Andi kannte den Stadtpark wie seinen eigenen Garten und ahnte, in welche Richtung der 14-jährige Schüler laufen würde. Der Polizist erwartete ihn schon hinter einem Baum an einer Abzweigung, an der Kevin mit vollem Tempo einen Haken schlagen wollte, um die Verfolgerin abzuschütteln. Andi sprang für den Jungen völlig unerwartet hinter dem Baum hervor und trat ihm im Sprint die Beine weg. Kevin überschlug sich mehrmals auf dem Schotterweg und blieb schwer atmend mit blutenden Schürfwunden an den Wangen in Rückenlage auf dem Weg liegen.

Der Polizeioberkommissar ging zielstrebig auf den Verletzten zu und holte zu einem Tritt aus.

„Andi! Nein! Komm mal runter. Das reicht jetzt!", schrie seine Kollegin bestimmt, zog ihn zurück und versuchte, ihren Chef von weiteren Übergriffen abzuhalten.

Andi riss den Jungen am Kragen hoch und drückte ihn gegen den Baumstamm, hinter dem er sich versteckt hatte.

„Hi, Kevin, wolltest du dich gerade einer polizeilichen Kontrolle entziehen?", sprach er den verunsicherten Schüler provokativ an.

„Verdammt, was soll die Scheiße? Ich habe nichts getan", stotterte der Schüler.

„Du hast doch wieder Gras vertickt, stimmt's?", mutmaßte der Oberkommissar und durchsuchte die Taschen des Verletzten.

„Ach, schau mal einer an. Volltreffer!", rief er mit Blick zu seiner Kollegin, die nicht bemerkt hatte, dass ihr Kollege eine Tüte mit vorbereiteten Haschischportionen aus der eigenen Tasche gezogen hatte, die er Kevin jetzt fast in die blutige Nase drückte.

„Das ist nicht von mir! Die wollen Sie mir unterschieben", warf er dem Polizisten vor. Die Kommissarin wurde hellhörig.

„Pass mal auf, du kleine Ratte! Die Menge hat mit Eigenbedarf nichts mehr zu tun. Du dealst mit dem Zeug und dafür gehst du in den Knast. Hast du das verstanden? In den Knast!", drohte der Polizist und kam Kevin so nah, dass der den tropfenförmigen Auswurf von Speichel in seinem Gesicht spürte.

Andi zog ihn noch weiter an sich und zischte direkt in sein Ohr. „Du bist nicht dumm und weißt, wer ich bin. Solltest du Conrad nur ansehen, ansprechen oder ihm zu nahekommen, bin ich wieder da und ziehe das durch. Hast du das verstanden, Kevin?" Dann griff er dem Jungen noch kräftig in die Genitalien und drohte: „Sonst reiße ich dir die Eier ab!"

Es reichte jetzt endgültig. Susi hatte nicht alles gehört, was ihr Streifenpartner Kevin ins Ohr geflüstert hatte, konnte sich den Wortlaut aber gut vorstellen. Sie zog Andi weg, sah den Jungen an und forderte ihn auf zu verschwinden.

„Sag mal, spinnst du jetzt völlig? Was ziehst du hier für eine Nummer ab? Das kann dich deinen Job kosten. Ist das jetzt deine neue Art, mir den Job vorzuleben? Dann bin ich raus und suche mir einen Streifenpartner, auf den ich mich verlassen kann und der mich nicht noch mit in die Scheiße zieht. Andi, bei allem Verständnis für deine Probleme, aber das war zu viel", echauffierte sich die junge Kommissarin zu Recht.

„Das musste jetzt mal sein, damit das aufhört. Ich kann mich nicht auch noch um die ganzen Probleme von Conrad kümmern", versuchte sich der Oberkommissar zu verteidigen.

„Das müsst ihr aber. Der arme Kerl ist völlig neben der Spur. Er sitzt den ganzen Tag mit seinen Ballerspielen vor der Kiste und knallt sich Chips und Cola rein. Er hat keine Freunde, treibt keinen Sport und wird fetter und fetter. So wie er aussieht und sich gibt, wird er nie akzeptiert und immer Opfer bleiben. Verdammt, macht was!", mahnte die junge Kollegin und setzte noch einen drauf.

„Wenn du so weitermachst, wirst du deinen Job verlieren. Willst du, dass alles den Bach runtergeht? Ich habe genug Fantasie und kenne Anna gut genug. Auch sie ist am absoluten Limit. Wenn sie in der Notaufnahme nicht funktioniert, können Menschen sterben. Wacht auf und holt euch Hilfe", riet Susi.

„Sorry, das musste mal raus", rechtfertigte sie ihre Moralpredigt und nahm ihren Bärenführer in den Arm.

„Du hast ja recht, aber bei uns geht alles drunter und drüber. Ich kann nicht mehr und weiß überhaupt nicht, wie ich die Kurve kriege. Die ganzen Baustellen wachsen uns so rasant über den Kopf und wir sind einfach fix und fertig. Wir streiten jeden Tag und machen uns gegenseitig Vorwürfe. Die Zeiten, in denen wir an einem Strang gezogen haben, sind lange vorbei", öffnete sich der deprimierte Familienvater und wischte sich peinlich berührt Tränen aus dem Gesicht.

„Andi, geh zum Arzt, lass dich einige Zeit aus dem Verkehr ziehen und gehe die Probleme an, bevor es ganz zu spät ist. Sprich mit deiner Frau, denn nur im Team könnt ihr Lösungen finden. Kümmert euch um Conrad und nutzt die Zeit", empfahl die junge Polizistin einfühlsam.

Ihr Kollege nickte und versuchte, den Blickkontakt zu Susi zu vermeiden, um seine Verzweiflung und die Tränen zu verbergen.

Der Polizeioberkommissar war es gewohnt, mit beiden Beinen im Leben zu stehen. Er sagte, wo es langging. Im Job und in der

Familie. Es kränkte ihn, von seiner jungen Kollegin, die noch vor Kurzem seine Auszubildende war, den Spiegel vorgehalten zu bekommen. Sie hatte sein Selbstbild innerhalb von wenigen Minuten zerstört und damit sogar recht gehabt.

Seine Ehe und Familie waren ihm wichtig und er ging auf seine Frau zu. An einem gemeinsamen freien Abend öffnete er eine Flasche Wein und kam mit zwei Gläsern ins Wohnzimmer.

„Schatz, lass uns reden und versuchen, gemeinsam wieder an einem Strang zu ziehen", begann Andi den Abend.

Er berichtete von seinem unkontrollierten Übergriff auf Kevin und war froh, dass der Schüler den Vorfall auf sich beruhen ließ. Der Familienvater erzählte sogar von dem Gespräch mit seiner jungen Kollegin und war bereit, die von ihr vorgeschlagenen Schritte anzugehen. Anna war völlig überrascht. So hatte sie ihren Mann noch nie erlebt. Solche Gespräche hatten sie in den letzten Jahren nicht geführt. Sie vereinbarten, dass Andi seinen Hausarzt aufsuchen und sich auch ihm gegenüber öffnen sollte. Eine solche Auszeit war für Anna durch die aktuell angespannte Personalsituation im Krankenhaus nicht möglich. Es war immerhin ein Anfang, den sie nicht mehr für möglich gehalten hatten.

Wider Erwarten sprach das Ehepaar auch freimütig über seine Beziehung und das Bedürfnis, dass durch eine gemeinsame Problemlösungsstrategie auch die Hoffnung auf eine harmonische Beziehung gesteigert werden könnte. Nach der geleerten Flasche Wein gingen sie gemeinsam zu Bett und schliefen nach über einem Jahr miteinander.

Der Besuch beim Hausarzt ergab eine sofortige Krankschreibung von Andi für vier Wochen sowie eine Reha-Maßnahme direkt im Anschluss. Als dem Polizeibeamten Kliniken in St. Peter-Ording oder Kassel vorgeschlagen wurden, wollte er schon einen Rückzieher machen und erklärte, dass er in der derzeitigen Situation seine Familie nicht so lange verlassen könne. Das Alternativangebot für eine ambulante Reha im nahen Bad Nenndorf nahm er dankend an. Die Anwendungen sollten dort bis mittags abgeschlossen sein, sodass er sich dann zu Hause um alles kümmern konnte.

Mindestens acht Wochen ohne Schichtdienst und Zeit für die Familie war in der Tat eine gute Perspektive, um gemeinsam ihre Baustellen abzuarbeiten. Mit Anna hatte Andi abgesprochen, die Priorität auf Conrad zu setzen.

Die Osterferien standen an. Das Ehepaar Kessler suchte aktiv Kontakt zu Conrads Klassenlehrerin in der Realschule. Sie waren überrascht und entsetzt, dass sie aufgrund der schwierigen Situation einen Schulwechsel vorschlug.

„Conrad ist Mobbingattacken über seine Klasse hinaus zum Opfer gefallen. Selbst ein Klassenwechsel wird hier nicht helfen. Seine schulischen Leistungen sind komplett abgesackt. Er ist ein Einzelgänger, der sich zurückgezogen hat und selbst kein Interesse zeigt, auf Mitschüler zuzugehen", stellte die kompetente Lehrerin fest.

Anna war entsetzt. „Und das erfahren wir jetzt, wo alles zu spät ist? Warum informieren Sie uns denn nicht früher über diese massiven Probleme?", warf die Mutter empört der Pädagogin vor.

„Frau Kessler, auf Elternabenden sind Sie nicht erschienen. Ich habe Sie in den letzten Monaten dreimal angeschrieben. Von Ihnen kam keinerlei Reaktion. Telefonisch waren Sie nicht erreichbar. Was also hätten Sie an meiner Stelle gemacht?", konterte die Lehrerin.

Andi Kessler hatte sich bisher zurückgehalten, kochte aber vor Wut und sah seine Frau an. Die wusste, was in ihm vorging, und nickte einfach nur zustimmend.

„Schatz, ich glaube, das bringt hier nichts mehr. Ihren Einlassungen entnehme ich das deutliche Signal, dass Sie unseren Sohn bereits abgeschrieben haben. Wir haben von Ihnen weder ein Schreiben noch einen Anruf erhalten. Wir sind beide beruflich sehr eingebunden und haben es nicht einrichten können, an den letzten Elternabenden teilzunehmen. Das Bild, das Sie über Conrad skizzieren, sehe ich auch in Ihrer Verantwortung und die möchten wir Ihnen nicht weiter übertragen. Wann können wir den Schulwechsel umsetzen?"

Die Pädagogin wurde schnippisch.

„Die Verantwortung Ihres Kindes sehe ich eindeutig bei Ihnen. Wenn Sie Conrad nicht im Griff haben, ist das nicht mein Problem. Egal. Schön, dass wir einer Meinung sind. Sie müssen einen Antrag auf Schulwechsel einreichen und sich nach den Ferien um die Aufnahme in einer neuen Schule selbst kümmern. So lange bleibt Conrad schulpflichtig und in seiner Klasse. War es das?"

Die Unterredung war beendet.

Als Kesslers den Kontakt vorwurfsfrei mit Conrad suchten, gab er zu, dass er sämtliche Post der Schule abgefangen hatte. Zudem hatte er selbst auf den Mobiltelefonen seiner Eltern die Nummer der Schule und Handynummer seiner Klassenlehrerin blockiert.

Das hatten sie ihrem Sohn bis auf den heutigen Tag nicht zugetraut, wollten die vertrauliche Gesprächsbasis aber nicht gefährden und nach vorne schauen.

Andi widmete sich seinem Sohn wie niemals zuvor. Der Polizist versuchte, Conrad zum Joggen zu bewegen, ging mit ihm schwimmen und in ein Fitnessstudio. Der 12-jährige Junge war einfach unsportlich und motorisch untalentiert. Es mussten andere und vor allem kurzfristigere Lösungen her. Der Oberkommissar hielt seine junge Kollegin auch während der Krankschreibung auf Stand. Susi war ein wenig stolz, in ihrem Streifenpartner wesentliche Veränderungen angeschoben zu haben, was sie nicht erwartet hatte.

Anna Kessler war ihr dankbar, dass Susi ihrem Mann einmal den Kopf gewaschen hatte, und zudem erstaunt, dass er diesen Rat sogar unmittelbar angenommen hatte.

Die Krankenschwester ergriff die Initiative und lud die Kommissarin zum Italiener in die Fußgängerzone Bargenstedts ein.

Anna hatte die junge Polizistin bislang nur in Uniform gesehen und war überrascht, als sie ihr von Weitem zuwinkte. Sie war bildhübsch und ihre langen, blonden Haare strahlten wie das Lächeln ihrer schneeweißen Zähne in der Abendsonne. Susi trug ein hellblaues Kleid, darüber eine Jeansjacke.

Sie begrüßten sich mit einer innigen Umarmung.

„Hallo Anna, vielen Dank für die Einladung. Womit habe ich die denn verdient?“, fragte die Kommissarin offen.

„Einfach, indem du meinem Sturkopf offensichtlich die richtigen Worte zur rechten Zeit um die Ohren gehauen hast. Sie sind angekommen“, freute sich die 36-Jährige, die sich für den Abend in Schale geworfen hatte. Sie trug eine enge Jeans, helle Sneaker, ein rosafarbenes Poloshirt und darüber einen hellblauen Blazer. Anna war mittelgroß, schlank und hatte dunkle kurze Haare, die sie frech und selbstbewusst wirken ließen.

„Gut siehst du aus, Anna“, bemerkte Susi lächelnd.

„Na ja, die Konkurrenz schläft nicht", wobei sie ihr jüngeres Gegenüber unverblümt musterte.

Als der Ober an den Tisch trat und die Getränkewünsche erfragte, bestellte Anna direkt. „Beginnen wir mit einem Aperol Spritz. Zwei bitte. Du bist natürlich eingeladen und ich dulde heute Abend keine Widerworte."

Susi gab sich geschlagen. Sie schufen sich eine sympathische Atmosphäre und tauschten sich vorbehaltlos aus.

Andi hatte diesen Abend genutzt und fuhr mit Conrad zu McDonald's, bevor sie sich im Kino den neuen Marvel-Film ansahen.

Sein Vater versuchte langsam das Vertrauen und die Bindung wiederherzustellen, die Kesslers lange vernachlässigt und auch unterschätzt hatten.

Zwischenzeitlich war eine Zusage der Kooperativen Gesamtschule eingetroffen, wobei die Umschulung erst sechs Wochen später erfolgen konnte. So lange musste Conrad noch in seine alte Schule gehen. Er war schulpflichtig und konnte nicht freigestellt werden. Es mussten daher kurzfristige Lösungen her, die Conrad den Druck und die Angst nahmen.

„Hör mir zu, Conrad. Du bist nicht sportlich und die anderen Jungs sind dir körperlich weit überlegen. Wir müssen anders an die Sache rangehen und werden in den Ferien jeden Tag trainieren. In Ordnung?", eröffnete der Polizist die neue Strategie und sie legten los.

„Du beschreibst mir jetzt genau die Situationen, in denen du von den anderen bedrängt oder sogar geschlagen wurdest. Okay?", schlug Andreas Kessler seinem Sohn vor. Der war einverstanden.

„Egal, wer mir zu nahekam, es waren immer mehr als einer. Sie umringten mich, schubsten mich hin und her, traten und schlugen mich. Mindestens einer von denen filmte mit seinem Handy, wobei auch andere Schüler die Situation aufnahmen", schilderte Conrad sichtlich betroffen.

„Okay, mein Sohn, wir trainieren jetzt jeden Tag wenige, aber effiziente Tritt- und Schlagtechniken, die du einfach anwenden kannst, aber durchziehen musst", kündigte der gewalterfahrene Polizist an.

Sie trainierten, sicher zu stehen, eine Körperhaltung, aus der Schlag- und Tritttechniken schnell möglich waren. Andi hatte vom Kampfsporttraining entsprechende Schutzkleidung und Schlagpolster mitgebracht und spornte seinen Sohn an.

„Du musst kräftiger zuschlagen. Schau mir ins Gesicht, stell dir Kevin und die anderen Jungs vor – und dann zieh durch! Komm schneller! Kräftiger! Mehr Schmackes! Ich bin's, Kevin! Du kannst nichts, du Wurm."

Es schien zu funktionieren. Conrad wurde aggressiv und powerte sich so lange aus, bis er seine Arme nicht mehr hochbekam. Selbst die Armhaltung zur Deckung hatte er mittlerweile drauf. Es wirkte.

„In der nächsten Lektion musst du deinen Vorteil nutzen. Niemand von denen rechnet damit, dass du dich plötzlich wehrst. Nur die Schläge und Tritte müssen sitzen. Du schnappst dir immer den Anführer. Hörst du? Nur die Kevins. Du bekommst keine zweite Chance. Und jetzt kommt das Wichtigste, das du umsetzen musst. Ohne das funktioniert das alles nicht. Skrupellosigkeit. Du darfst keine Gedanken daran verschwenden, ob es dem anderen wehtut. Das hat bei dir auch niemanden geschert. Sei einfach auch mal ein Kevin, sei du mal der Boss.

Kriegst du das hin, Conrad?", hämmerte ihm Andy ein wie ein Boxtrainer kurz vor der entscheidenden Runde. Genau in dieser Phase befanden sie sich jetzt. Ein K.-o.-Schlag entscheidet über den Ausgang des Kampfes und das nächste Spiel in der neuen Schule. Sein Sohn musste ein anderer Mensch sein, damit er in der neuen Schule nicht gleich wieder unterging.

In der Nacht vor dem ersten Schultag nach den Ferien konnte niemand aus der Familie gut schlafen. Die Gedanken kreisten um Conrad, der selbst nachts Techniken und Szenarien durchspielte, wie er seine Peiniger plattmachen konnte. Was sein Vater nicht wusste, war, dass er sich nach dem täglichen Training in Gewaltvideos abreagierte. Das größte Problem, das sein Vater befürchtete, war die mangelnde Skrupellosigkeit, die vorsichtige Zurückhaltung seines Sohnes. Conrad teilte diese Sorge nicht.

Er hatte die Zusage der neuen Schule, die Reaktionen seiner alten Lehrer waren ihm völlig egal. Er war unabhängig und hatte plötzlich einen Freifahrtschein, einmal das praktisch umzusetzen, was er tausendmal am Rechner durchgespielt hatte.

Angespannt betrat er die Realschule. Er fühlte sich gut vorbereitet. Ihm fiel auf, dass er dieses Mal nicht zu Boden schaute, als er den Schulhof zu seinem Klassenraum überquerte.

Er suchte den Blickkontakt zu seinen Mitschülern, und er suchte Kevin. Die Jungs, die sich um ihn scharten, stießen ihn in die Seite, doch Kevin reagierte nicht im Ansatz. Vielleicht hatte ihn das Zusammentreffen mit dem Vater doch mehr beeindruckt. Aber Kevin war nicht dumm. Sein Blick suchte den Kontakt zu Axel aus dem achten Jahrgang, der seine Gang fest im Griff hatte.

Sie kamen zu viert auf Conrad zu. Wie üblich ahnte jeder, was jetzt passieren würde, sodass sich langsam ein Kreis aller Schüler um Conrad und die Jungs von Axel schloss. Sie zückten ihre Handys und schienen vorbereitet.

Axel war schon 15 und einen ganzen Kopf größer als Conrad. „Na du roter Wixer, hast du deinen Papi auf Kevin gehetzt? Wo ist der Bulle denn jetzt oder schreist du gleich nach Mami und Papi?", provozierte der Anführer und schaute bewusst in die Videokameras der unzähligen Handys, die startklar waren.

„Axel, du hast damit nichts zu tun. Das ist eine Sache zwischen Kevin und mir", versuchte Conrad die Angelegenheit verbal zu deeskalieren, was ohne Frage für eine Überraschung bei den umstehenden Mitschülern sorgte.

„Ich dachte, Kevin darf nicht mehr mit dir sprechen, hat Papi gesagt. Kevin ist mein Freund und dein Vater hat ihn erheblich verletzt. Das wirst du jetzt ausbaden müssen, roter Wixer", drohte Axel und schlug seine rechte Faust in die linke Handfläche. Das war das Signal für die Handys, die nun alle aktiviert waren, die Szene festzuhalten.

Conrad war unsicher und hatte Angst, war aber in der Lage, sich in seine Videospiele zu transformieren. Er hielt dem Blick seines Gegenübers stand und forderte ihn auf:

„Geh mir aus dem Weg, Axel, sonst passiert was."

Ein Gelächter und übertrieben erstauntes Raunen begleitete den Schauplatz.

Völlig unbemerkt von den anderen nahm Conrad den erlernten sicheren Stand ein. Er verschränkte beide Arme selbstbewusst vor seinem Körper, wobei er eine Hand unter sein Kinn platzierte, als überlege er. Diese Haltung hatte er bis spät nachts immer und immer wieder trainiert.

Conrad musste nach oben blicken, um Axel in die Augen schauen zu können, und wagte das Unglaubliche.

„Ich zähle bis drei. Wenn du dich bis dahin nicht verpisst hast, passiert was!“, kündigte er unter dem Gefeixe der anderen an.

„Ui, da bin ich aber mal gespannt“, frotzelte Axel.

„Okay, eins, zwei ...“

Der Rädelsführer blickte bestätigend in die gespannten Gesichter seiner Mitschüler, als Conrad ihm schon bei „zwei“ völlig ansatzlos und überraschend kräftig unter die linke Kniescheibe trat. Als sich Axel vor Schmerzen nach vorn krümmte, rammte Conrad ihm sein Knie in die Genitalien und schlug ihn mit seiner mitgeführten Metallflasche mit Früchtetee und einem Spider-Man-Aufkleber kräftig auf den Hinterkopf. Axel sank vor Schmerzen gekrümmt zu Boden. Conrad konnte es selbst nicht glauben und erwartete, dass ihn die anderen Jungs angreifen würden, was allerdings nicht geschah. Vor ihm öffnete sich respektvoll eine Gasse, an deren Ende fassungslos auch Kevin stand, der zur Seite trat, um Conrad vorübergehen zu lassen.

Das Video ging viral und Conrad hatte in kurzer Zeit eine Metamorphose durchlaufen, die diesen Tag als seinen schönsten Schultag aller Zeiten krönte.

Nach einer Klassenkonferenz wurde beschlossen, Conrad bis zum Schulwechsel freizustellen, um weitere Eskalationen zu verhindern.

Sechs Wochen frei. Was für ein Gefühl. Andi Kessler war täglich bis 14 Uhr in seine Reha-Maßnahmen in Bad Nenndorf eingebunden und Conrads Mutter war in der Klinik oder schlief sich nach der Nachtschicht aus. So war Conrad zumindest die erste Tageshälfte außer Kontrolle und auf sich gestellt.

Der letzte Schultag war ein Wendepunkt in seinem Leben. Das Handyvideo, das seine Mitschüler gedreht hatten, saugte er mehrmals täglich auf und bewertete immer wieder die Reaktionen der anderen Mitschüler. Er spürte das ungläubige Erstaunen in ihren Mienen und die anerkennenden Blicke. Es weckte Glücksgefühle in ihm, die er zuvor noch nie empfunden hatte. Conrad hatte sich von einer Last befreit und seine Fesseln gesprengt, die ihn bislang in seiner Opferrolle fixierten. Er fühlte sich wie einer seiner Marvel-Helden, der vom schüchternen und unscheinbaren Niemand zu Spider-Man mutiert.

Conrad allerdings benötigte kein Kostüm. Die Verblüffung in den Gesichtern derer, die sich zuvor alle an den Hänseleien beteiligt hatten, das Raunen der Menge, als er agierte und die Zügel in die Hand nahm, das war der Kick, den er immer und immer wieder genießen wollte. Nie wieder Opfer sein. Damit war es nun endgültig vorbei.

Trotz der Freistellung von der Realschule waren seine Eltern stolz, dass er sich durchgesetzt hatte. Eine solche Wertschätzung wurde ihm allerdings nicht oft zuteil.

Er war zufrieden und taute plötzlich lebensfroh wieder auf.

Anna und Andi Kessler befanden sich auf einem guten Weg, denn für sie waren die Probleme ihres Sohnes gelöst. Sie konnten endlich aufatmen und hatten ein gutes Gefühl, um die nächsten Baustellen anzugehen.

Anna hatte die Kollegin von Andi über die positive Wandlung ihres Sohnes informiert und sie vor ihrer Spätschicht zum Frühstück eingeladen.

Susi war überrascht, als Conrad sie aufgeschlossen begrüßte, euphorisch die Situation auf dem Schulhof schilderte und er stolz das Handyvideo vorführte.

„Wow, damit hat aber niemand gerechnet, Conrad. Die waren alle ganz schön geflasht“, bestätigte die junge Polizistin anerkennend.

„Wenn du magst, kannst du nach dem Frühstück zu mir hochkommen“, lud Conrad die Kommissarin ein, was sie gerne annahm.

„Das hätte er vor wenigen Tagen nie getan“, wunderte sich Anna Kessler.

Auch Susi war erstaunt. „Verrückt, was so eine unerwartete Reaktion doch für einen Wandel verursachen kann, oder?“

„Das ist zum großen Teil auch dein Verdienst, Susi. Hättest du Andi nicht den Kopf gewaschen, wären wir noch lange nicht so weit. Dafür danke ich dir ganz herzlich“, strahlte Conrads Mutter.

„Dann war es ja das richtige Wort zur richtigen Zeit. Jetzt kommt es nur darauf an, dass er sich in der neuen Schule gleich richtig positioniert und nicht wieder in seine alte Rolle verfällt. Lass mich mal mit ihm reden, Anna“, bot die junge Polizistin an.

„Conrad mag dich. Ich glaube, dass er deinen Rat eher annimmt als den seiner Eltern“, schätzte Anna ein.

„Hast du noch etwas zur Bestechung?“, fragte Susi nach und ging mit einer Tüte seiner Lieblingschips sowie einer Flasche eiskalter Cola nach oben und klopfte an die Tür.

„Hey, du Held, darf ich reinkommen?“, dabei knisterte die Kommissarin laut mit der Chipstüte. Conrad war auf dieses Geräusch konditioniert wie ein Raubtier zur Fütterung.

Die Tür zum Kinderzimmer öffnete sich zögerlich.

„Hallo Susi, klar, komm rein", empfing er sie.

Die Streifenbeamtin hatte schon oft mit dem Sohn ihres Bärenführers gesprochen, war aber noch nie in seinem Zimmer gewesen. Sie war es gewohnt, in fremden Umgebungen ihr Umfeld zu scannen, und sah sich interessiert um. Das hatte sie nicht erwartet. Das war ein echtes Kinderzimmer. An den Wänden hingen Poster von Spider-Man und anderen Marvel-Helden. Auf einem kleinen Tisch stand eine Parkgarage mit kleinen Matchbox-Autos, davor lag ein Spielteppich mit einer Straßenlandschaft.

Einzig der Laptop störte das idyllische Bild und Susi wurde das Gefühl nicht los, dass er von ständiger Auslastung fast qualmte. Die Polizistin hätte gerne das Gehäuse berührt, um sicher festzustellen, ob der Rechner gerade noch betätigt wurde. Sie war allerdings hier, um das Vertrauen von Conrad zu gewinnen, und wollte die Chance für ein Gespräch zur Vorbereitung des Schulwechsels nutzen. Daher ließ sie den Computer unbeachtet, was ihr nicht leichtfiel.

Für den Nerd war die Cola und eine Tüte Chips eine willkommene Abwechslung und die Polizistin würde sicher nicht lange bleiben.

„Wow, das Video vom Schulhof ist ja der Hammer, Conrad. Ich bin total stolz auf dich, dass du dich gegen die Großen so stark durchgesetzt hast. Hast du das mit deinem Papa trainiert?", versuchte die Beamtin das Gespräch zu eröffnen.

„Ja, die ganzen Ferien. Ich musste aber erst meine Angst besiegen und hatte mich eigentlich auf Kevin eingestellt. Axel aus dem achten Jahrgang war sogar einen Kopf größer als ich, aber damit hat er nicht gerechnet", erwähnte der Schüler nicht ohne Stolz.

„Na, die anderen aber auch nicht“, lachte Susi.

„Hast du die Gesichter gesehen? Die dachten alle, Axel macht mich fertig. Nichts da, das passiert mir nie wieder“, verkündete Conrad selbstsicher.

Die junge Polizistin nahm den Ball auf und spielte ihn zurück. „Da hast du völlig recht. Du darfst dich in der neuen Schule auch nicht so verhalten wie früher. Du bist nicht mehr der kleine, schüchterne, rothaarige Junge. Zeig ihnen von vornherein, was in dir steckt. Conrad, du bist kein Kind mehr. Du bist cool. Was glaubst du, warum Kevin von allen respektiert wurde? Er stellt sich jedem entgegen, wehrt sich. Er lässt sich nichts gefallen. Er bestimmt in der Klasse, wo es langgeht, und lässt sich von keinem ans Bein pinkeln.“

Der fragende Blick des Jungen ließ sie fortsetzen. „Du sollst nicht so ein Arsch wie Kevin werden, aber kannst dir auch einiges von ihm abgucken. Lass dir nicht mehr alles gefallen und setze frühzeitig ein Zeichen, dass mit dir nicht zu spaßen ist. Tritt selbstbewusster auf, kleide dich moderner und lass dir eine tolle Frisur schneiden. Deine Haarfarbe darf keine Rolle mehr spielen. Schau deinen Vater und mich an. Niemand nennt uns Andreas und Susanne. Wir sind Andi und Susi. Streife dein altes Leben ab und nenne dich ab heute nur Conny. Ich finde den Namen super“, schlug die junge Polizistin vor.

In ihm brodelte es. Auch wenn sie erwachsen war, sie hatte einfach recht.

„Danke, Susi. Du bist in Ordnung. Ich werde darüber nachdenken.“

Mit diesen Worten schloss er die Gesprächsrunde, zumal seine Chipstüte und die Cola geleert waren. Er warf einen Blick auf seinen Laptop, um seiner Ratgeberin zu signalisieren, dass er sich jetzt wieder wichtigeren Dingen zuwenden wollte.

Susi verstand. „Ich wünsche dir einen mega Start in der neuen Schule und bin sicher, dass du ‚Conrad' abgelegt hast, damit sich ‚Conny' mit breiter Brust in der Klasse behaupten kann und integrieren wird", prophezeite sie und sollte recht behalten.

„Für seine Verhältnisse warst du aber lange in seinem Zimmer. Respekt. Und, wart ihr erfolgreich?", erkundigte sich die Mutter gespannt.

Susi berichtete von dem Gespräch und der Wandlung zu ‚Conny'.

„Ich glaube, diese Situation auf dem Schulhof hat aus eurem Sohn einen anderen Menschen gemacht. Er hat sich und wird sich noch mehr verändern. Ich habe ihm geraten, sein Outfit und seine Frisur zu modernisieren. Sorry, auf eure finanzielle Situation habe ich in dem Moment keine Rücksicht genommen", entschuldigte sie sich.

„Ich glaube, da auch in Andis Interesse zu sprechen. Wenn uns diese Last durch eine Shoppingtour und einen Friseurbesuch von den Schultern genommen wird, investieren wir das gerne", kündigte Anna an.

„Guten Morgen, ich freue mich, euch Conrad Kessler vorstellen zu dürfen. Er kommt von der Realschule Bargenstedt und wird ab heute in unseren Kreis aufgenommen", begrüßte der junge Klassenlehrer Dirk Wolters seinen neuen Schüler.

„Möchtest du etwas zu uns sagen, Conrad?", forderte der Lehrer den Neuen auf.

„Conny, ich heiße Conny. Conrad sagt kein Mensch", korrigierte er mit fester Stimme. Dabei sah der Neue seinen Mitschülern selbstbewusst in die Augen und versuchte, ihre Reaktionen zu deuten. Wer konnte ihm gefährlich werden? Mit wem musste er sich gut stellen? Conny war kein tüchtiger Schüler, hatte aber aus seiner ehemaligen Rolle die Gabe entwickelt, recht schnell einschätzen zu können, wer in der Klasse das Sagen hatte. Diesen Typen hatte er sofort ausgemacht. Der gut aussehende blonde Schüler hielt seinem Blick nicht nur stand, sondern scannte Conny von oben bis unten. Insbesondere die Mädchen in der Klasse tuschelten und tauschten Blicke untereinander aus. Einige der Jungs suchten beobachtend den Blonden und waren an seiner Einschätzung interessiert. Das waren die Mitläufer. Seine Sensibilität ließ Conny auch an einem Schüler hängen bleiben, der nicht in der Lage war, ihn anzusehen. Ihm konnte er zweifelsfrei die Rolle in der Klasse zuschreiben, die er jahrelang in seiner alten Schule besetzt hatte. Er war das Mobbingopfer.

Allein in diesen ersten Minuten wurde der Neue in die Schubladen der Klassenhierarchie eingeordnet.

Conny war klein, schmächtig und rothaarig. Er hatte eine Kurzhaarfrisur mit anrasierten Seiten und einem langen Seitenscheitel. Seine Klamotten waren modisch, bis auf seine angesagten Nike-Air-Jordan-Sneaker allerdings keine trendigen Marken.

Der große Blonde lehnte sich lässig mit verschränkten Armen zurück. Für ihn war Conny keine Gefahr und auch die Mitläufer entspannten sich. In dem Alter waren die Mädchen in der Klasse weiterentwickelt als die Jungen – und Conny war alles andere als ein Schwarm der Gleichaltrigen.

Seine realistische Einschätzung vermutete eine Einordnung in einer der unteren Schubladen des letzten Drittels.

Jetzt lag es an ihm, das zu ändern.

Kesslers hatten das Vertrauen zu Conrad zurückgewonnen und waren zuversichtlich, dass er sich in der neuen Schule gut einleben würde. Er wollte plötzlich auch von seinen Eltern nur noch ‚Conny' genannt werden.

Ihr Sohn hatte sich sogar äußerlich verändert. Er wurde mutiger und achtete mit einem Mal auf sein Äußeres, was ihn sonst weniger interessierte. Zu der versprochenen Shoppingtour hatten sie ihm eine Grenze von 300 Euro gesetzt, für die sich Conny etwas aussuchen konnte. Ihm war schnell deutlich geworden, dass dieser Betrag für neue Hosen, Shirts, Jacke und Schuhe nicht im Ansatz ausreichte. Sie mussten bewusst schauen, wo und was sie einkauften. Connys Traum-Sneaker, die Nike Air Jordan 1 Mid in Schwarz, lagen allein schon bei 200 Euro. Egal, die mussten sein, dann hielt er sich lieber bei den Klamotten zurück.

Ihm wurde bewusst, dass er mit seinen finanziellen Möglichkeiten keine großen Sprünge machen konnte. Ihm wurde weiterhin bewusst, wie sich die Kevins in der Schule diese teuren Marken leisten konnten, denn er war einer von ihnen, die dazu beigetragen haben.

In den ersten Schultagen wurde Conny intensiv von seinen Mitschülern beobachtet. Der neue Schüler taktierte und positionierte sich nach und nach in seiner Klasse. Sein erster Eindruck war richtig, denn der große Blonde, Leon, hatte das Sagen in der Klasse. Er umgab sich stets mit vier oder fünf Mitläufern. Sie ordneten sich ihm lieber unter, als ihn zum Feind zu haben.

Leon umkreiste Conny wie ein Hai seine Beute. Er zog die Kreise immer enger und die Mitläufer hingen wie Putzerfische an dem Raubtier. Sie weichen dem Hai nicht von der Seite, befreien ihn von Parasiten und reinigen sogar seine messerscharfen Zähne im offenen Maul. Für diese Dienstleistung duldet der Hai ihre Nähe und lässt sie am Leben.

Conny blieb diese Bedrohung nicht verborgen. Früher hätte er sich sofort untergeordnet, wobei er von den Haien nicht einmal als Putzerfisch akzeptiert, sondern eher als ‚Beute' eingeordnet worden wäre. Dazu war Conny nicht mehr bereit.

Andi Kessler hatte das Training mit seinem Sohn fortgeführt. Conny zeigte sich an dem Beruf des Polizisten interessiert, stellte Fragen zum Polizeialltag, zu Ermittlungsabläufen und Einsätzen. Ihn interessierten Waffen und verbotene Gegenstände. Der Oberkommissar wurde täglich mit Fragen gelöchert, die er bereitwillig beantwortete. Der Polizist klärte ihn über Drogen, die Szene in Bargenstedt und die Plätze auf, wo gedealt wurde.

Er war sogar stolz, als ihn Conny bat, ihm seine Dienstwaffe zu zeigen. Der Einsatzführer nahm die Pistole aus dem gesicherten Holster, entfernte das Magazin und zog den Verschluss zurück, um die Patrone, die sich noch im Lauf befand, zu entnehmen. Conny verfolgte jeden Handgriff und speicherte ihn ab.

„Kann jeder deine Waffe aus dem Holster ziehen, wenn du nicht aufpasst?", blieb Conny interessiert.

„Natürlich nicht. Unsere Holster sind mit einem speziellen Verriegelungsmechanismus gesichert", gab der Polizist seinem vielleicht künftigen Kollegen zu verstehen und gab ihm das Holster in die Hand.

„Schau, du musst diesen kleinen Hebel nach vorn ziehen und kannst erst dann die Waffe ziehen. Versuch es mal", bot der Einsatzführer an.

Sein Sohn zog und der Sicherheitsmechanismus blockierte ein Herausziehen der Heckler & Koch. Erst nach mehrmaligem Üben war er in der Lage, die Pistole zu entnehmen.

Er ließ sich von seinem Vater das Einführen des Magazins und Durchladen der Waffe demonstrieren. Conny war fasziniert und hakte nach: „Wie viele Patronen sind denn in diesem Magazin?"

„In einem Magazin sind 16 Patronen und wir haben immer ein Ersatzmagazin dabei, was genauso gefüllt ist", beantwortete der eigentlich verantwortungsvolle Polizeibeamte seine Frage.

Sobald sein Vater nach Hause kam, war Conny an den Einsätzen interessiert, die sein Vater meistern musste. Bis auf wenige Ausnahmen war er auskunftsfreudig.

Leons Kreise wurden enger und enger. Conny musste ein Ass aus dem Ärmel ziehen und bat seinen Vater, ihn während der Spätschicht mit einem Streifenwagen von der Schule abzuholen.

Der Klassenlehrer hatte Conny neben Andrej gesetzt, einen zurückhaltenden Schüler mit russischem Migrationshintergrund, der nur gebrochen Deutsch sprach und dadurch eher schüchtern und unsicher wirkte. Conny freundete sich mit ihm an, um von ihm zu erfahren, wie Leon in der Klasse mit seinem schwächsten Opfer agierte. Es war eine Punktlandung und Andrej öffnete sich dem Nachbarn dankbar.

In der großen Pause entschied sich der große Blonde, den Neuen in die Hierarchie der Klasse einzuordnen und seine eigene Position zu stärken. Conny wusste genau, was auf ihn zukommen würde, als sich der Kreis der Mitläufer um ihn und Andrej schloss. Der äußere Kreis füllte sich mit den anderen Schülern, die auch hier ihre Handys an den ausgestreckten Armen über die Köpfe der Putzerfische positionierten. Ein Handlanger der Mitläufer schubste Andrej mit voller Wucht aus dem inneren Kreis, als Leon Conny provokativ gegenübertrat. Der Blonde war einen Kopf größer als der Neue. Er trug angesagte Markenkleidung und Sneaker, die bestimmt 200 Euro kosteten.

„Na Kleiner, wer mit dem Russen spricht, bestimme ich. Ist das klar?“, forderte Leon.

„Na Digga, du bestimmst hier bald gar nichts mehr“, konterte Conny.

Der Blonde grinste und baute sich drohend vor Conny auf, während die Putzerfische grölten.

„Weißt du, warum du gleich noch kleiner wirst? Du gibst mir deine Schuhe. Ausziehen!“

„Das ist nicht deine Größe, Digga“, stellte Conny trocken fest.

„Ist nicht schlimm, ich will sie verschenken“, kündigte Leon mit Blick auf einen seiner Putzerfische an und stieß den Neuen gegen den inneren Kreis. Hier wurde er von den Mitläufern hin und her geschubst, was er schon aus seiner alten Schule kannte.

„Okay, Digga, lass gut sein, du kriegst sie ja“, gab Conny auf. Er bückte sich, um die Schnürsenkel zu öffnen, als er Leon mit einem Aufwärtshaken in die Genitalien schlug. Er gelangte hinter den Blonden und nahm ihn in einen Würgegriff, dem er sich nicht entziehen konnte.

Conny wandte sich an den Mitläufer, der seine Sneaker bekommen sollte, und forderte ihn auf: „Los, zieh ihm die Schuhe aus!“

Nach erster Weigerung zog Conny den Griff um den Hals fester zu und flüsterte: „Du solltest ihm ein Zeichen geben, wenn du wieder atmen möchtest, Digga."

Leon nickte leicht und der Putzerfisch befreite ihn von seinen teuren Nikes.

„Andrej, die sind für dich. Zieh sie gleich an", offerierte Conny seinem Mitschüler, der sich erst zögerlich von hinten in den inneren Kreis vorarbeitete.

Widerwillig übergab der Putzerfisch die schwarzen Nikes. Andrej war schlank, aber groß, hatte etwa die gleiche Schuhgröße wie der Blonde und schlüpfte noch etwas unsicher in seine neuen Sneaker.

Conny behielt Leon weiter im Griff, ließ nicht locker und wies den Mitläufer weiter an: „Und jetzt seine Hose, Digga. Los, ausziehen!"

Der Blonde hatte mittlerweile einen hochroten Kopf und sein Blick sagte alles. Der Putzerfisch öffnete den Gürtel sowie den Knopf der Jeans, zog an den Hosenbeinen und übergab sie Andrej.

„Jetzt verpiss dich, Digga", forderte Conny. Leon war gebrochen. Er bahnte sich einen Weg durch die umstehenden Mitschüler und sprintete panisch vor laufenden Handykameras in Unterhose bekleidet vom Schulhof.

Auf unzähligen Handys wurde das Video gesendet, das sich rasend schnell verbreitete. Dirk Wolters und weitere Lehrer hatten das Szenario aus dem Fenster beobachtet und sich bewusst zurückgehalten. Die dominante Einwirkung von Leon auf andere Schüler war ihnen schon lange ein Dorn im Auge. Sie hofften, dass das Problem ohne Einfluss der Schule nun auf der Ebene der Schüler geregelt worden war.

Als nach Schulschluss ein Streifenwagen vor dem Schulgebäude vorfuhr, waren Schüler und Lehrer interessiert, was wohl passiert war. Der Polizist vom Beifahrersitz stieg aus, lehnte sich lässig an die rechte Motorhaube und beobachtete die Schüler, deren Unterricht beendet war.

Man sah deutlich, dass er Conny ins Visier nahm. Hatte das etwas mit der Sache auf dem Schulhof zu tun? Wurde Conny daher von der Polizei abgeholt?

Die neugierigen Beobachter waren verwundert, dass Conny den Polizisten lässig mit erhobenen Händen, die sie lächelnd aneinanderschlugen, begrüßte.

Der neue Schüler stieg hinten in den Streifenwagen, genoss jeden Blick seiner Mitschüler und wurde wie ein VIP von der Polizei nach Hause chauffiert.

Auch Dirk Wolters beobachtete die Szene vom Fenster des Klassenzimmers aus und war erstaunt. Conny wurde nicht von der Polizei abgeholt, sondern ließ sich öffentlichkeitswirksam von der Polizei abholen und setzte hier bewusst ein Zeichen. Er konnte sich des Eindrucks nicht erwehren, dass sich die heutigen Vorfälle nicht zufällig ereignet hatten, sondern von Conny alle perfekt inszeniert worden waren.

Andi Kessler war stolz auf die Wandlung seines Sohnes. Er hatte sich total verändert und machte einen selbstbewussten und insgesamt zufriedenen Eindruck. Die Schule schien ihm wieder Spaß zu bereiten und er hatte sich in seinem schulischen Umfeld behauptet.

Conny fühlte sich in der Rolle desjenigen wohl, der den Takt angab. Er hatte Leon von seinem Thron gestoßen und ihm einen zentralen Platz in seiner neuen Clique an Putzerfischen angeboten. Bevor der große Blonde den unberechenbaren Neuen gegen sich hatte, nahm er das Angebot an und unterwarf sich.

Schon Leons Gang hatte bei Mitschülern eine Art Schutzgeld erpresst und im kleinen Stil mit Haschisch auf dem Pausenhof gedealt.

Conny nutzte seine Erfahrung und forderte den Blonden auf, einfach weiterzumachen, was Leon nicht überraschte. Nur musste er Conny zwei Drittel dieser Einnahmen abgeben und konnte nur einen kleinen Teil selbst behalten.

Leon war Conny körperlich weit überlegen und konnte ihn sicherlich nicht noch mal mit einem Angriff überraschen. Er musste andere Register ziehen.

Der Polizistensohn zog plötzlich ein Butterflymesser aus der Jackentasche und ließ die Klinge mit einer routinierten kreisenden Bewegung nach vorne schnellen. Leon sprang einen Schritt zurück.

„Mach keinen Scheiß, Digga. Alles gut", versuchte der Blonde die Lage zu entschärfen.

„Stress dich nicht, Bro. Das ist für dich", überraschte der Neue. Er drehte das Messer mit dem Griff zu Leon und legte noch einen großen Klemmbeutel mit Gras dazu.

Der Blonde griff perplex zu.

„Du weißt, ich kann alles besorgen und wir werden ein super Team. Wir verticken Messer, Gras und Dope. Machst du mit oder ziehst du den Schwanz ein, Bro?", setzte Conny ihn unter Druck. Er zückte sein Handy und machte ein Foto seines Kontrahenten mit aufgeklapptem Butterflymesser und einer großen Portion Marihuana, die nach außen mit Eigenbedarf nicht zu vereinbaren war.

„So, Digga, jetzt habe ich ein geiles Foto von dir, wie du als bewaffneter vierzehnjähriger Drogendealer auf dem Schulhof stehst. Das wird die Schwablinger und auch meinen Alten sicher interessieren“, drohte Conny.

Leon wurde blass und erkannte erst jetzt, dass ihn der Neue verarscht und ihn in der Hand hatte. Würde dieses Foto an die Schulleiterin, Frau Schwablinger, oder gar an die Polizei weitergeleitet, flog er nicht nur von der Schule, sondern hätte auch noch ein Verfahren wegen Drogenhandels am Hacken.

„Bleib locker, Digga. Das ist nur zu meiner Sicherheit. Lass uns Freunde bleiben und das gemeinsam durchziehen. Also, zum letzten Mal. Bist du dabei oder nicht?“, stellte Conny dem Blonden das Ultimatum.

„Klar, Digga. Wir ziehen das gemeinsam durch“, stotterte Leon und wusste, dass er dem Neuen ausgeliefert war.

Conny blieb im Hintergrund und zog nach außen hin unauffällig die Strippen seiner Marionetten.

Diese geschickte Zurückhaltung legte aber auch Probleme offen, die er nicht im Ansatz bedacht hatte.

Er rückte aus dem Fokus seiner Gruppe und vor allem derer, die zu ihm aufsahen. Die Blicke, die er doch so genossen hatte, blieben aus.

Conny investierte seine erbeuteten Erträge in Markenklamotten, die er sich von seinem Taschengeld nie hätte leisten können, was aber zu Hause nicht auffallen durfte.

Zu seinem dreizehnten Geburtstag wünschte er sich Geld für sein erstes Handy, was er sich selbst kaufen wollte. Mit dem alten Knochen seines Vaters konnte er nirgendwo punkten. Ein iPhone musste her. Die Clique seiner Putzerfische wurde immer größer. Er rekrutierte seine Anhänger immer auf die gleiche, aber effiziente Weise. Er ließ Schüler erpressen, schlagen und bis zur Verzweiflung mobben, um ihnen dann eine Position in seiner Gang anzubieten. Hier konnten sie durch entsprechende Aufgaben und Dienstleistungen in der Hierarchie aufsteigen. Die Neuen mussten auf Bestellung Ladendiebstähle begehen und ihm sowie den besseren Putzerfischen Statussymbole wie Smartwatches und hochwertige Handys besorgen. Wie in der Organisierten Kriminalität funktionierte dieses System schon in der Schule.

Selbst die Emanzipation hatte sich längst in diesem Jahrgang durchgesetzt. Zum Erstaunen der Jungs ließen sich die Mädchen davon kaum beeindrucken und bildeten eigene Gangs, die nach gleichem System ähnlich agierten.

Einer dieser Gruppen gehörte Kim Meininger an, die sogar zwei Jahre älter war als ihre Mitschüler. Sie war auch von einer anderen Schule gekommen und hatte dort eine oder sogar zwei Klassen wiederholen müssen, bevor sie auf die KGS wechselte. Gerade in dieser Entwicklungsphase waren die Mädchen den Jungen weit voraus, wobei dazu noch zwei Jahre Altersunterschied exorbitant waren. Kim überragte Conny um eine ganze Kopfgröße und ihre Weiblichkeit war im Gegensatz zu ihren Mitschülerinnen bereits enorm entwickelt. Sie umgab sich mit den Jungen der oberen Jahrgänge und würdigte ihre Mitschüler keines Blickes. Sie hatte lange, hellbraune Haare, kokettierte mit ihren weiblichen Reizen und zeigte sich freizügig bei TikTok und Snapchat.

Ihre jüngere Schwester Melanie, die nur Melly genannt wurde, besuchte den siebten Jahrgang auf dem Gymnasium in Bargenstedt.

Jegliche Versuche von Conny, Kim zu beeindrucken, prallten an ihr ab. Sie beachtete ihn einfach nicht.

Dirk Wolters war ein engagierter und leidenschaftlicher Klassenlehrer. Mit seinen 28 Jahren, seiner sportlichen und modischen Erscheinung hatte er einen guten Draht zu seinem Jahrgang und war beliebt. Er unterrichtete Englisch und Sport.

Ihm lag die Gemeinschaft seiner Schüler am Herzen, sodass er die Struktur dieser Gruppe stets im Blick hatte und auch aktiv den Kontakt zu den Eltern suchte. In Konfliktgesprächen versuchte er stets objektiv zu bleiben und hörte sich immer erst sämtliche Beteiligte an, bevor er Entscheidungen traf oder gar die Schulleitung ins Boot holte.

Seit einiger Zeit nahm er Conny Kessler in den Fokus. Anfangs war er von dem Jungen beeindruckt, der sich nach seiner Vorgeschichte auf der Realschule schnell integriert und auch behauptet hatte. In ersten Gesprächen mit den Eltern hatte er Conny mittlerweile ein ausgeprägtes Selbstbewusstsein bescheinigt. Die Sorge, dass er Mobbingattacken zum Opfer fallen würde, verwarf der Lehrer vor den besorgten Eltern. Was er allerdings mittlerweile beobachtete, war eine Entwicklung, die ihn überraschte. Dirk Wolters nahm einen Rollentausch unter den Schülern wahr, der ihm Sorge bereitete. Selbst der Schulleitung war bekannt, dass auf dem Schulhof gedealt wurde. Wie auf allen Schulen üblich, wurden schwache Schüler unterdrückt, andere behaupteten und organisierten sich. Es blieb eine Illusion, durch die Pausenaufsicht, die Hunderte Schüler beaufsichtigen sollte, Streitigkeiten, Rauchen und den Handel mit Haschisch auch nur im Ansatz unterbinden zu können.

Sie mussten einen reibungslosen Schulalltag gewährleisten und hatte einen Bildungsauftrag zu erfüllen. Sie sahen sich außerstande, Defizite in der Erziehung auszugleichen und sich ständig mit unkooperativen Eltern anzulegen.

Dirk Wolters war verheiratet und hatte eine zweijährige Tochter, der er ein Engagement und Verlässlichkeit vorleben wollte.

Nach einer Sportstunde sprach er seinen neuen Schüler in der Sporthalle an.

„Hey Conny, hast du einen Moment Zeit? Setzen wir uns kurz auf die Bank?“, fragte er.

Der Schüler nickte. Sie hatten nach einem Intervalltraining zum Schluss der Stunde noch Fußball gespielt. Conny war noch außer Atem und völlig fertig. Es wurde deutlich, dass Sport nicht seine Stärke war. Ohne seine Markenkleidung und mit schweißnassen Haaren, die keine coole Frisur mehr zuließen, erinnerte nichts mehr an den Raubfisch, dem seine Putzerfische nicht von der Seite wichen.

Genau in dieser Phase wollte ihn Dirk Wolters knacken.

„Wie läuft es, Conny? Du bist jetzt ein Vierteljahr hier. Hast du dich gut eingelebt?“, hakte er nach.

„Alles prima, Herr Wolters“, antwortete Conny in einem Ton, den er mit „Nerv mich nicht“ für sich übersetzte.

„Ich möchte ehrlich zu dir sein und mache mir Sorgen“, begann der Pädagoge das Gespräch. Conny wurde aufmerksamer und sah seinen Lehrer irritiert an.

„Du hast Leon vom Thron gestoßen und nicht nur seinen Platz eingenommen. Du lässt ihn und die anderen die Drecksarbeit machen. Ihr verkauft Dope und Gras auf dem Schulhof. Das muss aufhören oder ich lasse euch hochgehen. Ich gebe dir nur diese eine Chance und beobachte das den Rest der Woche. Sehe ich einen von euch beim Dealen, sitzt Montag dein Vater bei der Schulleitung. Hast du das verstanden?", forderte der Klassenlehrer ein.

Conny war von der Einschätzung seines Lehrers überrascht. Das hatte er nicht erwartet.

„Okay", war die einzige Antwort. Dann erhob er sich und ging in die Umkleidekabine.

Ihm war klar, dass es zu diesem Gespräch mit seinem Vater niemals kommen durfte.

Der Klassenlehrer informierte seine Schulleiterin, Corinna Schwablinger, direkt über die Begegnung mit Conny Kessler und beantragte, dieses Thema in der nächsten Lehrerkonferenz auf die Tagesordnung zu setzen.

Die einundvierzigjährige Rektorin war attraktiv, sportlich und hatte ein gutes Standing sowohl in ihrem Kollegium als auch unter den Schülern. Als ehemalige Sportlehrerin sprang sie auch mal ein, wenn es eng wurde. Sie war mit einem Lokalpolitiker verheiratet und lebte in Bargenstedt.

Corinna Schwablinger war direkt und schob nichts auf die lange Bank. Sie suchte die telefonische Erreichbarkeit von Familie Kessler und rief nacheinander beide hinterlegten Mobilfunknummern an. Als sie niemanden der Elternteile erreichte, entschloss sie sich, auf die Mailbox von Andi Kessler zu sprechen.

„Hallo Herr Kessler, ich kann Sie persönlich leider nicht erreichen und komme gleich zur Sache. Nach einem Gespräch mit meinem Kollegen, Herrn Wolters, muss ich Ihnen mitteilen, dass wir uns über die schulische und auch persönliche Entwicklung von Conrad sorgen. Ich bitte um einen zeitnahen Rückruf, um einen Gesprächstermin gemeinsam mit Ihrer Frau zu vereinbaren. Besten Dank und viele Grüße."

Kapitel 6
Schicksalsbegegnungen

Dirk Wolters hatte die Lernzielkontrollen, die in anderen Schulen Klassenarbeiten genannt werden, zurückgegeben. Die Ergebnisse sind allgemein schlecht ausgefallen, wobei sich Conny gerade so im Schnitt gehalten hatte.

Nach Unterrichtsende bat der Englischlehrer ausgerechnet Kim, noch in der Klasse zu bleiben. Der Neue packte zögerlich seine Tasche und war vor Kim und Dirk Wolters der Letzte, der den Raum verließ. Er schlug die Tür zu, ließ sie dann aber leicht geöffnet und lauschte.

„Kim, ich muss mit dir und auch deinen Eltern sprechen. Deine Leistungen nicht nur in Englisch sind deutlich unter Schnitt. Wir werden wohl in der Konferenz beschließen müssen, dass du in den Förderbereich wechseln musst. Ich werde nächste Woche in der Lehrerkonferenz den Antrag stellen. Es wäre gut, wenn du deine Eltern darauf vorbereiten könntest und sie zeitnah mit mir einen Gesprächstermin vereinbaren würden“, kündigte der Klassenlehrer unmissverständlich an.

„Das können Sie nicht machen. Ich soll zu den Dullis? Niemals!“, kreischte die 15-Jährige panisch.

„Sorry, ich habe dich früh genug gewarnt. Du hattest Zeit genug, etwas dagegen zu tun. Das musst du jetzt ausbaden. Mehr kann ich für dich nicht tun", erklärte der Lehrer und verließ den Klassenraum.

Conny hatte alles mitgehört und sich versteckt, als Dirk Wolters auf den Schulflur trat und in Richtung Lehrerzimmer verschwand.

Kim saß heulend auf einer Tischkante. Ihre Schminke war im Gesicht verlaufen.

Der Neue trat ein und schloss konspirativ die Tür hinter sich. „Was willst du Arsch denn hier? Verpiss dich! Hau ab!", kreischte der Teenager panisch.

„Komm runter. Ich habe alles gehört und kann dir helfen. Wir kriegen das hin", versprach Conny und setzte sich zu Kim.

Dirk Wolters hatte eine WhatsApp-Gruppe mit seinen Schülern ins Leben gerufen, um kurzfristig Arbeitsaufträge abzustimmen und für Fragen zur Verfügung stehen zu können.

Am nächsten Morgen erhielt er eine Nachricht von Kim Meininger. „Guten Morgen Herr Wolters, ich habe noch mal über alles nachgedacht und muss Ihnen etwas anvertrauen. Kann ich Sie heute in der großen Pause um zehn Uhr im Klassenraum unter vier Augen sprechen? Liebe Grüße, Kim."

Der Klassenlehrer antwortete knapp. „Okay."

Zu Beginn der großen Pause mussten alle Schüler die Klassenräume verlassen und den Schulhof oder die Pausenhalle aufsuchen.

Dirk Wolters suchte den Klassenraum auf und traf auf Kim Meininger, die vor dem Smartboard auf der Tischkante saß.

„Hallo Kim, was hast du auf dem Herzen?", fragte der Lehrer aufgeschlossen und blieb in einem Abstand von etwa zwei Metern vor ihr stehen.

„Ich möchte Ihnen etwas zeigen", kündigte die fünfzehnjährige Schülerin an und riss sich mit einem ängstlichen Blick die Bluse auf, unter der ihre nackten Brüste freilagen. Der Klassenlehrer war völlig perplex und ging auf Kim zu, um die Brüste wieder zu bedecken. Als sie ansetzte, laut aufzuschreien, setzte er an, umgehend den Raum zu verlassen, als er Conny Kessler gegenüberstand, der die Szene mit der Handykamera einfing.

Dirk Wolters lief panisch mit erhobenen Fäusten auf seinen Schüler zu. „Spinnst du? Gib sofort das Handy her!"

Kim stieß Dirk Wolters zur Seite und eilte mit ihrem Komplizen aus dem Klassenzimmer.

Fassungslos sackte der Pädagoge auf einem Stuhl zusammen und schlug beide Hände vor sein Gesicht, als eine WhatsApp bei ihm einging, die kommentarlos eine Videodatei beinhaltete.

Er wagte es kaum, sie zu öffnen, wusste aber auch, was ihn erwartete.

Das Video zeigte seine Schülerin mit aufgerissener Bluse und ihn, der sich mit ausgestreckten Armen auf ihre nackten Brüste stürzte. Als er die Kamera bemerkte und Conny angriff, war ihm klar, wie dieses Video interpretiert werden würde.

Dirk Wolters erschrak, als es an der Tür zum Klassenzimmer klopfte, sie aber gleichzeitig aufgestoßen wurde.

Vor ihm standen Kim und ein anderer Conny Kessler als der, den er verschwitzt in der Sporthalle angesprochen hatte. Der Schüler war wieder in seine Rolle des Anführers geschlüpft. Er zeigte sich frisch gestylt in seinen auffälligen Markenklamotten. Allein seine Mimik verriet den vollzogenen Rollenwechsel. Hier machte er jetzt die Ansagen.

„Hallo Herr Wolters, ich glaube, unsere gemeinsame Situation hat sich gerade verändert, und ich würde mit Ihnen gern die weitere Vorgehensweise abstimmen“, begann der dreizehnjährige Schüler seinen Monolog, denn der Pädagoge war zu keinerlei Reaktion fähig und einfach nur sprachlos.

„Ich glaube, Kim hat bessere Noten verdient und würde sich freuen, wenn sie bei uns bleibt. Das lässt sich mit Ihrer Hilfe sicher einrichten“, prognostizierte er zynisch.

„Sie ahnen, dass ich daran interessiert bin, dass Sie meine Eltern weder über meine schulischen Leistungen noch über meine anderen Aktivitäten informieren“, setzte der Schüler seine Forderungen fort.

„Kim und ich finden dieses Video sehr gelungen und waren schon versucht, es auf TikTok viral hochzuladen. Lassen Sie uns einfach Freunde bleiben und uns gegenseitig unterstützen. Meinen Sie, das kann funktionieren?“, schleimte Conny in einem Ton, der Dirk Wolters innerlich zur Weißglut brachte.

„Ihr erpresst mich also mit der Veröffentlichung?“, stellte er die überflüssige Frage.

Die Körperhaltung und auch der Ton des Schülers wurden deutlich aggressiver und er hob sein Smartphone. „Ich habe mir jetzt viel Mühe gegeben, höflich zu bleiben. Peilst du es echt nicht? Wenn ich jetzt auf den Sendeknopf drücke, bist du in fünf Minuten nicht mehr unser Klassenlehrer. Du wirst dann kein Lehrer mehr sein. Deine heile Welt mit deiner kleinen süßen Tochter zerplatzt wie eine Seifenblase. Jetzt schreib uns was Schönes und piss mir nicht mehr ans Bein, Alter. Ist das deutlicher?“

Dirk Wolters verzweifelte an der Ohnmacht dieser Situation und war nur imstande zu nicken. Selbst Kim war überrascht von der Skrupellosigkeit, wie ihr Mitschüler mit dem Klassenlehrer umgegangen war. Er tat ihr fast schon leid.

Völlig am Boden zerstört ließen sie ihn im Klassenraum zurück. Auf dem Flur feierte sich Conny ab. „Na, wie habe ich das geregelt, Kim? War das geil? Der Typ macht jetzt nichts mehr und wir bleiben zusammen."

„Wow, dem hast du es echt gegeben. Du hast was gut bei mir", offerierte sie ihm, was er sofort ausnutzte und seine Lippen zu einem Kuss formte.

Kim gab ihm lediglich einen leichten Schmatz auf die Wange, kommentierte die Situation mit „Spinner" und begab sich zurück in die Pausenhalle.

So hatte sich Conny die Gegenleistung seines Einsatzes nicht vorgestellt.

Die Nacht in Bargenstedt war für einen Freitagabend relativ ruhig. Die Streifenwagenbesatzung mit Polizeikommissarin Susi Reimann und Oberkommissar Kessler hatte sich an neuralgischen Punkten postiert und hielt Ausschau nach betrunkenen Fahrzeugführern, die sich aus den noch zwei verbliebenen großen Diskotheken der Stadt auf den Heimweg begaben. Sie hatten schon einige Verkehrsteilnehmer kontrolliert, die allerdings fahrtauglich waren. Das Team diskutierte, ob sie bislang erfolglos waren oder es eher als echter Erfolg gewertet werden konnte, dass sie noch keinen alkoholisierten Fahrzeugführer ertappt hatten. Andi Kessler berichtete seiner Kollegin vertrauensvoll von der Nachricht der Schulleiterin.

„Ich dachte, Conny sei auf der neuen Schule super aufgenommen und anerkannt worden. Er wirkte beim letzten Besuch so positiv und hatte sich auch äußerlich enorm verändert.

Von dem schüchternen kleinen Jungen war zumindest für mich nichts zu spüren“, erklärte die junge Polizistin.

Andi wirkte nachdenklich. „Ich vermute, dass eher das Gegenteil das Problem sein könnte. Er ist auf einem absoluten Höhenflug. Ich glaube, ihm gefällt die Rolle als Rächer der Schwachen und er hat sich seine neue Position im wahrsten Sinne des Wortes erkämpft. Ich habe ihn dabei auch noch bestärkt.“

Sie mussten das private Gespräch zurückstellen, da ihnen auf ihrer Streifenfahrt gegen zwei Uhr ein rotes reflektierendes Licht in einem Waldweg auffiel, was in dieser Gegend ungewöhnlich war.

„Susi, ich glaube, da steht ein Fahrzeug in dem Waldweg. Dreh doch mal um. Das schauen wir uns mal näher an“, wies der Streifenführer an. Susi fuhr so weit in den Waldweg, sodass von der Bundesstraße noch das beleuchtete Heck des Streifenwagens zu sehen war. Falls die Situation es erforderte und weitere Kräfte angefordert werden mussten, konnten sie den Standort der Kollegen schneller finden.

Etwa fünfzig Meter von ihnen entfernt war ein schwarzer 3er-BMW geparkt. Die Scheiben waren von innen beschlagen und das Fahrzeug bewegte sich rhythmisch. Es wurde vom Fernlicht des Dienstwagens hell angestrahlt.

„Ein Liebespaar, Andi. Komm, gönn ihnen doch den Spaß. Wir brechen ab“, schlug Susi vor.

„Nein, wir wissen nicht, ob das freiwillig ist, und wir gehen unter Eigensicherung vor“, widersprach Andi seiner Kollegin.

„Okay, ich frage das Kennzeichen ab“, kündigte die junge Polizistin die eigentliche Routinemaßnahme an.

„Nein, keine Zeit. Wir gehen ran“, ordnete der Einsatzführer an und aktivierte das blaue LED-Licht auf dem Dach des Streifenwagens. Das eingespielte Team ging versetzt beidseitig des Weges, sie hielten eine Hand an der Waffe im Holster und das grelle Licht ihrer großen Taschenlampen strahlten das Fahrzeug an.

Andi kannte den Pkw, behielt es aber für sich. Durch das Blaulicht und die Scheinwerfer aufgeschreckt, wurde es unruhig in dem schwarzen BMW.

Mit seiner Taschenlampe schlug Oberkommissar Kessler auf das Heckfenster des Pkw und forderte die Insassen auf:

„Hier ist die Polizei! Öffnen Sie langsam beide Türen und strecken uns die Hände heraus!"

Die Polizeikommissarin trat an die Fahrer-, der Einsatzführer an die Beifahrertür.

Es öffneten sich beide Türen und jeweils zwei nackte Arme wurden herausgestreckt. Andi Kessler öffnete die hintere rechte Tür und leuchtete in den Innenraum, um sicherzugehen, dass sich keine weiteren Personen in dem Fahrzeug aufhielten. Er stellte fest, dass sich beide Vordersitze in Liegeposition befanden und sie das nackte Pärchen bei einem Schäferstündchen überrascht hatten.

Die junge Beamtin wollte sich entschuldigen und die Kontrolle abbrechen, als ihr Kollege, für sie völlig überraschend, die Personalpapiere einforderte.

Es war einer Einsatzsituation nicht dienlich, hier und jetzt über die Sinnhaftigkeit dieser Kontrolle vor den Betroffenen zu diskutieren. Sie hielt sich zurück.

Die Frau auf dem Fahrersitz bedeckte sich mit einem Blazer und wollte gerade ihre Sitzlehne aufrichten.

„Stopp! Erst die Kontrolle, danach können Sie wieder alles herrichten", wies der Einsatzführer an.

Der deutlich jüngere Beifahrer konnte sich lediglich mit einem Ausweis der KGS Bargenstedt identifizieren. Er war neunzehn Jahre alt und Schüler des dreizehnten Jahrgangs.

Nach Blick in den Ausweis der Fahrerin war sie 22 Jahre älter.

Die Polizeikommissarin streckte ihrem Kollegen die Hand aus, um auch den Ausweis des Schülers zu übernehmen.

„Ich checke kurz die Personalien", gab sie Bescheid.

Ihr Vorgesetzter überraschte die junge Beamtin erneut.

„Lass mal, das ist nicht erforderlich." Andi Kessler wechselte die Fahrzeugseite und beugte sich zu der Halterin in das Fahrzeug herunter.

Jetzt klärte sich für die Polizistin das ungewöhnliche Verhalten ihres Kollegen auf und eine solch zynische Art hatte sie bei ihm selten wahrgenommen.

„Guten Abend oder besser guten Morgen, Frau Schwablinger. Sie sind ja noch spät unterwegs. Dass wir uns nach Ihrer Nachricht auf meiner Mailbox so schnell begegnen, hätten wir wohl beide nicht vermutet. Ich bewundere Ihr pädagogisches Engagement, was sogar in der Nachtzeit nicht nachlässt."

Die Schulleiterin wäre am liebsten im Boden versunken und hatte den Vater von Conny erst jetzt erkannt. Ihre Achterbahn im Kopf ließ nur ein Stammeln zu.

„Herr Kessler, ähm, ich kann das erklären. Was passiert denn jetzt? Wer erfährt davon alles? Kann ich irgendetwas tun, dass diese Situation nicht breitgetreten wird? Sie wissen, was das für mich zur Folge haben würde", flehte die ertappte Rektorin.

Susi Reimann wusste, was das zu bedeuten hatte und was jetzt kommen musste.

„Frau Schwablinger, wir alle sind nur Menschen und meine Kollegin und ich sind keine Moralapostel. Wir stellen fest, dass hier alles freiwillig stattfand und einen Ausweis des jungen Mannes aus Ihrer Schule habe ich nicht gesehen", entschärfte er die Situation, wobei er gleichzeitig ein Handyfoto beider Dokumente schoss, was er mit einer internen Dokumentation begründete.

„Wir wünschen Ihnen noch einen charmanten Abend, Frau Schwablinger", verabschiedete er das Team. Damit war der Einsatz beendet.

Die Schulleiterin schlug mehrmals kräftig auf das Lenkrad und schrie. „Verdammte Scheiße!"

Als sich ihr Liebhaber nur räusperte, zischte sie ihn an: „Kein Wort! Hörst du. Zu niemandem auch nur ein Wort!"

Polizeikommissarin Susi Reimann war sprachlos. Sie hatten sich für diese Überprüfung nicht angemeldet und hatten weder Kennzeichen noch Personalien überprüft. Diesen Einsatz gab es nicht und so sollte es bleiben.

Im Streifenwagen platzte Susi der Kragen. „Du machst wieder mal dein Ding und lässt mich blöd danebenstehen. Du wusstest ganz genau, wen wir da kontrollieren, und hast es darauf angelegt, sie genau so eiskalt bloßzustellen. Und mich Trottel hast du benutzt. Sprich mit mir! Und jetzt? Erpresst du sie? Richtig? Lass meinen Conny in Ruhe und ich halte die Klappe. Ein geiler Deal. Damit tust du deinem Sohn und euch einen riesigen Gefallen. Ich dachte, du hast verstanden, um was es hier geht. Der Kerl entgleitet euch und benutzt insbesondere dich. Merkst du das nicht?"

Andi schwieg und starrte in die Nacht, was seine Kollegin rasend machte.

„Okay, wenn ich nicht mal mehr mit dir reden kann, bin ich raus. Ich werde morgen meine Umsetzung in eine andere Dienstgruppe beantragen. Ich vertraue dir nicht mehr", schluchzte Susi unter Tränen.

Andi zeigte keine Reaktion und beide beendeten wortlos ihre Nachtschicht.

Kapitel 7
Amadeus

Hannes (Amadeus) Oltendorf hatte sich mit Nico Brückner angefreundet und war nun fester Bestandteil in der Schülerband. Hannes hatte Spaß daran gefunden, auch moderne Stücke auf dem Klavier zu begleiten, zumal er sich mittlerweile mit dem Synthesizer der Schule vertraut gemacht hatte. Sie übten fast täglich für die 25-Jahr-Feier der Schule.

Nico hatte sich als Zugabe den Song ‚Rock me, Amadeus' des österreichischen Sängers Falco für seinen Freund gewünscht, was immer eingeübt wurde, wenn Hannes nicht anwesend war.

Zu der Feier waren neben den Schülern auch die Eltern sowie Honoratioren der Stadt und des Kultusministeriums eingeladen. Das Ehepaar Kessler konnte nicht an dem Jubiläum teilnehmen. Sie waren in ihren Dienst im Krankenhaus und in der Polizeiinspektion eingebunden. Die Aula war komplett gefüllt und nach der Rede des Kultusministers und der Schulleiterin Frau Schwablinger heizte die Schülerband die Feier ein.

Amadeus war in seinem Element, spielte Soli auf dem Klavier und entlockte dem Synthesizer Töne, die bislang niemand gehört hatte.

Als nach Abschluss des Konzertes die Zugabe „Rock me, Amadeus" gespielt und Hannes auf der Bühne gefeiert wurde, sah er es in seinen Augen. Conny erinnerte sich an seine erste erfolgreiche Situation auf dem Schulhof der Realschule. Er spürte, dass der Klavierspieler gerade die gleichen Emotionen wahrnahm, und beobachtete seine Mitschüler. Sein Blick fiel auf Kim. Nach der Aktion mit ihrem Klassenlehrer hatte sich der wenige Kontakt noch weiter entfremdet. Sie hatte ihn eiskalt abblitzen lassen und ihn wie den kleinen Jungen von damals behandelt. Nun sah sie zu Amadeus auf und kreischte wie vor der Bühne eines Popstars. Diesen Blick, den sie dem Klavierspieler entgegenwarf, hatte sie ihm nicht im Ansatz zugestanden. Ohne ihn wäre sie gar nicht hier. Seinen Einsatz hatte sie nicht im Geringsten gewürdigt. Sie ignorierte ihn sogar. Und er hatte bislang Amadeus überhaupt nicht beachtet. Jetzt spürte er aber, dass ihm der Klavierspieler in die Quere kam.

Er war es, der den Applaus verdient hatte. Conny musste agieren, wieder ein Zeichen setzen, um seine Position zu festigen, und suchte den Blickkontakt zu Leon. Es reichte ein Augenkontakt zwischen den Putzerfischen und die Gang stand nach dem Auftritt parat.

Nach Ende der Feier stand Hannes stolz mit seinen Eltern im Kreise von Lehrern, die ihre Bewunderung dieses musikalischen Ausnahmetalents ausdrückten.

Conny und Leon beobachteten das Interesse an Amadeus aus der Ferne.

„Da kommen wir gerade nicht ran. Morgen ist er fällig. Wir schnappen ihn uns in der großen Pause. Haltet euch bereit!“, wies er den Blonden an, der den Plan an seine Mitläufer weitergab.

Die Gang bekam wieder Nachwuchs. Tim, der Leon noch einen Gefallen schuldig war und endlich dazugehören wollte, musste eine Mutprobe zur Aufnahme absolvieren. Conny und Leon hatten beschlossen, dass sie beide die 2. Generation der Apple AirPods Pro gut gebrauchen konnten. Der schüchterne Putzerfisch Tim bekam die Aufgabe, zwei Paar der kleinen Kopfhörer bei Saturn in der Einkaufspassage in der Innenstadt Bargenstedts zu entwenden. Der aktuelle Ladenpreis betrug 269 Euro pro Paar.

Der Zwölfjährige war aufgeregt. Ein paar Süßigkeiten bei Aldi waren kein Problem, aber AirPods in Wert von über 500 Euro waren schon eine andere Dimension.

Tim schlenderte im Vorfeld mehrfach durch den Laden und schaute sich die Handyangebote an. Die Apple-Produkte waren zudem in einer abschließbaren Vitrine verwahrt, die der Verkäufer interessierten Kunden öffnete. Tim ging zurück und auf Leon und Conny zu, die an der Rolltreppe im Erdgeschoss im Dönerladen saßen.

„Scheiße, da komme ich ohne Verkäufer nicht ran, die sind in einer Vitrine verschlossen. Kann es nicht etwas anderes sein, was offen rumliegt?“, bot Tim alternativ an.

Conny biss in seine Dönertasche und sah ihn provokativ an.

„Den Kinderkram machen die Sechsjährigen für uns. Du willst doch einer von uns werden. Lass dir was einfallen oder verpiss dich, Digga. Luschen brauchen wir bei uns nicht.“

„Ist ja gut. Ich mache es und habe auch schon eine Idee. Ich brauche noch ein bisschen, okay?“, versuchte der Zwölfjährige, um Zeit zu gewinnen.

„Kein Problem, du Schisser. Deine Zeit ist um, wenn wir unseren Döner aufgegessen und die Cola ausgetrunken haben. Danach kannst du dir die Gang in den Arsch schieben. Peilst du das? Und jetzt hau ab!“, zischte ihn Leon an.

Die Handyabteilung von Saturn war stark frequentiert. Tim musste abwarten, bis ein interessierter Kunde nach Apple-Produkten fragte, die in dieser Vitrine ausgestellt waren.

Der potenzielle Ladendieb entdeckte zum Glück einen Mitschüler aus seiner Klasse und sprach ihn an. Sie tuschelten, dann steckte er ihm einen 10-Euro-Schein zu.

Tim schlenderte im Bereich der begehrten Auslage umher, als ein Mann um die fünfzig den Verkäufer ansprach und sich nach Kopfhörern von Apple erkundigte. Mit seinem Klassenkameraden hielt er Blickkontakt. Er schaute sich die neusten Samsung-Handys an und blieb im Rücken des Verkäufers, der seinem seriösen Kunden die Glasvitrine aufschloss und eine Packung der großen AirPods Max, die auf den Kopf über die Ohren gesetzt werden, hervorholte. Die Vitrinentür blieb offen. Tim gab seinem Komplizen ein Zeichen und dieser zog stark an einem Samsung 23 Ultra, woraufhin der laute Diebstahlalarm aktiviert wurde.

Als sich der Verkäufer und auch sein Kunde aufrichteten und sich umschauten, griff Tim schnell zu. Die Gelegenheit war günstig, sodass er gleich drei Packungen der kleinen AirPods Pro2 an sich nehmen konnte. Wenn er schon das Risiko einging, konnte er auch gleich ein Paar für sich einstecken. Geschafft. Die Schrecksekunde hatte ihm gereicht. Die Kopfhörer waren noch komplett eingeschweißt und offensichtlich nicht mit einem weiteren Diebstahlsensor versehen worden.

Sein Mitschüler entschuldigte sich höflich für diesen Fehler und wurde nicht weiter belangt.

Tim passierte mit Herzrasen den Kassenbereich, ohne dass ein Signal ausgelöst wurde.

Er hatte schon den Blickkontakt mit Conny und Leon aufgenommen und ihnen zugenickt, als er hinter den Kassen angesprochen wurde.

„Stopp! Ich bin hier der leitende Detektiv bei Saturn. Hast du nicht irgendetwas vergessen, junger Mann? Mach doch mal deine Taschen leer“, forderte der durchtrainierte Südländer den Schüler auf. Sein Versuch zu fliehen, wurde ohnehin im Ansatz von einem zweiten Detektiv verhindert, der sich taktisch günstig hinter Tim positioniert hatte.

Sie führten den Ladendieb in ihr Büro, durchsuchten ihn, auch, um über mitgeführte Ausweispapiere an seine Personalien zu kommen.

„Was soll das? Das dürft ihr gar nicht. Ich bin erst zwölf“, versuchte sich Tim zu rechtfertigen. Sie legten das Diebesgut auf einen Bürotisch und fertigten eine Strafanzeige. Auch sie wussten, dass Tim noch nicht strafmündig ist, aber Saturn gab die Anzeigen immer an die Polizei. Die Detektive sprachen dem Zwölfjährigen, aber auch in Schriftform den Eltern, ein bundesweites Hausverbot für sämtliche Filialen aus.

Dann riefen sie die Polizei, um den Jungen in die Obhut seiner Eltern zu übergeben und dadurch noch die Chance zu nutzen, den Dieb auf den rechten Pfad bringen zu können.

„Na, welches Früchtchen habt ihr dieses Mal für uns?“, sprach sie die Streifenwagenbesatzung an. Man kannte sich in Bargenstedt. Auch bei Saturn ging die Polizei ein und aus, sodass man locker miteinander umging. Die Detektive schilderten Polizeikommissarin Susi Reimann und Polizeioberkommissar Andi Kessler den Sachverhalt und übergaben den Beamten die Strafanzeige. Der leitende Sicherheitsmitarbeiter bat die Polizisten in die Einsatzzentrale des Einkaufscenters und wies auf die Überwachungsmonitore, die auch das Erdgeschoss abdeckten.

„Schaut mal auf die beiden Typen im Dönerladen. Tim hatte unmittelbar vorher Kontakt zu ihnen. Beim Verlassen des Ladens gab er ihnen ein Zeichen. Diese Jungs haben wir täglich im Auge und glauben, dass die Kinder in ihrem Auftrag klauen. Wir haben sie in der Tiefgarage auch oft beobachtet, wie sie Drogen an andere Jugendliche verkaufen. Sie sind aufmerksam und lassen uns nicht an sie ran. Vielleicht werft ihr mal ein Auge auf diese Gang", schlug die Sicherheitskraft vor.

Andi Kessler sagte kein Wort, nur Susi Reimann reagierte.

„Vielen Dank für den Tipp. Wir übergeben Tim jetzt erst mal seinen Eltern. Dann werden wir uns um die Jungs hier kümmern. Bis später, Leute."

„Kein Wort, Susi. Kein Wort!", fauchte sie ihr Einsatzführer an. Die junge Polizistin hatte es nicht über ihr Herz gebracht, das Fehlverhalten ihres Bärenführers anzuzeigen, was sie gerade bereute.

Die Streifenwagenbesatzung hatte Tim übernommen und Susi versuchte, mit dem jungen Ladendieb ins Gespräch zu kommen.

„Wozu brauchst du denn drei AirPods? Oder waren die alle gar nicht für dich?" Keine Reaktion.

„Was glaubst du, werden deine Eltern zu der Nummer sagen? Bist du schon mal erwischt worden?", bohrte die engagierte Polizistin weiter. Wieder keine Reaktion. Sie gab nicht auf.

„Auf welche Schule gehst du denn?"

Der Junge konnte nicht mehr. „Auf die KGS", antwortete er.

„In welchem Jahrgang bist du?", blieb die Kommissarin am Ball.

„Im sechsten", antwortete Tim knapp.

Die Polizistin kreiste den Jungen ein. „Dann kennst du doch bestimmt Conny Kessler und seinen Kumpel Leon aus dem Jahrgang über dir. Die saßen gerade im Dönerladen."

Der Ladendieb schüttelte den Kopf.

„Was heißt das? Du hast sie nicht gesehen, oder kennst du sie nicht?", zog sie langsam die Schlinge zu.

„Beides", äußerte der Junge knapp.

Sie war kurz vor der Ziellinie. „Komisch, dabei hast du vor dem Diebstahl noch im Dönerladen mit ihnen zusammengesessen. Du bist auf dem Video. Drei AirPods. Einer für Conny, einer für Leon und einer für dich. Richtig?"

„Es reicht! Tim und du, ihr haltet jetzt die Klappe. Verstanden?", fauchte Andi Kessler dazwischen.

Susi Reimann kochte vor Wut und ließ nicht locker. Jetzt erst recht nicht.

„Hast du Schiss, weil neben mir der Vater von Conny sitzt? Musst du für Conny klauen, Tim? Verdammt, mach den Mund auf!", platzte es aus der jungen Polizistin heraus.

Andi Kessler machte eine Vollbremsung, stieg aus und öffnete die hintere rechte Tür.

„Raus hier. Verpiss dich und halt die Klappe!"

Tim stieg völlig verunsichert aus dem Streifenwagen und lief so schnell er konnte.

„Sag mal, spinnst du jetzt völlig? Dein super Sohn entwickelt sich hier zum Intensivtäter und du deckst ihn auch noch. Wie oft hast du dem Früchtchen schon den Arsch gerettet? Wie oft?", schrie Susi ihren Kollegen an und blieb hartnäckig.

„Was muss noch alles passieren, bis ihr endlich aufwacht. Der Bursche ist eine tickende Zeitbombe, und du verhinderst auch noch, dass die Lunte gelöscht wird. Ich spreche mit Anna, vielleicht hilft das wenigstens", hoffte Susi inständig.

„Halt dich da raus. Ich spreche mit Conny. Anna ist viel zu belastet, das verkraftet sie nicht. Ich spreche mit ihm und auch mit ihr. So lange hältst du still. Bitte!", bat Andi Kessler in einem Ton, der Susi wieder weich werden ließ.

„Andi, bist du noch ganz bei Trost, das ist das letzte Mal. Noch so ein Ding und ich lasse eine Bombe platzen. Das ist jetzt kein Spaß mehr und mein voller Ernst. Hast du das auch verstanden?", forderte die Kommissarin ein.

Ihr Bärenführer nickte leicht und murmelte leise „Danke".

Am nächsten Morgen wurde Amadeus in seiner Klasse euphorisch begrüßt und auch von Dirk Wolters in der ersten Stunde vor den Mitschülern für seinen musikalischen Anteil in der Band gelobt. Die Blicke von Conny und Leon trafen sich. In der großen Pause wurde Amadeus von Nico begleitet und von den Mädchen des Jahrgangs umringt. Sie sprachen über neue Bandprojekte und Konzerte auch außerhalb der Schule. Der neue Schüler mit dem blonden Zopf war angekommen und fühlte sich in der neuen Schule endlich wohl und gut aufgehoben.

Eine Stimme unterbrach die heile Welt.

„Macht Platz, verpisst euch!", raunte Conny die umstehenden Schülerinnen an und bahnte sich in Begleitung seiner treuen Putzerfische und unter Einsatz seiner Ellenbogen unsanft einen Weg zu Amadeus.

Die Gang bildete einen engen Kreis um den Klavierspieler und drängte die Mädchen zurück. Nico Brückner sprach Conny frontal an. „Was soll der Scheiß, lass uns in Ruhe!"

Ansatzlos und völlig überraschend schlug der untersetzte Rothaarige dem Freund von Hannes beide Fäuste vor die Brust.

Er wurde in den Ring der Gangmitglieder geschleudert, die Nico ähnlich brutal einfach nach außen kickten.

Die Gruppe um Conny schubste den zarten Schüler hin und her, bis ihr Anführer sein Opfer an seinem langen, blonden Zopf kräftig nach hinten zog und ihn auf die Knie zwang.

„Pass mal auf, du Wurm, du musst mal lernen, wer hier das Sagen hat und im Mittelpunkt steht. Wenn hier einer Applaus bekommt, bin ich das. Hast du das verstanden?", klärte Conny Amadeus auf.

„Ich sollte dir jetzt deine zarten Klavierfinger brechen", drohte der Rothaarige, ergriff den kleinen Finger und den Zeigefinger und zog sie schmerzvoll auseinander.

„Nein, bitte nicht die Finger", flehte Hannes. Conny beugte sich zu ihm herunter und zischte ihm ins Ohr wie eine Schlange.

„Okay, du kannst es wiedergutmachen. Du bringst mir jeden Montag 50 Euro und zwar unaufgefordert. Die Schülerband ist tabu, sonst knacken die Finger. Peilst du das, Digga?"

Hannes zitterte am ganzen Körper und konzentrierte sich darauf, trotz der Schmerzen nicht zu weinen. Diese Blöße wollte er sich nicht geben. Er nickte nur, wobei die umstehenden Schülerinnen nicht wussten, was er gerade bestätigte.

Nico Brückner rannte und informierte die Aufsicht auf dem Schulhof über den Angriff. Der Schüler wunderte sich, warum sein Klassenlehrer erst zögernd reagierte. Dirk Wolters wartete so lange, bis Conny von Amadeus abließ und ihm sogar aufhalf.

Die übertrieben wirkende Autorität der Aufsicht wirkte nach der ersten Zurückhaltung nur lächerlich.

„Halt, was ist da los? Sofort aufhören!", schrie er und trennte die Kontrahenten. „Hannes, was ist passiert?"

„Nichts, Herr Wolters. Ich bin gestürzt und Conny hat mir nur aufgeholfen", beschwichtigte Amadeus die Situation.

Conny blickte seinen Lehrer provokativ an und wusste, jetzt konnte er sich in der Schule alles erlauben.

Nico zog seinen Freund aus dem Kreis der Gang. „Warum sagst du nichts? So änderst du nie etwas! Zu was hast du genickt? Was will er von dir? Lass das nicht zu und lass dir helfen", bot er an.

Hannes blickte zu Boden, vermied jeden Augenkontakt. „Du kannst mir nicht helfen. Lass mich einfach in Ruhe", forderte Amadeus ein, riss sich von Nico los und suchte seine Klasse auf.

Hannes gab auf und übergab jeden Montagmorgen 50 Euro aus seinen Ersparnissen. Conny hatte sein ideales Opfer mit viel Potenzial gefunden.

Um seinen Vertreter bei Laune zu halten und an sich zu binden, übergab er Leon von seiner erpressten Beute jeweils 20 Euro.

Er war sicher, dass bei Amadeus noch viel mehr zu holen war.

Nach und nach eignete sich Conny auch das iPhone von Hannes samt seiner AirPods an.

Der schüchterne Schüler traute sich nicht, seine vertrackte Situation seinen Eltern anzuvertrauen. Sie hatten genug Stress im Job und waren so froh, dass er schulisch endlich angekommen schien und einen zufriedenen Eindruck machte.

Hannes zuckte zusammen, als es an der Haustür klingelte. Er war mal wieder allein zu Hause und höchst erleichtert, als er durch den Monitor Nico Brückner vor dem Außentor wahrnahm.

Bei der Dreistigkeit von Conny hätte Hannes es ihm zugetraut, mit seiner ganzen Clique vor der Tür zu stehen.

„Hey Nico, was willst du?", begrüßte Hannes seinen Klassenkameraden deutlich abweisend.

„Hannes, ich muss mit dir reden. So geht das nicht weiter. Kann ich reinkommen?", bat Nico eindringlich.

Hannes war unsicher und wartete mit seiner Antwort.

„Hannes, er macht dich fertig und wird nicht aufhören. Egal, was du ihm gibst. Er saugt dich immer weiter aus und wird dich nie in Ruhe lassen. Willst du irgendwann deine Eltern beklauen, wenn er es verlangt? Irgendwann musst du auch das tun. Wach auf und lass dir helfen. Ich bin dein Freund, Hannes!", flehte Nico förmlich.

Ohne einen Kommentar wurde der Türöffner betätigt und der Besucher ging über das parkähnliche Grundstück auf den Eingang der beeindruckenden Villa zu.

Hannes öffnete verunsichert die große Eingangstür.

„Bist du allein?"

Hannes nickte und ließ Nico ein.

Der großzügige Flur glich eher einer Empfangshalle, aus der rechtsseitig eine freie Treppe ins Obergeschoss führte. Geradeaus führte der Weg durch eine Schiebetür in den Wohnbereich, aus dem man linksseitig in die Küche mit einer riesigen Kochinsel und einem angrenzenden Bartisch für sechs Personen gelangte.

Diesen Weg nahm Hannes und bot seinem Kumpel an, auf einem der Barhocker Platz zu nehmen.

„Cola?", fragte der Gastgeber knapp. Nico nickte.

„Eis?", hakte er nach und hielt nach der Bestätigung das Glas unter den in den Kühlschrank integrierten Eiscrusher.

„Wie sieht's aus, Bro?", versuchte Nico das Gespräch zu eröffnen.

„Ganz okay", entgegnete Hannes und wollte diesem Dialog ausweichen.

„Was ist mit deinem Handy? Das war doch recht neu. Jetzt hast du ein anderes. Nutzt Conny jetzt dein altes iPhone?", hakte Nico direkt nach.

„Ich habe es verloren", versuchte sich der schüchterne Schüler zu rechtfertigen.

„Bro, ich bin hier, um dir zu helfen, und du lügst mich an. Was soll der Scheiß? Wenn du selbst mir nicht mehr vertraust, kann ich auch wieder gehen. Ich hatte gedacht, wir wären Freunde", warf Nico seinem Kumpel vor.

„Du kannst daran auch nichts ändern", antwortete Hannes resigniert.

„Stimmt, aber du. Nur du! Sprich mit Herrn Wolters und der Schwablinger. Vertrau dich deinen Eltern an!", appellierte Nico.

„Das bringt doch nichts. Ich weiß nicht, warum, aber Conny und seine Jungs können in der Schule machen, was sie wollen. Keiner macht was. Wolters schaut weg. Soll ich ihn anzeigen? Vielleicht sogar direkt bei seinem Alten? Vergiss es. Ich habe nichts mehr, was ich ihm geben kann. Ich fahre schon nicht mehr mit meinem Mountainbike in die Schule, weil ich Angst habe, dass ich das dann auch los bin. Wenn bei mir nichts mehr zu holen ist, wird er mich in Ruhe lassen", hoffte Hannes.

„Wenn bei dir nichts mehr zu holen ist, wirst du einer seiner Handlanger, der für ihn die Drecksarbeit macht. Schau sie dir doch an die Schisser. Sie haben sich nur aus Angst dazu entschieden, ihn besser zum Freund und nicht zum Feind zu haben. Und das nur, weil auch bei ihnen nichts mehr zu holen war. Ein schöner Freund ist das. Ein Arsch, ein ganz linker Arsch, der nie aufhören wird, Hannes. Verstehst du? Nie!", versuchte Nico ihn eindringlich zu überzeugen.

„Irgendwann wird es ein neues Opfer geben, was mich ablöst. Dann wird es ruhiger", gab er kleinlaut von sich.

„Ich könnte kotzen. Bist du dann auch einer von denen, die den Neuen dann hin und her schubsen, bis er von Conny einen in die Fresse kriegt? Damit kann ich nicht umgehen. Wenn du das so siehst, bin ich raus und unsere Freundschaft ist erledigt. Ich dachte bislang, dass dir dein Engagement in der Band wichtig ist. Auch das riskierst du. Überlege, was dir wichtiger ist", echauffierte sich Nico und erhob sich, ohne auch nur einen Schluck der eisgekühlten Cola zu trinken.

„Ich finde allein raus!", waren die letzten Worte, bevor die schwere Haustür automatisch sanft ins Schloss gezogen wurde.

Hannes kamen die Tränen. Er wusste, dass sein einziger echter Freund recht hatte. Aber er war nicht in der Lage, über seinen Schatten zu springen, und setzte auch diese Freundschaft aufs Spiel.

Hannes dachte lange über den Besuch von Nico nach. Er war ein echter Freund und hatte den Finger in die Wunde gelegt. Was sollte jetzt noch passieren? Conny hatte alles bekommen, was er wollte. Die Ersparnisse waren aufgebraucht, sein iPhone hatte er auch schon. Hannes glaubte nicht, dass ausgerechnet er als Mitläufer in der Gang taugte. Er musste seinen ganzen Mut zusammennehmen und sich bei der nächsten Begegnung einfach weigern, egal, was er noch von ihm verlangte. Die Schülerband und die Freundschaft zu Nico waren ihm wichtig. Das ließ er sich von Conny nicht auch noch zerstören. Damit war jetzt Schluss. Der musikaffine Schüler stöberte in der Plattensammlung seines Vaters und blieb an einem gel-orangen Cover „Retrospectacle – The Supertramp Anthology“ hängen, eine der Lieblingsgruppen seines Vaters. Hannes liebte das Klaviersolo einer Liveversion des Songs „Another Man's Woman“ aus der Royal Albert Hall in London. Es war für ihn der Inbegriff der Einbindung seines sonst klassischen Instrumentes in Pop- und Rockmusik.

Nico traute seinen Augen nichts, als Hannes Mittwochnachmittag im Probenraum der Band erschien und nur den Daumen in seine Richtung hob. Hatten seine Worte doch etwas bewirken können?

Hannes schlug seinen Bandmitgliedern vor, den Abschlussabend der siebten Klasse mit dem Supertramp-Song „School“ zu eröffnen. Aus einer Unterhaltung mit seinem Klassenlehrer wusste er, dass auch Dirk Wolters Fan dieser Gruppe war.

Seine Mitschüler konnten mit Supertramp wenig anfangen, denn die Gruppe hatte Ende der Siebzigerjahre ihren Durchbruch. Sie waren aber einverstanden, sich die Songs anzuhören und in der Probe anzuspielen. Allein mit seiner Interpretation des Klaviersolos aus dem Song „Another Man's Woman“ konnte Hannes die Band überzeugen. Zu den nächsten Proben hatte die Band einige Schülerinnen und auch Kim Meininger eingeladen, sodass sich die Begeisterung über die neuen Songs wie ein Lauffeuer in der Schule verbreitet hatte.

Ein Video, auf dem Hannes mit seinen langen, offenen, blonden Haaren das Klaviersolo zelebrierte, setzte sich in der Schule rasend schnell in Umlauf. Conny tobte vor Wut, als ihm Leon die Aufzeichnung zugeschickt hatte.

Die Gang hatte den Ausgang des Probenraumes im Blick und wartete ab, bis sich Hannes von Nico und den anderen Bandmitgliedern verabschiedet hatte. Hannes war noch euphorisiert, als ihm Conny und Leon plötzlich aus einem Gebüsch entgegentraten. Er wollte noch zurücklaufen, doch die Putzerfische hatten sich bereits hinter ihm aufgestellt und den Fluchtweg blockiert.

„Na, Amadeus, sag mal, hatten wir nicht eine Absprache, dass du nie wieder die Bühne dieser Schule betrittst und deine Show abziehst? Dann sehe ich plötzlich ein Video, in dem du dich mit wehendem Haar abfeiern lässt. Willst du mich verarschen, du Penner?“, provozierte Conny den verunsicherten Musiker.

„Du hast alles von mir bekommen. Ich habe keine Kohle mehr, du hast mein Handy und meine AirPods. Was willst du noch? Musik ist mein Leben, das kannst du mir nicht nehmen. Lass mich einfach in Ruhe“, antwortete Hannes für seine Verhältnisse unerwartet selbstbewusst.

Der Leberhaken traf den zarten Klavierspieler völlig überraschend. Hannes ging zu Boden und Conny griff mit der linken Hand seinen blonden Zopf, den er kräftig hochzog und auf Spannung brachte. Leon zückte sein Handy, um ein Video zu starten. „Nein, Handys weg. Das bleibt unter uns“, ordnete Conny an. Mit einer routinierten Kreisbewegung seiner rechten Hand ließ er die Klinge seines Butterflymessers hervorschnellen. Ohne zu zögern, schnitt er grinsend den blonden Zopf oberhalb des Haargummis ab. Von hämischen Beifallsrufen seiner Gang angestachelt, riss er seine rechte Faust in die Höhe und präsentierte seine Trophäe mit einem Schrei, als hätte er gerade Amadeus skalpiert.

Hannes war geschockt. Er hätte nie damit gerechnet, dass ihm jemand so etwas antun würde. Nicht einmal Conny.

„So, du blonde Schwuchtel, da werden die Ladys aber traurig sein, dass sie deine goldene Mähne nicht mehr fliegen sehen. Wir beide sind noch lange nicht fertig. Hast du das kapiert, Digga?", bedrohte ihn Conny erneut und nickte Leon zu.

Der große Blonde zückte ein Feuerzeug und reichte es unterwürfig seinem Boss, der Amadeus seinen eigenen Zopf unter die Nase hielt und die helle Haarpracht einfach anzündete. Conny musste sich vor seinen Jungs positionieren und seine Stellung festigen.

„Weißt du was, Digga? Ich glaube, das reicht noch nicht. Ich will nicht schon wieder anfangen, wenn du plötzlich mit kurzen Haaren trotzdem auf der Bühne stehst", kündigte Conny an, blickte in die Runde seiner Gang, ergriff die rechte Hand von Amadeus und zog sie kräftig vor seine Brust.

„Ich habe gehört, dass du mir hinter meinem Rücken den Mittelfinger gezeigt hast. Traust du dich das auch, wenn du mir ins Gesicht siehst, Digga? Ich bin gespannt. Aus Klavierspielen wird jetzt nichts mehr, Amadeus", prophezeite Conny und überdehnte den Mittelfinger der rechten Hand derart stark, bis es deutlich knackte, was selbst die Mitglieder seiner Gang schockte.

Hannes schrie vor Schmerzen auf und starrte auf seinen Finger, der atypisch über den Handrücken hinaus abstand.

Die Gang schlug sich mit den Händen ab und ließ Amadeus zusammengesunken unter höhnischem Gelächter zurück.

Hannes war nur angewidert und verzweifelt. Diesen Geruch und den Anblick seines eigenen verkohlten Haares vor seinen Füßen sowie den abgewinkelten Finger samt dieser unerträglichen Schmerzen würde er in seinem Leben nie wieder vergessen können. Panisch stellte er sich die Frage, ob er je wieder Klavier spielen könne.

Er heulte sich die Seele aus dem Leib und wollte nur noch nach Hause. Seine Eltern hatten Spätschicht und waren im Krankenhaus. Wem von beiden konnte er sich anvertrauen? Wer von ihnen konnte seinen Finger retten? Bei seinem Vater wäre er medizinisch besser aufgehoben, nur wie sollte er ihm alles erklären? Hannes musste mit irgendwem reden, zog sich trotz höllischer Schmerzen seinen Hoodie samt Kapuze über. Er ging zur Bushaltestelle, um seine Mutter im Krankenhaus in Bad Münder aufzusuchen und endlich mit ihr zu reden.

Thorsten Büthe war auf dem Weg der Besserung und machte motorische Fortschritte. Selbst nach dem Abendessen drehte er seine Runde durch den Park der Reha-Klinik. In der Dämmerung wagte er sogar, sich einige Schritte ohne Gehhilfe fortzubewegen.

Gegen 20 Uhr fiel ihm eine dunkel gekleidete Person auf, die auf dem Parkplatz für die Bediensteten zwischen den Fahrzeugen herumlungerte und sich zu einem Porsche 911 herunterbeugte. Thorsten fiel die perlmuttfarbene Sonderlackierung auf, die das Licht der Straßenlaternen interessant reflektierte.

Erst vermutete der LKA-Beamte, dass der Typ den Innenraum des Sportwagens inspizierte, stellte dann aber fest, dass er sich im Spiegel ansah und dazu sogar die Kapuze seines Hoodies herunterzog. Jetzt erkannte er einen Jungen mit kurzem, blonden Haar, der schluchzte, als er sich im Spiegelbild betrachtete. Dabei stand offensichtlich seine Frisur im Vordergrund. Ein Autodieb schien das eher nicht zu sein.

Als er daraufhin noch mit einer Nagelschere in der linken Hand umständlich versuchte, sich die Haare zu schneiden, schlich sich der Profiler vorsichtig näher heran und sprach den Jungen an.

„Hey, kann ich dir helfen?"

Als sich dieser panisch umdrehte, stellte Thorsten fest, dass er höchsten vierzehn Jahre alt und von fast dürrer Statur war. Der junge Mann sprintete dann wortlos vom Parkplatz zum Haupteingang der Klinik. Er hielt sich dabei die rechte Hand, die sich offensichtlich nicht oder nur unter Schmerzen bewegen ließ. Für den Reha-Patienten, der sich kaum ohne Gehhilfen fortbewegen konnte, war jeder Ansatz, den zwar nicht gerade sportlich wirkenden Flüchtenden zu verfolgen, zum Scheitern verurteilt.

Der Kriminalbeamte ging um den Porsche herum und konnte weder bei dem Sportwagen noch bei umstehenden Fahrzeugen Beschädigungen, die auf Vandalismus oder gar ein Aufbrechen deuten konnten, feststellen.

Der Fallanalytiker erinnerte sich an ein Gespräch mit seiner behandelnden Ärztin, in dem die Marke Porsche schon einmal thematisiert wurde. Das hannoversche Kennzeichen mit den Buchstaben „KO" könnte zudem auf die Initialen von Frau Doktor Kerstin Oltendorf hindeuten.

Der LKA-Beamte beschloss, sie während der nächsten Visite darauf anzusprechen.

Hannes brachte es nicht übers Herz und fuhr mit dem Bus zurück, ohne seine Mutter in der Klinik aufzusuchen.

Er nutzte die Zeit, bis seine Eltern nach Hause kamen, um seine Frisur im Bad einigermaßen so herzurichten, dass seine Geschichte, die er sich für seine Eltern zurechtgelegt hatte, plausibel war.

Hannes nahm den typischen Sound des Porsche Boxermotors wahr, als seine Mutter in die Doppelgarage ihrer Villa fuhr.

„Hallo Schatz, ich bin da!“, flötete sie wie immer gut gelaunt durchs Haus, wobei sie entsetzt reagierte, als ihr Sohn die Treppe auf sie zukam.

„Mein Gott, Hannes. Wie siehst du denn aus? Was ist mit deinen Haaren passiert?“, echauffierte sich die Ärztin.

„Ich wollte mal etwas anderes ausprobieren und mich von meinem Zopf trennen. Ich bin keine zehn mehr“, versuchte sich der Vierzehnjährige herauszureden.

„Okay, aber dann sprich doch mit mir. Für so etwas gibt es Profis und die nennt man Friseure, Schatz. Wir machen morgen gleich einem Termin. Da muss mal ein vernünftiger Schnitt rein. Vielleicht kann Viviana da noch was retten“, hoffte Kerstin Oltendorf, der auffiel, dass ihr Sohn das Gesicht schmerzhaft verzog und sich die rechte Hand hielt.

„Ich bin heute Nachmittag gestürzt und jetzt steht der Finger so komisch ab“, gab Hannes kleinlaut zu.

„Lass mal sehen. Oh, der ist ja wirklich ganz geschwollen. Ich glaube, der ist gebrochen. Ich fahre dich raus zu Vati, der wird den Finger röntgen und dann schauen wir mal“, diagnostizierte die Ärztin, die zwar keine chirurgische Erfahrung vorweisen konnte, aber in der Lage war, eine Fraktur zumindest vermuten zu können.

„Hast du schon gegessen? Paps und ich sind heute Abend noch mit seinem Professor und seiner Frau beim Italiener verabredet“, informierte die Ärztin ihren Sohn, der diese Art der Kommunikation lange gewohnt war. Den Versuch einer Erinnerung an das letzte gemeinsame Essen verwarf er. Es war einfach zu lange her.

„Ich schiebe mir eine Pizza in den Ofen. Das ist ja so wie bei eurem Italiener", antwortete Hannes zynisch.

„Lass das mal nicht Luigi hören", lachte seine Mutter und ergänzte: „Ich gehe mich noch kurz umziehen."

In der Notaufnahme wurden Hannes und seine Mutter von der Krankenschwester Anna Kessler empfangen. „Ausgerechnet die", dachte sich der junge Patient.

„Hallo Frau Doktor Oltendorf, hallo Hannes, na, was ist dir denn passiert?", fragte die Mutter von Conny nach.

Bevor sich der eigentliche Patient äußern konnte, sprudelte es aus seiner Mutter heraus.

„Der junge Mann ist gestürzt, als er sich selbst die Haare abgeschnitten hat", petzte sie nicht ohne Ironie.

„Na, Ihnen muss ich ja nicht erzählen, mit welch skurrilen Geschichten wir es hier täglich zu tun haben", lachte die sympathische Krankenschwester – was sich auf ihren Sohn offensichtlich übertragen hatte, dachte Hannes.

Sie lächelte ihren Patienten an und beruhigte ihn.

„Keine Angst, Hannes, das bekommen wir alles wieder hin. Und nach einer kleinen Pause wirst du wieder Klavier spielen können. Ich übergebe dich jetzt an eine liebe junge Ärztin, die dich zum Röntgen begleitet und auch dann die Behandlung übernehmen wird. Dein Vater ist nämlich noch eine Weile im OP", sagte Anna Kessler mit einem Augenzwinkern.

„Ach, ich dachte, mein Mann könnte das kurz übernehmen. Wir sind heute nämlich noch mit dem Professor und seiner

Frau verabredet. Nicht, dass wir uns verspäten", befürchtete Frau Dr. Oltendorf.

„Keine Angst, Ihr Mann und der Professor operieren gemeinsam. Wir hatten einen Betriebsunfall und der Patient hat mehrere Baustellen", klärte die Schwester auf.

„Na, dann kommen wir immerhin wohl alle zu spät", kommentierte die Ärztin beruhigt.

Die attraktive Assistenzärztin stellte sich als Nora Winter vor und begleitete die Ehefrau und den Sohn ihres Chefs in die Röntgenabteilung.

Nachdem eine glatte und eher unkomplizierte Fraktur des Mittelfingerknochens festgestellt wurde, konnte sie Hannes beruhigen.

„Ich habe gehört, du bist ein leidenschaftlicher Klavierspieler, Hannes. Ich werde den Finger jetzt richten und mit einer Stabilisierungsschiene fixieren. Es ist weder eine Operation noch ein Gips erforderlich. Nach ein paar Wochen wirst du wieder Klavier spielen können wir zuvor", prognostizierte die junge Ärztin hoffnungsvoll.

„Kann ich Sie noch kurz sprechen?", bat die junge Ärztin und diagnostizierte in Abwesenheit von Hannes: „Die Verletzung stammt nicht von einem Sturzgeschehen. Das kann ich ausschließen. Der Finger ist massiv bis zum Bruch überstreckt worden. Ob in Form einer Selbstbringung oder von fremder Hand, kann ich nicht beurteilen."

„Frau Kollegin, sollte nicht doch mein Mann noch einmal draufschauen? Vier Augen sehen immer mehr als nur zwei", schränkte Kerstin Oltendorf ein.

„Frau Dr. Oltendorf, ich weiß nicht, wie lange Ihr Mann noch im OP ist. Je länger wir warten, den Finger wieder in seine

Ursprungslage zu bringen, desto schmerzhafter ist es für Ihren Sohn. Ich bin seit über zwei Jahren Assistenzärztin in der Unfallchirurgie, habe täglich weitaus schwierigere Fälle zu betreuen und zu entscheiden. Vertrauen Sie mir bitte, Frau Kollegin", bat Nora Winter.

„Natürlich, ich wollte Ihnen nicht zu nahetreten und Ihre Kompetenz infrage stellen", entschuldigte sich Dr. Oltendorf.

Nach der Rückkehr aus dem Krankenhaus und der Aussicht auf einen noch Wochen ausgestreckten Mittelfinger in einer blauen Fingerschiene trottete Hannes nach oben in sein Zimmer und widmete sich wieder seiner Musik.

Sein Vater war spät dran und begrüßte seinen Sohn nicht mehr, um sich zu dem Termin mit seinem Professor nicht zu verspäten.

Auf die Tiefkühlpizza verzichtete Hannes. Sie wäre ihm im Halse stecken geblieben.

Bevor er zu Bett ging, schrieb er seinen Eltern einen Zettel und bat um eine Entschuldigung für die Schule, da er sich nicht wohlfühle.

Das medizinisch perfekt formulierte Schreiben lag am nächsten Morgen auf dem Küchentisch, nachdem seine Eltern ihre Frühschicht angetreten hatten. Seine Mutter hatte ihm um acht Uhr noch eine WhatsApp geschrieben.

„Guten Morgen, mein Schatz, da du zu Hause bist, habe ich für dich um zehn Uhr einen Termin bei Viviana vereinbart. Ich gehe davon aus, dass es dir danach wieder besser gehen wird. Kussi, Mami."

Hannes konnte seiner Mutter mangelndes Interesse und Oberflächlichkeit vorwerfen, aber dumm war sie nicht.

Als der Stuhl von Amadeus an diesem Tag leer blieb, warfen sich Conny und Leon triumphierende Blicke zu.

Nach dem Frühstück erwarteten die Patienten der Reha-Klinik Bad Münder die Visite der Stationsärzte, die von Dr. Kerstin Oltendorf geleitet wurde.

„Guten Morgen, Herr Büthe, na, so langsam kehrt wohl wieder Leben in den alten Beamtenkörper?", bemerkte die behandelnde Ärztin ironisch.

Als Thorsten sie fragend ansah, klärte sie ihre Anspielung auf.

„Ich dachte, dass gerade Ihnen die Kameras im Park auffallen würden, die wir für die Sicherheit unserer Patienten installiert haben. So können wir schnell bei Patienten reagieren, denen es schlecht geht oder die auf Hilfsmittel angewiesen sind. Dabei fallen aber auch Patienten auf, die Dinge tun, die mit dem medizinischen Personal nicht abgestimmt sind. Tun Sie sich bitte selbst einen Gefallen und nutzen weiterhin beide Gehhilfen. Ich weiß, das geht Ihnen alles nicht schnell genug. Dennoch braucht es Zeit, bis alles verheilt. Nutzen Sie diese Zeit und geben Sie ihrem Körper die Chance, sich zu regenerieren. Haben wir uns verstanden, Herr Büthe?"

Thorsten musste lachen. „Da habe ich ja Glück gehabt, dass Sie nur das beobachtet haben. Wenn Sie wüssten, was ich alles außerhalb des Erfassungsbereiches der Kameras mache. Flickflacks sind dabei das Harmloseste. Apropos Kameras, ist der Parkplatz für das Personal auch kameraüberwacht?", fragte der Profiler interessiert.

„Nein, wieso fragen Sie?", hakte die Ärztin nach.

„Das würde ich Ihnen gern unter vier Augen mitteilen", sagte der LKA-Beamte.

„Na, da bin ich gespannt, wie Sie das Rätsel auflösen. Ich komme nach der Visite bei Ihnen vorbei. Bis gleich“, kündigte Dr. Oltendorf an und setzte mit ihren Assistenzärzten ihren Rundgang fort.

Etwa eine Stunde später klopfte es an der Zimmertür und die Ärztin von Thorsten Büthe trat neugierig ein.

„So, Herr Profiler, dann klären Sie mich mal auf!“

„Ich vermute, Sie fahren den perlmuttfarbenen Porsche 911?“, eröffnete der LKA-Beamte das Gespräch. Kerstin Oltendorf nickte und der Fallanalytiker setzte sie von seiner gestrigen Beobachtung in Kenntnis.

„Das wird mein Sohn Hannes gewesen sein“, gab sie zu und ergänzte: „Hannes ist ein zurückhaltender Schüler, äußerst sensibel und musikaffin. Er spielt seit seinem vierten Lebensjahr Klavier, liebt die Werke von Wolfgang Amadeus Mozart. In Anlehnung an seinen Lieblingskomponisten hat sich Hannes die Haare wachsen lassen und trägt sie seit Jahren zu einem Zopf zusammengebunden. In der Schule ist er seit Jahren ein Außenseiter. Er hat halt andere Interessen als seine Mitschüler und wenig Freunde. Er spielt seit einigen Wochen in der Schülerband und hat sich mit einem Nico angefreundet. Gestern Abend stand er mit völlig ausgefranstem Haar und mit gebrochenem Mittelfinger vor mir und behauptete, er habe sich für eine Typveränderung entschieden und spontan seine langen Haare mit einer Nagelschere abgeschnitten. Er wollte vor mir einen coolen Eindruck machen, wobei ich ihn zu gut kenne. Hannes ist nicht cool. Es müssen andere Gründe sein. Den Mittelfinger will er sich bei einem Sturz gebrochen haben, wobei die medizinische Diagnose dagegenspricht. Entweder hat er sich selbst verletzt oder ein anderer. Hannes hat sich heute von uns krankschreiben lassen, weil er so nicht in die Schule gehen kann. Er ist gerade bei meiner Friseurin, die dabei ist, die Frisur nicht nur zu retten, sondern ihn zu einem modernen Haarschnitt zu überreden. Ich hoffe, das passt und er steht dann auch dazu. Ich werde mit ihm heute Nachmittag in Hannover shoppen gehen, damit konsequenterweise auch sein Outfit mit seinem Alter übereinstimmt. Bislang hatte er darauf keinen Wert gelegt. Mein Mann ist im Kreiskrankenhaus Oberarzt der Unfallchirurgie und fährt zudem noch Notarzteinsätze. Wir sind beide beruflich sehr stark eingebunden und aktuell kommt Hannes einfach zu kurz. Jetzt kennen Sie den Hintergrund", öffnete sich die Ärztin gegenüber ihrem Patienten.

„Wow, das hätten Sie mir in der Tiefe nicht anvertrauen müssen. Danke für Ihre Offenheit", bemerkte Thorsten überrascht.

„Ja, auch wir Götter in Weiß haben nun mal unsere Baustellen", gab die Ärztin zu.

„Bei unseren Kindern ist es bereits eine Weile her. Daher weiß ich nicht, ob ich ein kompetenter Ratgeber bin, aber wenn ich helfen kann, sehr gerne", bot der Patient sich an.

Dr. Kerstin Oltendorf bedankte sich lächelnd und verließ das Krankenzimmer.

„Bist du unter einen Mähdrescher gekommen, Hannes?", lachte Viviana in ihrem Salon.

„Na komm, setz dich. Das kriegen wir schon hin. Was ist denn mit deinem Finger passiert?", erkundigte sie sich.

„Blöd gestürzt", antwortete Hannes knapp. Die gebürtige Sizilianerin kannte den Jungen seit dem sechsten Lebensjahr, wobei er bislang nur mit seiner Mutter kam, um die Spitzen seiner langen Haare zu schneiden.

„Du bist jetzt ein junger Mann und es wird Zeit für eine Typveränderung, Hannes. Bist du mutig und bereit?“, motivierte die temperamentvolle Friseurin.

Der Vierzehnjährige hatte keine Alternative, stimmte zu und war der Kreativität von Viviana ausgeliefert.

Der Umstand, dass die Haare am Zopf abgeschnitten waren, boten der erfahrenen Stylistin die Möglichkeit, den Nacken und die Seiten mit einem Rasierer modisch anzuschneiden. Als sie ihm einen angesagten Seitenscheitel vorschlug, lehnte er vehement ab. Dann sah er aus wie Conny. Viviana hatte eine Idee, der Hannes alles andere als aufgeschlossen war.

„Okay, dann haben wir noch die Gelegenheit, dir eine absolute Trendfrisur zu verpassen. Du bekommst von mir im Frontbereich eine Dauerwelle, die dann kraus geföhnt wird.“ Hannes mochte sich kaum im Spiegel betrachten, als er eine Vielzahl kleiner Lockenwickler im Haar erblickte. Egal, er hatte keine Wahl mehr und musste da jetzt durch.

Nach dem Föhnen und einer Gewöhnungsphase gefiel ihm die neue Frisur recht gut.

„Na, junger Mann, was sagst du? Du siehst jetzt aus wie der Leadsänger einer Boygroup. Die Mädels werden Schlange stehen“, prophezeite Viviana und war mit dem Umstyling aus der Not heraus sehr zufrieden.

Auch Hannes wurde immer selbstsicherer und umarmte die Hair-Stylistin dankbar.

Kerstin Oltendorf war gespannt und hatte sich den ganzen Nachmittag für die Shoppingtour mit ihrem Sohn freigehalten. Ihr Mann hatte eine 24-Stunden-Schicht als Notarzt vor sich, sodass auch der ganze Abend nur Hannes gehörte. Die Ärztin war begeistert, als ihr Hannes nicht nur völlig verändert, sondern auch zufrieden gegenüberstand. Das Einzige, was das neue Bild störte, waren seine Klamotten, die sich in den letzten Jahren nicht verändert hatten.

Hannes war bereit und der Porsche brachte sie in die Innenstadt Hannovers.

Sie schlenderten von Shop zu Shop und statteten Hannes mit allem aus, was sein Herz begehrte. Sie ließen sich von stylischen Verkäuferinnen beraten, die genau wussten, welche Marken bei den Jugendlichen angesagt waren, die Hannes jedoch überhaupt nichts sagten.

Sie hatten Spaß, gönnten sich am Kröpcke ein Eis im Café Mövenpick und ließen nach einer kurzen Pause wieder die Kreditkarte glühen.

Ihre Tüten mussten sie zwischenzeitlich immer wieder im Porsche deponieren, der in der Parkgarage der Ernst-August-Galerie abgestellt war.

Als sie den Elektromarkt Saturn am Hauptbahnhof passierten, zog Kerstin Oltendorf ihren Sohn in die Handyabteilung, in der sie ihm das neuste iPhone 15 plus samt neuen AirPods spendierte.

Als es dämmerte und der kleine Kofferraum des Porsche keine neuen Tüten mehr aufnehmen konnte, schlug die Ärztin euphorisch vor: „So Schatz, was hältst du jetzt von einer leckeren Pizza bei Luigi?“

„Du hast versprochen, dass ich mir aussuchen kann, was wir heute Abend noch machen. Stimmt's?“, fragte Hannes nach.

„Na klar. Nur müssen wir ja irgendwann auch etwas essen“, schränkte Kerstin Oltendorf ein.

„Das können wir ja auch. Ich möchte ins Astor-Kino, da läuft ‚Mission: Impossible‘. Da bekommen wir Popcorn und Tacos. Was sagst du?“, machte Hannes ein Alternativangebot.

„Kannst du da mit vierzehn schon rein?", fragte die Ärztin unsicher.

„Ich glaube, der ist erst ab sechzehn", vermutete Hannes resigniert.

„Weißt du was? Du siehst ab heute viel älter aus. Zieh dir hinter dem Porsche deine Lieblingssachen an und wir beide gehen ins Kino. Falls der Film erst ab sechzehn ist, schmuggele ich dich rein. Okay?", regte die Mutter an, die einfach nur froh war, ihren Sohn so glücklich zu sehen. Solche Tage hätten sie viel früher und vor allem öfter gemeinsam verbringen sollen.

Sie verlebten einen wunderbaren Abend samt Popcorn, Tacos und Softdrinks mit einem spannenden Film, der fast drei Stunden dauerte.

Auf der Rückfahrt war Hannes bereits auf dem Westschnellweg zufrieden eingeschlafen.

Sie kehrten nach Mitternacht zurück, wobei Kerstin Oltendorf ihrem Sohn anbot, dass er noch einen Tag zu Hause bleiben und ausschlafen konnte.

Hannes lehnte vehement ab. Er fühlte sich älter und reifer und musste diese Metamorphose allen zeigen – auch Conny.

Er freute sich auf den Schultag, blieb aber vorsichtig und wollte es nicht übertreiben. So beschloss Hannes, sein neues iPhone 15 plus nicht mitzunehmen und auch sein hochwertiges Mountainbike immer noch in der Garage zu lassen.

Dennoch betrat er selbstbewusst die Pausenhalle und genoss den erstaunten Blick vor allem seiner Mitschülerinnen. Beim Eintritt in seinen Klassenraum fiel ihm besonders die Reaktion von Kim auf, die ihn erstmals bewusst außerhalb seines musikalischen Talentes wahrzunehmen schien. Die Mädchen tuschelten untereinander, wobei die Jungen aus der Klasse abwartend zu Leon und Conny blickten. Dem Anführer der Gang fiel die Kinnlade herunter. Entweder hatte Amadeus wirklich Eier oder er war total naiv und lebensmüde. Keine Spur von dem schüchternen Jungen mit den langen, blonden Haaren in Klamotten, die vor Jahrzehnten schon nicht mehr modern waren. Amadeus war top gestylt und trug eine angesagte Jeans, eine coole Jacke und Sneakers, die sich in der Klasse kaum jemand leisten konnte. Seine Körperhaltung und Mimik waren zu seiner vorherigen Rolle im Jahrgang völlig konträr. Er ging aufrecht, suchte offen den Blickkontakt seiner Mitschüler und erwiderte ihn sympathisch lächelnd.

Allein die Reaktion, mit der Kim den völlig veränderten Klavierspieler ansah, löste in Conny hässliche Fantasien aus.

Leon beobachtete seinen Boss erwartungsvoll. Das konnte er sich einfach nicht gefallen lassen, wenn er auch nur im Ansatz seine Position im Jahrgang sichern wollte.

„Hey Amadeus, na, hat dir Mami neue Sachen gekauft und dich endlich zum Friseur geschickt? Oh, was ist denn mit deinem Mittelfinger passiert? Das sieht aber nicht gut aus. Klavier spielen fällt wohl länger aus, oder?“, provozierte ihn sein Kontrahent.

Hannes schwebte auf Wolke sieben und forderte Conny vor allen anderen zum Duell, was nicht gut ausgehen konnte.

„Ich heiße Hannes, einfach Hannes. Das gilt auch für dich, Conrad!“, stellte er klar und hielt ihm seinen hochgestreckten Mittelfinger in der blauen Stabilisierungsschiene fast unter die Nase.

Conny schnaufte wie ein Stier in der Arena, als der Torero sein rotes Tuch vor ihm schwenkte. Er schaute in die Gesichter von Leon und seinen Jungs. Allein um sein Gesicht nicht völlig zu verlieren, setzte der Anführer der Gang im Klassenraum zum Angriff an, was durch das Zücken der Handys der Mitschüler begleitet wurde. Dazu kam es überraschend jedoch nicht. Noch nicht.

„Guten Morgen zusammen. Bitte nehmt eure Plätze ein", begrüßte Dirk Wolters seine Schüler, sodass Conny seine Attacke abblasen musste. Immerhin hatte er reagiert und alle anderen hatten es auch so wahrgenommen.

Er ärgerte sich, weil er sich von Leon und seinen Jungs zu erwartbaren Reaktionen hinreißen ließ. Conny wollte nicht so sein wie seine anderen Gangmitglieder. Er hatte seinen Erfolg mit überraschenden Aktionen. Er wollte derjenige sein, der nicht einzuschätzen war, der zuschlug, wenn niemand damit rechnete. Er wollte Angst schüren, damit alle glaubten, dass dieser Moment jederzeit und überall eintreten konnte. Er war ein Taktiker, ein Manipulator, der wie ein Schachspieler die Strategien und nächsten Züge seiner Gegner einkalkulierte.

„Jetzt nur keine Schnellschüsse. Du musst jetzt ein Exempel statuieren, das niemand jemals vergessen wird. Niemand", dachte er sich und entwickelte einen perfiden Plan.

Kapitel 8
Eine dramatische Entwicklung

Conny hielt sich am nächsten Tag in der Schule zurück und tat so, als wäre nichts gewesen. Alle hatten mit einer heftigen Reaktion gegenüber Amadeus gerechnet, doch nichts dergleichen geschah.

In der Pause sprach Conny Kim an. „Hast du heute Abend schon was vor?", fragte er seinen Schwarm direkt. Als sie den Kopf schüttelte, machte er es spannend.

„Ich melde mich nachher bei dir. Habe eine geile Idee. Zu niemandem ein Wort. Okay?"

Kim war nach Schulschluss zu Hause, als sich eine neue WhatsApp-Nachricht ankündigte.

„Hi Kim, meine Eltern haben heute Abend spontan gemeinsam Nachtschicht und ich habe sturmfreie Bude. Ich möchte mit ein paar guten und ausgewählten Freunden eine kleine Party schmeißen und würde auch dich gerne dazu einladen. Um keinen zu verärgern, sag bitte niemandem, dass du bei mir bist. Sag einfach, dass du bei einer Freundin schläfst. Am besten löschst du die Nachricht gleich wieder. Versprochen? Wir starten um zwanzig Uhr. Bist du dabei?"

Kim war zu neugierig, um abzusagen. Sie bestätigte die Anfrage und überlegte, was sie bei einer solchen Party anziehen sollte.

„Hey Mami, Sina hat mich gerade gefragt, ob ich nicht bei ihr schlafen will. Ist das okay? Ihr seid morgen früh sowieso auf dem Markt. Dann kann ich mit Sina gemütlich frühstücken", informierte sie ihre Eltern, die einverstanden waren. Kim machte sich fertig und verließ kurz vor zwanzig Uhr ihr Elternhaus.

Der Weg zu Conny war selbst zu Fuß nicht weit, sodass Kim fast pünktlich bei ihm klingelte und sofort eingelassen wurde.

„Hi Kim, super, dass du so spontan bereit warst. Komm rein. Du bist die Erste. Die anderen verspäten sich ein wenig", klärte Conny auf.

Er hatte im Wohnzimmer seiner Eltern indirektes Licht eingeschaltet und geradezu romantisch Kerzen angezündet. Auf dem Tisch standen Chips und Getränke bereit.

Kim stutzte kurz und fragte unsicher nach: „Wer kommt denn noch?"

Conny nannte ein paar Namen, von denen er wusste, dass sich Kim mit ihnen gut verstand. Sie war erst mal beruhigt.

„Ich habe für euch Mädels schon mal ein paar Aperol Spritz vorbereitet. Die Jungs trinken vermutlich wieder nur Bier." Conny reichte seinem einzigen Besuch ein bereits mit Eiswürfeln vorbereitetes Glas und stieß mit ihr und seinem Bier an. „Auf einen schönen Abend", was er genau so meinte.

Die Mischung wirkte schnell. Conny hatte sich von seinem Haschisch-Dealer K.-o.-Tropfen besorgen lassen und die empfohlene Mischung leicht erhöht. Für seinen Plan benötigte er ein handlungsfähiges Opfer, mit dem er die ganze Nacht Spaß haben konnte.

Conny war schon ganz aufgeregt. Er hatte den Abend und die Nacht seine Fantasien Tausende Male durchgespielt. Er hatte sich von sexuellen Gewaltvideos inspirieren lassen und war gespannt, ob auch die Realität ähnlich geil war, wie es seine Videos versprachen.

Kim blieb ansprechbar und locker. Sie reagierte auf seine Ansagen, war seinen sexuellen Annäherungen nicht nur aufgeschlossen, sondern sogar aktiver als er je erwartet hätte, und ließ ohne Widerworte alles mit sich machen. Wirklich alles.

Kim war erschöpft eingeschlafen. Conny hatte ihr vorsichtshalber noch eine weitere Mischung angesetzt, um seinen Plan ungestört vollenden zu können. An Schlaf war nicht zu denken. Er saß aufrecht in seinem Bett und ließ die Szenen mit Kim Revue passieren, denn er hatte alles auf seinem geheimen Zweithandy für sich als Trophäe dokumentiert und archiviert. Für immer, für die Ewigkeit.

Er griff sich das Samsung S21 von Kim, entsperrte es mit ihrem Fingerprint und aktivierte WhatsApp.

„Hi Hannes, du musst heute Morgen um sechs Uhr unbedingt zur Schule kommen. Ich habe Videos, die Conny das Genick brechen und ihn endgültig von der Schule verweisen werden. Dann haben wir alle Ruhe und wir können endlich zusammen sein. Ich habe mich in dich verliebt. Wir treffen uns an den Tischtennisplatten. Bitte sei pünktlich! Deine Kim“, schrieb Conny und ergänzte noch mehrere Kuss- und Herz-Emojis.

Um sicherzugehen, dass die Nachricht Amadeus zu dieser Zeit noch erreichte, rief er ihn direkt an, wartete drei Klingeltöne ab und beendete das Gespräch. Als Amadeus auf dieser Nummer vergeblich zurückrief und die WhatsApp-Nachricht zwei blaue Haken hatte, war Conny sicher, dass sein Plan funktionieren und Amadeus pünktlich am Treffpunkt sein würde.

Hannes ließ sein Handy nachts immer an, wobei er eigentlich nie Anrufe insbesondere zu dieser nächtlichen Stunde bekam. Er hatte schon das Nachrichtensignal bemerkt und gesehen, dass es von Kim kam.

Er wunderte sich, dass sie ihn so früh treffen wollte, aber wenn sie wirklich dafür sorgen konnte, dass Conny die Schule verlassen musste, war ihm die Zeit völlig egal.

Er dachte an die letzten Blicke, die sie ihm zugeworfen hatte. Hannes war solchen Dingen noch nicht so aufgeschlossen gewesen. Mädchen waren ihm bislang egal. Er hatte seine Musik, das reichte ihm eigentlich. Aber Kim war wirklich hübsch und eine coole Type. Hannes konnte nicht beurteilen, was es hieß, verliebt zu sein. Er spürte aber ein freudiges Kribbeln im Bauch und das frühe Treffen hatte ja auch ein wenig etwas von einem Abenteuer. Seine Eltern waren beide im Krankenhaus, wobei seine Mutter morgens vor acht Uhr nicht zu Hause und sein Vater mit seinen 24-Stunden-Schichten nie pünktlich zurück war.

Er freute sich auf sein erstes Date und an Schlaf war nicht mehr zu denken.

Conny hatte in seinem Kopfkino seine Vorstellungen von Sexualität stets mit neuen Ideen ergänzt, zu denen ihn seine wiederholten Gewaltvideos aus dem Netz angeregt hatten. Er vollzog diese Nacht seinen ersten Geschlechtsverkehr und konnte widerstandslos sämtliche Facetten ausprobieren. Kim hätte in diese Handlungen freiwillig niemals eingewilligt. Das war ihm egal und nicht sein Problem. Kim war selbst schuld.

Sie hätte schließlich die Chance gehabt, sich auf Conny einzulassen. Dann wäre alles harmonisch geblieben und sie könnten als Paar zusammenbleiben. Sie hatte sich selbst in diese Situation hineinmanövriert. Sie war es, die ihn nicht nur ignoriert, sondern vor anderen lächerlich gemacht hatte. Diese Kränkung steigerte sich, als sie sogar Amadeus diese Blicke zugeworfen und sich dieser Lusche zugewandt hatte. Es war mehr als verdient und Amadeus sollte schon sehen, was er damit angerichtet hatte.

Conny spürte, dass der sexuelle Part in dieser Nacht noch lange nicht sein Highlight war, und packte erwartungsvoll die Utensilien in seinen Rucksack ein, die zur Erfüllung seines Plans von essenzieller Bedeutung waren.

Er weckte Kim gegen fünf Uhr, die von dem Drogencocktail immer noch benommen, aber handlungsfähig war. Wie in Trance ließ sie sich von Conny eingehakt aus dem Haus führen. Den halbstündigen Fußweg zum Schulgelände der KGS Bargenstedt wählte er über Nebenstraßen, um möglichst unentdeckt zu bleiben. Durch die aufgeschlossenen Schilderungen seines Vaters, auf welche Gegenden sich in der Stadt die nächtlichen Streifenfahrten konzentrierten, wusste er genau, welche Wege er möglichst unentdeckt nutzen konnte. Dass sich sämtliche Einsatzkräfte durch einen schweren Verkehrsunfall auf die Bundesstraße fixierten, konnte er nicht ahnen.

Conny und Kim erreichten ohne Störungen das Schulgelände der KGS Bargenstedt. Er führte seine Mitschülerin zu einer der fest installierten Tischtennisplatten und lehnte sie mit dem Po an die Frontseite der Betonplatte. Der Bereich war durch eine Laterne auf dem Gelände schwach, aber für seine Bedürfnisse ausreichend beleuchtet.

„Setz dich einfach auf den Rand, Kim", flüsterte er, wobei er sie an der Hüfte umfasste und sie in die Sitzposition hob. Er gab ihr einen leichten Stoß vor die Brust, sodass Kim benommen nach hinten kippte und mit dem Kopf vor dem Metallnetz, was die Tischtennisplatte mittig querte, in Rückenlage liegen blieb. Ihre Beine baumelten in den Kniegelenken eingeknickt an der Platte herunter.

Conny stellte seinen Rucksack auf einer Parkbank direkt daneben ab und präparierte sich.

Sein Vater hatte ihn auf das nächste Szenario unbewusst optimal vorbereitet. Der Polizistensohn konnte sich im Keller seines Elternhauses bedienen und hatte sich einen der echten weißen Polizeioveralls eingepackt, die sein Vater für Malerarbeiten im Haus aus dem Dienst mitgebracht hatte. Wie ein Tatortbeamter der Spurensicherung stattete sich Conny mit Latexhandschuhen und Schuhüberziehern aus, um keine Spuren zu hinterlassen. Als Mundschutz nutzte er eine FFP2-Maske aus den Altbeständen seiner Eltern.

Mit einem hellen Nylonband fixierte er beide Hände seiner Mitschülerin an dem metallenen Tischtennisnetz. Von einer Rolle Panzertape versuchte Conny ein Stück abzuschneiden und stellte fest, dass seine Latexhandschuhe ständig an der Klebefläche hängen blieben. Genervt trennte er sich von den Schutzhandschuhen, schnitt mit seinem mitgeführten Butterflymesser einen langen Teil ab und legte es Kim mit zwei Windungen so um den Kopf, dass der Mund in Form eines Knebels komplett abgedeckt war, die Nase aber frei blieb.

Die Schülerin stöhnte nur und bewegte den Kopf nur leicht hin und her. Kim war inzwischen handlungsunfähig geworden und nicht im Ansatz in der Lage, sich zu wehren. Ihr war nicht einmal bewusst, in welcher lebensbedrohlichen Situation sie sich befand.

Conny verstaute die restliche Nylonschnur und die Rolle Panzertape wieder im Rucksack. Die Gegenstände, die für ihn und die nun folgenden Szenarien von Bedeutung waren, legte er geordnet und griffbereit auf die Sitzfläche der Parkbank.

Conny platzierte sich vor der Tischtennisplatte, betrachtete zufrieden sein Werk und war voller Vorfreude.

Er blickte auf sein Smartphone, das Viertel vor sechs Uhr anzeigte. Es war Zeit, sich so zu verstecken, dass er Amadeus überrascht entgegentreten konnte, falls er beim Anblick auf Kim fliehen wollte. Das konnte Conny auf keinen Fall zulassen, denn der Klavierspieler hatte eine Hauptrolle in seiner blutigen Aufführung.

Hannes hatte kein Auge zugekriegt. Was es wohl war, was Kim ihm zeigen wollte? Er malte sich aus, wie es wäre, wenn Conny von der KGS fliegen würde. Es war lange her, dass Hannes unbefangen in die Schule fahren konnte. Die stetige Angst, wo ihm Conny und seine Gang auflauern würde, der Zwang, ihm immer mehr Geld, sein Handy und alles, was ihm lieb war, aushändigen zu müssen, raubten ihm den Schlaf. Die Vorstellung, jeden Tag so lange malträtiert zu werden, bis er nie wieder Klavierspielen konnte, lähmte auch seinen Lebensmut. Wenn er ehrlich war, hatten ihn selbst schon Suizidgedanken begleitet, nur um sich von diesem alltäglichen Übel zu befreien. Seine Gedanken versetzten ihn in leichte Euphorie, als er mit seinem hochwertigen Mountainbike in die Dämmerung des Tages fuhr. In einen Tag, der vielleicht sein Leben für immer verändern würde und einfach wieder lebenswert werden ließe.

Es überraschte ihn selbst, dass die Gefühle, die ihm Kim in der Nachricht überraschenderweise formuliert hatte, noch gar nicht im Vordergrund standen. Sein rationales Denken signalisierte ihm, dass diese mögliche Beziehung völlig chancenlos war, solange Conny weiterhin auf der Schule blieb.

Als er auf dem Schulgelände eintraf, stellte er sein Rad am Zaun des Bolzplatzes neben dem Tischtennisbereich ab und schloss es an.

„Kim?", rief er leise in die Richtung, in der er seine Mitschülerin erwartete. Er tastete sich vorsichtig vor. Dann sah er sie und erstarrte. Hannes war alles andere als mutig. Er kämpfte gegen seinen ersten Fluchtreflex, konnte den Blick von der Tischtennisplatte aber nicht abwenden. Er war sich plötzlich sicher: Conny war hier und er war in eine Falle getappt.

Er musste weg. Er musste Hilfe holen. Schnell zum Fahrrad. Noch in der Rückwärtsbewegung bemerkte er ihn. Niemand hätte Conny unter dem viel zu großen weißen Overall samt Kapuze, Maske und Handschuhen erkannt. Nur er konnte es sein.

„Hi Digger, schön, dass du pünktlich bist", begrüßte ihn sein Erzfeind in seiner bekannten zynischen Art. Connys rechte Hand vollzog wieder diese kreisende Handbewegung, die Hannes sofort einschätzen konnte. Die lange Klinge des Butterflymessers blitzte im Licht der Schulhoflaterne. Der Klavierspieler hatte noch nie einen Horrorthriller gesehen, stellte sich aber genau so eine Szene daraus vor. Als Conny ihm langsam immer näherkam, konnte er durch einen Lichtreflex einen Bruchteil seiner Augen sehen und wusste, das war kein Spaß mehr.

Hannes wich zurück und erwartete die Gang, die ihn umkreisen sollte. Doch sie waren allein. Kim stöhnte und wollte sich panisch aus den Fesseln befreien und sich aufrichten. Vermutlich ließ die Wirkung der K.-o.-Tropfen nach.

„Los, setz dich auf die Bank, du Wichser!“, fauchte ihn Conny an und versuchte, Kims Beine auf der Platte zu fixieren.

Ihre aufgerissenen Augen legten ihre Panik offen, die sich durch den voll maskierten Täter samt des Butterflymessers und den eingeschüchterten Hannes verstärkten.

Kim bemühte sich, gegen den Knebel anzuschreien und den Mann im weißen Overall zu treten, der nicht lange fackelte.

Conny stach mit dem Messer jeweils oberhalb des Kniegelenkes so kräftig in die Oberschenkel des gefesselten Mädchens, bis die Klinge komplett eingedrungen war.

Die Verletzte musste sich vor Scherzen aufbäumen, wurde aber von den verknoteten Nylonschnüren daran gehindert.

Hannes wollte ihr zu Hilfe kommen.

„Bleib sitzen. Bewegst du dich, mache ich sie kalt“, drohte der Täter.

Hannes erstarrte in der Position, ließ sich zurück auf die Bank fallen und war zu keiner Reaktion mehr fähig.

Kim erkannte die Gefahr und kämpfte um ihr Leben.

Conny holte weit aus und schlug ihr mit dem Griff des Messers mehrfach ins Gesicht und seitlich gegen die Schläfen, bis die Gegenwehr nachließ.

Auf seinem weißen Overall hatten sich Blutspritzer gebildet, die Conny nicht einmal registrierte.

Er stellte sich zwischen die Beine und beugte sich zum Oberkörper seines röchelnden Opfers vor.

„Nein!!!“, schrie Hannes und griff den Täter an. Conny schlug Amadeus mit der Faust ins Gesicht und griff kräftig seine rechte Hand mit dem geschienten Mittelfinger.

„So, jetzt machen wir einen Test. Schreist du nur noch einmal, bringe ich erst Kim und dann dich um. Peilst du das endlich, Amadeus?"

In diesem Moment quetschte der Täter die rechte Hand zusammen und Hannes spürte, wie sein lädierter Finger erneut brach. Aus Todesangst versuchte er, den Schmerzensschrei so gut wie möglich zu unterdrücken.

„Du bleibst jetzt neben mir stehen. Sobald du dich nur einen Millimeter bewegst, seid ihr beide dran!", drohte Conny unmissverständlich.

Als der Täter sich mit seinem Messer zu Kim herunterbeugte, riss Hannes panisch die Augen auf und schlug beide Hände vor sein blutiges Gesicht.

Entgegen seiner Erwartung zerschnitt Conny das T-Shirt sowie den darunter befindlichen BH und klappte die Kleidung so zur Seite, dass ihre Brüste freilagen.

Weiter zog er ihr den Slip aus und spreizte die blutigen Beine auseinander.

Hannes hätte nicht für möglich gehalten, dass sich dieser Albtraum noch steigern könnte.

Conny hielt ihm das Messer an den Hals.

„So, Amadeus, hast du schon mal gepoppt?"

Der schüchterne Musiker schüttelte den Kopf.

„Jetzt kannst du mal. Zieh die Hose aus und los geht's", forderte der Täter und erhöhte den Druck des Messers.

„Das kann ich nicht", versuchte sich Hannes zu entziehen.

„Hose runter!", befahl der Polizistensohn und wanderte mit dem Messer runter in den Genitalbereich. Zitternd ließ sein zweites Opfer die Jeans herunter und auf erneute unmissverständliche Aufforderung auch seine Unterhose.

Hannes musste heulen. Conny drückte den hilflosen Schüler zwischen die Beine seines Opfers, griff seine unverletzte Hand und führte sie über die nackten Brüste des Mädchens.

„Ich kann nicht. Conny, es reicht. Lass uns gehen. Bitte!", flehte Hannes unter Tränen.

Der Täter ließ sich nicht beeindrucken und setzte die Klinge unter die Hoden seines Opfers an.

„Mach es oder ich schneide dir die Eier ab, du Schlappschwanz!", forderte Conny konsequent.

Kim kam wieder zu sich, erfasste die Situation, riss die Augen auf und versuchte die sexuellen Handlungen abzuwenden.

Der Täter schubste Hannes brutal zu Boden und schlug wie von Sinnen mit dem Knauf des Messergriffes immer wieder in ihr Gesicht. Dann drehte er das Messer und stach wie in einem Wahn schnaufend weiter auf ihren Oberkörper ein.

Nach einer gefühlten Ewigkeit zerrte Conny schwer atmend sein zweites Opfer hoch, drückte es zwischen die nun erschlafften Beine des Opfers und diktierte ungehalten weiter.

„Los jetzt!"

Hannes sah nur noch ein blutüberströmtes Etwas, was mit Kim nichts mehr zu tun hatte. Das Gesicht war völlig deformiert, der Oberkörper von Stichverletzungen übersät. Dieser Wahnsinnige hatte es getan, wirklich getan.

„Los, du Schwuchtel, dann wenigstens so!", wies er genervt an.

Hannes hatte Angst, allein seine Todesangst bewegte sein Becken vor und zurück.

„Geht doch", kommentierte der Täter und griff nach seinem Handy, welches er über den Fingerabdrucksensor entsperren wollte. Er selbst und insbesondere die Latexhandschuhe waren derart mit Blut versehen, dass das Mobiltelefon so nicht aktiviert werden konnte.

Conny wischte das Display an seinem Overall ab und zog seine Handschuhe aus.

Er stachelte den völlig verzweifelten Musiker an und filmte die Szene. „Dreh dich zu mir um, Amadeus, und lächle in die Kamera. Zeig mir, dass du Spaß hast“, verlangte der Täter skrupellos.

Hannes verzog sein Gesicht zu einer Fratze, die Conny hoffentlich zufriedenstellte.

Der unersättliche Täter griff wieder zur Bank und drückte Hannes ein zweites Messer in die Hand.

„Jetzt bist du dran, Digga. Mitgehangen, mitgefangen. Stich zu, los. Stich zu!“, befahl sein Peiniger und drückte ihm sein Messer zwischen die Pobacken und mit der anderen Hand den Oberkörper nach vorn.

Das überforderte Opfer konnte nur noch reagieren, um vielleicht am Leben zu bleiben.

Er beugte sich vor und stach wie von Sinnen zu, bis das Blut auch auf seinen Oberkörper traf. Den Schmerz in seiner rechten Hand, die das Messer führte, spürte er nicht mehr. Sein Herz war gebrochen, für immer gebrochen.

Conny feuerte ihn von hinten an und forderte wieder, in die Kamera zu blicken. Hannes stieß mit irrem Blick so kräftig weiter zu, bis die Klinge des Messers abbrach.

Völlig panisch und außer Atem erwartete der Klavierspieler, dass ihm der Täter nun auch das Messer in den Rücken rammen würde. Es war ihm egal.

Doch es kam schlimmer. Der Täter ließ ihn nicht nur am Leben, sondern schlug ihm auf die Schulter.

„So, Bro, jetzt sind wir schicksalhaft verbunden, für immer. Denk dran, ich habe wunderschöne Videos von dir. Also, halt die Fresse, egal, was passiert. Jetzt fahr nach Hause, wasch dich vernünftig und schmeiß deine dreckigen Klamotten weg. Sieh zu, dass dich keiner sieht", wies der Täter ihn an und entledigte sich seiner Schutzkleidung. Er verstaute wieder alles in seinem Rucksack und nahm auch den Griff des abgebrochenen Messers an sich. Eine Suche nach der Klinge ersparte er sich.

Hannes konnte nicht an sich halten und erbrach sich rechts neben der Tischtennisplatte.

„Tu mir das nicht an! Töte mich! Lass mich mit der Belastung nicht zurück!", flehte er nur innerlich. Er bekam keinen Ton heraus und sehnte inständig herbei, irgendjemand möge ihn aus diesem Albtraum erlösen.

Conrad Kessler allerdings sah bis auf sein verschwitztes Haar wieder so aus, als wäre es üblicher Schulalltag. Er nahm die Szene mit der leblosen Kim auf der blutigen Tischtennisplatte mit seinem Handy auf und steckte den Slip des Mädchens als Trophäe ein.

Als beide den Tatort verließen, hatten sie nur ein Ziel. Sie mussten vor ihren Eltern wieder zurück in ihren Kinderzimmern sein.

Hannes quälte sich und sein Mountainbike. Irgendwann musste er doch aus diesem zerstörerischen Traum aufwachen. Was hatte er getan? Dieses Monster hatte ihn jetzt sogar in der Hand. Mit dem Videoclip, wie er nackt zwischen den Beinen der gefesselten und blutüberströmten Kim stand. Es gab sogar ein Video, wie er auf sie eingestochen hatte. Hannes konnte es nicht fassen. Warum war er nicht in der Lage gewesen, das zu verhindern? Er fühlte sich als Feigling, als echter Loser und war völlig ratlos, wie es jetzt weitergehen sollte.

Was sollte er jetzt tun? Zur Polizei gehen? Zu Connys Vater? Konnte er sich seinen Eltern anvertrauen? Was sollte er ihnen sagen? Wie sollte er die Videos erklären?

Zu Hause angekommen, zog er sich angeekelt die blutigen Klamotten aus und versteckte sie in einem Müllsack im Gartenhaus. Hannes stellte sich unter die Dusche und musste sich erneut übergeben, als er den roten Film bemerkte, der durch das heiße Wasser abgewaschen wurde. Mit einer Bürste und Duschgel schrubbte er sich die Spuren des Verbrechens von der Haut, bis sie blutig aufgeraut war. Das heiße Wasser, was auf seinem gesamten Körper leichte rötliche Verbrennungen hinterließ, spürte er nicht.

Hannes zog sich an und war von seinem eigenen Anblick im Spiegel geschockt. So konnte er seinen Eltern nicht entgegentreten. Seine Mutter würde sofort erkennen, dass mit ihm etwas nicht stimmte. Er musste raus und schrieb ihr eine WhatsApp-Nachricht.

‚Hi Mam, ich habe gefrühstückt und fahre zur Probe. Wir studieren ein neues Stück ein. Bin heute Nachmittag zurück. LG'

Ihm fiel der Sack mit der blutigen Kleidung ein, den er auf dem Gepäckträger befestigte, bevor er ihn in einer Mehrfamilienhaussiedlung in einem Restmüllcontainer entsorgte. Anschließend fuhr er ziellos durch die einsame Feldmark am Rande des Deisters und heulte sich die Seele aus dem Leib.

Conny hingegen wirkte zufrieden. Es hatte alles nach seinem Plan funktioniert. Auch er hatte seine Kleidung in einem Restmüllcontainer beseitigt und dabei einen Kindergarten gewählt.

Seine Tüte hatte er unter stinkende Windeln der Kinder gesteckt und hoffte, dass man dort nicht nach Tatkleidung suchen würde. In seinem Zimmer ließ er seine Tat Revue passieren und sah sich immer und immer wieder seine Aufzeichnungen an. Eines seiner Videos war vorbereitet. Er postete es auf TikTok und lehnte sich gespannt zurück, was jetzt wohl passieren würde.

Er war sicher, auch die anderen Clips würden ihm noch nützlich sein.

Über Snapchat und WhatsApp hatte sich die Nachricht über das tote Mädchen auf dem Schulgelände in Windeseile verbreitet. Es kribbelte in ihm, diesem toten Mädchen einen Namen zu geben, aber er hielt sich zurück.

Der Erste, der Conny direkt anschrieb, war Leon. „Hast du schon gehört? An der Schule ist ein totes Mädchen aufgefunden worden. Weißt du, wer das ist?"

Conny stellte sich ahnungslos. „Nee, woher? Mein Alter ist noch nicht von seiner Schicht zurück. Der weiß es sicher. Lass uns mal gucken, Digga. Da ist vermutlich die Hölle los. In einer halben Stunde?", schlug er Leon vor, der die Verabredung mit erhobenem Daumen bestätigte.

Leider war sein Vater noch nicht zu Hause. Von ihm hätte er definitiv einiges erfahren. Egal, niemand außer ihm wusste mehr über diese Tat.

Er schrieb seinen Eltern eine WhatsApp-Nachricht. ‚Ich treffe mich mit Leon an der Schule. Da soll eine Leiche gefunden worden sein. Ihr wisst bestimmt Näheres. Bis nachher.'

Am Schulgelände war schwer was los. Nicht nur Passanten, Schüler, Eltern und Lehrer hatten sich vor der Polizeiabsperrung versammelt. Im Sekundentakt fuhren Übertragungswagen von Radio- und TV-Sendern vor. Reporter mit Mikrofonen in der Hand gingen in Begleitung von Kameramännern und sogar Beleuchtern auf die Zuschauer zu und führten Interviews. Eine blonde Polizistin, die mit einer Weste als Pressesprecherin gekennzeichnet war, gab die ersten Statements an die Reporter ab.

„Ich kann Ihnen bestätigen, dass heute Morgen ein schwer verletztes Mädchen auf dem Schulgelände aufgefunden und noch vor Ort ärztlich versorgt wurde. Trotz intensiver medizinischer Maßnahmen verstarb die junge Frau nach Einlieferung ins Krankenhaus. Bitte haben Sie Verständnis, dass ich aus ermittlungstaktischen Gründen noch keine weiteren Angaben machen kann", erklärte die Polizistin.

Conny wurde blass. Schwer verletzt? Was ist, wenn sie noch etwas sagen konnte? Er musste cool bleiben und lauschte den Fragen der Reporter.

„Wissen Sie, um wen es sich handelt?", hakte einer der Journalisten nach. Eine seiner Kolleginnen ergänzte: „Wie ist das Mädchen gestorben?", ein anderer rief: „Haben Sie schon eine Ermittlungsrichtung?"

Die Pressesprecherin der Polizei hob beide Hände, um weitere derartige Fragen zu unterbinden.

„Bitte, meine Damen und Herren, wie Sie sehen, beginnen die Forensiker gerade mit der Tatortarbeit. Das Opfer wird obduziert. Wir sammeln die Informationen und werden Sie im Laufe des Nachmittags im Rahmen einer Pressekonferenz umfassend unterrichten. Bitte sehen Sie bis dahin von sonstigen Fragen ab und lassen Sie die Spezialisten erst einmal ihre Arbeit machen. Ich werde Sie früh genug über Ort und Zeitpunkt der Pressekonferenz in Kenntnis setzen. Vielen Dank für Ihr Verständnis."

An den Bereich mit den Tischtennisplatten kam niemand heran.

Die Zuschauer konnten nur sehen, dass sich an einem grauen VW Crafter Frauen und Männer mit weißen Anzügen ausstatteten, um mit der Tatortarbeit zu beginnen.

Leon stieß seinen Ellenbogen in die Seite seines Freundes. Die Schulleiterin Corinna Schwablinger traf an der Polizeiabsperrung ein und wurde nach einem kurzen Gespräch mit einem Polizisten auf das Schulgelände begleitet.

Conny zuckte zusammen, als sein Handy vibrierte und eine WhatsApp-Nachricht ankündigte.

Sein Vater forderte ihn auf, sofort nach Hause zu kommen. Sie müssten reden.

Kapitel 9
Der schnelle Tatverdacht

Die Staatsanwältin Dr. Anne Weber hatte den Bereitschaftsrichter telefonisch informiert und ihm den Antrag auf Durchsuchung des Wohnhauses und Pkws von Dirk Wolters schriftlich zugesandt. Innerhalb von wenigen Minuten lag der Beschluss vor.

Die Doppelhaushälfte des Klassenlehrers befand sich in einem relativ neuen Baugebiet am Stadtrand. Sich hier als Polizei unerkannt anzunähern, war fast unmöglich. Das Sondereinsatzkommando aus Hannover hatte sich entsprechend der Lage präpariert und fuhr mit einem großen gelben DHL-Transporter in den Birkenweg und parkte direkt vor der Hausnummer 6 a. Der Carport war leer, eine Garage war nicht vorhanden.

Der Fahrer in einer DHL-Uniform stieg über die Beifahrerseite aus, begab sich mit einem großen Paket direkt vor die Haustür der Doppelhaushälfte und scannte mit einem elektronischen Gerät den Adressaufkleber ein. Gleichzeitig schlichen maskierte und schwer bewaffnete SEK-Beamte um das Haus und versuchten, über Winkelspiegel Einblicke ins Innere zu erlangen. Im Garten des Hauses konnten die Beamten einen Sandkasten und eine Schaukel, jedoch keine Personen feststellen.

Über die Ohrstecker der Einsatzkräfte kam die Meldung, dass keine Personen auszumachen seien.

Der DHL-Bote klingelte. Als niemand öffnete, begab er sich wieder zu seinem Fahrzeug zurück. Über Funk erfolgte das Kommando: „Fertigmachen zum Eindringen!"

Holz und Glas splitterte, als die verschlossene Eingangstür mithilfe einer Ramme aufflog. Die Spezialkräfte drangen mit ihren Waffen im Anschlag in das Haus ein und schrien: „Polizei!"

Nach Absuche jedes Raumes konnten sie im gesamten Haus keine Personen feststellen, sodass die Durchsuchungskräfte der Mordkommission mit ihrer Arbeit beginnen konnten.

Jan Radek ließ den VW Passat des Lehrers zur Fahndung ausschreiben und ordnete an, dass niemand an den Pkw und die Personen herantreten solle und sofort die Moko ‚Schulhof' zu benachrichtigen sei. Das SEK solle sich hingegen an der einzigen Einfahrt in das Wohngebiet positionieren, um eine Festnahme noch vor dem Haus vorzunehmen.

Der Leiter der Mordkommission ‚Schulhof', Erster Kriminalhauptkommissar Jan Radek, war nach der Durchsuchung des Wohnhauses von Dirk Wolters wieder im KGS-Gebäude eingetroffen. Seine Kollegen hatten den traumatisierten Hausmeister Krause intensiv befragt, konnten aber keine neuen Erkenntnisse gewinnen. Eine uniformierte Polizistin kam auf ihn zu. „Herr Radek, die Schulleiterin Frau Schwablinger ist jetzt da. Soll sie hereinkommen?"

Die Beamten der Mordkommission hatten sich nach Abstimmung mit dem Hausmeister in einem Klassenraum eingerichtet, um hier die ersten Befragungen durchzuführen.

„Vielen Dank, Frau Kollegin. Schicken Sie Frau Schwablinger bitte rein“, bat er und begrüßte die Leiterin der KGS Bargenstedt.

„Guten Morgen Frau Schwablinger, vielen Dank, dass Sie so schnell erschienen sind. Mein Name ist Jan Radek. Ich bin der Leiter der Mordkommission und ich muss Ihnen leider mitteilen, dass Herr Krause heute Morgen auf seinem ersten Rundgang auf dem Schulgelände eine Ihrer Schülerinnen schwer verletzt auf einer der Tischtennisplatten aufgefunden hat. Trotz sofortiger ärztlicher Versorgung konnte sie nicht gerettet werden. Ich bitte Sie um Stillschweigen und möchte Ihnen gegenüber ehrlich sein und offen sprechen können. Kann ich mich auf Sie verlassen, Frau Schwablinger?“, fragte der leitende Kriminalbeamte.

Die attraktive Schulleiterin schlug die Hände vor ihr Gesicht. „Mein Gott, was ist denn passiert? Wissen Sie schon, wer es ist?“, erkundigte sie sich fassungslos.

„Frau Schwablinger, wir haben die Ermittlungen erst vor zwei Stunden aufgenommen und wissen noch nicht, was sich abgespielt hat. Wir konnten das Opfer allerdings identifizieren. Es handelt sich um Kim Meininger aus dem siebten Jahrgang. Kannten Sie Kim?“, setzte Jan Radek nach.

„Oh! Kim, wie schrecklich. Ja, ich kannte Kim flüchtig. Wissen Sie, ich gebe als Leiterin der Schule nur Vertretungsunterricht, wenn es wirklich eng wird. Kim musste in ihrer alten Schule ein- oder zweimal die Klasse wiederholen, bis sie zu uns gewechselt ist. Daher war sie eine der Ältesten im siebten Jahrgang. Im Unterricht hatte ich sie aber nie. Da kann Ihnen der Klassenlehrer Dirk Wolters sicher Näheres sagen“, erklärte sie, stutzte und hakte unsicher nach: „Sie sagten ‚Opfer‘? Wie kommen Sie darauf? Was ist denn vorgefallen?“

Der Moko-Leiter wurde ernst. „Kim ist getötet worden. Weiteres kann ich Ihnen noch nicht sagen."

Die Schulleiterin war entsetzt. Jan Radek ließ ihr keine Pause. „Frau Schwablinger, wie lange kennen Sie Ihren Kollegen Dirk Wolters? Wie war sein Verhältnis zu den Schülern, insbesondere zu Kim?"

Die Pädagogin wurde unsicher. „Herr Wolters ist einer der jüngeren Lehrer dieser Schule und bei allen Schülern sehr beliebt. Aber was soll die Frage zu dem Verhältnis zu Kim? Was wollen Sie damit andeuten?"

Der Kriminalbeamte kam direkt zur Sache. „Ich habe ein Foto von Ihrem Kollegen im Lehrerzimmer gesehen. Er wirkt jugendlich und recht attraktiv. Ist er ein Schwarm hauptsächlich der Schülerinnen? Gab es schon mal Hinweise oder Gerüchte über persönliche Beziehungen in dieser Richtung?"

Die Schulleiterin fühlte sich fast ertappt und dachte sofort an die nächtliche Polizeikontrolle, die ihr sexuelles Verhältnis zu einem Schüler der Oberstufe offenbarte. Hatte Herr Kessler die Information doch weitergegeben?

„Wie kommen Sie denn darauf? Nein, so etwas ist mir nicht bekannt. Worauf wollen Sie hinaus, Herr Radek?", hinterfragte sie.

„Es geht hier um Leben und Tod. Ich brauche Ihre Hilfe und Offenheit. Kann ich auf Sie zählen?", forderte der leitende Beamte ein. Frau Schwablinger konnte nicht einordnen, in welche Richtung diese Befragung führte und senkte nur zustimmend den Kopf.

Der Moko-Leiter nickte einem Kollegen zu, der auf einem Laptop den Video-Clip öffnete, in dem sich der Lehrer in einem Klassenraum auf die mit entblößten Brüsten schreiende

Kim Meininger stürzte und äußerst panisch reagierte, als er bemerkte, dass diese Szene gefilmt wurde.

Die Schulleiterin riss ihre Augen weit auf und war völlig sprachlos.

Der Beamte gönnte ihr keine Pause zum Durchatmen und setzte sofort nach.

„Wir haben einen Haftbefehl für Herrn Wolters und einen Durchsuchungsbeschluss für sein Haus. Wir konnten ihn nicht antreffen. Wissen Sie, wo er und seine Familie sich derzeit aufhalten könnten? Hat er Verwandte oder Freunde, die er hätte aufsuchen können? Frau Schwablinger, das ist jetzt lebenswichtig! Wenn er mit diesem Mord an Kim Meininger etwas zu tun hat, ist das Leben seiner Familie in akuter Gefahr. Haben Sie das verstanden?", bohrte der erfahrene Vernehmungsbeamte unbarmherzig weiter.

„Ich möchte Ihnen meine Kollegin Frau Bayer-Westholdt vorstellen. Sie ist die Einsatzpsychologin des LKA Niedersachsen und kennt sich mit Tätern und ihren Reaktionen aus."

Carlotta legte der fassungslosen Schulleiterin ihre Hand auf den Unterarm und sprach sie sanft und ruhig an.

„Hallo Frau Schwablinger, im Gegensatz zu uns kennen Sie Ihren Kollegen genau und können ihn besser einschätzen als wir. Wir wissen nicht, ob er wirklich etwas mit dem Tod von Kim zu tun hat, müssen aber verhindern, dass noch weitere Menschen sterben. Sie haben sicherlich seine Handynummer. Wären Sie bereit, ihn für uns anzurufen? Ihnen wird er vertrauen. Wir müssen wissen, wo er und seine Familie ist und ob es ihnen gut geht. Wären Sie dazu bereit, Frau Schwablinger?", versuchte die Psychologin der OFA die Schulleiterin zu überzeugen.

Sie nickte nur apathisch und kramte wie in Trance in ihrer Handtasche, um ihr Handy herauszuholen. Sie ließ es vor Schreck fast fallen, als es klingelte und im Display der Name ‚Dirk Wolters' erschien.

Die derzeitige Leiterin der OFA, Kristin Bäumer, war hinzugekommen. „Schade, zu früh. Frau Schwablinger, noch nicht rangehen. Hören Sie: Sagen Sie ihm, dass heute ein Mädchen tot auf dem Schulhof aufgefunden wurde und sich alle Lehrer in der Schule einfinden sollen. Fragen Sie ihn, wo er sich befindet und ob seine Familie bei ihm ist. Sprechen Sie in keinem Fall den Namen ‚Kim' aus. Okay?", wies die Profilerin an.

Die Pädagogin folgte den Anweisungen.

„Hallo Dirk, gut, dass du anrufst", begrüßte sie ihn stotternd.

„Corinna, was ist los? Du hörst dich völlig fertig an. Ich melde mich, weil wir im Autoradio soeben in den Nachrichten gehört haben, dass ein Mädchen tot auf dem Schulgelände aufgefunden wurde. Weißt du mehr?", erkundigte sich der Klassenlehrer von Kim.

„Dirk, ich bin gerade an der Schule eingetroffen, die Polizei ist auch hier. Das komplette Lehrpersonal soll zur Schule kommen. Ihr werdet alle befragt. Wo bist du zurzeit?", versuchte sie zu erfahren.

„Wir biegen gerade von der A2 ab und wollen meine Eltern in Bückeburg besuchen. Soll ich umkehren?", fragte Dirk Wolters besorgt.

Carlotta flüsterte der Schulleiterin zu: „Wer ist außerdem im Auto? Ist seine Familie bei ihm?"

„Ja, Dirk, komm bitte direkt zur Schule. Bist du allein im Wagen? Ist deine Familie auch dabei?", hakte Frau Schwablinger wie vereinbart nach.

„Wir sind zusammen im Wagen. Habe ich noch die Zeit, meine beiden Damen nach Hause zu bringen?“, erkundigte er sich, worauf sich eine weibliche Stimme meldete: „Hallo Corinna, Andrea hier. Ich kann Dirk auch an der Schule absetzen und mit Lisa nach Hause fahren. Dann macht sie halt hier ihren Mittagsschlaf. Weißt du, wie lange das in der Schule dauern wird?“, fragte Frau Wolters interessiert nach. Kristin nickte der Schulleiterin zu.

„Hallo Andrea, schön, deine Stimme zu hören. Das ist ein guter Vorschlag. Ich frage inzwischen mal nach, wie lange sie die Kollegen benötigen. Bis gleich. Fahrt vorsichtig“, verabschiedete sich Corinna Schwablinger erleichtert und stellte für sich fest: „So spricht doch niemand, der gerade Kim getötet hat.“

Diese Vermutung kommentierte niemand und Jan Radek erhob seine tiefe Stimme.

„Okay, Leute, ich brauche eine Handyortung und ein MEK-Team, was sich an den VW Passat dranhängt. Sobald es Sichtkontakt hat, will ich wissen, ob seine Frau und Tochter wohlbehalten im Auto sind. Die Einsatzführer SEK und MEK stimmen sich für einen mobilen Zugriff weit vor dem Schulgelände ab. Ideal wäre die Autobahnabfahrt Lauenau. Da haben wir kaum Zuschauer und vor allem keine Presse. Auf geht's!“, wies der Leiter der Mordkommission an und wandte sich an das OFA-Team: „Kristin, würdest du mich in der Vernehmung von Dirk Wolters begleiten? Carlotta und Saskia, könntet ihr euch um seine Frau und das Kind kümmern? Vielleicht erfahren wir von ihnen ja auch etwas, was ihren Mann be- oder auch entlastet.“

Die Rollen waren verteilt.

Die Einsatzführer des SEK und MEK gaben knappe und klare Anweisungen in ihre Funkgeräte und Handys. Der spektakuläre Einsatz begann.

Dirk Wolters wechselte zwischen den Sendern seines Autoradios, um möglichst die aktuellen Meldungen des toten Mädchens auf dem Gelände der KGS Bargenstedt zu bekommen.

Seine Frau und er stellten Vermutungen an, was sich dort wohl ereignet haben könnte oder wer die Tote sein würde.

Sie verließen die Autobahn 2 an der Ausfahrt Lauenau, als ein dunkler BMW mit hoher Geschwindigkeit dicht und hupend fast hinten auffuhr.

„Was ist das denn für ein Spinner?", stellte der Lehrer bei einem konzentrierten Blick in den Rückspiegel fest. Plötzlich schoss vor ihm mitten in der Ausfahrt quer ein dunkler VW Bulli auf die Straße und zwang Dirk Wolters zu einer Vollbremsung.

Seine Frau und Tochter schrien, als zudem noch die Türen des VW Passat von beiden Seiten aufgerissen wurden. Maskierte bewaffnete Männer zerschnitten blitzschnell den Sicherheitsgurt des Fahrersitzes, zerrten Dirk Wolters aus dem Pkw und fixierten ihn mittels Kabelbindern in Bauchlage auf der Fahrbahn. Der Beamte, der die Beifahrertür geradezu gewaltsam geöffnet und seine Waffe im Anschlag hatte, versuchte beruhigend auf Frau Wolters einzureden.

„Frau Wolters, keine Angst. Wir sind von der Polizei und müssen Ihren Mann wegen des Verdachts des Mordes an einer Schülerin vorläufig festnehmen. Ich werde Sie jetzt einer LKA-Beamtin und einer Psychologin übergeben, die Ihnen alles Weitere erklären werden. Verlassen Sie jetzt bitte langsam

Ihren Pkw. Wir werden Sie aus Gründen der Eigensicherung kurz durchsuchen, dann können Sie Ihre Tochter auf den Arm nehmen. Haben Sie das verstanden?“

Andrea Wolters war psychisch völlig überfordert und nickte nur. Ihre Fürsorge galt vorrangig ihrer weinenden Tochter, die sie fest im Arm hielt und nicht mehr losließ.

„Guten Tag Frau Wolters. Mein Name ist Münter vom LKA Niedersachsen, das ist meine Kollegin Frau Bayer-Westholdt, die Einsatzpsychologin des LKA. Wir werden Sie und Ihre Tochter zur Polizei in Bargenstedt mitnehmen müssen. Während der Fahrt erklären wir Ihnen die Umstände, die zu dieser Maßnahme geführt haben. Ihren Pkw müssen wir zur Spurensicherung abschleppen lassen“, ließ Saskia Münter von der OFA wissen.

„Wo bringen Sie meinen Mann hin und warum sollte mein Mann mit dem Tod dieses Mädchens etwas zu tun haben?“, fragte die irritierte Ehefrau nach.

„Frau Wolters, das erklären wir Ihnen zu Beginn der polizeilichen Vernehmung in der Dienststelle. Könnten Sie eine Betreuung Ihrer Tochter für etwa zwei bis drei Stunden sicherstellen? Dann können wir uns in Ruhe unterhalten“, bat die Profilerin.

Die Ehefrau des Lehrers stimmte zu und bat: „Darf ich meine Eltern anrufen? Die könnten Lisa abholen.“

„Na klar. Wählen Sie bitte die Nummer Ihrer Eltern und übergeben mir dann bitte das Telefon? Ich werde kurz darlegen, um was es geht und wo sie Lisa abholen können. Einverstanden?“, klärte Saskia Münter auf.

Dirk Wolters wurde in einen Vernehmungsraum des Fachkommissariates 1 bei der Polizeiinspektion Bargenstedt geführt.

Hier war eine komplette Video- und Audioaufnahmeeinheit installiert, um die Gespräche für das weitere Verfahren und einen späteren Gerichtsprozess beweissicher aufzuzeichnen.

Der Lehrer war völlig verunsichert, als Jan Radek und Kristin Bäumer in den Vernehmungsraum eintraten und sich dem Tatverdächtigen vorstellten.

„Guten Tag Herr Wolters, mein Name ist Jan Radek. Ich bin der Leiter der Mordkommission ‚Schulhof', die heute nach dem Mord an der toten Schülerin einberufen wurde. Das ist Kristin Bäumer vom Landeskriminalamt.

Herr Wolters, Sie sind gerade unter dem Tatverdacht des Mordes zum Nachteil der Schülerin festgenommen worden. Sie müssen sich zur Sache nicht äußern, sich nicht selbst belasten und können jederzeit einen Rechtsbeistand hinzuziehen. Haben Sie das so weit verstanden?", belehrte der Kommissariatsleiter den Tatverdächtigen formal.

„Okay. Wollen Sie sich zu den Vorwürfen äußern oder gleich einen Anwalt zurate ziehen?", hakte Jan Radek nach.

Dirk Wolters schluckte und hatte sich wieder gefangen. „Herr Radek, ich weiß nicht, was Sie von mir wollen und wie Sie allen Ernstes darauf kommen, dass ich jemanden umgebracht haben soll. Sie lassen mich mitten auf der Straße ausbremsen, sodass ich einen Unfall gerade so vermeiden konnte. Sie haben meine Frau und meine zweijährige Tochter gefährdet und zu Tode erschreckt. Was sollte das?", echauffierte sich der Familienvater.

Kristin Bäumer versuchte ihm die Situation zu erklären.

„Herr Wolters, bei dem Opfer handelt es sich um Kim Meininger."

Stille.

Der Klassenlehrer war geschockt. „Kim? Mein Gott, was ist passiert?"

„Das hoffen wir von Ihnen zu erfahren, Herr Wolters", stieg die Profilerin weiter ein und drehte ihm den Monitor eines Laptops zu.

„Heute Morgen wurde bei TikTok dieses Video gepostet. Schauen Sie mal. Erkennen Sie sich wieder?", blieb sie am Ball.

Dem Lehrer schossen sofort die Tränen ins Gesicht. Er stützte seine Stirn auf die Unterarme, die sich auf die Tischplatte gepresst hatten.

Kristin legte ihm eine Hand auf die Schulter und ging einfühlsam auf ihn ein.

„Fangen Sie am besten von vorn an, Herr Wolters."

Er brauchte noch ein paar Minuten, bis er sich schluchzend wieder zurücklehnte und zitternd versuchte, seine Version vorzubringen.

„Kim ist einfach eine leistungsschwache Schülerin, die eine Lernzielkontrolle wieder unter dem Schnitt zurückbekommen hatte. Ich musste ihr eröffnen, dass ihre Leistungen nicht nur in Englisch deutlich unter Schnitt waren. Ich habe ihr angekündigt, dass ich in der Lehrerkonferenz den Antrag stellen werde, dass sie in den Förderbereich wechseln muss. Weiter habe ich ihr geraten, ihre Eltern darauf vorzubereiten und sie zum Gespräch zu bitten. Sie hatte mich angefleht, das nicht zu tun, aber ich sah keine andere Möglichkeit. Am nächsten Morgen schrieb sie mir eine WhatsApp-Nachricht. Wenn Sie mir mein Handy geben würden, kann ich sie Ihnen zeigen", bot er an. Jan Radek nickte kurz in die Kamera.

Das Mobiltelefon wurde durch einen Kollegen hereingebracht.

„Bitte öffnen Sie direkt nur WhatsApp und gehen in diesen Chat", wies der Moko-Leiter an und überwachte die Schritte des Lehrers auf seinem Smartphone.

Dirk Wolters hielt das Handy hoch. „Hier ist sie."

Die Vernehmungsbeamten konnten folgende Nachricht lesen: ‚Guten Morgen Herr Wolters, ich habe noch mal über alles nachgedacht und muss Ihnen etwas anvertrauen. Kann ich Sie heute in der großen Pause um zehn Uhr im Klassenraum unter vier Augen sprechen? Liebe Grüße, Kim.'

Als Antwort des Klassenlehrers war lediglich ein ‚Okay' vermerkt.

Der Tatverdächtige gab dem Kriminalbeamten das Handy zurück und fuhr fort.

„Es ist so, dass zu Beginn der großen Pause alle Schüler die Klassenräume verlassen und den Schulhof oder die Pausenhalle aufsuchen müssen. Ich hatte noch woanders Unterricht und begab mich direkt in den Klassenraum. Hier traf ich auf Kim Meininger, die vor dem Smartboard auf der Tischkante saß. Ich fragte sie, was sie auf dem Herzen habe, und blieb vor ihr stehen.

Sie wollte mir etwas zeigen und riss sich, für mich völlig unerwartet, mit einem ängstlichen Blick die Bluse auf, unter der ihre nackten Brüste freilagen. Ich ging auf Kim zu, um den Busen wieder zu bedecken. Plötzlich schrie sie wie von Sinnen, und ich wollte mich nur dieser Situation entziehen und umgehend den Raum verlassen, als mir Conny Kessler gegenüberstand, der die Szene mit der Handykamera filmte.

Ich bin auf ihn zu, um ihm das Telefon zu entreißen, als mich Kim von hinten anrempelte und beide fluchtartig den Klassenraum verließen. Ich war total perplex und fassungslos. Ich traute mich gar nicht aus dem Klassenraum und hatte draußen eine grölende Meute erwartet. Dann erhielt ich eine WhatsApp mit diesem Video, ohne jeglichen Kommentar. Ich hatte vergessen zu erwähnen, dass ich im Vorfeld ein ähnliches Gespräch mit Conny Kessler im Sportunterricht führen musste. Er ist erst vor einigen Monaten aus der Realschule zu uns gekommen. Es hieß, er sei dort massiv gemobbt worden. Hier aber hatte er sich innerhalb kürzester Zeit zum Anführer einer Schülergang entwickelt, der Drogen vertickt, Schüler erpresst und Kinder zu Diebstählen animiert. Ich habe ihm in diesem Gespräch angekündigt, das Kollegium über seine Machenschaften zu informieren und seine Eltern zum Gespräch zu bitten. Einen Tag nach dem Video haben sie mich regelrecht erpresst, Kims Leistungen nach oben zu setzen, Conny weder zu belangen noch die Aktivitäten seiner Gang zu behindern und natürlich nicht seine Eltern einzubestellen", eröffnete der resignierte Klassenlehrer den Polizisten.

„Und? Haben Sie das gemacht?", hakte Kristin nach.

„Was hätten Sie denn getan? Wenn das Video die Runde gemacht hätte, wäre ich am Ende gewesen. Mein Job, meine Familie, alles stand auf dem Spiel. Sie hätten mich in diesem Fall als Lehrer fallen gelassen wie eine heiße Kartoffel. Glauben Sie mir bitte, ich habe mit dem Fall nichts zu tun", flehte der verzweifelte Lehrer.

„Hatten Sie danach noch einmal Kontakt zu Kim?", hakte Jan Radek nach.

„Natürlich im Unterricht. Das war unerträglich. Sie hat sich alles rausgenommen. Sie hat die ganze Zeit auf ihrem Handy gedaddelt, sich sogar die Nägel im Unterricht lackiert und mich dabei provokativ vor allen Schülern angegrinst. Sie wusste genau, ich würde nichts dagegen tun", schätzte Dirk Wolters seine damalige Situation ein.

„Sind Sie Kim mal außerhalb der Schule begegnet? Vor und auch nach dem Video?", setzte Kristin Bäumer die Befragung fort.

„Natürlich. In Bargenstedt trifft man sich zwangsläufig. Mal in der Fußgängerzone oder in einer Eisdiele. Ich habe mich aber nie mit ihr oder auch anderen Schülerinnen verabredet. Ich ahne, worauf Sie hinauswollen", vermutete der Lehrer.

„Herr Wolters, wo waren Sie heute Nacht bis in den Morgen?", forderte der Kommissariatsleiter eindringlich.

„Ich bin ein ganz normaler Familienvater und habe die Nacht an der Seite meiner Frau verbracht. Ich habe mir seit Jahren angewöhnt, vor der Schule eine Stunde zu joggen. Heute wollten wir meine Eltern in Bückeburg zum Frühstück besuchen, sodass ich heute Morgen meine Joggingrunde bereits um sechs Uhr begonnen hatte. Gegen sieben Uhr habe ich geduscht. Danach Kaffee gekocht und meine Frau geweckt", erklärte er noch selbstsicher.

„Herr Wolters, kann ich davon ausgehen, dass Sie morgens allein joggen?", legte der Beamte den Finger in die Wunde.

„Ja, wieso?", fragte der sportliche Lehrer unsicher nach.

„Die mutmaßliche Tatzeit ist von der Rechtsmedizin auf den heutigen Morgen zwischen sechs und sieben Uhr diagnostiziert worden. Das heißt, Sie haben für diese Zeit kein Alibi", stellte Jan Radek fest.

„Können Sie noch entlastende Aspekte vorbringen, Herr Wolters? Sind Ihnen Passanten begegnet, die bestätigen könnten, wo und wann Sie gesehen wurden? Würden Sie uns Ihre Laufstrecke aufzeigen? Nehmen Sie zum Laufen eigentlich immer ein Handy mit?“, versuchte Kristin in seinem Sinne zu ermitteln.

„Nein, ich habe zwar eine Fitnessuhr, aber ohne Sim-Karte. Wer soll mich denn so früh anrufen?“, fragte der Sportler.

Dem weiter Tatverdächtigen wurde der Boden unter den Füßen weggezogen. „Sie müssen mir glauben. Ich würde so etwas nie tun.“

„Herr Wolters, wie sah denn Ihr Plan aus, um das Problem dieser Erpressung zu lösen? Helfen Sie uns, Sie zu verstehen“, forderte der Moko-Leiter ein.

Der Lehrer schüttelte resigniert den Kopf. „Ich kann nicht mehr. Ich war das nicht. Was hätte ich denn tun können? Gar nichts! Glauben Sie im Ernst, ich würde erst Kim und dann Conny umbringen, um aus der Nummer rauszukommen?“, schrie Dirk Wolters in den Raum.

„Okay, wir machen eine Pause. Herr Wolters, ich muss Sie darauf hinweisen, dass Sie spätestens morgen einem Haftrichter vorgeführt werden, und rate Ihnen, jetzt einen Anwalt zu konsultieren. Weiter muss ich Sie darüber informieren, dass wir heute Morgen bereits ihr Haus durchsucht haben und ihr Pkw aktuell einer kriminaltechnischen Untersuchung zugeführt wird. Haben Sie das verstanden?“, setzte der Vernehmungsbeamte ihn in Kenntnis.

Dirk Wolters nickte abwesend und erklärte: „Ich brauche eine längere Pause und lasse mich ohne einen Anwalt nicht mehr ein. Kann ich bitte mit meiner Frau sprechen?“, beantragte der Verdächtige.

„Leider nein. Ihre Frau wird aktuell zeugenschaftlich vernommen. Wir melden uns bei Ihnen“, ließ Kristin Bäumer wissen.

Jan Radek schloss die Vernehmung. „Okay, für das Protokoll: Ende der ersten Beschuldigtenvernehmung von Dirk Wolters, 12:35 Uhr."

Er sprach in die Kamera und bat seine Kollegen, den Tatverdächtigen in seine Zelle zu führen.

„Na, was meinst du, Kristin?", fragte der Mordermittler.

Die Profilerin lehnte sich zurück. „Ich bin hin- und hergerissen. Für ihn steht viel auf dem Spiel, wenn das rauskommt. Er hat kein Alibi für die Tatzeit, und wir haben ohne Zeugen keine Möglichkeit, seine Laufstrecke zu checken. Was ich bislang überhaupt nicht einordnen kann, ist die Tathandlung. Der oder die Täter haben massiv auf Kim eingeschlagen und eingestochen, was immer ein Zeichen einer emotionalen Befassung in Form von Hass sein kann. Dazu kommen aber unter Umständen noch deutliche sexuelle Aspekte und Anzeichen auf sadistische Anteile. Wir dürfen auch nicht vergessen, dass wir Hinweise auf mindestens zwei unterschiedliche Tatmesser haben. Wir müssen auch die Tathypothese eines zweiten Täters berücksichtigen. Das ist aber erst ein gefährliches Bauchgefühl. Lass uns erst die Fallanalyse durchführen. Allein die Tathergangsrekonstruktion wird einiges über das Täterhandeln offenbaren", schlug die Profilerin vor.

„Okay, dann legt mal los. Ich hoffe, dass die Mobilfunkdaten von Kim und die im tatrelevanten Zeitfenster und Tatortbereich weitere Erkenntnisse bringen. Wir nehmen uns dann mal dieses Früchtchen Conny Kessler vor. Ich bin gespannt, wie er sich rechtfertigt", kündigte der Ermittlungsleiter an.

„Sag mal, Jan, hieß der Kollege der Streifenwagenbesatzung, die als erste Einsatzkräfte vor Ort waren, nicht auch Kessler?", erinnerte sich Kristin Bäumer.

„Stimmt, Andi Kessler ist ein ganz erfahrener Einsatzführer und hat bei den ersten Maßnahmen einen super Job gemacht. Guter Hinweis, ich behalte das im Hinterkopf. Ich bin froh, euch im Boot zu haben. Bis nachher, Kristin", verabschiedete sich der Leiter der Moko ‚Schulhof' und koordinierte die nächsten Maßnahmen, während die OFA ihre Vorbereitungen für die Fallanalyse traf.

Kapitel 10
Die Ermittlungen der Moko ‚Schulhof' laufen auf Hochtouren

Conny kam mit einem mulmigen Gefühl nach Hause. Die Autos beider Eltern waren unter dem alten Carport geparkt. Eigentlich schliefen sie nach ihren Nachtschichten bis zum Mittag. Heute war es nicht so. Sein Vater musste mit ihm reden, hatte er geschrieben. Ahnte er schon was? Hatte er etwas übersehen?

Es blieb ihm nichts anderes übrig, als abzuwarten, warum sie ihn jetzt sprechen wollten.

„Ich bin da!", rief er, als er in den Hausflur trat.

„Wir sind in der Küche", antwortete seine Mutter in einem neutralen Tonfall, der keinen Stress erkennen ließ.

Kesslers saßen am Esstisch, stützten ihre Ellenbogen darauf ab und hielten beide einen Becher mit dampfendem Kaffee in den Händen.

„Gut, dass du kommst, Conny. Warst du gerade an der Schule?", fragte sein Vater direkt.

Der 13-Jährige nickte.

„Hat sich schon herumgesprochen, was dort heute Morgen passiert ist?", erkundigte sich Andi Kessler bei seinem Sohn.

„Nur dass man eine Schülerin tot aufgefunden hat. Es waren viele Reporter vor der Schule, die einer Polizistin Fragen gestellt haben. Sie konnte aber noch nichts Näheres sagen", berichtete Conny.

„Hast du gehört, wer das tote Mädchen ist?", bohrte sein Vater weiter.

„Nein, wer ist sie? Ihr wisst es doch bestimmt. Oder?", hakte der Polizistensohn nach.

„Conny, setz dich. Möchtest du was trinken?", versuchte ihn seine Mutter sensibel vorzubereiten.

„Du musst mir eines versprechen. Sag noch niemandem etwas, was wir dir jetzt verraten. Okay? Können wir uns darauf verlassen, mein Sohn?", versicherte sich der Polizist.

„Ja klar. Sag schon", bestätigte Conny.

„Es ist Kim aus deinem Jahrgang. Jemand hat sie heute Morgen umgebracht", eröffnete sein Vater ihm die traurige Nachricht.

Der Mörder musste sich zwingen, betroffen zu reagieren.

„Echt? So eine Scheiße. Wer macht denn so was? Habt ihr den Typen schon?", fragte er überflüssigerweise.

„Nein. Es ist eine Mordkommission gebildet worden. Sie haben wohl schon eine Spur. Heute Morgen sind bereits Durchsuchungen gelaufen, und wir mussten unsere Berichte fertig schreiben. Uns sagen sie nicht, wen sie im Verdacht haben", klärte der Oberkommissar auf.

„Warst du am Tatort? Hast du sie noch gesehen?", interessierte sich Conny.

„Ja. Der Hausmeister hat sie gefunden. Sie lag auf einer der Tischtennisplatten. Susi und ich waren die Ersten vor Ort. Als wir kamen, lebte sie noch. Ich habe noch mit ihr gesprochen", schilderte der Einsatzführer sichtlich berührt, was seine Frau sofort bemerkte und ihm ihre Hand auf den Unterarm legte.

„Und, konnte sie sagen, wer das war?", sprudelte es aus dem Jungen heraus.

„Nein, sie war zu schwer verletzt. Sie haben bei Kim auf der Fahrt ins Krankenhaus alles Menschenmögliche getan. Mami hat sie dann mit ihrem Team im Krankenhaus übernommen", antwortete der Polizist.

„Als sie bei uns eintraf, hatte sie eigentlich schon keine Chance mehr. Der Vater von Hannes und das gesamte Team haben alles versucht. Wir haben es aber nicht geschafft", erklärte die Krankenschwester der Notaufnahme ihrem Sohn in tiefem Bedauern.

„Ist sie denn noch mal zu sich gekommen? Konnte sie noch etwas sagen?", wollte der Mitschüler von Kim aus eigenem Interesse wissen.

Seine Mutter schüttelte traurig den Kopf.

„Wie ist sie denn getötet worden?", fragte Conny plötzlich.

Die Eltern sahen sich unsicher an und Anna Kessler wägte ab. „Er wird es in Kürze eh erfahren, Andi", und sprach es aus: „Sie ist erstochen worden, Conny."

Dabei ergriff sie auch die Hand ihres Sohnes.

Die anfängliche Unsicherheit und Aufregung des jungen Mörders war aus Sicht seiner Eltern nachvollziehbar. Den wahren Grund kannten sie zum Glück nicht.

Dem Täter fiel ein Stein vom Herzen. Kim hatte nichts mehr sagen können.

Nachdem er das Video mit Kim und dem Klassenlehrer hochgeladen hatte, konnte er sich vorstellen, wer jetzt schnell in den Fokus der Mordkommission geriet.

„Wann hast du Kim zum letzten Mal gesehen, Conny?", erkundigte sich sein Vater.

„Gestern in der Schule, danach nicht mehr. Wir hatten sonst ja nichts miteinander zu tun", erklärte der Junge.

Er überlegte kurz, ob es taktisch clever wäre, sich gegenüber seinen Eltern schon jetzt als Urheber des Videos mit Herrn Wolters zu offenbaren. Er musste noch nicht zugeben, dass auch er es war, der den Clip heute Morgen gepostet hatte.

Der Täter entschied sich dagegen. Das wird noch früh genug herauskommen.

Seine größere Sorge war Amadeus. Conny war sich unsicher, ob er dichthalten würde.

Andi Kessler wollte seinen Sohn eigentlich noch auf den Ladendieb Tim und die Äußerungen der Detektive im Einkaufszentrum ansprechen. Der Junge wirkte nach dieser Nachricht allerdings so niedergeschlagen, dass er den richtigen Moment abwarten wollte – wenn es den überhaupt jemals gab.

Dr. Kerstin Oltendorf und ihr Ehemann, der Oberarzt der Unfallchirurgie, sprachen am Morgen noch kurz über die anstrengende Nachtschicht in der Notaufnahme und fielen todmüde ins Bett.

Die Mutter von Hannes hatte die Nachricht zur Kenntnis genommen, wobei weder ihr Ehemann noch sie das getötete Mädchen in irgendeinen Zusammenhang mit ihrem Sohn brachten. Hannes hatte einen Anruf seiner Eltern erwartet und versucht, sich seelisch darauf einzustellen. Es meldete sich jedoch niemand und der Mittäter war auf sich gestellt.

Er hatte einen weiten Bogen um das Schulzentrum gemacht und fuhr ziellos durch die Gegend. Sobald er Gespräche von Passanten aufschnappte, drehten sich diese nur um ein Thema: das tote Mädchen vom Schulhof. Er hätte am liebsten laut aufgeschrien, doch was sollte er rufen? Er war einer der Täter. Er war dafür verantwortlich und hatte es in der Hand gehabt, diese grausame Tat zu verhindern. Er fühlte sich mies und als Loser, der jetzt sogar noch ein Menschenleben auf dem Gewissen hatte.

Die Mordkommission ‚Schulhof' konzentrierte sich auf das Umfeld des Hauptverdächtigen.

Die zeugenschaftliche Vernehmung der Ehefrau des Lehrers hatte weder belastende noch entlastende Aspekte ergeben. Zumindest war Andrea Wolters völlig überrascht, als sie das Video mit Kim und ihrem Mann sah. Seine in der Beschuldigtenvernehmung vorgebrachte Version hatte er ihr nicht anvertraut. Auch das sprach nach Ansicht der Ermittler gegen ihn. Es sollte nicht das Einzige bleiben.

Conny war wieder außer Kontrolle, seine Eltern schliefen. Nach der Schilderung seines Vaters war er sich sicher, dass die Polizei nach dem Videopost Dirk Wolters im Visier hatte. Sicherlich hatten sie sein Haus und auch das Auto durchsucht. Der Schüler wusste, dass sein Sportlehrer neben seinem Schrank im Lehrerzimmer auch noch einen Spind in der Sporthalle hatte, wo er sich immer umzog. Wenn die Polizei diesen noch nicht inspiziert hatte, witterte der Schüler eine Chance, die ihm noch Zeit verschaffte und von den echten Tätern ablenkte.

Conny hatte sich von seinem Vater schon früh erklären lassen, wie die Polizei Mobilfunkdaten auswerten konnte. So hatte er das Smartphone von Kim nur für die WhatsApp an Amadeus kurz an- und danach sofort wieder ausgeschaltet. Als Kim bei ihm war und die K.-o.-Tropfen Wirkung zeigten, hatte er die Ortungsdienste in ihrem Handy deaktiviert. Nach der Whats-

App-Nachricht hatte er zudem die Kommunikation mit Kim auf seinem Handy sowie die mit Amadeus auf ihrem Handy gelöscht und ihr Smartphone komplett ausgeschaltet.

Sein eigenes Mobiltelefon nutzte er nur zum Vorzeigen bei seinen Eltern. Für alles andere nutzte er das iPhone von Amadeus, in das er eine Prepaidkarte eines anderen erpressten Schülers eingelegt hatte. Diese Karte war seiner Person daher nicht zuzuordnen und er glaubte, dass sämtliche Sex- und Gewaltvideos, die er auch weiterschickte, nicht recherchierbar waren.

Er musste es wagen und versuchte, in die Sporthalle der KGS zu gelangen. Samstags fanden dort regelmäßig Handballspiele der Vereine aus der Region statt. Auch Zuschauer hatten dort ungehinderten Zugang. Die Halle lag vom eigentlichen Schulgelände und insbesondere von dem abgesperrten Tatort so weit entfernt, dass sie nicht mit in die Absperrung fiel. Conny konnte unbehelligt in den Bereich der Umkleidekabinen gelangen und stand direkt vor dem Spind seines Lehrers, der mit einem Aufkleber und den Initialen ‚DiWo' gekennzeichnet war. „Eigentlich ein cooler Spitzname für einen Lehrer", dachte er sich. Der schmale Metallschrank war mit einem Bügelschloss gesichert. Von Polizei war hier keine Spur. Er musste die Gelegenheit nutzen. Der Schüler schob den Ärmel seiner Jacke über die rechte Hand und zog die dünne Stahlblech-Tür an dem oberen Ende so kräftig zurück, dass sich ein freier Spalt öffnete. Er schmunzelte, holte das Handy von Kim und ihren Slip aus der Tasche seines Hoodies und wischte es mit dem weichen Fleecestoff gründlich ab, sodass keine Fingerabdrücke oder DNA-Spuren von ihm zurückblieben. Nun steckte er beide Ärmel des Kapuzenpullis über seine Hände, zog die obere Türkante wieder zurück und ließ über den leichten Spalt das Handy und den pinkfarbenen Stringtanga des Mordopfers einfach in den Schrank von ‚DiWo' fallen.

Susi Reimann fand Samstagmorgen trotz der anstrengenden Nachtschicht nicht in den Schlaf. Auch ihr gingen die Bilder des ermordeten Mädchens nicht aus dem Sinn. Das angespannte Verhältnis zu ihrem ehemaligen Ausbilder machte ihr Sorgen. So konnte es nicht weitergehen. Susi konnte Andi nicht mehr vertrauen. Sie wusste nicht einmal, was ihr Vorgesetzter für seinen Sohn bereits alles unter den Teppich gekehrt hatte.

Sie konnte es sich nicht erklären und versuchte den Gedanken als absolute Spinnerei abzutun, aber je mehr sie über den Fall nachdachte, desto öfter musste sie an Conny denken, seine Entwicklung der letzten Monate vom schwachen Mobbingopfer zum Anführer einer Gang, die Mitschüler erpresst, sie für sich klauen lässt und Drogen vertickt. Er hatte schon immer ein Selbstwertproblem. Bei den Jungs kam er mit seinen Videos, seiner skrupellosen Brutalität und seiner vorgespielten Coolness an. Die Mädchen in seinem Jahrgang oder höher beeindruckte das keineswegs. Für sie blieb er der kleine, dicke, rothaarige Spinner. Er hatte noch nie eine Freundin und das würde auch erst noch eine Weile so bleiben, wenn er sich nicht änderte.

Sie musste sich bremsen und steigerte sich in etwas hinein, was sie nicht im Ansatz belegen konnte. Was aber sollte sie tun? Andi würde ihre Vermutung sofort vehement abtun. Was war mit Anna? Sollte sie einer Mutter sagen: „Du, ich glaube, dein Sohn ist ein brutaler Mörder!"

Durch die gemeinsame Nachtschicht der Krankenschwester und des Polizisten, die beide erst spät morgens nach der Entdeckung der Schülerin zu Hause gewesen waren, konnte zumindest Conny kein Alibi vorweisen. Er war am Abend und in der Nacht völlig außer Kontrolle seiner Eltern.

Die Erschöpfung der anstrengenden und belastenden Schicht siegte irgendwann und ihre Befürchtung begleitete sie noch im Schlaf.

Schweißgebadet wachte die junge Polizistin schon nach wenigen Stunden auf. Sie hatte von Conny vor der Tischtennisplatte geträumt, der grinsend vor dem blutenden Opfer stand.

Susi war wie gerädert, aber das Erwachen befreite sie von diesen Albträumen.

Trotz einer ausgiebigen heißen Dusche und eines starken Kaffees verflogen ihre Vermutungen nicht. Die Kommissarin setzte sich auf die Loggia ihrer kleinen Dachgeschosswohnung des Zweifamilienhauses, die sie vor sechs Monaten gemietet hatte. Es erwies sich als ein Glücksgriff, denn aufgrund der Nähe zu Hannover waren auch die Mieten im Umland explodiert. Ihre Vermieterin hatte sie seinerzeit über einen tragischen Einsatz in der Erdgeschosswohnung dieses Hauses kennengelernt. Der Ehemann war einem Herzinfarkt erlegen. Die Polizistin hatte sich um die ältere Dame gekümmert, die sich nur mit einem Rollator fortbewegen konnte. Susi erfuhr, dass in der kleinen Einliegerwohnung früher der Sohn wohnte, der nun aber beruflich bedingt nach Kiel verzogen war. Die Frage, ob sie die Wohnung mieten und die alleinstehende Frau unterstützen könnte, wurde erleichtert aufgenommen. Seitdem erledigte Susi die Einkäufe ihrer Vermieterin und half ihr in ihrem Alltag. Die Polizistin hingegen genoss die Ruhe dieser Einfamilienhaussiedlung aus den Sechzigerjahren.

Susi konnte den Nachmittag noch für Einkäufe nutzen und zog sich gegen 17 Uhr schon wieder ihre Uniform an. Sie hatte sich angewöhnt, sich nicht in der Dienststelle umzuziehen, da sie zu den normalen Schichten kostenlos den Bus in Uniform nehmen konnte. Nach den Nachtschichten und an den Wochenenden fuhr sie allerdings mit ihrem Opel Adam, den sie unter dem Carport des Hauses parkte, der nach dem Tod des Hausbesitzers nicht mehr genutzt wurde. In Uniform führte sie stets ihre Dienstwaffe mit, die sie in ihrer Wohnung in einem entsprechenden Tresor aufbewahrte.

In ihrer Dienststelle war es üblich, etwa 30 Minuten vor Schichtbeginn vor Ort zu sein, um noch Zeit für Übergabegespräche einzuplanen und pünktlich um 18 Uhr die zwölfstündige Nachtschicht zu übernehmen.

Auch Andi Kessler traf pünktlich zur Ablösung ein. Sie wurden von dem Team der Tagesschicht noch über die neuesten Entwicklungen des Mordfalles und über die Festnahme des Lehrers informiert, was der Einsatzführer mit „Dieses Schwein!“ kommentierte.

Auf dem Bauernhof samt dem Hofladen hatten sich Scharen von Reportern eingefunden, die auf der Suche nach Interviewpartnern aus der Familie des Opfers oder nach Hofmitarbeitern waren.

Die Mordkommission hatte sogenannte Angehörigenbetreuer in der Familie eingesetzt, die sich mit einem Seelsorger unmittelbar bei den traumatisierten Eltern und der jüngeren Schwester Melly aufhielten. Sie konnten zudem die aufdringlicheren Reporter zurückweisen, die teilweise versuchten, Gespräche über Hintertüren und sogar geöffnete Fenster zu belauschen.

Die Teams der Tagesschicht wurden im Stundenrhythmus eingeteilt, sich auf dem Hof zu positionieren, um das Geschehen zu beobachten und Übergriffe auf die Familie zu verhindern.

Der erste Einsatz von Polizeioberkommissar Andi Kessler und Polizeikommissarin Susi Reimann war ein Taschendieb bei „Burger King", der festgehalten wurde. Eine Einsatzfahrt mit Sonderrechten war hier nicht erforderlich.

„Na, wie hat Conny auf den Mord an Kim reagiert, Andi?", fragte seine Kollegin nicht ohne Hintergedanken.

„Er war ganz schön geschockt, zumal sie sich aus der Schule ja kannten", antwortete der Streifenführer.

„Und, konnte er aus seinem Kreis der Kids noch etwas beitragen? Die hören ja das ein oder andere, was die Eltern und Lehrer nicht so schnell erfahren", bohrte die Kommissarin weiter.

Andi schüttelte den Kopf und war sichtlich nicht motiviert, sich weiter über seinen Sohn auszutauschen.

„Hast du ihn jetzt mal auf die Nummer im Einkaufscenter angesprochen?", blieb Susi hartnäckig.

„Dafür war bislang kein Raum", blockte der Oberkommissar ab.

Für ihn war das Thema beendet. Sie meldete über Funk, dass sie am Einsatzort eingetroffen waren, und kümmerten sich dann um den Diebstahl.

Bei der Durchsuchung des Diebes konnten sie Ausweispapiere finden, sodass er nach der Feststellung der Personalien bereits entlassen werden konnte.

„Schreibst du die Anzeige? Ich übernehme den nächsten Einsatz", schlug Andi Kessler vor. Seine Kollegin war einverstanden.

Ihre weiteren Versuche, mehr über Connys Reaktionen zu dem Mord zu erfahren, scheiterten. Sein Vater ließ sich auf keine Unterhaltung dazu ein.

„Deister 76.2 von Deister: Kommt ihr bitte rein? Hier warten Kollegen von der Moko auf euch", kündigte die Einsatzleitstelle der Polizeiinspektion über Funk an.

„Deister 76.2 verstanden", bestätigte die Kommissarin und vermutete: „Vielleicht haben sie noch Fragen zu deinem Bericht, Andi."

„Mhm", war seine einzige Reaktion.

In der Dienststelle eingetroffen, wurde die Streifenbesatzung bereits von zwei Kriminaltechnikern erwartet.

„Moin, wir sammeln die Speichelproben aller Einsatzkräfte ein, die gestern Kontakt zum Tatort und zum Opfer hatten. Wir gehen davon aus, dass ihr einverstanden seid, wenn wir eure DNA mit den Tatortspuren vergleichen", erwarteten die beiden Kollegen der Mordkommission optimistisch deren Zustimmung. Susi Reimann und Andi Kessler ließen sich bereitwillig die Abstriche aus ihren Mundhöhlen nehmen und unterschrieben eine entsprechende Einverständniserklärung für diesen Einzelfall.

In Dienststellen, die regelmäßig mit entsprechenden Tatorten und Opfern in Kontakt kamen, lagen die DNA-Profile der Bediensteten in einer Datei vor und konnten per se abgerufen und verglichen werden. Bei den Einsatzkräften des Streifendienstes war das noch nicht flächendeckend geregelt.

Im Anschluss lösten Susi und Andi ihre Kollegen auf dem Bauernhof der Familie Meininger ab. Sie mussten sich einen Weg durch wartende Reporter bahnen, die mit Videokameras und riesigen Fotoobjektiven in Lauerstellung lagen. Ihre Kollegen gaben bei der Übergabe an, dass die Journalisten die Absperrung zum Hof einhielten und sich die meisten bislang an die getroffenen Abstimmungen hielten.

Andi, aber auch Susi hatten ein mulmiges Gefühl, zumal sie mit der Mutter von Kim noch auf dem Wochenmarkt gesprochen hatten. Der Einsatzführer hatte das Verschwinden von Kim noch heruntergespielt, was ihn jetzt belastete.

Die junge Kommissarin spürte die emotionale Anspannung ihres Vorgesetzten. „Ihr kennt euch doch. Wenn du hineingehen und kondolieren möchtest, bleibe ich hier und behalte die Situation im Blick", schlug sie ihm vor.

Der Oberkommissar war hin- und hergerissen und sah der Begegnung mit gemischten Gefühlen entgegen. Als sie ausstiegen, bemerkte Andi eine Bewegung hinter der Gardine. Barbara Meininger blickte aus dem Fenster und winkte ihm zu.

„Los, das kannst du jetzt nicht machen. Da musst du jetzt durch", forderte Susi den Vater von Conny auf.

Irgendeine innere Stimme hinderte ihn daran und hielt ihn zurück.

Plötzlich öffnete sich die Haustür. Barbara Meininger stand dort und winkte den Polizisten einladend herein.

Mit schweren Schritten näherte er sich der Mutter des Mordopfers, deren Gesicht von Tränen und Verzweiflung gezeichnet war. Sie breitete ihre Arme aus und umarmte den überraschten Polizisten, was durch die Journalisten als prägendes Fotomotiv dankend aufgenommen wurde. Diese Geste sprach Bände, wobei in diesem Moment die Dimension dieser Umarmung nicht im Ansatz erahnt wurde.

„Es tut mir so leid, Barbara. Ich hätte ...", entschuldigte sich der Polizist für seine Fehleinschätzung und wurde durch die Mutter von Kim unterbrochen.

„Wir machen dir keinen Vorwurf, Andi. Das hat zu diesem Zeitpunkt niemand absehen können. Trinkst du einen Kaffee mit uns?“, fragte sie ihn vorsichtig.

Der Oberkommissar sah sich zu seiner Kollegin um, die nur zustimmend nickte und seine Tränen in den Augen ebenso wahrnahm wie der scharfe Autofokus der Teleobjektive vieler Fotografen.

Kapitel 11
Die Vorführung des Tatverdächtigen

Sonntagvormittag hatten sich im Raum des Amtsrichters Dr. Schlegel neben dem tatverdächtigen Dirk Wolters sein bevollmächtigter Verteidiger Mike Heiner, die Staatsanwältin Dr. Anne Weber und der Leiter der Moko ‚Schulhof', EKHK Jan Radek, sowie eine Protokollantin des Gerichts versammelt.

Nach einer vorläufigen Festnahme eines Tatverdächtigen war dieser gemäß § 128 Strafprozessordnung unverzüglich, spätestens am Tage nach der Festnahme, dem zuständigen Richter am Amtsgericht vorzuführen. Der Richter vernahm den Vorgeführten selbst. Hielt er die Festnahme für nicht gerechtfertigt oder ihre Gründe für beseitigt, so ordnete er direkt die Freilassung an. Andernfalls erließ er auf Antrag der Staatsanwaltschaft einen Haft- oder Unterbringungsbefehl.

Dr. Anne Weber hatte aufgrund der frühen Konzentration der Ermittlungsrichtung die für Samstagnachmittag angekündigte Pressekonferenz auf den Zeitpunkt nach der richterlichen Vorführung anberaumt. Die zuständige Staatsanwältin und Leitung der Polizeiinspektion hofften, mit einem frühen Ermittlungserfolg vor die Presse treten zu können und Montagmorgen mit einem positiven Bild in den Medien vertreten zu sein.

Nach entsprechender Eröffnung der richterlichen Vorführung und Belehrung der Beteiligten bekam EKHK Radek die Gelegenheit, den Sachverhalt an sich sowie die Ermittlungsergebnisse, die einen dringenden Tatverdacht des Vorgeführten darlegten, vorzustellen. Anschließend äußerte sich der Rechtsanwalt von Dirk Wolters nach den formalen Anreden der Anwesenden zu den Vorwürfen.

„Mein Mandant ist ein angesehener Lehrer an der KGS, Ehemann und Familienvater einer zweijährigen Tochter. Meine Frau ist Rektorin einer Realschule in Hannover. In ihrem Arbeitsalltag ist es an der Tagesordnung, dass Schüler mit allen Mitteln versuchen, Mitschüler und auch die Lehrkräfte, insbesondere zur Erteilung von besseren Noten, zu manipulieren, manchmal auch zu erpressen. Bedrohung und Gewalt von Schülern auch in Richtung der Lehrpersonen sind leider zur Normalität geworden. Ich bitte Sie, mich nicht falsch zu verstehen, ich verurteile diese grausame Tat, aber wenn alle Lehrer ihre Schüler töten, von denen sie gemobbt, bedroht und erpresst werden, hätten wir ein ganz anderes Problem.

Herr Radek, ich möchte Ihre wichtige Arbeit und Ihre sicherlich hohe Kompetenz nicht anzweifeln, stelle hier aber die Fragen, die sicher alle in diesem Raum interessieren. Haben Sie irgendeinen tatrelevanten Beweis, der meinen Mandanten wirklich belastet? Haben Sie vielleicht Spermaspuren meines Mandanten bei dem Opfer gefunden, DNA-Spuren meines Mandanten am Tatwerkzeug oder an der Fesselung? Sind Blutspuren des Opfers an seiner Kleidung entdeckt worden? Haben

Sie noch etwas außer diesem nichtssagenden Video und dem Vorwurf, dass mein Mandant morgens allein ohne sein Handy joggt?

Falls Sie nicht eine dieser Fragen mit einem beweislastigen ‚ja' beantworten und das gutachterlich belegen können, beantrage ich hiermit die sofortige Freilassung meines Mandanten."

In dem Antrag auf Durchsuchung des Hauses und des Pkw von Dirk Wolters waren die Räumlichkeiten in der Schule schlichtweg vergessen und deshalb etwas später ergänzt worden, sodass der Durchsuchungsbeschluss in der Schule im Nachhinein umgesetzt wurde.

Als Zeugin und Verantwortliche des Schulbetriebes hatte die Rektorin der Schule, Corinna Schwablinger, die Durchsuchungskräfte am Sonntagvormittag im Lehrerzimmer der KGS empfangen.

„Frau Schwablinger, zeigen Sie uns bitte, zu welchen Räumlichkeiten Herr Wolters Zutritt hatte und insbesondere die, in denen er private Dinge aufbewahrt", bat eine Kriminalbeamtin der Moko ‚Schulhof'.

In dem Lehrerzimmer wurden die Arbeitsplätze gemeinsam genutzt. In einem kleinen abschließbaren Schrank mit persönlichen Gegenständen fanden die Beamten keine tatrelevanten Hinweise.

„Frau Schwablinger, welche Fächer hat Herr Wolters denn unterrichtet?", hakte die verantwortliche Beamtin nach.

„Englisch und Sport", antwortete die Schulleiterin knapp.

„Wo bewahrt Herr Wolters denn seine Sportsachen auf, wo zieht er sich für den Unterricht um?", blieb die gründliche Polizistin am Ball.

„Es kann sein, dass er noch einen Spind in der Sporthalle oder den Umkleidekabinen hat. Sicher bin ich mir aber nicht", schränkte sie ein.

„Dann sollten wir einfach schauen und sichergehen. Bitte schön", forderte die Kriminalbeamtin.

Im Bereich der Umkleidekabinen waren mehrere Spinde nebeneinander aufgestellt.

Die Beamtin stutzte. „Oh, an diesem Schrank steht ‚CoSchwa'. Das könnte ja fast für Corinna Schwablinger stehen. Oder? Stimmt, ich habe in Ihrer Vernehmung gelesen, dass Sie auch Sportlehrerin waren und noch in dem Fach aushelfen, wenn es eng wird", erwähnte die Durchsuchungsbeamtin zynisch.

Als sie direkt neben dem Schrank der Rektorin die Initialen ‚DiWo' bemerkte, verdrehte die Polizistin die Augen und konnte sich nicht mehr zurückhalten.

„Das ist ja eine Überraschung. Das kann man schon mal vergessen, dass ein Mordverdächtiger den Schrank direkt neben Ihrem hat, Frau Schwablinger. Ganz ehrlich, eine vertrauensvolle Kooperation stellen wir uns anders vor. Ich setze Sie darüber in Kenntnis, dass ich darüber einen Vermerk für die Ermittlungsakte fertigen werde", informierte sie die Schulleiterin förmlich.

„Haben Sie dafür zufällig auch einen Schlüssel?", fragte die Beamtin nach. Die Rektorin schüttelte den Kopf.

Die Polizistin blickte auf einen jungen Kollegen mit einer Fotokamera. „Bitte beide Schränke dokumentieren und das Schloss von Herrn Wolters mit dem Seitenschneider öffnen", wies sie an.

Neben Sportbekleidung fanden die Durchsuchungskräfte ein Samsung S21 in einem der beiden Turnschuhe und darauf liegend einen pinkfarbenen Stringtanga.

„Dokumentieren und sicherstellen", ordnete die Polizistin ihren Kollegen gegenüber an.

„Überraschung! Ich kann Ihnen nur sagen, dass von dem Mordopfer das Samsung Handy und ein pinkfarbener Slip fehlt. Oder wussten Sie davon, Frau Schwablinger?", bohrte die Beamtin weiter und beugte sich zu ihr herunter.

„Aufgrund Ihres nicht gerade vertrauenswürdigen Verhaltens würde ich gerne einen Blick auch in Ihren Spind werfen. In dem Vermerk stünde dann, dass Sie freiwillig Ihren Spind geöffnet haben. Auch wenn das kooperativ klingt, finden wir hoffentlich keine tatrelevanten Gegenstände bei Ihnen. Daher frage ich Sie jetzt ganz offiziell: Würden Sie uns bitte freiwillig Ihren Spind öffnen? Falls nicht, werde ich einen Durchsuchungsbeschluss beantragen und so lange hiervor stehen bleiben, bis ich ihn in der Hand halte", kündigte die resolute Kriminalbeamtin unmissverständlich an.

Die Rektorin griff in ihre Handtasche und öffnete mit einem Schlüssel ihren Spind, in dem keine Hinweise gefunden wurden.

„Herr Radek, können Sie auf die Fragen des Rechtsanwaltes noch weitere belastende Beweise vorlegen oder in Aussicht stellen?", erkundigte sich der Amtsrichter.

„Leider nein", antwortete der verantwortliche Ermittler knapp.

„Frau Kollegin, haben Sie noch etwas hinzuzufügen?", fragte der Richter auch in Richtung der Staatsanwältin, als das Handy des Moko-Leiters vibrierte und er den Richter bat, Einsicht nehmen zu dürfen. Der nickte nur leicht.

In der Polizei Niedersachsen war eine interne Kommunikations-App verbreitet, die von den Beamten selbst auf den privaten Handys genutzt werden konnte und besonders geschützt war.

Darüber wurden dem Leiter der Mordkommission eine Nachricht sowie Fotos aus dem Spind von Dirk Wolters übermittelt, die er der Staatsanwältin zeigte.

Sie erhob sich plötzlich von ihrem Platz. „Dr. Schlegel, darf ich neue Beweise einbringen? Wir haben soeben folgende Informationen samt Fotos aus dem Spind des Tatverdächtigen in der Sporthalle erhalten", kündigte Frau Dr. Weber an.

Nach Einsicht durch den erstaunten Richter bat dieser um das Handy des Kriminalbeamten. „Darf ich?", fragte er eher rhetorisch und offenbarte die Inhalte dem Sportlehrer sowie seinem Anwalt.

„Möchten Sie oder Ihr Mandant sich dazu äußern?", erkundigte sich der Richter.

Dirk Wolters war perplex, holte tief Luft und wollte gerade loslegen, als er von seinem Anwalt zurückgehalten wurde.

„Mein Mandant wird sich aktuell dazu nicht äußern", gab der Verteidiger zu Protokoll.

„Gut. Frau Kollegin, ich greife Ihnen mal vor. Dem Antrag der Staatsanwaltschaft auf Untersuchungshaft von Herrn Wolters wird bei Gesamtwürdigung des bisherigen Sachverhaltes stattgegeben. Herr Wolters, dieser Haftbefehl ist mit sofortiger Wirkung zu vollstrecken. Weiterhin ordne ich die molekulargenetische Untersuchung beider Spurenträger an. Ich wünsche Ihnen viel Erfolg beim Fortgang der Ermittlungen und schließe hiermit die richterliche Vorführung."

Kapitel 12
Die Hetzjagd beginnt

In einem Vorgespräch auf die Pressekonferenz wurde durch die Behördenleitungen von Justiz und Polizei entschieden, keinerlei Informationen über das Opfer und den Tatverdächtigen zu verkünden. Einzig der Leiter der Mordkommission intervenierte.

„Bei allem Respekt, das Video hatte sich wie ein Lauffeuer unter den Schülern und Lehrkräften verbreitet. Man braucht nicht viel Fantasie, dass es sich bei dem Opfer um Kim Meininger handelt und sich der erste Tatverdacht gegen ihren Klassenlehrer richtet, zumal die Durchsuchungen seines Wohnhauses und in der Schule nicht konspirativ verlaufen sind. Wir sollten daher Transparenz zeigen und zumindest einräumen, dass sich erste Ermittlungen gegen einen Lehrer der KGS richten", regte Jan Radek an.

„Vielen Dank für Ihren Einwand. Das ist auf höchster Leitungsebene beider Behörden intensiv geprüft und so entschieden worden. Wir geben dazu nichts preis", bestätigte sein Inspektionsleiter kompromisslos.

Die Leiterin der Pressestelle der Polizeiinspektion Bargenstedt begrüßte eine Vielzahl von Medienvertretern aller Couleur und eröffnete die Informationsveranstaltung.

Auf dem Podium waren neben der Pressesprecherin als Moderatorin der Leiter der Polizeiinspektion, die zuständige Staatsanwältin und der Leiter der Mordkommission ‚Schulhof' vertreten.

Die uniformierte Polizeihauptkommissarin stellte die Behördenvertreter vor und erläuterte den geplanten Ablauf.

„Sehr geehrte Damen und Herren, ich begrüße Sie zur Pressekonferenz der Staatsanwaltschaft und Polizeiinspektion Bargenstedt. Wir beginnen mit EKHK Jan Radek, der Ihnen den bislang bekannten Sachverhalt und die ersten Ermittlungsergebnisse vorstellen wird. Die zuständige Staatsanwältin, Frau Dr. Anne Weber, wird Ihnen Informationen zum aktuellen Stand des Strafverfahrens geben und der Leiter der Polizeiinspektion Bargenstedt, Leitender Polizeidirektor Eckhart Möller, wird Ihnen die organisatorischen Aspekte dieser Ermittlungen vorstellen. Im Anschluss haben Sie dann Gelegenheit, Fragen an das Plenum zu stellen, wobei ich um Verständnis bitten möchte, dass wir aus Gründen des Opferschutzes weder Personalien oder gar Einzelheiten zum Tatablauf geben werden.

Herr Radek, hiermit erteile ich Ihnen das erste Wort. Bitte schön!"

Der Leiter der Mordkommission schilderte den Medienvertretern sichtlich betroffen den Ablauf des Einsatzgeschehens aus Sicht der Polizei. Jan Radek verzeichnete zudem einen ersten Ermittlungserfolg, auf den die Staatsanwältin weiter eingehen würde, was mit einem Raunen unter den Journalisten kommentiert wurde. Der leitende Kriminalbeamte bedankte sich für den engagierten Einsatz der Rettungskräfte und seiner Kollegen, bei denen insbesondere solche Taten deutliche Spuren hinterlassen. Er wünschte abschließend den Angehörigen des Opfers viel Kraft, dieses Schicksal zu verarbeiten und appellierte an das Publikum, im Umgang mit der Berichterstattung bitte sensibel vorzugehen. Dann übergab er an die Staatsanwältin.

„Meine Damen, meine Herren, durch die kompetente und engagierte Arbeit der Polizei ist es bereits gestern gelungen, einen 28-jährigen Tatverdächtigen festzunehmen. Im Rahmen von Durchsuchungsmaßnahmen auch am heutigen Morgen konnte der Tatverdacht gegen diesen Mann erhärtet werden, sodass bei der richterlichen Vorführung am heutigen Morgen ein Haftbefehl wegen Verdacht des Mordes an der 15-jährigen Schülerin der KGS Bargenstedt verkündet wurde. Im Namen der Justizbehörde spreche auch ich den Angehörigen unser tiefes Mitgefühl aus. Vielen Dank“, verkündete Dr. Anne Weber.

Der Inspektionsleiter informierte die Pressevertreter über die geleisteten Einsatzstunden, den Personalaufwand und letztendlich die Dezimierung der Unterstützungskräfte der Mordkommission. Die ‚Restarbeiten‘ würden nun eigenständig durch das Fachkommissariat 1 geleistet. Bei dieser Formulierung warf Jan Radek einen Blick auf seinen hohen Vorgesetzten und kommentierte die Formulierung ‚Restarbeiten‘ in diesem Kreis lediglich mit einer hochgezogenen Augenbraue. „Er hat keine Ahnung, was da noch alles dranhängt“, dachte er. Auch der Leitende Polizeidirektor bedankte sich beim Leiter der Mordkommission und bei allen Kollegen für den Einsatz und bot die Unterstützung bei der Verarbeitung dieser Eindrücke an. Nach Ausdruck des Mitgefühls auch vonseiten seiner Behörde schloss er die Information der Medienvertreter ab und die Pressesprecherin übernahm die weitere Moderation.

„Meine Damen, meine Herren, Sie können nun Ihre Fragen stellen. Ich bitte um entsprechende Handzeichen und werde Sie nacheinander auffordern, Ihre Frage zu stellen. Ich wäre Ihnen zudem dankbar, wenn Sie sich namentlich vorstellen und für wen Sie medial berichten. Vielen Dank!"

Es entstand eine enorme Unruhe unter den Journalisten und fast alle Arme schnellten in die Höhe. Die Moderatorin ordnete die Meldungen und wies per Handzeichen die Wortbeiträge zu.

Es begann eine junge Journalistin. „Maren Heller von der ‚Brillant'. Ich vermute, dass den meisten meiner Kollegen und Kolleginnen mehrere Fragen unter den Nägeln brennen, zu denen Sie sich bislang nicht im Ansatz geäußert haben, was uns alle misstrauisch macht. Meine erste Anmerkung bezieht sich auf das TikTok-Video, in dem das Opfer, das übrigens Kim Meininger heißt, mit entblößter Brust, offensichtlich vor Angst schreiend, vor ihrem Lehrer, der übrigens Dirk Wolters heißt, in einem Klassenraum sitzt. Wir alle wären schlechte Journalisten, wenn wir nicht einmal in der Lage wären, Personen in einem öffentlichen Video zuzuordnen. Jetzt komme ich endlich zu meiner Frage: „Handelt es sich bei der verhafteten Person um den Lehrer von Kim Meininger, Dirk Wolters?"

Das Medienpublikum klatschte und diskutierte lautstark.

Die Pressesprecherin warf einen Blick auf das Podium, auf dem alle mit den Köpfen schüttelten, und antwortete der Journalistin.

„Frau Heller, bei allem Respekt, aber Sie erwarten jetzt nicht wirklich von uns, dass wir Ihnen in dieser Phase offiziell den Namen eines Tatverdächtigen nennen. Ich bitte Sie."

Die Antwort wurde von den Pressevertretern ihrerseits mit Kopfschütteln kommentiert.

Die uniformierte Polizistin gab einem weiteren Journalisten die Freigabe für seine Frage.

„Ansgar Schmidt vom ‚Jupiter'. Meine Frage geht in eine ähnliche Richtung wie die meiner Kollegin. Die Schülerin soll auf einer Tischtennisplatte gefesselt gewesen und mit einer Vielzahl von Messerstichen getötet worden sein. Weiterhin soll ihre Kleidung aufgerissen oder sogar entfernt worden sein, was ja sogar für einen Sexualmord sprechen würde. Können Sie das bestätigen?"

So etwas durfte einfach nicht passieren, dachte jeder auf dem Podium, und alle Blicke richteten sich auf Jan Radek, der das Wort ergriff.

„Herr Schmidt, das geht zu weit. Das werde ich nicht kommentieren", äußerte der Leiter der Mordkommission. Der Inspektionsleiter lehnte sich in seinem Stuhl nach hinten und verschränkte die Arme vor der Brust.

Das war das verabredete Zeichen für die Pressesprecherin.

„Sehr geehrte Damen und Herren, ich danke Ihnen für Ihr Interesse. Hiermit schließe ich die Pressekonferenz. In Anbetracht der noch vor den Kollegen liegenden Ermittlungen können wir Ihnen heute für Einzelinterviews leider nicht zur Verfügung stehen. Vielen Dank für Ihr Verständnis und einen guten Heimweg."

Mit diesen Worten beendete sie die Veranstaltung und die Behördenvertreter verließen das Podium durch eine Tür hinter der Bühne.

„Wer hat das denn rausposaunt?", tobte der Leitende Polizeidirektor.

„Sind Sie wirklich überrascht, Herr Möller?", legte Jan Radek den Finger in die Wunde. „Die Journalistin hatte völlig recht", ergänzte er.

„Und die internen Informationen des Tatortes? Wer hat da geplaudert? Ich werde disziplinarische Ermittlungen einleiten. Das lass ich nicht auf mir sitzen. Wir saßen da wie kleine Schuljungen“, echauffierte sich der Vorgesetzte.

„Das muss mit unseren Kollegen gar nichts zu tun haben. Das können der Hausmeister, die Rettungssanitäter, der Notarzt, das Team im Krankenhaus, die Rechtsmediziner oder die Bestatter weitergetragen haben. Einer erzählt es dem anderen nur so im Vertrauen und schon ist es rund“, vermutete der Mordermittler.

„So haben wir uns das aber nicht vorgestellt und eine positive Berichterstattung werden wir jetzt wohl nicht erwarten können“, schätzte die Staatsanwältin ein.

„Immerhin haben wir dadurch erreicht, dass sich eine konkurrierende Ermittlungsgruppe von Investigativ-Journalisten auf den Weg macht, die dann ihre eigenen Geschichten schreibt“, gab der Leiter der Moko ‚Schulhof‘ zu bedenken.

Mit Blick auf die Pressesprecherin regte die Staatsanwältin an, eine Pressemeldung zu verfassen und abzustimmen. Diese sollte die Kompetenz der Ermittlungsbehörden positiv darstellen, sowohl für die Medien als auch für die Öffentlichkeit.

Die Leiterin der KGS Bargenstedt, Corinna Schwablinger, hatte ihr gesamtes Kollegium noch am Sonntagnachmittag in die Schule gebeten.

„Liebe Kolleginnen und Kollegen, wie ihr sicherlich aus den Medien oder auch durch eigene Kontakte erfahren habt, ist gestern Morgen die Schülerin des siebten Jahrgangs, Kim Meininger, auf dem Schulgelände grausam ermordet worden. Ich muss euch dazu leider mitteilen, dass unser Kollege Dirk Wolters unter Tatverdacht steht und gestern von der Polizei festgenommen wurde. Entsprechende Durchsuchungen haben nicht nur bei ihm zu Hause, sondern auch in der Schule stattgefunden. Mir persönlich fehlen dazu die Worte und die Fantasie, dass Dirk damit etwas zu tun haben sollte. Unter den aktuellen Umständen sehe ich uns alle außerstande, morgen einen normalen Unterrichtstag zu gestalten. Ich habe zudem die Schulpsychologin Dr. Schmalbach sowie den Traumaexperten Dr. Haller eingeladen. Ihnen vorab herzlichen Dank, dass Sie so schnell und unkompliziert Ihre Unterstützung angeboten haben. Wir haben uns im Vorgespräch bereits arrangiert, dass wir umgehend ein interdisziplinäres Kriseninterventionsteam einrichten. Ich möchte mit euch gemeinsam besprechen, wie wir als Kollegium nicht nur intern, sondern auch wie wir mit den Schülern und auch Eltern umgehen. Eine weitere Herausforderung wird der Umgang insgesamt und jedes Einzelnen von uns mit den Medien sein. Die Journalisten werden versuchen, auch über uns und die Schüler an Details zu kommen, die ihnen eine geile Story bieten. Daher appelliere ich an alle Anwesenden, sich nicht daran zu beteiligen und bei Interviewanfragen unmittelbar an mich zu verweisen. Ich darf jetzt an Frau Dr. Schmalbach und Herrn Dr. Haller übergeben, die uns aus ihrer fachlichen Erfahrung Vorschläge für ein gemeinsames Vorgehen mit den Schülern und Eltern unterbreiten werden. Dann werden wir die Teilnehmer des Kriseninterventionsteams auswählen. Ich werde in Absprache mit der Polizei und den beiden Experten Familie Meininger aufsuchen, um ihnen unser tiefes Mitgefühl auszudrücken und jegliche Unterstützung zuzusagen. Gibt es bis hierher Fragen?“, bot die Schulleiterin nach den ersten Informationen an.

Eine junge Lehrerin meldete sich verunsichert. „Wie gehen wir mit den Anschuldigungen gegen Dirk um? Sind die gesichert? Ist auch ein Gespräch mit seiner Frau geplant? Viele von uns sind mit ihnen befreundet. Wie sollen wir ihnen begegnen?"

„Ich bin ganz ehrlich, ich weiß es nicht. Von der Polizei erhalte ich keine Information, was diesen Verdacht so erhärtet hat, dass eine Untersuchungshaft angeordnet wurde. Wir werden im Kriseninterventionsteam besprechen, wie wir damit verfahren", stellte Corinna Schwablinger in Aussicht.

In den nächsten zwei Stunden bereiteten die Schulpsychologin und der Traumaexperte das Kollegium der KGS Bargenstedt auf die nächsten Tage vor, was eine enorme Herausforderung für alle Beteiligten darstellen sollte.

Das aus den Experten, der Schulleiterin und Lehrkräften zusammengesetzte Kriseninterventionsteam stimmte sich über den Verlauf der Schulveranstaltung ab. Sie luden über die Social-Media-Kanäle der einzelnen Jahrgänge alle Schüler und Eltern morgens um 9 Uhr in die Aula der KGS ein. Weitere Lehrkräfte leiteten die eintreffenden Gäste bewusst über den Bereich der Tischtennisplatten. Sämtliche Schüler und Eltern verharrten und hinterließen Blumen, Fotos, Stofftiere und Zeichnungen mit persönlichen Trauerbekundungen in einem Meer brennender Trauerkerzen. Die stille Betroffenheit wurde durch TV-Kameras begleitet, wobei eine angemessene, pietätvolle Zurückhaltung der Journalisten eingehalten wurde. Die Reporter warteten vergebens auf Familie Meininger. Die Familie von Kim war psychisch nicht in der Lage, an dieser Veranstaltung teilzunehmen. Ebenso wurde der Hausmeister der

Schule vermisst, der sich nach den Eindrücken am Tatort selbst in eine akute Traumabehandlung begeben hatte und bis auf Weiteres nicht arbeitsfähig war.

Auf dem Podium der Aula hatten sich neben den Angehörigen des Kriseninterventionsteams auch die zuständige Staatsanwältin Dr. Anne Weber sowie der Leiter der Mordkommission Jan Radek platziert. Die Schulleiterin hatte darauf gedrängt, dass die Auskünfte zur Tat und dem aktuellen Tatverdacht nur durch die zuständigen Behörden geäußert werden konnten. Nach einer Schweigeminute für Kim Meininger und einer Eröffnung der Veranstaltung durch die Schulleiterin stellte der leitende Kriminalbeamte dem Plenum lediglich die nötigsten Meldungen zur Tat vor. Er begründete diese erforderliche Zurückhaltung durch die noch laufenden Ermittlungen und den Schutz des Opfers und seiner Familie. Selbst der Erste Kriminalhauptkommissar appellierte an Schüler, Eltern und auch Lehrkräfte, sich nicht an Gerüchten zum Tatablauf und Tatverdächtigen zu beteiligen. Nach Abschluss der Ermittlungen stellte der Polizist eine vertretbare Berichterstattung der Öffentlichkeit in Aussicht. Die leitende Staatsanwältin bestätigte die Festnahme eines Tatverdächtigen und den Erlass eines richterlichen Untersuchungshaftbefehls wegen des Verdachts des Mordes an Kim Meininger. Eine Nachfrage eines Elternteils nach einem Namen und der Bestätigung, dass es sich dabei um einen Lehrer der Schule handeln sollte, kommentierte sie nicht.

Corinna Schwablinger übernahm die weitere Moderation und kündigte an, zumindest in der kommenden Woche den üblichen Unterricht auszusetzen und den Schwerpunkt auf verschiedene moderierte Projekte zur Trauerbewältigung der Schülerinnen und Schüler zu fokussieren.

Zum Abschluss der Veranstaltung bot die Schulleiterin den unmittelbaren Mitschülern und deren Eltern an, von Kim Meininger im Klassenraum Abschied zu nehmen.

Der Platz, an dem Kim saß, war mit Blumen, Kerzen, Fotos und Botschaften geschmückt.

Die Betroffenheit aller Anwesenden war durch Schluchzen und Tränen offenkundig.

Fast sämtliche Schüler und Schülerinnen waren mit ihren Eltern anwesend. Die Familie von Hannes fehlte komplett. Die Eltern von Conrad hatten sich abgemeldet und waren in ihren Schichtdienst eingebunden, den sie so kurzfristig nicht wechseln konnten. Dr. Oltendorf und auch Kesslers waren zudem froh, in diesem Kreis nicht mit Fragen zur Fundsituation auf dem Schulgelände und den schweren Verletzungen sowie den erfolglosen Reanimationsmaßnahmen konfrontiert zu werden.

Wer allerdings keinerlei Skrupel hatte, war Conny. Er hatte sich selbstbewusst in der Aula nach vorn gesetzt und sich im Klassenraum an seinem Tisch platziert. Er hatte versucht, auch Hannes zu überzeugen, der dazu nicht in der Lage war. Es war ihm letztendlich auch zu riskant, denn Conny hätte seinem Mitschüler nicht im Ansatz zugetraut, das alles so cool durchzustehen wie er selbst. Der skrupellose Mörder von Kim genoss seine Rolle. Niemand ahnte, dass er es war. Niemand hätte ihn der Tag bezichtigt. In seinen Augen sah er das Entsetzen aller schon vor sich, wenn er die Bombe platzen ließ.

Familie Meininger hielt es zu Hause nicht mehr aus. Die tägliche Belagerung der Journalisten und stetigen Anrufe mit gut gemeinten Beileidsbekundungen ließen ihnen keine ruhige Minute. Sie konnten keinen Schritt aus dem Haus wagen, ohne gefilmt oder fotografiert zu werden. Sie konnten den Hofladen nicht länger geschlossen halten, da sie die Verantwortung auch für ihre Angestellten hatten und die Ware in den Lagern verderblich war. In einem Telefonat unterbreitete der Bruder von Frau Meininger ihnen ein Angebot, das sie dankend annahmen. In Abstimmung mit den Angehörigenbetreuern der Polizei versteckten sie Barbara, Helmut und Melly Meininger in einem zivilen Mercedes-Transporter und brachten sie auf die Insel Fehmarn. Hier betrieb die Familie von Barbara einen Bio-Bauernhof mit sechs Ferienwohnungen, von denen die trauernde Familie eine nutzen konnte. Ihr Bruder war außerdem Pastor in Burg auf Fehmarn und konnte die erste erforderliche Seelsorge übernehmen, die sie in ihrer Situation so dringend bedurften. Helmut Meininger hatte die Aufgaben auf dem Hof und im Laden an seinen Vorarbeiter und die Mitarbeiter delegieren können. An der Ostsee konnte sich die Familie Meininger ungestört ihrer Trauer hingeben.

Kapitel 13
Das Misstrauen der jungen Kommissarin

Nach dem Kontakt mit der Familie von Kim befand sich Andi Kessler im Ausnahmezustand. Jegliche Versuche einer Kommunikation während der Tagesschicht waren für Susi Reimann erfolglos. Andi ließ sie nicht einen Millimeter an sich heran.

Sie hatten keine spektakulären Einsätze und konnten pünktlich um 18 Uhr Feierabend machen. Auf dem Heimweg sah die Kommissarin den Sohn ihres Kollegen, als er in Begleitung seines Kumpels Leon die Parkgarage des Einkaufscenters betrat. Sie stoppte ihren Opel Adam und behielt die beiden im Auge. Da Susi noch ihre Dienstuniform trug, konnte sie nicht unauffällig aussteigen. Sie fuhr in das fast leere Parkhaus, stellte abseits der beiden Jungen ihren Kleinwagen ab und beobachtete, mit wem sie sich trafen. Gleichaltrige kamen zu Fuß und auch auf Fahrrädern auf Leon und Conny zu, übergaben Bargeld und ließen sich Drogen, vermutlich Haschisch, aushändigen.

Die junge Polizistin hatte es geahnt, aber zu sehen, wie der 13-jährige Sohn ihres Einsatzführers vor ihren Augen Drogen an Kinder verkaufte, schlug dem Fass den Boden aus.

Sie war Polizistin und musste handeln.

Die uniformierte Kommissarin verließ ihren Pkw und ging entschlossen auf das Duo zu.

„Polizei! Stehenbleiben!“, rief sie den beiden Dealern zu, worauf Leon sofort flüchtete.

Conny kam die Stimme bekannt vor, doch er blieb cool.

„Hey, Susi, was machst du denn hier?“, sprach der Schüler die Kollegin ihres Vaters und auch Freundin seiner Mutter an.

„Sag mal, spinnt ihr? Ihr vertickt vor meinen Augen Haschisch und irgendwelche Pillen. Ich kann euch in den Knast bringen, Conny. Was glaubst du, was dein Vater dazu sagt?“, tobte die Polizistin.

„Komm mal runter, Susi. Ich bin erst 13. Du kannst mich nicht in den Knast bringen. Und meinen Alten interessiert das einen Scheiß. Und wenn schon, der haut mich überall raus. Mach also nicht so einen Stress, du Bitch“, blaffte er die uniformierte Polizistin an.

„Pass mal auf, dass dir die Bitch nicht noch ganz andere Sachen nachweist. Wo warst du denn, als Kim ermordet wurde? War sie an dem Abend und in der Nacht bei dir? Hast du das Video mit dem Lehrer gefilmt? Erpresst du ihn damit? Conny, ich glaube nicht, dass er der Täter ist“, sprudelte es aus der Kommissarin heraus.

Conny streckte den Mittelfinger aus, drehte sich um und ging einfach.

„Halt! Conrad Kessler, du bist wegen Drogenhandels festgenommen. Bleib stehen!“, rief die Polizistin das Kind auf.

Conny stoppte kurz und sah sich um. Diesen Blick würde Susi Reimann nie vergessen. Sie war sich plötzlich sicher, dass sie recht hatte. Conny lächelte nur überheblich und forderte die junge Beamtin auf: „Erschieß mich doch!“, und lief weg.

Sie ertappte sich in ihrer Machtlosigkeit und hatte plötzlich Verständnis für die Gefühle ihres Kollegen.

Die junge Polizistin brachte es einfach nicht über ihr Herz, einen offiziellen Bericht zu schreiben. Was erfolgte danach? Conny war nicht strafmündig. Ihr Schreiben würde an das Jugendamt weitergeleitet, das wiederum auf die Eltern zuging, die häuslichen Verhältnisse überprüfte und die Erziehung infrage stellte.

Sie schadete damit ausschließlich Andi und seiner Frau, nicht Conny.

Kriminalhauptkommissar Maik Holzner war mitten in den Vorbereitungen der Fallanalyse zum Tötungsdelikt von Kim Meininger. Sie hatten mit dem Analyseteam der OFA die Tatortbesichtigung für den frühen Dienstagmorgen eingeplant und sich im Kriminaltechnischen Institut den aktuellen Stand der Spurenuntersuchungen mitteilen lassen.

Die Leiterin der OFA, Kristin Bäumer, und die LKA-Psychologin, Carlotta Bayer-Westholdt nahmen an der morgendlichen Besprechung der Moko ‚Schulhof' teil.

Jan Radek und Dr. Anne Weber berichteten von der Vorführung des Tatverdächtigen und den Ergebnissen der Durchsuchung in der Schule. Das aufgefundene Handy und der Slip aus dem Spind des Lehrers konnten dem Mordopfer zugeordnet werden.

In der fallanalytischen Methodik der OFA spielte ein solcher Tatverdacht keine Rolle, wobei objektive Feststellungen, wie der Fund des Opferhandys und der Bekleidung, berücksichtigt werden mussten.

Bei der Abfrage der beteiligten Dienststellen kündigte Kristin Bäumer den Start der Fallanalyse an, als die Staatsanwältin als Herrin des Ermittlungsverfahrens intervenierte.

„Frau Bäumer, wir sind froh, dass wir so schnell vor der Aufklärung des Falles stehen. Die vorliegende Beweislage reicht für eine Erhebung der Anklage völlig aus. Ich schätze die Arbeit der OFA normalerweise sehr, halte die aufwendige Erstellung einer Fallanalyse aber unter diesen Umständen und in dieser klaren Beweislage für obsolet. Ich ziehe daher den Antrag zur Erstellung einer Fallanalyse zurück."

Die OFA-Leiterin stutzte.

„Frau Dr. Weber, allein unsere Tathergangsrekonstruktion bietet der Mordkommission die Möglichkeit eines lückenlosen Fallverständnisses, was auch in der Befragung des Beschuldigten unerlässlich ist. Was wollen Sie dem Täter denn vorwerfen, wenn Sie nicht wissen, wie er wann und warum agiert hat? Was waren seine Motive? Hat er die Tat geplant? War sie spontan oder affektiv? In welchem Kontext fanden welche sexuellen Handlungen statt? Finden sich sadistische Anteile in der Tat? Erst wenn wir diese Fragen und die vollständige Spurenlage intensiv geprüft haben, kann man beurteilen, ob Herr Wolters immer noch der Täter sein kann oder die Ermittlungen breiter aufgestellt werden sollten. Es tut niemandem weh, wenn wir die Analyse wie geplant durchführen. Ein Tatverdächtiger sitzt in Untersuchungshaft. Lassen Sie uns einfach unseren Job machen und sehen, was dabei herauskommt", versuchte die Kriminalhauptkommissarin zu überzeugen.

Jan Radek wollte die Argumentation der Profilerin unterstützen, als die Staatsanwältin rigoros anordnete: „Nein, ich will diesen Fall vom Tisch haben. Ich entziehe Ihnen hiermit offiziell den Auftrag einer Fallanalyse und diskutiere nicht darüber. Ich gehe zuversichtlich davon aus, dass sich an den gesicherten Spuren irgendetwas von Herrn Wolters finden lässt."

Kristin Bäumer tauschte nur einen Blick mit dem Leiter der Mordkommission aus, der verriet, dass zumindest sie sich einig waren. Die OFA blieb im Boot. Wie genau, wollten sich die beiden Verantwortlichen in den nächsten Tagen austauschen.

Die Untersuchungen im Kriminaltechnischen Institut des LKA Niedersachsen liefen auf Hochtouren und man rechnete in wenigen Tagen mit den ersten Ergebnissen.

Susi Reimann ging es schlecht, sodass sie sich fast krankgemeldet hätte. Conny ging ihr nicht mehr aus dem Kopf. Doch wie brachte sie es seinem Vater bei? Sie konnte einfach keine Rücksicht auf Andi Kessler nehmen und entschloss sich, ihm schonungslos ihre Befürchtung zu eröffnen.

Andi Kessler wirkte bei Schichtbeginn unkonzentriert und geistig abwesend. „Ahnt er etwas oder weiß er mehr?", schoss es seiner jungen Kollegin durch den Kopf.

Während ihrer ersten Streifenfahrt starrte der Oberkommissar auf die Straße. Bis auf eine kurze Begrüßung schwieg er. Susi packte ihren Mut zusammen und legte los.

„Andi, ich habe gestern Conny und Leon in der Parkgarage des Einkaufscenters beim Dealen erwischt. Leon ist abgehauen und dein Sohn hat sich benommen wie der Pate von Bargenstedt. Ich könne ihm gar nichts. Er sei erst dreizehn und sein Vater werde ihn überall raushauen. Ich habe ihm auf den Kopf zugesagt, dass ich ihn für den Urheber des Videos mit Kim und dem Lehrer halte. Ich habe ihn gefragt, was er am Freitagabend gemacht hat. Anna hatte ebenfalls Nachtschicht in der Mordnacht, stimmt's? Ich habe ihn weiter gefragt, ob er nachts allein war oder Besuch hatte. Als er mich immer noch hämisch angegrinst hat, habe ich ihn letztendlich gefragt, ob er morgens mit Kim an der Schule war. Er hat mich als ‚Bitch' beschimpft und mich aufgefordert, ihn zu erschießen. Dann hat er sich der Festnahme durch Flucht entzogen. So, jetzt bist du dran", forderte sie ihren Kollegen zu einer Reaktion auf.

Andi Kessler fuhr weiter und schwieg.

„Ich bin einfach zu blöd. Ich riskiere wegen dir und deinem kriminellen Sohn, der mich Bitch nennt, meinen Job und du sagst keinen Ton dazu? Mir reicht's! Fahr bitte zurück zur Dienststelle. Ich werde eine Selbstanzeige wegen Strafvereitelung im Amt und einen Bericht zu meinen Wahrnehmungen mit Conny und Leon schreiben", kündigte die Polizistin unter Tränen an.

Die unerwartete Vollbremsung drückte Susi in den Sicherheitsgurt.

„Sag mal, spinnst du jetzt völlig? Du beschuldigst meinen Sohn als Mörder und als Drogendealer. Was hast du in der Hand? Hast du Drogen sichergestellt? Was und wie viel war es denn? Hast du Zeugen, die deine Beobachtungen bestätigen können? Wer sind die Konsumenten? Hast du die Personalien? Hast du Fotos oder gar ein Video der Übergaben gedreht? Wenn du davon auch nur eine Frage beantworten und beweisen kannst, dann schreib, was du willst. Wir beide waren bei Kim. Du hast doch gesehen, was der Täter mit ihr gemacht hat. Jetzt sitzt du neben mir und beschuldigst meinen eigenen Sohn zu dieser Tat. Traust du das Conny wirklich zu?", echauffierte sich der Einsatzführer.

„Willst du das wirklich wissen, Andi? Ja! Ich traue ihm das zu“, bekräftigte die junge Kommissarin.

„Okay, das war's“, tobte Andi Kessler. „Wir fahren rein. Vielleicht ist es besser, wenn du dir eine andere Schicht suchst. Ich werde ab sofort nicht mehr mit dir fahren. Unsere Wege trennen sich hier,“ entschied ihr Vorgesetzter.

„Dann sind wir uns ja einig“, antwortete Susi Reimann trotzig.

Danach sprachen beide kein Wort mehr miteinander.

Die junge Kommissarin quälte sich mit Selbstvorwürfen, ob sie nicht doch zu hart mit ihrem Kollegen umgegangen war. Ihre Emotionen fuhren Achterbahn. Sie musste sich immer wieder zwingen, eine objektive Perspektive einzunehmen, die ihr bestätigte, richtig gehandelt zu haben. Andi war bislang der einzige Kollege, mit dem sie über ihre Probleme sprechen konnte. Auch das gute Verhältnis zu seiner Frau zu verlieren, belastete sie enorm. Susi war nur traurig, als sie in Gedanken versunken nach der Spätschicht in die ruhige Einfamilienhaussiedlung einfuhr und sich auf einen heißen Tee freute.

Es war schon dunkel, als sie ihren Opel Adam unter dem Carport parkte. Eine Straßenlaterne, die direkt vor dem Grundstück stand, war offensichtlich defekt. Als sie sich in ihrer Uniform dem Hauseingang näherte, vernahm sie auf dem Gehweg ein Scheppern und ein Stöhnen. Sie bog über den Rasen zur Straße ab und sah einen jungen Radfahrer, der am Boden lag und sich vor Schmerzen krümmte, offensichtlich nach einem Sturz.

„Was ist dir denn passiert? Kann ich dir helfen?“, bot die Polizistin an und beugte sich zu dem Jungen herunter.

Hannes schreckte bei jedem Geräusch seines Handys auf und erstarrte, als sich mittags Conny meldete.

„Hi, Amadeus. Na, alles klar?“, fragte er überflüssigerweise.

„Geht so“, war die knappe Antwort.

„Haste gehört? Die haben den Wolters festgenommen“, sagte Conny stolz, worauf Hannes nicht reagierte.

„Wir müssen uns sehen. Die Bullenfrau von meinem Vater ist misstrauisch geworden und kommt uns zu nah. Wir müssen verhindern, dass sie plaudert“, kündigte der Mörder an.

„Willst du die jetzt auch umbringen?“, befürchtete Hannes.

„Ich bringe doch keine Bullette um, Digga. Einen kleinen Denkzettel hat sie aber verdient. Dafür brauche ich deine Hilfe. Wir treffen uns heute Abend und statten ihr mit den Rädern einen Besuch ab“, verkündete Conny.

„Ich kann heute Abend nicht, ich bin mit meinen Eltern unterwegs“, versuchte Hannes sich zu drücken.

„Mensch, Digga, lass dir was einfallen. Oder wollt ihr heute Abend gemeinsam das Video mit Kim gucken?“, drohte der Polizistensohn.

Was sollte Hannes machen, der Typ hatte ihn in seiner Hand.

„Wann und wo?“, fragte er zwangsläufig.

„Ich schicke dir gleich den Standort und die Zeit. Ach ja, lass dein Handy zu Hause, wenn du losfährst“, forderte Conny ihn eindringlich auf, was Hannes fest zusagte.

Sie trafen sich etwa hundert Meter entfernt von der Wohnung der Polizistin und Conny weihte Hannes in seinen Plan ein.

„Lass uns zu Fuß zum Haus gehen. Dann kann ich dir zeigen, wo du genau mit deinem Rad stürzen musst.“

Der Täter sah sich in alle Richtungen um und trat wie von Sinnen kräftig gegen die Straßenlaterne vor dem Grundstück, bis sie erlosch. Hannes sah ihn irritiert an.

„Das war mir zu hell. Pass auf! Sie parkt ihren Opel Adam hier unter dem Carport. Wenn sie an der Hausecke ist, stürzt du genau hier. Du schreist auf, fällst zu Boden und krümmst dich schmerzvoll zusammen. Hast du das, Amadeus?“, vergewisserte sich der 13-Jährige.

„Und was machst du dann?“, fragte Hannes ängstlich.

„Ich gebe ihr das, was sie verdient. Sie soll uns nur in Ruhe lassen. Das war's“, klärte Conny unpräzise auf.

„Dann gehen wir in Position. Versau es nicht und denk an das Video“, erinnerte der abgebrühte Schüler, der sich hinter einer Hecke des Grundstücks versteckte und die Straße im Auge behielt.

Da kam sie. Der Opel Adam fuhr langsam in die Anliegerstraße ein und bog auf das Grundstück ab. Die Polizistin hatte es nicht eilig. Als sie ihren Pkw verließ, fiel Conny ein Stein vom Herzen. Sie trug ihre Uniform.

Hannes hielt den Sichtkontakt zu seinem Anführer, der ihm das Zeichen zum Losfahren gab.

Exakt zu dem Zeitpunkt, den sie vereinbart hatten, krachte Amadeus mit seinem Mountainbike auf den Gehweg und krümmte sich vor Schmerzen. Conny kannte Susi Reimann gut, denn sie tat genau das, was er vorausgesehen hatte.

Als sie sich fürsorglich zu dem gestürzten Radfahrer heruntergebeugt hatte, verließ Conny sein Versteck, erhob beide Arme und ließ einen hölzernen Baseballschläger erbarmungslos auf den Hinterkopf der arglosen, jungen Polizistin krachen. Nicht einmal ein Aufschrei kam über ihre Lippen. Sie brach zusammen, versuchte sich aber wieder aufzurichten. Der skrupellose minderjährige Gangchef trat der jungen Frau in die Seite, die dann in Rückenlage zum Liegen kam. Der Angreifer zog sein Opfer in die Grundstückseinfahrt und forderte seinen Komplizen auf, mit anzupacken.

„Los, das Rad weg vom Gehweg!“, forderte er von dem naiven Mittäter, der das Mountainbike in die Auffahrt zog.

Conny beugte sich von der Seite zu Susi Reimann herunter.

Routiniert legte der Polizistensohn den Sperrhebel des Pistolenholsters um und zog die Dienstwaffe der Kommissarin heraus. Er wusste, dass sie geladen war, und musste den Verschlusshebel nicht mehr zurückziehen, um schießen zu können.

Die junge Kommissarin erkannte in dem Angreifer den Jungen, dessen Spitznamen sie kreiert hatte, um in der Schule cooler zu wirken. Durch die massive Platzwunde lief ihr Blut über die Augen ins Gesicht. Den jugendlichen Radfahrer, der sich daneben aufgestellt hatte, konnte sie nicht identifizieren. Selbst durch den blutigen Schleier, der sich über ihre Augen gezogen hatte, erfasste sie die Fratze von Conny. Sie wollte seinen Namen nennen, aber die schweren Kopf- und Hirnverletzungen hinderten sie daran.

„Ey, du Bitch, das hast du nun davon. Bye-bye!“, waren die letzten Worte, die die Polizistin in ihrem Leben wahrnahm.

Conny schoss wie von Sinnen in das Gesicht und den Oberkörper der Beamtin, die ihre Schutzweste in der Dienststelle zurückgelassen hatte. Dieses Mal musste er sichergehen.

Hannes war starr vor Angst, und diese Angst steigerte sich, als ihm Conny die Waffe vor den Körper hielt und ihn unmissverständlich aufforderte: „Los, jetzt du!“

Wie in Trance richtete Hannes die rechte Hand mit der schweren Polizeipistole auf den leblosen Körper und drückte so lange ab, bis das Verschlussstück der Waffe nicht mehr nach vorn schnellte. Sein geschienter Mittelfinger jagte ihm bei jedem Schuss einen stechenden Schmerz durch den Körper, den er völlig ignorierte.

Schwer atmend und verzweifelt drehte er sich zu dem eiskalten Killer um und war nicht einmal überrascht, dass Conny ihn mit seiner Handykamera direkt ins Gesicht filmte.

Der Sohn des Polizisten nahm die Heckler & Koch an sich, führte das Ersatzmagazin der Polizistin ein und ließ routiniert den Verschluss nach vorn schnellen. Jetzt war sie wieder einsatzbereit. Der Mörder musste an die Videodatei der Polizistin kommen, die sie im Parkhaus aufgenommen hatte. Er durchsuchte die blutdurchtränkte Dienstjacke der regungslosen Kommissarin und entnahm aus der linken Brusttasche ihr Handy.

Conny erschrak. Ein Projektil hatte das iPhone getroffen. Es war stark beschädigt und offensichtlich nicht mehr funktionsfähig. Ihm war plötzlich bewusst, dass er das Video aus dem Parkhaus nicht mehr löschen konnte. Dennoch nahm er es an sich. Der Täter war sich unsicher, ob die Experten des LKA aus dem Haufen Schrott nicht doch noch etwas rekonstruieren konnten.

„Los, hau ab! Wir trennen uns. Du da lang, ich hier!“, rief Conny seinem Mittäter zu und beide verschwanden unerkannt in der Dunkelheit.

Die ganze Tat hatte keine zwei Minuten gedauert.

Die Vermieterin und auch Anwohner wurden durch die Knallgeräusche aufgeschreckt, konnten auf der Straße und dem Gehweg jedoch nichts entdecken. Alles war wie immer.

Erst ein Hundehalter entdeckte Minuten später die Leiche der Polizistin in der Einfahrt des Grundstückes. Susi Reimann hatte nicht den Hauch einer Überlebenschance.

Hannes fuhr wie ein Besessener durch die Dunkelheit. Er hatte seinen Eltern wieder eine Bandprobe vorgegaukelt und musste zeitnah wieder zu Hause sein, um diese Legende aufrechtzuerhalten.

Aber sollte er so tun, als wäre nichts gewesen? Ein zweiter Mensch war grausam getötet worden, und er war daran beteiligt. Conny hatte nun drei Videos von ihm, die ihn bei sexuellen Handlungen sowie auch Stichen und Schüssen auf Kim und die Polizistin zeigten.

Jeder, der diese Videos sah, würde ihn für die Morde verantwortlich machen. Jeder würde ihn als perverses Schwein betiteln. Er konnte seinen Eltern nicht mehr unter die Augen treten und bog plötzlich ab. Pünktlich zu Hause zu sein, war ihm nicht mehr wichtig.

Sein Fahrstil wurde ruhiger, sein Puls pendelte sich in einen fast normalen Rhythmus ein.

Er hatte sich früher schon oft mit dem Gedanken beschäftigt, den er aktuell wieder aufgriff. Er kam der Lösung seiner Probleme näher und wirkte plötzlich zufrieden, diesen Weg für sich gefunden zu haben. Einen Weg, der Conny nicht gefallen würde.

Er stellte sein hochwertiges Mountainbike am Rand des Radweges ab, ohne es anzuschließen.

Hannes kletterte die Böschung hoch und war am Ziel. Er schaute auf die Uhr und legte sich auf die Gleise der Bahnlinie Bückeburg–Hannover.

Kapitel 14
Ausnahmezustand in Bargenstedt

„Polizeinotruf!", meldete sich die sonore Stimme, nachdem der Hundehalter zitternd den Notruf 110 gewählt und auf der Straße laut „Hilfe!" geschrien hatte.

„Mein Name ist Harald Bogner. Bitte kommen Sie schnell! Hier im Eichengrund 16 ist gerade geschossen worden. Eine Polizistin liegt blutüberströmt am Boden. Ich glaube, sie ist tot", stotterte der 70-jährige Anwohner.

„Herr Bogner, bleiben Sie ganz ruhig. Ich schicke Ihnen sofort einen Notarzt und meine Kollegen. Ist die Person ansprechbar? Zeigt sie vitale Zeichen?", erfragte der Beamte der Notrufzentrale.

„Nein, sie rührt sich nicht mehr und hier ist überall Blut", beschrieb der ältere Herr die Situation.

„Herr Bogner, sind Sie in der Lage, Erste Hilfe zu leisten? Sind noch weitere Personen in der Nähe? Haben Sie gesehen, wer geschossen hat?", musste der Polizeibeamte in Erfahrung bringen.

„Jetzt kommen Nachbarn aus den Häusern. Sonst habe ich niemanden gesehen. Was soll ich nur tun?", fragte der Hundehalter verzweifelt.

„Sprechen Sie bitte Ihre Nachbarn an, Erste Hilfe zu leisten", forderte der Beamte auf und hakte nach: „Warum, glauben Sie, dass es sich bei der Verletzten um eine Polizistin handelt?"

„Weil sie eine Uniform trägt. Ich weiß auch, dass hier vor einem halben Jahr eine junge Polizistin mit langen, blonden Haaren eingezogen ist. Ich glaube, die ist das“, vermutete der Anrufer.

Der Beamte in der Einsatzleitzentrale hatte während des Gespräches sämtliche Kräfte von Polizei und Rettungsdienst in den Eichengrund beordert. Parallel fragte er die Einwohnermeldedaten für Hausnummer 16 ab, starrte fassungslos auf seinen Monitor und aktualisierte die Lagemeldung.

„Deister an alle Einsatzkräfte für den Eichengrund 16. Zeuge berichtet von Schüssen und einer leblosen jungen Frau in Polizeiuniform. Laut EMA-Überprüfung wohnt eine Kollegin in dem Haus, auf die die Beschreibung passt. Erbitte sofortige Lagemeldung! Personalien nicht über Funk, nur Telefon.“

„Deister von 76.1. Wir sind vor Ort. Erste Lagemeldung: Die Angaben des Anrufers sind bestätigt. Notarzt und Rettungsteam führen Reanimationsmaßnahmen durch, die nicht Erfolg versprechend sind. Der Pkw der Kollegin steht unter dem Carport, der mitgeführte Schlüssel passt zum Haus. Die Befürchtungen scheinen sich zu bewahrheiten. Ich komme mit weiteren Details telefonisch. Deister 76.1 Ende“, meldete die erste Streife, bevor das Telefon in der Einsatzleitstelle der Polizeiinspektion Bargenstedt klingelte.

„Ich stelle dich mal auf laut“, informierte der Beamte des Lagezentrums seinen Kollegen vom Streifendienst.

„Okay, allem Anschein nach handelt es sich bei der Kollegin um Susi Reimann. Eine Identifizierung visuell ist nicht möglich. Der Täter hat ihr mehrfach ins Gesicht und in den Oberkörper geschossen. Aufgrund der vielen Patronenhülsen, die hier liegen, hat er offensichtlich ein ganzes Magazin verfeuert.

Ein leeres Magazin haben wir hier aufgefunden. Das Problem ist, dass es sich dabei um 9mm-Hülsen handelt und Susi weder ihre Dienstwaffe noch ihr Reservemagazin am Gürtel trägt. Ich vermute daher stark, dass der Täter sie mit ihrer eigenen Waffe erschossen hat und diese mit dem Ersatzmagazin und sechzehn Schuss nun in den Händen des Täters ist. Der Notarzt schüttelt gerade den Kopf. Wir teilen uns mit den weiteren Kollegen für die Fahndung und weiträumige Absperrung für die Kripo auf. Weiter versuchen wir, Zeugen zu finden, die vielleicht etwas gesehen haben", meldete der Beamte vom Tatort und regte ergänzend an: „Wir sollten Andi Kessler und die Kollegen aus ihrer Schicht informieren, bevor sie es auf anderem Wege erfahren."

„Deister an alle, Deister an alle: Eigensicherungshinweis! Der Täter ist vermutlich im Besitz der Dienstwaffe der Kollegin. Weitere Informationen zum Täter liegen noch nicht vor. Deister Ende."

Conny Kessler raste direkt nach Hause und war froh, dass seine Eltern noch unterwegs waren. Er deponierte die Polizeipistole, das beschädigte Handy und den Baseballschläger in einem Versteck unter dem Gartenhäuschen, das er häufiger für sich nutzte.

Dann zog er sich in sein Zimmer zurück und sah sich das Video des letzten Mordes an. Er bearbeitete es und bereitete es so vor, dass er es nur noch posten musste, wenn der Zeitpunkt gekommen war.

Der Leiter des Einsatz- und Streifendienstes der Polizeiinspektion Bargenstedt, EPHK Siegfried Strecker, wurde alarmiert und koordinierte den Einsatz sowie die Fahndung nach dem unbekannten Täter. Als er die ersten Maßnahmen veranlasst hatte, machte er sich gegen 21 Uhr auf den Weg zu seinem Kollegen Andi Kessler, um ihm die traurige Botschaft persönlich zu übermitteln.

Mit einem Kloß im Hals klingelte er an der Tür des alten Siedlungshauses, als ihm Conny öffnete.

„Hallo, Conrad, sag mal, ist dein Vater da? Ich müsste ihn mal sprechen", fragte er höflich.

„Nein, ich glaube, meine Eltern sind noch einkaufen. Die sind schon eine Weile weg und müssten gleich nach Hause kommen. Sie können gern drinnen warten", bot er dem uniformierten Chef seines Vaters an. Er wollte gerade eintreten, als der VW Touran von Kesslers vorfuhr. Das Ehepaar lud Einkaufstüten aus und trug sie ins Haus.

Andi erblickte seinen Chef und ahnte, was jetzt kommen musste.

„Hallo, Siggi, was ist denn Schlimmes passiert, dass du uns so spät und sogar in Uniform besuchst?", begrüßte der Polizeioberkommissar seinen Vorgesetzten.

„Es ist wichtig. Können wir drinnen sprechen?", bat der hohe Beamte.

„Jetzt mal Hand aufs Herz, Siggi. So spät, so offiziell? Worum geht es genau?", fragte Andi Kessler gespannt.

„Es geht um Susi. Bitte lass uns reingehen. Anna, würdest du mit Conny hochgehen? Ich würde gerne mit deinem Mann allein sprechen", ersuchte der Erste Polizeihauptkommissar.

Anna nickte nur, hakte Conny ein und ging mit ihm in sein Zimmer.

Beide Männer setzten sich gegenüber an den Esstisch.

„Hat sie also geschrieben?", stellte Andi in den Raum, vermochte kaum zu atmen und rechnete mit der Eröffnung von disziplinarischen Maßnahmen gegen ihn.

„Was geschrieben? Nein, ich muss dir leider mitteilen, dass wir Susi soeben tot vor ihrem Haus gefunden haben. Sie ist mit ihrer eigenen Waffe erschossen worden. Es tut mir leid, Andi", eröffnete ihm sein Vorgesetzter sichtlich betroffen und nahm seinen Mitarbeiter tröstend in den Arm.

Andi Kessler wurde der Boden unter den Füßen weggezogen. Sie sind im Streit auseinandergegangen und plötzlich ist sie tot.

„Wer, um Himmels willen, sollte Susi erschießen? Komm, lass uns hinfahren. Ich will ...", stammelte er.

„Nein, Andi, die Kripo nimmt gerade den Tatort auf und wird dich eh nicht zu ihr lassen. Ihr kanntet euch gut. Ihr habt euch Dinge anvertraut, über die Susi mit keinem anderen Kollegen sprechen würde. Hatte sie einen Freund? Weißt du das?", fragte sein Vorgesetzter.

„Nein, meines Wissens nicht. Ihre Eltern sind früh verstorben. Geschwister hatte sie auch nicht. Sie hat sich seit dem Einzug rührend um ihre Vermieterin gekümmert. Die Kollegen waren ihre Familie. Wir waren ihre Familie", schluchzte Andi.

Seine Frau und sein Sohn hatten gelauscht und kamen die Treppe herunter.

„Was, Susi ist erschossen worden? Mein Gott, wer macht so etwas? Was ist denn gerade los in unserer Stadt? Sie war so gut drauf. Wir haben uns auch des Öfteren getroffen. Sie hatte auch Conny beim Schulwechsel unterstützt. Ihr habt euch auch so super verstanden. Stimmt's, Conny", suchte Anna die Bestätigung ihres Sohnes.

Der nickte und war den Tränen nah.

„Was meintest du vorhin mit der Frage, ob sie etwas geschrieben hat?“, wollte der Vorgesetzte wissen.

„Susi hatte einen Verdacht zum Mord an Kim Meininger. Ich weiß es nicht genau, vermute aber, dass es um den Lehrer ging. Sie wollte dazu einen Bericht für die Kripo schreiben und dich dazu ansprechen. Hat sie das gemacht?“, erkundigte sich Andi etwas verunsichert.

„Nein, mich hat sie nicht angesprochen und ein Bericht ist auch nicht über meinen Tisch gegangen. War es denn wichtig und könnte es mit dem Mord im Zusammenhang stehen?“, hakte Siggi Strecker nach.

„Nein, sie hat gezögert, ob sie dich überhaupt ansprechen soll, weil es nur eine vage Vermutung war. Mehr weiß ich auch nicht“, log Andi Kessler. Conny fiel ein Stein vom Herzen.

Das Diensthandy der Mordbereitschaft des Fachkommissariates 1 klingelte. Die Einsatzleitstelle kündigte sich an.

„Hallo, Martina, ich weiß nicht, was aktuell in Bargenstedt los ist. Es geht in den Eichengrund 16. Hier wurde soeben eine junge Kollegin aus dem Streifendienst, Polizeikommissarin Susi Reimann, erschossen vor ihrem Haus aufgefunden. Ich habe schon mit Jan gesprochen, er ist auf dem Weg und bat mich, euch zu alarmieren. Die Spusi ist ebenfalls auf der Anfahrt“, informierte der Einsatzleitbeamte die Ermittlungsführerin, Kriminalhauptkommissarin Martina Herbert.

Sie kehrte zurück ins Wohnzimmer, beugte sich zu ihrem Ehemann, der sich gerade gemütlich auf dem Sofa eingerichtet hatte, und gab ihm einen Abschiedskuss. Die Eheleute waren lange genug verheiratet und benötigten nicht viele Worte.

„Pass auf dich auf, Schatz. Wenn es spät wird, ruf doch kurz durch", bat ihr Ehemann lediglich.

Die Mordbereitschaft war in den Abend- und Nachtstunden sowie an den Wochenenden das Team, welches auch für allgemeine Todesursachenermittlungen polizeilich zuständig war. Das waren Fälle, in denen ein Arzt den Tod eines Menschen festgestellt und in der auszufüllenden Todesbescheinigung eine ungeklärte oder auch nicht natürliche Todesart bescheinigt hatte. In solchen Situationen musste die Polizei diesen Todesfall untersuchen und prüfen, ob es am Leichnam oder am Todesort Anzeichen für Fremdverschulden gab. Solche Einsätze gehörten zur täglichen Routine, wobei echte Tötungsdelikte selten ans Tageslicht traten.

Die Morde an Kim Meininger und der Polizistin waren die Ausnahmen. Insbesondere Tötungsdelikte an Kindern und jungen Menschen mit sexuellem Kontext sowie Polizistenmorde belasteten auch erfahrene Ermittler enorm. Dennoch waren diesbezüglich professionelle und emotional distanzierte Ermittlungen zwingend.

Diese Zweierteams wurden zudem bei sexuellen Gewaltdelikten, Raubüberfällen und auch Brandstiftungen eingesetzt.

In diesen Bereitschaftszeiten hatte Martina Herbert ihren Dienstwagen mit nach Hause genommen, um schneller die Einsatzorte erreichen zu können. Die Kriminalbeamtin war 44 Jahre alt, verheiratet mit einem Bankkaufmann und seit zwölf Jahren Angehörige des Fachkommissariates 1. Ihre langen, braunen Haare hatte sie im Dienst stets zum Zopf gebunden. Martina war mittelgroß, schlank und sportlich, was ihren regelmäßigen Joggingrunden im Deister geschuldet war.

Ihr Kollege, Kriminaloberkommissar Lars Schnittger, wusste trotz seines Alters von 33 Jahren mit Sport nicht viel anzufangen. Er war ein heller Kopf und Experte für digitale Tatorte, was im Fachkommissariat 1 ein Segen war.

„Hallo, Lars, wir haben einen Polizistenmord. Jan und die Kriminaltechnik sind schon auf dem Weg. Ich bin in zehn Minuten bei dir. Es wird eine lange Nacht. Bis gleich“, kündigte die Beamtin an, setzte den Magneten des blauen LED-Lichtes auf das Dach des VW Tiguan, um ihren Kollegen einzusammeln und den Tatort aufzusuchen.

Als sie im Eichengrund vor der Absperrung hielt, war durch Jan Radek bereits alles Nötige veranlasst worden.

„Hallo, Jan, was ist im Moment bloß los? Wer ist die Kollegin?“, fragte Martina ihren Chef.

„Bei der Toten handelt es sich um die 27-jährige Polizeikommissarin Susi Reimann. Sie bewohnte hier seit einem halben Jahr eine kleine Einliegerwohnung in diesem Zweifamilienhaus. Ihre gebrechliche Vermieterin lebt allein im Erdgeschoss und ist auf einen Rollator angewiesen. Die Kollegin hatte sie im Alltag unterstützt. Bislang haben wir lediglich Knallzeugen, die Schüsse gehört haben wollen. Zeugen, die eine Person oder gar die Polizistin gesehen haben, sind aktuell noch nicht bekannt. Der Finder ging mit seinem Hund Gassi und hat sie leblos in der Einfahrt entdeckt. Der Notarzt konnte nur noch den Tod feststellen. Der Täter hat ihr mehrfach direkt ins Gesicht und in den Oberkörper geschossen. Jetzt komme ich zum nächsten Problem. Es besteht die Vermutung, dass sie mit ihrer eigenen Waffe getötet wurde. Ein leeres 16-Schuss-Magazin, was in unsere Dienstwaffen passt, ist aufgefunden worden. Ihre

Waffe und das Ersatzmagazin fehlen. Wir fahnden nach einem bewaffneten Täter. Mehr haben wir aktuell nicht. Ach ja, eines noch: Ich weiß nicht, ob das zusammenhängt, aber diese Kollegin war mit ihrem Einsatzführer, POK Kessler, die erste Beamtin am Mordtatort von Kim Meininger", ergänzte der Leiter der Mordkommission ‚Schulhof'.

„Okay. Wie gehen wir vor, Jan?", fragte Kriminalhauptkommissarin Herbert ihren Chef.

„Ich kann nicht beide Fälle gleichzeitig leiten und beauftrage dich mit der Ermittlungsführung dieses Vorganges. Wir werden umgehend eine zweite Mordkommission einrichten, die wir parallel, aber völlig autark laufen lassen. Erst wenn wir uns völlig sicher sind, dass es einen Tatzusammenhang zu Kim Meininger geben könnte, legen wir sie zusammen. Unser Hauptverdächtiger im Fall der Schülerin hat das beste Alibi der Welt. Der ist hierfür definitiv raus. Bist du bereit, Martina? Dann lass uns loslegen", motivierte Jan Radek seine Ermittlungsführerin, die bestätigend nickte. Die kompetente Kriminalbeamtin hatte schon Mordkommissionen geleitet, aber annähernd keine in dieser Dimension. Der Mord an einer Polizistin bedeutete hohen politischen und medialen Ermittlungsdruck, zumal die Gefahr einer weiteren Tat durch einen skrupellosen Mörder einkalkuliert und verhindert werden musste.

„Lars, lass dein Handy glühen und hol uns alle verfügbaren Kräfte des FK 1 her. Wir benötigen umgehend Hinweise zum Täter. Unsere Kollegen schnappen sich Unterstützung aus dem Streifendienst und klappern Haus für Haus ab. Wir benötigen schnellstens eine Beschreibung und Fluchtrichtung des Täters. Irgendwer hat bestimmt etwas gesehen. Die KT-Forensik soll vorrangig den Bereich um den Leichnam abarbeiten. Ich möchte die Rechtsmedizin schnellstens vor Ort haben, um die ersten Untersuchungen noch hier vornehmen zu lassen. Wir brauchen am Platz zudem die Pressestelle, die uns die Reporter vom Hals hält und die ersten Statements abgeben kann, die ausschließlich mit mir abgestimmt sind. Wir benötigen außerdem stärkere Absperrkräfte, dass wir in Ruhe arbeiten können. Ach ja, lass bitte den Kollegen der getöteten Polizistin herbringen. Wir müssen wissen, ob er einen Zusammenhang zu dem Mord an Kim sieht. Er kann uns sicherlich auch mehr zu der Kommissarin sagen", vermutete die neue Moko-Leiterin und forderte ihren Kollegen auf loszulegen.

Der Kommissariatsleiter nahm seine Ermittlungsführerin an die Seite.

„Martina, meinst du nicht, dass wir den Leichnam lieber so wie er ist, bekleidet, in die Rechtsmedizin bringen sollten? Dort können die Spurensicherungsmaßnahmen in aller Ruhe und vor allem ohne Zuschauer umgesetzt werden", schlug er kollegial vor.

„Nein, Jan. Die Spusi soll sich von außen an den Leichnam heranarbeiten. Dann stellen wir einen Pavillon auf und können vor Ort völlig ungestört beginnen. Die Gefahr, dass wir durch den frühen Transport in die Rechtsmedizin Spuren zerstören, ist mir zu hoch", begründete Martina Herbert ihre Entscheidung.

Jan Radek war beeindruckt und überzeugt, dass dieser Fall in die richtigen Hände kam und signalisierte sein Einverständnis.

„Ach, Jan, wie bist du denn mit Kristin Bäumer in eurem Fall verblieben? Bleibt die OFA im Boot? Ich würde die Profiler hier gerne direkt einbinden", erhoffte sich die Ermittlerin.

„Ich rufe sie gleich an und kläre das mit Kristin", versprach ihr Chef.

Jan Radek hatte die freiwillige Feuerwehr Bargenstedt bereits angefordert, die den Eichengrund mit zwei Lichtmastwagen so hell wie das Flutlicht eines Fußballstadions ausleuchteten. Bei der Spurensicherung eines Mordtatortes kam es auf jedes Detail an. Jede Patronenhülse, jedes Geschossteil, Zigarettenkippen, Papierschnipsel auf dem Gehweg, einfach alles könnte zur Klärung der Tat beitragen. Selbst die Gullyschächte am und um den Tatort wurden abgesucht, ob nicht eine Patronenhülse hineingeschleudert worden war oder gar die Tatwaffe oder andere Gegenstände des Täters dort entsorgt worden waren.

Die Grundstückseinfahrt samt der Lage des Leichnams und des Opel Adam unter dem Carport wurden mit Spurentafeln gekennzeichnet und alles foto- und videografisch dokumentiert.

Bei der akribischen Absuche konnten insgesamt 16 Hülsen am Tatort gesichert werden. Der Täter hatte offensichtlich die Patronen eines ganzen Magazins auf Susis Körper abgefeuert. Ein Wahnsinn.

Die aktuelle Leiterin der OFA, Kristin Bäumer, war gerade von einer gemeinsamen Joggingrunde mit einer Nachbarin im Deister zurückgekehrt und stand unter der Dusche, als ihr Mann Henrik ihr das Handy ins Bad brachte.

„Es ist Jan", erwähnte er nur kurz. Henrik war ehemaliger SEK-Beamter und sie brauchten nicht viele Worte.

„Hi, Jan, du erwischst mich gerade unter der Dusche. Wenn du so spät anrufst, muss ich meinen Rotwein im Ohrensessel wohl verschieben. Oder?", vermutete die Profilerin.

Der Kommissariatsleiter wies sie kurz in die Lage ein und erteilte ihr den Auftrag einer fallanalytischen Unterstützung in diesem Mordfall.

In der OFA sind Soforteinsätze selten, aber hier war unverzügliches Handeln des gesamten Teams einschließlich der LKA-Psychologin gefragt.

„Gib mir dreißig Minuten. Ich fahre direkt von zu Hause aus. Mein Team trifft sich erst in der Dienststelle und kommt dann komplett hinzu. Habt ihr Schutzkleidung für mich?", fragte Kristin Bäumer, was bestätigt wurde.

Über den Polizeimessenger wies die OFA-Leiterin ihr Team per Videocall ein und beorderte es zum Tatort. Das würde eine lange Nacht werden.

Hannes spürte die Vibration und vernahm einen zischenden Ton, als würde er einer Schlange kurz vor dem Angriff gegenüberstehen. Der verzweifelte Jugendliche hatte sich in Rückenlage quer auf die Gleise gelegt. Seine Wirbelsäule im Hüftbereich und sein Nacken schmerzten durch den harten Untergrund der Bahnschienen. Er drehte seinen Kopf nach rechts und sah das Dreilicht-Spitzensignal des Zuges auf sich zukommen. Gleichzeitig nahm er Martinshörner und zuckende Blaulichter wahr, die auf der Straße am Bahndamm an ihm vorbeirasten. Er bereitete sich auf den schnellen, schmerzlosen Tod vor und lenkte seinen Blick in den fast klaren Sternenhimmel. Hannes hörte den Zug herannahen, spürte die starken Leuchten und erwartete die erlösende Kollision. Das quietschende Geräusch von blockierenden Rädern auf den Schienen und das grelle Scheinwerferlicht rissen den Suizidenten aus seiner Lethargie. Ihm schossen plötzlich schreckliche Szenarien durch den Kopf. Was war, wenn er nur schwer verletzt wurde? Rettungskräfte waren in der Nähe und könnten ihn schnell versorgen. In Hannes tauchten Bilder auf, wie er mit abgetrennten Gliedmaßen vor seinem Klavier saß. Er starrte in die immer näher kommenden Lichter, die von dem schrecklichen Bremsgeräusch und einem grellen Signalton begleitet wurden. Der Zug war zu langsam, um sicher zu sterben. Hannes sprang von den Gleisen auf, stürzte sich die Böschung hinunter und hinterließ den traumatisierten Lokführer eines Güterzuges, der trotz Schnellbremsung erst nach zweihundert Metern zum Stehen kam.

Hannes heulte und raste verzweifelt nach Hause. Nicht einmal das hatte er geschafft. Er war ein Loser, einfach ein Loser.

Kapitel 15
Erkenntnisse am Tatort

Kristin Bäumer parkte ihren Mini vor der Polizeiabsperrung, wurde von dem Einsatzleiter vor Ort, Jan Radek, und der Leiterin der neuen Mordkommission, Martina Herbert, empfangen und mit kompletter Schutzkleidung ausgestattet.

Es war ein langer Weg, dass die OFA schon in der ersten Phase neben dem Spurensicherungsteam die Tatorte betreten durfte. Der persönliche Eindruck und die Dokumentation des unveränderten Tatortes waren aber elementar für die spätere Fallanalyse.

Nur wenige Minuten später traf der BMW X3 der OFA im Eichengrund ein. Maik Holzner, Saskia Münter, Leander Reinert und auch die Psychologin Carlotta Bayer-Westholdt kleideten sich am Dienstwagen mit der Schutzausrüstung ein, die mit „LKA NI – OFA“ gekennzeichnet war. Saskia und Leander bereiteten zudem die professionelle Foto- und Videoausrüstung vor, um den Tatort durch ihre fallanalytische Brille zu dokumentieren.

Das gesamte Team ließ sich durch den Ersten Kriminalhauptkommissar Radek einweisen und legte los.

Über den Leichnam der Polizistin war mittlerweile ein blickdichter Pavillon aufgestellt worden.

Pressevertreter hatten sich zwischenzeitlich vor den Absperrungen eingefunden und bauten ihr Equipment auf. Die Nachricht über den Mord an einer Polizistin hatte sich schnell medial verbreitet. Die eingetroffene Pressesprecherin wurde belagert und mit Fragen konfrontiert, die sie in dieser frühen Phase nicht im Ansatz beantworten konnte oder auch wollte. Allein aus der Erfahrung des Mordes an Kim Meininger hatte die Polizei sämtliche Zufahrten zu der Anliegerstraße abgesperrt.

In der ersten Phase der Informationsbeschaffung und Inaugenscheinnahme des Tatortes war es für die OFA methodisch bedeutsam, die Eindrücke möglichst unverändert und vollständig aufzunehmen.

Es fiel auf, dass einzig die Straßenlaterne, die den tatbetroffenen Bereich ausleuchten sollte, nicht in Betrieb war. Daher musste geklärt werden, ob der Schaden schon länger bekannt war oder die Laterne durch aktives Täterhandeln manipuliert worden war. Die Kriminaltechniker konnten weder einen Defekt noch eine technische Manipulation der Kabel feststellen. Sie sichteten den Mast mit unterschiedlichen Lichtquellen und konnten durch den Einsatz von sogenannter Schwarzfolie mehrere Schuhsohlenabdruckspuren sichern, die auf ein mehrfaches Treten gegen den Laternenmast hindeuteten. Noch war allerdings nicht bekannt, ob es im tatrelevanten Zeitraum stattgefunden hatte. Wesentlich waren vorerst die objektive Feststellung und Sicherung dieser Spuren.

Das OFA-Team versuchte aus der Perspektive der Polizistin die Routinehandlungen nachzuvollziehen.

„Die Kollegin hat Feierabend. Sie kehrt in Uniform nach Hause zurück, führt dabei ihre Dienstwaffe mit, trägt ihre Schutzweste allerdings nicht. Es ist zu klären, ob das für sie üblich oder heute eine Ausnahme war. Polizeikommissarin Reimann parkt ihren Opel Adam unter dem Carport des Hauses, den sie nutzen kann, da ihre Vermieterin kein Auto besitzt. Sie könnte dann den direkten Weg vom Carport zur Haustür gehen, wählt aber einen Bogen über die Einfahrt zum Gehweg. Warum?“, stellte Kristin Bäumer infrage.

„Nehmen wir an, ihr kennt die Routinen des Opfers. Ihr wisst, sie fährt nach dem Spätdienst in Uniform direkt nach Hause. Zur Uniform gehört eine Dienstwaffe, was der Täter weiß oder einkalkulieren muss und eine echte Gefahr für ihn ist. Wenn ihr der Polizistin auflauern wollt, um sie anzugreifen, wo platziert ihr euch?“, fragte Kristin in die Runde ihres Teams.

Sie schauten sich um und gingen die Strecke vom Carport bis zur Haustür ab. Etwa drei Meter vor der Haustür wurde eine helle Lampe per Bewegungsmelder aktiviert.

„Ich muss nur den Lampenschirm abnehmen, die Birne herausdrehen und mich hinter der Hecke bei den Mülltonnen verstecken. Dann lasse ich sie passieren und greife sie von hinten an. Ich hätte die zierliche Kollegin sofort unter Kontrolle, bevor sie ihre Waffe ziehen kann“, schlug Maik Holzner vor. Saskia und Leander nickten zustimmend.

„Nun ist die Lampe aber intakt und wir haben einen Angriffsort auf dem Gehweg und – falls überhaupt tatrelevant – eine viel aufwendigere Beschädigung sprich vorsätzliches Austreten einer Straßenlaterne. Irgendein Umstand muss die Kollegin von ihrem eigentlichen Weg abgebracht haben. Wurde sie angesprochen? Hat sie wen getroffen? Hat sie etwas wahrgenommen, was ihre Aufmerksamkeit eingefordert hatte?", stellte die LKA-Psychologin Carlotta Bayer-Westholdt in den Raum.

„Ihr seid ja auch schon hier", begrüßte die Rechtsmedizinerin Dr. Sandra Stockinger das OFA-Team.

„Gibt es etwas Neues von Thorsten? Ich wollte ihn längst besucht haben, aber ihr wisst ja. Manchmal kommt es anders als man denkt", entschuldigte sich die Ärztin.

„Du kennst ihn ja, Sandra. Man müsste ihn festbinden, wenn er sich schonen soll. Aber langsam kommt er wieder auf die Beine. Wir machen uns schon Sorgen, ob er nicht heimlich den Polizeifunk abhört und gleich auf Krücken hier angehumpelt kommt", frotzelte Kristin.

Jan Radek und Martina Herbert kamen hinzu und wiesen Dr. Stockinger in den Tatort ein.

„Kristin, kommst du mit rein?", bat die neue Leiterin der Mordkommission.

Sie betraten den circa vier mal vier Meter großen Pavillon mit der Leiche der jungen Polizistin. Auch routinierte Polizistinnen und Polizisten sowie auch Dr. Stockinger waren stets betroffen, wenn insbesondere junge Menschen durch ein Tötungsdelikt aus dem Leben gerissen wurden. Dieser Anblick schockierte selbst die Experten. Spezielle Tatortlampen leuchteten den Leichnam schattenfrei aus und legten jedes Detail offen. Unter Vollschutz begann die Rechtsmedizinerin mit der ersten rechtsmedizinischen Leichenschau, die von den Kriminaltechnikern videografisch und fotografisch begleitet wurde. Auch Leander Reinert fertigte eigene Fotos für die OFA.

„Sie hat mindestens vier Einschüsse im Gesichtsbereich und fünf im Oberkörper", stellte die Rechtsmedizinerin fest und tastete den Hinterkopf ab.

„Die Schädeldecke ist im Bereich des Hinterkopfes frakturiert. Durch die Einschüsse dürfte sie auch gebrochen sein, wobei ich keinen typischen Ausschuss entdecken kann. Es sieht eher so aus, dass ein massives Einwirken mit einem stumpfen Werkzeug diese Schädelfraktur verursacht haben dürfte“, diagnostizierte die Ärztin.

Nach einer vorsichtigen Drehung des Leichnams wurde offensichtlich, dass im Rücken keine Projektile ausgetreten waren.

„Wie auch im Schädel vermutet, handelt es sich bei den Schussverletzungen um Steckschüsse. Die Action-Munition der Polizei pilzt so stark auf, dass Durchschüsse verhindert werden sollen, um keine Unbeteiligten zu gefährden“, klärte Dr. Stockinger auf.

„Kannst du schon sagen, welche Verletzung aus deiner Sicht zuerst entstanden ist?“, fragte Kerstin.

„Die echte Diagnose kann ich nur in der Obduktion stellen. Hier können wir durch den Verlauf der Bruchlinien im Schädeldach eine Reihenfolge genau nachweisen“, machte die Rechtsmedizinerin klar.

„Pragmatisch ist es für einen Täter sinnlos, ein Opfer, das durch Kopf- und Brustschüsse mehrfach tödlich getroffen ist, danach noch im Liegen zu erschlagen“, stellte Maik Holzner trocken fest. Er hatte wohl recht.

„Das spinnen wir mal weiter. Du deutest an, dass die massive Schlagverletzung allein schon zum Tode geführt haben könnte, Sandra. Ist es denn wahrscheinlich, dass die Kollegin nach der schweren Verletzung schon zu Boden gegangen ist?“, wollte Saskia wissen.

„Das ist erst mal eine Vermutung, die wir erst in der Obduktion sicher bestätigen können. Aber nach dieser stumpfen Einwirkung auf die Polizistin – wie es aussieht, von hinten – wird die nicht mehr herumgesprungen sein. Schaut euch die Finger und die Hände an. Da ist nichts. Nicht einmal ein Kratzer. Oft folgen auch reflexartige Griffe der Hände auf die Verletzungen. Dann müssten wir Blutantragungen finden. Ihre Hände sind jedoch blitzblank. Zu einer Reaktion oder gar aktiven Abwehr des Angriffes war sie nicht mehr in der Lage", bewertete Dr. Stockinger.

„Es ist ja auch nicht einfach, eine Polizeipistole aus dem Holster zu ziehen. Wäre das Opfer noch in der Lage gewesen, sich dagegen zu wehren, hätten wir sicherlich auch ein anderes Verletzungsbild", warf Leander zutreffend ein.

„Wieso? Ich muss die Waffe doch nur herausziehen. Oder?", hakte die Ärztin nach.

„Du kennst das noch gar nicht, Sandra. Das ist gut. Wenn wir hier fertig sind, können wir gleich in einen Rekonstruktionspart mit dir einsteigen. Okay?", schlug die Teamleiterin vor. Die Rechtsmedizinerin war einverstanden.

„Im Kontext der bisherigen Schlüsse können wir also davon ausgehen, dass Susi Reimann in dieser Liegeposition erschossen wurde, als sie bereits handlungsunfähig am Boden lag. Verstehe ich das richtig?", wollte Saskia klarstellen.

„Danach sieht es im Moment aus", bejahte Dr. Stockinger.

„Die Kriminaltechniker haben hier am Tatort insgesamt sechzehn Patronenhülsen und das leere Magazin, was exakt diese Anzahl enthält, vorgefunden. Nach erster Einschätzung weist der Leichnam aber nur neun bis zehn Treffer auf. Hat der Täter dann mindestens sechsmal an seinem liegenden Opfer vorbeigeschossen?", kam die skeptische Frage von Saskia Münter.

Ein Kriminaltechniker verfolgte den Gedanken weiter.

„Wir haben einen Metalldetektor im Fahrzeug und suchen alles ab“, sicherte der Beamte zu.

„Stimmt die Info, dass auch ihr Handy fehlt?“, erkundigte sich Maik Holzner.

„Ja, wir haben schon eine Ortung veranlasst. Es ist ausgeschaltet“, antwortete die leitende Ermittlerin.

„Falls auch das eine Handlung des Täters war, wird er es nicht mitgenommen haben, damit sie nicht die Rettungskräfte alarmiert. Vielleicht könnten darauf Hinweise auf den Täter oder gar seine Kontaktdaten zu finden sein?“, mutmaßte Maik.

Mit einem Blick in die Runde resümierte Martina Herbert:

„Vielen Dank für euren ersten Input. Das war schon mal sehr aufschlussreich. Ich schlage vor, dass der Leichnam jetzt spurenschonend verpackt in die MHH transportiert wird und die restliche Spurensuche im Sektionsraum erfolgt. Frau Dr. Stockinger, ich würde ungern bis morgen warten und möglichst schnell die Obduktion durchführen lassen. Könnten Sie das veranlassen?“, bat die Leiterin der Mordkommission.

„Ich werde gleich mit meinem Professor telefonieren und kläre das“, sagte die junge Rechtsmedizinerin zu und wollte schon den Tatort verlassen.

„Sandra, wir brauchen dich noch drei Minuten. Du bist hier die Einzige, die nichts mit einer Waffenhandhabung zu tun hat“, stellte Kristin Bäumer fest, bat daraufhin eine uniformierte Kollegin zu sich und weihte sie in den Versuch ein.

Die junge Kommissarin entnahm das Magazin ihrer Dienstwaffe, entlud diese und steckte sie zurück ins Holster.

Die Streifenbeamtin legte sich in einer dunklen Ecke des Grundstücks in Rückenlage regungslos auf den Boden und sollte alles über sich ergehen lassen, was dann geschah.

„So, Sandra. Das ist eine ähnliche Situation, die der Täter vorgefunden hatte. Jetzt nimm bitte die Waffe der Kollegin an dich", forderte Kristin die Rechtsmedizinerin auf.

Dr. Stockinger trat von hinten an die rechte Körperseite der Polizistin heran und zog kräftig am Griff der Pistole.

„Sie klemmt!", rief die Rechtsmedizinerin.

„Versuch es weiter, du musst es schaffen!", motivierte sie Kristin Bäumer.

Die Ärztin mühte sich ab, es gelang ihr nicht.

„Du musst erst einen Sperrhebel betätigen", unterstützte die Profilerin.

„Wo ist der denn? Es ist dunkel, ich sehe kaum etwas", rechtfertigte sich Sandra Stockinger.

„Okay. Lass gut sein. Ich glaube, wir können jetzt nachvollziehen, dass es für jemanden, der sich überhaupt nicht mit dem Schutzmechanismus des Polizeiholsters auskennt, schwierig ist, die Waffe unter Zeitdruck herauszuziehen. Es kann dem Zufall geschuldet sein, dass es ihm gelungen ist, oder er wusste, was zu tun war", stellte die OFA-Leiterin fest.

„Dem Täter kam es darauf an, das Opfer zu töten, und zwar mit der eigenen Waffe. Objektiv war es nicht nötig. Er hätte einfach so lange mit seinem Werkzeug auf den Kopf des wehrlosen Opfers einschlagen können, bis für ihn feststand, dass sie tot ist. Dann hätte er die Waffe entnommen und eigentlich sein Ziel erreicht. Genau das machte er nicht. Es war ihm wichtig, sie zu erschießen. Ich bin mir allerdings unsicher, ob die Schüsse ins Gesicht ein Zeichen für Wut und Bestrafung sind oder es auch reiner Pragmatismus war, weil er davon ausgehen musste, dass die Polizistin noch ihre Schutzweste trug. Ich tendiere jedoch zu Ersterem", bewertete die LKA-Psychologin.

„Vielen Dank, Carlotta. Ich glaube, wir sollten auch direkt mit den ersten Maßnahmen vor Ort loslegen und sparen uns die Zeit, an der Obduktion teilzunehmen. Sollten sich aus der Tatortarbeit weitere Spuren ergeben, können wir diese direkt mit einbringen. Wenn sich für unsere Arbeit etwas Wichtiges ergeben sollte, informiert uns bitte sofort", bat Kristin in Richtung von Martina Herbert, die zustimmend nickte.

Während die Spezialisten ihre Arbeit am Tatort aufnahmen, kehrte Hannes nach Hause zurück. Seine Eltern waren schon besorgt und hatten versucht, ihn auf dem Handy zu erreichen. Das hatte Hannes nach Aufforderung von Conny in seinem Zimmer zurückgelassen, was Kerstin und Johannes Oltendorf sehr wunderte.

„Hallo, Hannes, wo kommst du denn so spät her? Wir haben uns schon Sorgen gemacht. Wieso hast du dein Handy nicht mitgenommen? Möchtest du noch etwas essen?", redete seine Mutter fortwährend auf ihn ein.

Hannes reagierte nicht auf das Stakkato an Fragen, lief die Treppe hoch und schloss sich in seinem Zimmer ein.

„Hannes, mach doch auf. Wir können über alles reden. Sprich mit uns. Wie können wir dir helfen?", versuchte Kerstin Oltendorf vergeblich und ging resigniert zurück ins Wohnzimmer.

„Und?", war der einzige Kommentar ihres Mannes, der kaum von seinem Laptop aufblickte.

„Johannes, wir kommen nicht mehr an ihn heran. Wir müssen uns Hilfe holen", befürchtete Kerstin betroffen.

„Wo sollen wir uns denn Hilfe holen? Du meinst jetzt aber keinen Psychiater, oder?", schränkte ihr Ehemann ein.

„Wo denn sonst? Willst du mit ihm reden? Wir haben uns zu wenig gekümmert. Die Klinik, die Klinik und noch mal die Klinik. Hannes hat sich in letzter Zeit verändert. Ich erkenne ihn nicht wieder. Ich habe von einem Patienten erfahren, dass er bei mir in der Klinik war. Ich habe Hannes darauf angesprochen. Es müsse eine Verwechslung gewesen sein. Johannes, wir müssen dringend etwas tun, und zwar wir beide", flehte Kerstin Oltendorf verzweifelt ihren Mann an.

„Der beruhigt sich schon wieder. Lass ihn mal ausschlafen und morgen schauen wir weiter", schlug er vor.

„Johannes, wir sind morgen beide in der Klinik. Wir erfahren nicht, ob sich Hannes morgen wieder beruhigt hat oder sich die Lage noch verschlimmert", ängstigte sich die besorgte Ärztin.

„Jetzt komm mal wieder runter. Hannes ist in der Pubertät und hat sich gerade in seinem Zimmer eingeschlossen. Er wird schon niemanden umgebracht haben", relativierte sein Vater fast schon genervt.

Wutentbrannt zog sich Kerstin Oltendorf zurück und verbrachte die Nacht im Gästezimmer. Sie schrieb ihrem Sohn noch eine WhatsApp, in der sie versuchte, ihn zu einem vertraulichen Gespräch am nächsten Abend einzuladen. Doch am Morgen nahmen beide wie gewohnt wieder ihren Dienst auf, ohne mit ihrem Sohn gesprochen zu haben. Auf die späte Nachricht seiner Mutter hatte Hannes nicht reagiert.

Jan Radek hatte erfahren, dass seine Kollegin Martina Herbert den Streifenpartner des Opfers, Andi Kessler, noch am späten Abend aufsuchen wollte.

„Martina, darf ich dich begleiten? Ich habe in dem Fall Kim Meininger noch Fragen an seinen Sohn, die auch die Eltern erfahren sollten", bat der Kommissariatsleiter und schloss sich seiner Kollegin an.

Sie waren froh, als sie noch Licht im Haus des Ehepaares Kessler sahen, als sie kurz vor 23 Uhr klingelten.

Verunsichert öffnete Andi Kessler die Tür.

„Guten Abend, Herr Kessler, mein Name ist Martina Herbert vom Fachkommissariat 1. Mir wurde die Leitung der Mordkommission übertragen, die in dem Fall Ihrer Kollegin eingerichtet wurde. Mit meinem Vorgesetzten Jan Radek hatten Sie ja bereits Kontakt. Ich muss mich für das späte Erscheinen entschuldigen, aber Sie kennen das ja. In solchen Fällen können wir darauf keine Rücksicht nehmen. Dürfen wir noch hereinkommen?", fragte sie rein rhetorisch.

„Natürlich", bestätigte der Oberkommissar und führte seine Kripo-Kollegen ins Wohnzimmer.

„Hallo, Frau Kessler, Ihr Mann war so freundlich, uns so spät noch einzulassen", begrüßte sie die Ehefrau und stellte sich und ihren Kollegen vor.

„Herr Kessler, Sie waren einer der Kollegen, der Susi Reimann am besten kannte. Sie waren Ihr Ausbilder und Bärenführer im Streifendienst. Wir würden Susi Reimann gerne kennenlernen und haben leider nur die Chance, dass Sie uns berichten, was sie für ein Mensch war. Vielleicht können Sie uns auch aufklären, wie sie ihren Alltag außerhalb des Dienstes gestaltete. Mit wem hatte sie Kontakt? Was belastete sie? Gab es

Beziehungen? Legen Sie einfach los", motivierte die Kriminalistin ihren Kollegen.

Jan Radek unterbrach die Euphorie seiner Mitarbeiterin. „Entschuldigung. Ich habe eine Bitte. Ist Conrad noch wach und darf ich ihm eine Frage zu einem Video stellen?", bat der Kommissariatsleiter unverfänglich und hoffte, Conny allein ohne seine Eltern mit dem Video von Kim und Dirk Wolters konfrontieren zu können.

„Heute kann von uns sowieso niemand schlafen. Ich bringe Sie hoch", bot Anna Kessler an. Sie klopfte an die Zimmertür ihres Sohnes.

„Hallo, Schatz, ein Kriminalbeamter, Herr Radek, hat eine kurze Frage an dich. Darf er reinkommen?", versicherte sie sich und öffnete die Zimmertür. Jan Radek bemerkte, dass Conrad auf seinem Laptop den TikTok-Schirm schloss. Er wandte sich dem Ermittler freundlich zu und bemühte sich, lässig zu wirken.

„Na klar. Kommen Sie rein."

Jan Radek setzte sich auf eine Ecke des Schlafsofas und schaute Anna Kessler erwartungsvoll an.

Sie hatte verstanden. „Ich lasse euch dann mal allein", verabschiedete sie sich.

„Conrad, du hast sicherlich gehört, dass man die Kollegin deines Vaters, Susi Reimann, heute Abend tot aufgefunden hat", versuchte Jan Radek einen sanften Einstieg.

„Ja, Papas Chef war gerade da und hat uns alle darüber informiert. Bitte sagen Sie Conny. Conrad sagt kein Mensch mehr", bot der 13-Jährige an.

„Gern, Conny. Meine Kollegin fragt deine Eltern gerade nach Susi Reimann. Kanntet ihr euch auch?", wollte der Beamte in Erfahrung bringen. Conny nickte. „Ja, durch meine Eltern. Sie war auch ab und zu mal zu Besuch und hatte sich des Öfteren auch mit meiner Mutter verabredet. Bis auf ein oder zwei Gespräche mit meinen Eltern hatte ich zu ihr aber keinen Kontakt", erwähnte Conny fast beiläufig.

„Wo warst du gestern Abend?", fragte Jan Radek vorwurfsfrei.

„Ich war hier. Meine Eltern sind abends dann kurz einkaufen gefahren. Ich habe Papas Chef schon mal hereingelassen und mit ihm geklönt, während meine Eltern Besorgungen machten. Er hat auf sie gewartet. Wir saßen eine ganze Zeit hier unten im Wohnzimmer", log der 13-Jährige.

„Conny, meine Kollegin da unten leitet die Ermittlungen zum Tod von Susi Reimann und ich die von Kim Meininger. Kanntet ihr euch gut?", fuhr der kompetente Ermittler in seinem Fragenkatalog fort.

„Sie war in meinem Jahrgang, aber Kontakt hatten wir eigentlich kaum", spielte Conny vor.

„Hattest du Probleme mit dem Lehrer Herrn Wolters? Hatte Kim Probleme mit ihm? Wusstest du davon?", blieb Jan Radek am Ball.

„Nö", antwortete der Schüler lässig.

Der erfahrene Kommissariatsleiter zog sein Smartphone aus der Tasche, hielt es Conny vor die Nase und startete das Video von Kim, als sie sich vor Dirk Wolters entblößte.

„Das hat jeder aus eurer Schule gesehen. Du sicher auch. Oder?", konfrontierte der Ermittler sein Gegenüber.

„Na klar", bestätigte dieser selbstbewusst.

„Du kennst das sicher sehr gut, Conny", warf ihm der Kriminalbeamte vor, machte eine Pause, sah ihm tief in die Augen und ließ die Bombe platzen.

„Du kennst das so gut, weil du es aufgenommen und gepostet hast, Conny."

Äußerlich wirkte der Schüler selbstsicher und lehnte sich gelassen zurück.

„Stimmt. Das war ich", gab er zu.

„Warum hast du das Video gedreht?", hakte der Ermittler nach.

„Ich wollte Kim helfen. Wolters wollte sie durch schlechte Noten in die Fördergruppe abschieben. Da kam Kim auf die Idee mit dem Nacktfoto. Sie hat ihn damit erpresst und konnte in unserem Jahrgang bleiben. Ich wollte ihr nur helfen", gestand der Schüler.

„Du hast ihn damit auch erpresst, oder?", versuchte Jan Radek herauszufinden.

„Nö. Wieso?", antwortete er knapp.

„Darf ich dein Handy mal sehen, Conny?", bat der Polizist schon fast zu höflich und war von der Antwort des 13-jährigen Schülers nicht mehr überrascht.

„Nö, da sind Sachen drauf, die Sie nicht sehen sollten", provozierte Conny den Beamten, und der wusste ganz genau, dass sein Pulver langsam verschossen war.

Es klopfte und Anna Kessler steckte den Kopf in die Tür. „Herr Radek, es ist jetzt wirklich schon spät. Dauert es noch länger?", fragte die Mutter.

Statt des Ermittlers antwortete ihr Sohn. „Nö, wir haben eh nur noch geplaudert und sind jetzt durch."

Dieser freche Kerl hat mich vorgeführt wie einen kleinen Schuljungen, dachte sich der Kriminalist, bestätigte das Ende der lockeren Unterhaltung und verabschiedete sich mit seiner Kollegin von Familie Kessler.

„Was war das denn für eine Nummer, Jan?“, wunderte sich Martina Herbert.

„Wir haben nur geklönt und der Bastard hat mir gestanden, das Video mit den Nacktaufnahmen mit Kim abgestimmt, gedreht und gepostet zu haben. Die beiden haben den Lehrer damit erpresst. Als ich mir sein Handy anschauen wollte, hat er mir höflich den Mittelfinger gezeigt. Das Problem ist nur, dass er die Situation des Lehrers damit sogar verschlimmert und sein Motiv stützt“, vermutete er.

„Bei allem Respekt, Jan. Du hast gerade ein Kind ohne Kenntnis der Eltern vernommen und solche wesentlichen Informationen erhalten, die du leider nicht verwerten kannst. Zufällig ist der Vater noch Polizist und weiß genau, was du da gerade für einen Bockmist geschossen hast“, warf ihm seine eigentlich untergebene Mitarbeiterin vor.

„Entspann dich, Martina. Die Inhalte dieses Gespräches wird er gerade seinen Eltern nicht offenbaren. Ich zumindest bin in meinen Vermutungen ein Stück weitergekommen“, stellte er für sich zufrieden fest.

Die Spezialisten des Kriminaltechnischen Instituts im LKA Niedersachsen hatten die Nacht durchgearbeitet, um möglichst schnell die Ergebnisse der DNA-Untersuchungen an der Opferbekleidung und dem Leichnam von Kim Meininger vorzulegen.

Die Euphorie der Gutachter war hoch, als sie eine vollständige männliche DNA-Spur am Slip des Opfers ausformeln und den Abgleich mit den bereits erfassten Vergleichspersonen vornehmen konnten.

Kapitel 16
Der Durchbruch

Das OFA-Team war bis zwei Uhr nachts am Tatort und hatte sich ab acht Uhr wieder im LKA zur Fortsetzung der Fallanalyse verabredet. Schon um sieben Uhr morgens ging über den Polizeimessenger der Moko ‚Schulhof' eine Nachricht von Jan Radek ein. „Wir haben einen Spurentreffer und stimmen um acht Uhr im Moko-Raum die strafprozessualen Maßnahmen ab."

Kristin Bäumer hasste es, zwischen zwei Fällen hin- und herzuspringen, und rief ihren Kollegen an.

„Hallo, Jan, wir sind mitten in der Vorbereitung der Rekonstruktion der Moko ‚Eichengrund' und stehen hier echt unter Druck. Wir haben bei Kim noch keine Rekonstruktion zugeführt. Ist es erforderlich, dass wir auch erscheinen, oder können wir das kurz telefonisch abstimmen?", schlug die OFA-Leiterin vor.

„Guten Morgen, Kristin, einverstanden. Zu eurer Info: Eure Spezialisten haben eine vollständige DNA am Slip von Kim nachweisen können und mit unseren bereits gespeichelten Personen verglichen. Was glaubst du, was dabei herausgekommen ist?", deutete der Moko-Leiter an.

„Mach's nicht so spannend, Jan. Hau es raus!", drängte Kristin ihn.

„Sämtliche Vergleichspersonen sind negativ. Bei einer allerdings sind die Allelen fast identisch, sodass die Gutachter von einem männlichen Spurenverursacher aus direkter Linie ausgehen. Und jetzt rate mal, bei wem?“, versuchte der Ermittler den Spannungsbogen zu erhöhen.

„Jan!“, schrie die Profilerin fast in den Hörer.

„Sie ähnelt der DNA von Polizeioberkommissar Kessler und wir gehen stark davon aus, dass Conrad Kessler der Spurenverursacher ist. Was sagst du nun?“, forderte der Beamte ein.

„Jan, du bist doch wirklich lang genug im Geschäft. Er wird zugeben, mit Kim kurz vor der Tat ein freiwilliges Techtelmechtel gehabt zu haben und die Nummer ist durch“, befürchtete Kristin Bäumer.

„Martina und ich waren gestern Abend noch bei Kesslers. Conny hat mir gegenüber gestanden, dass er der Verfasser des Videos mit dem Lehrer war und es auch gepostet hatte. Sie haben den Lehrer damit erpresst“, eröffnete er der OFA-Leiterin.

„Das reißt primär den Lehrer rein, nicht Conny. Jan, das reicht weder für einen Durchsuchungsbeschluss bei Kesslers noch für weitere Maßnahmen bei einem Kind. Durch viel Zureden bei der Staatsanwaltschaft könnte vielleicht ein Beschlagnahmebeschluss des Handys erreicht werden. Versucht euer Glück. Wir drücken euch die Daumen. Wir legen gleich wieder los und hoffen auf einen Treffer im Fall Susi Reimann. Euch viel Erfolg“, wünschte Kristin ihrem Kollegen und beendete das Gespräch.

Das OFA-Team hatte die eigenen Tatortfotos systematisch geordnet auf dem großen Smartboard im Analyseraum visualisiert. Die Fallanalytiker bewerteten sukzessive die Spurenlage, um sie chronologisch in den Tatablauf einzuordnen, als das Handy von Kristin Bäumer klingelte. Es war die Rechtsmedizinerin Dr. Sandra Stockinger.

„Hallo, Kristin, ich hatte dir versprochen, euch umgehend über das Obduktionsergebnis zu unterrichten. Wir haben heute Morgen um acht Uhr begonnen und sind bis auf die feingeweblichen Untersuchungen durch. Seid ihr bereit für ein Update?“, kündigte die engagierte Ärztin an.

„Ich schalte dich auf laut, dann haben wir das gesamte Team im Boot. Leg los!“, bestätigte die OFA-Leiterin.

„Ihr habt den Leichnam ja vor Augen, sodass ich auf die Lage nicht mehr eingehen muss. Die stumpfe Verletzung am Hinterkopf war derartig massiv, dass Knochensplitter der Schädeldecke die dreischichtige Hirnhaut durchdrungen und in die Hirnmasse eingetreten sind. Allein diese Verletzung bedingt eine Handlungsunfähigkeit des Opfers. Sie dürfte sofort zu Boden gegangen sein. Als Werkzeug kommt eine Art Knüppel, ein Metallrohr oder Baseballschläger infrage. Es gibt keine Hinweise auf Kanten und Ecken und es ist daher eher rundförmig. Es müsste zudem ein längeres Werkzeug sein, mit dem diese Schlagenergie umgesetzt werden kann. Durch die Bruchlinien ist einwandfrei zu erklären, dass erst nach diesem Schlag die Schussverletzungen erfolgten.

Wir konnten im Inneren des Gesichtsschädels eine Vielzahl von Geschossteilen lokalisieren, die mit hoher Wahrscheinlichkeit von insgesamt vier Projektilen stammen, die sich aufgepilzt und teilweise zerlegt haben. Durch die hohe Energieabgabe beim Auftreffen von bis zu siebzig Prozent handelt es sich um Steckschüsse. Wir können allerdings nicht ausschließen, dass

Geschossteile durch die offene Schädelfraktur ausgetreten sind. Das muss die Spurensuche vor Ort ergeben.

Ich komme zu den Schussverletzungen im Oberkörper. Hier finden sich insgesamt fünf Einschüsse. Auch hier sind durch Auftreffen auf Rippen und Wirbelkörper die Geschosse zerlegt und nicht ausgetreten. Die Schusskanäle haben die Brustarterie, die Herzspitze und beide Lungenflügel durchsetzt. Ein Schuss in die linke Brust weist eine Besonderheit auf. Er ist von außen durch die linke Brusttasche der Uniformjacke eingedrungen. Hier haben eure Kollegen der Kriminaltechnik Rückstände von Glas und Metallspäne in der Tasche vorgefunden. Die wir wiederum in mehreren kleinen Schusskanälen der linken Brust diagnostizieren konnten. Aus rechtsmedizinischer Sicht stützen wir die Hypothese eurer Kollegen, dass dieses Projektil erst das Handy des Opfers in der Brusttasche durchschlagen hat. Durch diesen Aufprall hat es sich in mehrere Geschossteile zerlegt, die dann mit geringerer Energie in den Körper eingedrungen sind. Dadurch ist die Beimengung von Glas- und Metallrückständen in den Schusskanälen zu erklären. Dazu sind aber noch feingewebliche Untersuchungen beauftragt worden.

Wir haben also insgesamt neun Körpertreffer. Wenn ihr vor Ort sechzehn Patronenhülsen gefunden habt, sind sieben Schüsse wohl danebengegangen.

Wir haben die Schusskanäle sondiert und feststellen können, dass sie korrespondierend mit einer liegenden Position in Rückenlage in einem Winkel von zwanzig bis dreißig Grad leicht aufsteigen. Der Täter dürfte danach vor und über dem Opfer gestanden und auf den liegenden Körper geschossen haben.

Interessant ist eine weitere Verletzung. Wir konnten eine stumpfe Verletzung mit einer tatzeitnahen Rippenfraktur im rechten unteren Brustbereich erkennen. Sie ist typisch für einen massiven Tritt in die Seite.

Ansonsten haben wir keinerlei Hinweise auf aktive Abwehrverletzungen an Händen, Fingern oder Unterarmen. Sie wurde von dem Angriff völlig überrascht und hatte nicht den Ansatz einer Chance. Das war es fürs Erste. Habt ihr noch Fragen?", schloss die Rechtsmedizinerin ihre Diagnose.

Kristin Bäumer blickte in die Runde. Alle schüttelten den Kopf.

„Vielen Dank für die schnellen und detaillierten Informationen. Wir hören und sehen uns. Bis bald", verabschiedete sich die OFA-Leiterin.

„Dann wollen wir diese Erkenntnisse mal in unseren prognostizierten Tatverlauf einbringen", kündigte der Moderator der Fallanalyse, Maik Holzner, an und fuhr fort:

„Nach Abwägung sämtlicher Spuren und rechtsmedizinischer Erkenntnisse war davon auszugehen, dass es dem Täter gelungen war, Susi Reimann von ihrem direkten Weg zwischen Carport und Haustür abzulenken. Vermutlich war die Gehwegbeleuchtung zu diesem Zweck im Vorfeld manipuliert worden. Die Polizistin, unschwer an ihrer Uniform erkennbar, wurde unter einem Vorwand auf den Gehweg gelockt und war vollkommen arglos, als sie von hinten mit einem länglichen, abgerundeten Werkzeug massiv niedergeschlagen wurde. Hier könnte das Opfer bereits in die Seite getreten worden sein. Bluttropfspuren bestätigen den Gehweg als ersten Angriffsort. Von hier aus wurde die schwer verletzte und nicht mehr handlungsfähige Frau an einen anderen Ort verlagert. Spätestens jetzt musste dem Täter bewusst gewesen sein, dass es sich bei dem Opfer um eine Polizistin handelte. Jetzt entscheidet sich der Täter dagegen, von der Verletzten abzulassen und auch weiter mit seinem Schlagwerkzeug auf die Polizistin einzuwirken. Er zieht ihr die Dienstpistole aus dem gegen fremden Zugriff gesicherten Holster und feuert sechzehn Mal aus geringer Distanz ins Gesicht und in den Oberkörper der wehrlosen jungen Frau. Davon trifft er sie aber nur neun Mal. Er rennt nicht panisch fort, sondern lässt das leere Magazin am Tatort zurück und entnimmt das Ersatzmagazin mit ebenfalls sechzehn Schuss aus der Ledertasche, die am Gürtel befestigt ist. Er durchsucht das Opfer, schnappt sich das offensichtlich beschädigte Handy und flieht, ohne erkannt zu werden."

Sämtliche Spuren korrespondierten mit diesem Ablauf, dennoch ergaben sich Fragen, die im Analyseteam systematisch erarbeitet und durch Maik Holzner zusammengefasst wurden.

„Okay, Leute. Mit der Abfolge haben wir alle keinen Klemmer. Dennoch bleiben einige Fragen offen.

Erstens:

Wir können nicht beurteilen, was Susi Reimann veranlasst hat, auf den Gehweg zu treten. Ist sie angesprochen worden? Wir konnten vor Ort den Bereich des Angriffs vom Carport und dem Weg zur Haustür nicht einsehen. Das heißt, dass die Polizistin aktiv auf etwas aufmerksam gemacht werden musste. Dem Täter gelingt es, sie von hinten zu überraschen. Susi Reimann hatte ihre Dienstwaffe nicht gezogen, denn sie ahnte nichts Böses. Wir sollten einen Lockvogel ins Kalkül ziehen und eine Zwei-Täter-Hypothese parallel prüfen", schlug Maik Holzner folgerichtig vor und setzte fort:

„Zweitens:

Die Kollegin wird von hinten massiv zu Boden geschlagen und vermutlich noch in die Seite getreten. Warum? Der Schlag war so heftig, dass sie bereits hier eine offene Schädelfraktur erleidet. Er schlägt aber nicht weiter auf sie ein, sondern zieht sie auf das Grundstück, um hier seinen Angriff fortzusetzen.

Drittens:

Es gelingt ihm, die gesicherte Dienstwaffe aus dem Holster zu ziehen. Wir können nicht gänzlich ausschließen, dass sich der Sicherungsmechanismus durch den Sturz gelöst hatte und das Hindernis nicht vorhanden oder nicht so groß war. Er nimmt die Waffe an sich, stellt sich vor und über das Opfer und feuert wiederholt gezielt auf das Gesicht und den Oberkörper. Spätestens jetzt ist die Polizistin tot. Sollte sie nicht schon an dem Schlag verstorben sein, hätten die Schüsse ins Gesicht oder den Oberkörper an sich schon ausgereicht, um sicherzustellen, dass sie stirbt. Er schießt so lange, bis das Magazin leer ist, muss dann den Entsperrhebel an der Waffe betätigen, das leere Magazin entfernen oder auch fallen lassen, das Ersatzmagazin an sich nehmen und die Waffe vermutlich neu laden.

Und dieser skrupellose Typ schießt aus dieser kurzen Distanz sieben Mal vorbei? Ich kann es mir nicht vorstellen.

Viertens:

Durch die Schüsse ist die Nachbarschaft aufgeschreckt. Leute treten auf die Straße. Es wird eng. Unser Täter durchsucht sein Opfer und entnimmt dabei ein mutmaßlich zerstörtes Handy. Warum? Hat er es zuvor nicht wahrgenommen? Oder ist ihm das Mobiltelefon so wichtig, weil es ihn vielleicht identifizieren könnte?

Zur Beantwortung dieser Fragen benötigen wir noch einige Infos und Erkenntnisse aus den Spurenuntersuchungen. Wir müssen die Zwei-Täter-Hypothese im Auge behalten, können aber sicher davon ausgehen, dass Susi Reimann nicht zufällig diesem Tötungsdelikt zum Opfer fiel, sondern gezielt getötet wurde – und das eiskalt“, resümierte der verantwortliche Fallanalytiker Maik Holzner.

„Danke, Maik. Was können wir jetzt noch veranlassen, um unsere Hypothese zu stärken?“, stellte die Teamleiterin in den Raum.

„Das KT-Team soll das komplette Erdreich des Vorgartens abtragen und so lange durchsieben, bis es die anderen sieben Projektile gefunden hat. Dann wissen wir mehr“, schlug der Tatortspezialist Leander Reinert vor.

„Gute Idee. Sprichst du mit den Kollegen? Ich setze Martina Herbert von unserem ersten Ergebnis in Kenntnis“, kündigte Kristin Bäumer an.

Jan Radek war sich unsicher. Er benötigte möglichst freiwillig eine Speichelprobe von Conrad Kessler, dem Verfasser des Erpresservideos gegen den tatverdächtigen Lehrer. Er musste zudem sein Handy beschlagnahmen, war sich aber selbst unsicher, in welche Richtung das gehen würde. Kristin Bäumer hatte recht. Wenn Conrad behauptete, dass er etwas mit Kim hatte, war die DNA-Spur erklärlich und nicht tatrelevant. Mit diesem Antrag durfte er der Staatsanwältin nicht kommen. Er hatte eine Idee, um Andreas Kessler als Polizeibeamten in die Pflicht zu nehmen. Die Eltern des 13-Jährigen mussten sowieso allen Maßnahmen gegen ihren Sohn zustimmen. Er wollte sie unbedingt von seinem Vorhaben überzeugen.

„Hallo, Siggi, würdest du mich bei einem Besuch von deinem Mitarbeiter Andreas Kessler unterstützen?“, bat der Moko-Leiter den Vorgesetzten von Conrads Vater und schilderte ihm seine Situation.

Siegfried Strecker erklärte sich bereit und beide verabredeten sich um fünfzehn Uhr vor dem Haus der Kesslers.

Andi Kessler hatte sich in Abstimmung mit seinem Chef die nächsten Tage krankschreiben lassen. Der Tod seiner Kollegin und vor allem das letzte konfliktreiche Auseinandergehen belasteten den Streifenbeamten sehr.

Auch seine Frau Anna zeigte sich noch stark betroffen. Beide waren zu Hause und sprachen über den morgigen vierzehnten Geburtstag ihres Sohnes, der durch die Ereignisse der letzten Tage völlig untergegangen war. Zum Feiern gab es keinen Anlass.

Conny saß in seinem Zimmer vor seinem Computer, als es an der Tür klingelte. Andi öffnete und war überrascht, dass es sein Chef in Begleitung des Leiters der Moko „Schulhof“ war.

„Hallo, Siggi, schön, dich zu sehen. Herr Radek“, begrüßte der Familienvater seine beiden Besucher und bat sie skeptisch herein.

„Gibt es etwas Neues von Susi?“, fragte Andi Kessler sofort, als seine Frau Anna hinzukam und den beiden zunickte. Sie spürte sofort die Anspannung dieser Männer.

„Andi, Jan Radek kennst du ja. Er leitet die Ermittlungen zum Mord an Kim Meininger. Wir sind heute nicht wegen Susi hier. Ist Conrad zu Hause?“, fragte der Vorgesetzte.

„Er ist oben. Soll ich ihn holen?“, bot Anna an.

„Noch nicht. Können wir uns setzen?", fragte Jan Radek in einem Ton, der Kesslers verunsicherte.

„Ich will offen zu Ihnen sein, weil ich Ihre Hilfe benötige", eröffnete der Kriminalbeamte.

„Conrad hat mir im letzten Gespräch bei Ihnen gestanden, dass er der Verfasser des Videos im Klassenzimmer war, in dem sich Kim vor ihrem Lehrer entkleidet hatte. Die beiden haben Herrn Wolters mit der Veröffentlichung gedroht, wenn er ihre Noten nicht hochsetzen und ein avisiertes Gespräch mit Ihnen über das Verhalten von Conrad nicht zurücknehmen würde. Das ist das eine. Dazu haben wir die ersten DNA-Ergebnisse von Kims Kleidung. An ihrem Slip ist eine DNA gesichert worden, die Ihrer, Herr Kessler, bis auf wenige Unterschiede sehr ähnlich ist", offenbarte der leitende Ermittler.

Die Eheleute Kessler rissen unglaubwürdig die Augen auf.

„Es besteht der Verdacht, dass diese DNA einem männlichen Angehörigen in direkter Linie zuzuordnen ist. Die Wahrscheinlichkeit ist also sehr hoch, dass Ihr Sohn der Spurenverursacher ist. Herr Kessler, Sie wissen das. Ich müsste Ihren Sohn als Tatverdächtigen in das Verfahren einbringen, um einen Beschlagnahmebeschluss für sein Mobiltelefon und die Entnahme und Untersuchung einer Speichelprobe zu erhalten. Das könnten wir vorerst umgehen, wenn Sie damit einverstanden wären und wir von Conrad alles freiwillig erhalten. Dann würde ich mich mit Ihrem Sohn gerne darüber unterhalten, ob er das erklären kann. Kann ich da mit Ihrer Unterstützung rechnen?", fragte der Ermittler, während der Leiter des Einsatz- und Streifendienstes allein durch seinen Blick auf Andi Kessler seine Erwartungshaltung ausdrückte.

Andi Kessler war sprachlos, wobei seine Ehefrau als Erste reagierte. „Wir möchten zuerst mit unserem Sohn allein sprechen und kommen dann gemeinsam mit ihm runter. Ist das okay?", versicherte sich Anna Kessler.

„Natürlich", kommentierte Jan Radek knapp, er konnte es nicht unterbinden.

Kesslers kehrten nach etwa zehn Minuten mit Conny zurück ins Wohnzimmer. Der Schüler begrüßte den Besuch mit einem knappen „Hallo" und legte ein Samsung Handy auf den Wohnzimmertisch, welches ihm seine Eltern zum dreizehnten Geburtstag geschenkt hatten.

„Los, Conny. Sag Herrn Radek, was du uns oben erzählt hast", forderte sein Vater ihn auf.

„Ich habe ja schon zugegeben, das Video gedreht zu haben. Kim hatte mich darum gebeten, um Herrn Wolters zu veranlassen, ihre Noten anzuheben. Sie war so verzweifelt, dass ich mich überreden ließ. Ich räume auch ein, dass ich damit eine Schulkonferenz und ein Gespräch mit meinen Eltern verhindern wollte", gab der Schüler zu.

„Wie hat Herr Wolters darauf reagiert, Conrad?", wollte der Ermittler wissen.

„Er war betroffen und hat alles getan, was wir wollten. Mehr war nicht", schilderte der 13-Jährige.

„Kann es sein, dass wir deine DNA an dem Slip von Kim finden?", tastete sich der Leiter der Moko ‚Schulhof' vor.

„Kim war mir dankbar und wir haben auf der Schultoilette rumgeknutscht und ein bisschen gefummelt. Da kann das schon passiert sein", räumte Conny schüchtern ein.

„Hattet ihr dabei auch Geschlechtsverkehr?", hakte Jan Radek nach.

Der Schüler schüttelte vehement den Kopf.

Der Ermittler griff in seine braune Lederaktentasche, holte ein Röhrchen mit einem Wattestäbchen hervor und blickte erwartungsvoll zu den Eltern. Kesslers nickten und Conny riss den Mund weit auf.

Jan Radek entnahm mehrere Abstriche der Mundschleimhaut, verschloss das Röhrchen, beschriftete es und steckte es zurück in die Tasche.

„Möchtest du mir hier noch etwas sagen, was vielleicht später doch rauskommen sollte, Conrad?", fragte der leitende Ermittler abschließend und war nicht überrascht, dass der Schüler wieder nur den Kopf schüttelte.

Er war enttäuscht und wusste, er hatte nichts gewonnen.

Die beiden Ersten Hauptkommissare bedankten sich bei Kesslers für die Kooperation und verließen das Siedlungshaus.

Conny wollte gerade wieder zurück in sein Zimmer gehen, als ihn sein Vater noch auf der Treppe ansprach.

„Bleibst du bitte unten, wir müssen mit dir reden."

Conny kehrte trotzig, ohne ein Wort zu sagen, zurück und setzte sich zu seinen Eltern ins Wohnzimmer.

„Wir machen uns wirklich Sorgen, mein Schatz", eröffnete Anna Kessler das Gespräch und hakte nach. „Gibt es noch irgendetwas, was wir von dir erfahren sollten, bevor wieder Papas Kollegen vor der Tür stehen?"

Der 13-Jährige lehnte sich in seinem Sessel zurück und winkte ab, ohne einen Laut von sich zu geben.

„Conny, du wirst morgen vierzehn Jahre alt. Dann bist du selbst für den Bockmist verantwortlich, den du anrichtest. Wenn du so weitermachst, wirst du das Jugendamt auf uns hetzen. Hör endlich auf mit dem Mist. Ihr habt den Lehrer erpresst. Für so etwas kannst du ab morgen in den Knast kommen. Reiß dich zusammen. Haben wir uns verstanden?", predigte sein Vater und forderte eine Antwort ein.

Conny reagierte genervt. „Jaaa! Das war nicht zu überhören. War's das?"

„Wenn das deine einzige Reaktion ist, kannst du dein Geburtstagsgeschenk morgen vergessen", brauste Andi Kessler auf.

„Lass ihn. Die letzten Tage waren auch für Conny nicht einfach", versuchte Anna ihren Sohn in Schutz zu nehmen.

„Wenn sich alles wieder beruhigt hat, gehen wir gemeinsam shoppen und du suchst dir dein Geburtstagsgeschenk aus. Okay?", bot sie an.

Ohne darauf zu reagieren, zog sich Conny schweigend in sein Zimmer zurück. Andi Kessler wollte das noch nicht auf sich beruhen lassen, während Anna beruhigend ihre Hand auf seinen Oberschenkel legte und ihren Mann so zurückhielt.

„Lass uns alle die Nacht darüber schlafen, Schatz. Morgen sieht alles schon wieder ganz anders aus", wollte seine Frau die Situation entschärfen.

Sie sollte recht behalten.

Kapitel 17
Die Geburtstagsbombe

Conny war allein. Er kam in die Küche und starrte auf den kleinen Geburtstagskuchen, den seine Mutter mit einem funkelnden Plastikbogen mit der Aufschrift ‚Happy Birthday' neben seiner Müslischale platziert hatte. Er hasste Müsli und den ganzen aufgesetzten Schnickschnack um seinen Geburtstag. Conny war froh, dass seine Eltern schon zur Frühschicht aufgebrochen waren und er seine Ruhe hatte. Er kippte den gesunden Inhalt der Müslischale ins Klo, holte sich eine Tüte Chips und setzte sich vor den Fernseher.

In der Schule war diese Woche kein Unterricht und für heute waren Projekte angekündigt, in denen die Schüler und Lehrer einen für alle verbindlichen Verhaltenskodex in der Schule ausarbeiten sollten. So wollte man den würdevollen Umgang miteinander regeln und Mobbing verhindern. Als hätte das damals irgendjemanden in seiner alten Schule interessiert.

Seine Gedanken fuhren Achterbahn und dieser Geburtstag sollte allen in Erinnerung bleiben. Nach dem Frühstück, bestehend aus einer Tüte Chips und einer Cola, entnahm er sein „geheimes" iPhone und die Dienstwaffe von Susi Reimann aus seinem Versteck unter dem Gartenhäuschen und fuhr mit seinem Rad in die Schule. Beim Passieren des Eingangs war ihm bewusst, dass dieses der letzte Besuch der KGS Bargenstedt für ihn sein würde.

Conny betrat den Klassenraum und platzte in eine Gruppenarbeit, die von einer jungen Vertretungslehrerin betreut wurde. Seine Mitschülerinnen und Mitschüler beschrifteten gerade bunte Pappfiguren mit Begriffen, die ihnen im gegenseitigen Umgang wichtig waren, und befestigten sie an der Tafel.

Die Lehrerin nahm einer Schülerin einen rosafarbenen Karton ab, hielt ihn provokativ vor Conny und klebte den Begriff ‚Pünktlichkeit' zu den anderen Karten.

„Guten Morgen, das passt ja gerade. Schau mal auf diesen Begriff, der als wichtiger Punkt im respektvollen Umgang mit deinem nicht nur schulischen Umfeld erarbeitet wurde", maßregelte sie den Schüler vor allen anderen.

„Happy Birthday, Bro!", rief ihm Leon zu und nahm seinen Boss in den Arm. Die anderen Mitläufer seiner Gang klatschten Conny ab. Leon setzte sich zu ihm.

„Na, dann herzlichen Glückwunsch. Vielleicht magst du dich ja auch an unserem Projekt beteiligen und notieren, was dir im Umgang miteinander wichtig ist", schlug die Lehrerin vor.

In den Jahrgängen war es üblich, den Geburtstagskindern eine kleine Aufmerksamkeit auf ihren Tisch zu stellen. Das konnte eine kleine Kerze, eine Süßigkeit oder eine Blume sein. Obwohl Conny das überhaupt nicht wertschätzte, war er doch enttäuscht, dass darauf nichts stand. Gar nichts.

Er suchte vergeblich Amadeus in dem Klassenraum. Er war offensichtlich noch nicht wieder in der Lage, in die Schule zu kommen. Seinem Plan kam es entgegen.

„Stell dir vor, Digga. Die Bullen waren gestern bei mir. Sie haben alles durchsucht und mein Handy beschlagnahmt. Sie wissen jetzt, dass ich den Penner mit Kim gefilmt habe“, berichtete Conny stolz.

„Scheiße, Alter. Sind da auch Aktionen von uns drauf? Wann kriegst du das wieder? Wenn die Bullen das komplett auseinandernehmen, dauert das doch Tage und Wochen. Oder?“, vermutete Leon.

„Stress dich nicht, Digga. Ich habe den Bullen natürlich mein sauberes Handy vor die Nase gehalten und sie haben glücklich zugegriffen. Geil, Alter. Oder?“, brüstete sich Conny und schlug sich lachend mit Leon ab.

„Wenn ihr mit eurem Klatsch und Tratsch fertig seid, macht bitte wieder etwas Sinnvolles“, sprach die Lehrerin die beiden an.

Leon ging zurück an seinen Platz und tuschelte mit den anderen Jungs der Gang, während alle zu Conny blickten.

Es klingelte zur großen Pause und jeder stürmte auf den Schulhof.

Ein zarter Schüler des sechsten Jahrgangs kam Conny mit blutiger Nase und Tränen in den Augen entgegengerannt. In der Ecke der Gang wurde ihr Boss herzlich empfangen. Es bildete sich ein Kreis um Conny. Leon übernahm das Wort.

„Herr Digga, nochmals Happy Birthday von deinen Jungs. Ich habe ihnen von der Nummer bei dir zu Hause erzählt. Die Bullen durchsuchen beim Bullensohn. Eine richtig geile Story, Alter. Wir alle möchten dir eine Freude bereiten und haben natürlich ein kleines Geschenk vorbereitet“, kündigte Leon an und hielt seine Hände hinter dem Rücken.

„Tata!“, rief er euphorisch und hielt dem Geburtstagskind ein Samsung S22 hin.

„Alles aufgeladen. Karte ist drin. Bitte schön!“, strahlte Leon und übergab seinem Boss das Mobiltelefon.

Conny musste an den weinenden Jungen mit der blutigen Nase denken.

„Das ist zwar nett von euch, aber ich brauche es nicht. Gib's ihm einfach zurück, Digga", wies Conny seinen Vertreter an, der ihn ungläubig anstarrte.

„Los, bring es zurück", forderte er ihn unmissverständlich auf und zog plötzlich eine schwarze Pistole aus der Bauchtasche seines Hoodies.

„Verpisst euch!", blaffte er Leon mit seinen Putzerfischen an und blieb in der Ecke des Schulhofes allein zurück. Er setzte sich auf eine Bank und lehnte sich nachdenklich zurück. „Jetzt sitze ich hier an meinem Geburtstag einsam auf einer Bank in einer Ecke des Schulhofes und keine Sau interessiert es", dachte er. Seine Clique hatte spontan ein Handy von einem wehrlosen Sechstklässler erpresst. Was für ein Geschenk. Hatte ihm heute jemand aus echter Zuneigung gratuliert? Hatte ihm an seinem vierzehnten Geburtstag irgendjemand einen Ansatz von Liebe gezeigt? Niemand schaute zu ihm auf. Nicht einmal seine Eltern konnten stolz auf ihn sein. Kim, der er wirklich geholfen hatte, wollte nichts von ihm wissen. Selbst Amadeus hatte einen echten Freund, der ihn beschützen wollte und sich vor ihn gestellt hatte, als er wieder ein Opfer wurde. Conny hatte noch nie solche Freunde. Leon und seine Schmarotzer waren abhängig, aber nie mit ihm befreundet. Wer sich für ihn interessiert hatte, ihm wirklich helfen wollte und sich sogar gegen seinen Vater für ihn eingesetzt hatte, war Susi.

Er war ein Arsch, ein einsamer Arsch, den niemand interessierte und der nur beachtet wurde, wenn er Scheiße baute. Es war an der Zeit, sein Ding durchzuziehen. Conny holte sein iPhone aus der Tasche, scrollte hin und her, bis er den grünen Button drückte, auf dem ‚Posten' stand.

Leon war über den Pausenhof zur Aufsichtslehrerin gesprintet, die sich gerade mit der Schulleiterin unterhielt. „Frau Schwablinger, Frau Schwablinger, Conny hat eine Waffe, der hat eine Pistole. Schnell! Machen Sie was!", überschlug sich Leon völlig außer Atem.

„Leon, das ist jetzt kein Spaß. Ich muss mich auf dich verlassen können. Ist das wirklich wahr?", fragte die Schulleiterin in ernstem Ton nach. Die anderen Jungs der Gang waren Leon gefolgt und bestätigten seine Aussage.

„Wo ist er jetzt?", hakte Corinna Schwablinger nach.

„Hinten in unserer Ecke. Er hat sich auf die Bank gesetzt", konkretisierte Leon. „Ist er allein?", fragte die Rektorin eindringlich, worauf die Jungen nickten.

„Wir müssen sofort den Amokalarm auslösen, Corinna", forderte die Pausenaufsicht.

„Warte mal. Wir müssen jetzt die richtigen Dinge tun. Wie lange ist die Pause noch?", fragte die Schulleiterin.

„Noch sieben Minuten", antwortete die junge Lehrerin.

„Schnell, wir lassen den Pausenton erklingen, dann gehen alle Schüler wieder rein. Du rennst in den Kunstraum im zweiten Stock. Von da aus kannst du die Bank und den Schulhof überblicken. Gib mir sofort über Handy Bescheid, ob Conny noch dort ist und was er macht. Sobald die Schüler im Gebäude sind, verschließen wir sämtliche Türen und holen Schüler und Lehrer in die Aula, die wir auch verschließen. Ich rufe jetzt die Polizei. Und los!", wies die Schulleiterin unmissverständlich an.

Melly Meininger chattete gerade mit ihren Mitschülerinnen und musste sich mit Fotos zurückhalten, damit sie ihren aktuellen Aufenthalt auf Fehmarn nicht verriet. Plötzlich öffnete sich auf ihrem Display ein Video, das sie veranlasste, schreiend in das Bauernhaus zu ihrer Familie zu rennen.

Vicci war zu Besuch bei Thorsten Büthe in der Rehaklinik Bad Münder. Sie hatten sich mit Frau Dr. Oltendorf verabredet, um die baldige Entlassung ihres Patienten abzustimmen.

„Wollen Sie ihn nicht lieber noch ein paar Wochen hierbehalten? Zu Hause werde ich meinen Mann ohne Ihren Einfluss kaum im Zaum halten können“, vermutete seine Ehefrau.

„Ich kann Ihnen das Krankenbett mit der Vorrichtung einer Fixierung des Patienten gerne mitgeben. Stellen Sie ihn dann einfach ein paar Wochen in den Garten, versorgen ihn mit stillem Wasser und Gemüse und päppeln ihn langsam wieder auf“, lachte die sympathische Ärztin. „Nein, im Ernst, so schlimm ist es nicht. Ihr Mann hat gute Fortschritte gemacht und ich kann verstehen, dass ihm hier die Decke auf den Kopf fällt. Ich schreibe ihn noch für weitere vier Wochen krank, dann folgt eine langsame Wiedereingliederung. Er soll sich wieder leicht körperlich betätigen, viel spazieren gehen und seinen Körper langsam wieder belasten. Er hat alles gut überstanden und wird mit wenigen Einschränkungen wieder ganz normal leben können“, prognostizierte Dr. Oltendorf optimistisch.

„Vielen Dank für Ihre hervorragende Betreuung und Ihre Offenheit“, bedankte sich Vicci Büthe und nahm die Ärztin in den Arm.

„Schön, dass ihr euch so gut versteht“, bemerkte Thorsten ironisch, als das Telefon der Medizinerin klingelte.

„Entschuldigung, es ist mein Mann", bat die Mutter von Hannes um Verständnis und drehte sich um. „Hallo, Schatz, was gibt's?", begrüßte sie ihren Ehemann freundlich.

Ihre plötzliche Körperspannung ließ nichts Gutes erahnen. Dr. Oltendorf tippte hektisch auf dem Smartphone herum, erstarrte, schlug eine Hand vor ihr Gesicht und sank auf einem Stuhl zusammen.

„Kerstin!", schrie eine Stimme am anderen Ende. „Kerstin! Wir müssen sofort nach Hause! Weißt du, wo Hannes ist? Wir müssen ihn finden. Schnell!", brüllte der Mann am Telefon.

Warmherzig umarmte Vicci die Ärztin, während Thorsten ihr das Handy abnahm.

„Hallo, hier ist Thorsten Büthe, ich bin Patient von Frau Dr. Oltendorf. Mit wem spreche ich bitte?", erkundigte sich der LKA-Beamte.

„Dr. Oltendorf, was ist mit meiner Frau? Geben Sie sie mir bitte, schnell", stotterte der Ehemann ins Telefon.

„Ihre Frau ist gerade nicht ansprechbar, meine Frau kümmert sich gerade um sie. Kann ich Ihnen helfen?", bot Thorsten Büthe an.

„Sie sind doch der Profiler, von dem meine Frau mir erzählt hat? Das Video, schauen Sie sich das Video an, was ich ihr gerade geschickt habe", forderte der Arzt den Patienten seiner Frau auf.

Thorsten Büthe hörte nur ein verzweifeltes Weinen am anderen Ende, fragte nicht nach und öffnete eine der beiden Videodateien, die der Arzt seiner Frau per WhatsApp geschickt hatte.

Der LKA-Beamte traute seinen Augen nicht. In der ersten Videosequenz stand ein blonder Junge mit heruntergelassener Hose samt Unterhose zwischen den nackten und gespreizten

Beinen einer Frau, die offensichtlich gefesselt auf einer Tischtennisplatte lag. Der Junge schrie etwas, was nicht zu verstehen war, und bewegte sein Becken hin und her, als würde er das Mädchen vergewaltigen. Er blickte dann über seine rechte Schulter direkt in die Kamera, wobei seine Stabilisierungsschiene am rechten Mittelfinger deutlich zu sehen war. Es handelte sich um den Jungen vom Parkplatz des Krankenhauses, den Thorsten beobachtet hatte: Hannes Oltendorf.

In der zweiten Sequenz steht Hannes erneut zwischen den Beinen des nun blutüberströmten Opfers, ist wieder vollständig bekleidet und sticht mit grunzenden Lauten mehrfach mit einem Messer auf das Mädchen ein. Plötzlich hält er nur noch einen Messergriff ohne Klinge in die Höhe und starrt wieder über die Schulter in die Kamera.

Diesen fast irren Blick konnte Thorsten nicht vergessen. Er war schier fassungslos. „Ist das Ihr Sohn?", sprach der LKA-Beamte in das Handy.

„Oh Gott, Hannes. Bitte nicht! Warum? Warum nur?", schrie sein Vater wie von Sinnen in das Telefon.

„Herr Oltendorf, Sie müssen sich beruhigen. Wo ist Ihr Sohn jetzt? Sind Sie schon zu Hause?", versuchte Thorsten in Erfahrung zu bringen.

„Nein, ich bin auf dem Weg. Ich kann Hannes nicht erreichen. Verdammt, doch nicht Hannes", ließ der Leiter der Notaufnahme seine Verzweiflung heraus.

„Herr Oltendorf, fahren Sie vorsichtig. Und melden Sie sich bitte sofort, wenn Sie zu Hause sind. Wir kommen mit Ihrer Frau zu Ihnen. Keine Alleingänge. Haben Sie das verstanden? Sie müssen mir jetzt vertrauen, Herr Oltendorf", forderte ihn Thorsten Büthe eindringlich auf.

„Mit welchem Auto bist du hier, Schatz?", fragte er seine Frau. „Mit dem X2", antwortete sie, denn ihr Mini war eher ein Stadtauto. Sobald es über die Autobahn weiter fortging, nutzte sie den BMW X2 ihres Mannes.

„Okay, wir fahren mit Frau Dr. Oltendorf zu ihr nach Hause. Ihr Mann wartet dort auf uns", versuchte Thorsten zu erklären und ergänzte, als er in das fragende Gesicht seiner Frau blickte: „Vermutlich hat ihr Sohn Hannes das Mädchen in Bargenstedt getötet."

Vicci wusste, dass es in dieser Situation keinen Sinn machte, mit ihrem Mann zu diskutieren. Sie hakte die wimmernde Ärztin unter und begab sich mit Thorsten auf den Parkplatz. Auf eine Krücke gestützt rief er umgehend seine Vertreterin Kristin Bäumer an, um ihr die Situation zu erklären.

„Hallo, Thorsten, wir haben es auch schon gesehen. Die Moko ist gerade auf dem Weg zu seinem Elternhaus. Ich hoffe, er ist da. Dann bis gleich", verabschiedete sich seine Kollegin knapp.

Trotz der Hektik fuhr Vicci besonnen nach Bargenstedt, während Thorsten versuchte, Frau Dr. Oltendorf zu beruhigen und mehr über ihren Sohn zu erfahren.

„Das ist alles nicht wahr. Hannes könnte nie einem Mädchen so etwas antun. Nie!", schluchzte die resignierte Ärztin.

Das Anwesen von Familie Oltendorf war von Streifenwagen und Zivilfahrzeugen der Polizei nahezu umstellt. Uniformierte Beamte liefen durch den Garten, und im ganzen Haus waren Kriminaltechniker in ihren weißen Overalls beschäftigt.

Vicci hielt vor der Absperrung an. Sie gingen auf uniformierte Beamte zu und baten, zum Haus vorgelassen zu werden. Als sich eine Polizeioberkommissarin erst rückversichern wollte, sah Thorsten den Leiter der Mordkommission ‚Schulhof' und rief ihm zu: „Jan!"

Der Ermittler erkannte den Profiler und ging auf die Absperrung zu. „Na Thorsten, bist du von den Toten auferstanden? Was macht ihr hier?", fragte er.

Der LKA-Beamte erklärte dem erstaunten Jan Radek die Situation.

„Dann kommt mal durch. Herr Dr. Oltendorf ist auch gerade eingetroffen", erwähnte der Einsatzleiter, der sofort wieder von Kollegen abberufen wurden.

Das Ärztepaar nahm sich in die Arme und heulte hemmungslos.

„Wo ist er?", fragte Kerstin ihren Mann.

„Er war nicht zu Hause, sein Fahrrad ist nicht da. Ans Handy geht er nicht", antwortete Dr. Johannes Oltendorf besorgt.

„Ich habe Meinhard Hinrichs angerufen. Er ist auf dem Weg", berichtete der Mediziner und meinte damit den Anwalt der Familie.

Thorsten Büthe stellte seine Frau und sich vor. „Herr Oltendorf, ich habe eine Frage: Wenn Sie wüssten, wo sich Ihr Sohn aufhalten könnte, würden Sie es uns sagen?", fragte er direkt.

Das Ehepaar Oltendorf sah sich an. Sie kannten sich so lange, dass sie keine Worte brauchten, um sich abzustimmen.

„Herr Büthe, wir beide sind in einer Generation groß geworden, in der Verantwortung noch etwas bedeutete. Wir haben beide diese schrecklichen Videos gesehen. Ich war der Arzt, der um das Leben von Kim gekämpft hat. Ich kann beurteilen, was dieser Täter mit dem Mädchen gemacht hat. Dieser Mensch muss dafür zur Verantwortung gezogen werden. Wir als Eltern können uns allerdings nicht im Ansatz vorstellen, dass Hannes dazu in der Lage war und ist, so etwas einem Menschen anzutun. Egal was vorgefallen ist, er bleibt unser Sohn und wir werden für ihn kämpfen. Hat er mit der Tat etwas zu tun, muss er sich dafür verantworten. Wir machen uns Sorgen, dass sich Hannes etwas antun könnte, und müssen ihn schnellstens finden. Und um Ihre Frage letztendlich zu beantworten: Ja, allein aus Angst um das Leben unseres Sohnes würden wir es Ihnen sagen, wenn wir es wüssten", bestätigte Dr. Oltendorf.

Das Dröhnen des Hubschraubers wurde von starken Böen der Rotoren begleitet, als der Helikopter auf dem großzügigen Areal der Familie Oltendorf landete. Ein Team schwer bewaffneter SEK-Beamter schwärmte auf dem Grundstück aus, während der Polizeihelikopter wieder abhob.

Ein dunkler BMW X3 fuhr vor und das gesamte OFA-Team kam auf Vicci und Thorsten zu. Die Begrüßung fiel knapp aus, als Thorsten seine Vertreterin ansprach: „Übertreibt ihr nicht ein wenig bei einem 14-jährigen Jungen?"

Kristin Bäumer trat näher an ihn heran und hielt ihm ihr Handy unter die Nase. „Keinesfalls. Dieses Video kennst du dann wohl noch nicht."

Es zeigte Hannes Oltendorf, der eine Vielzahl von Schüssen auf die am Boden liegende uniformierte Polizeibeamtin abgab. „Dein kleiner 14-Jähriger läuft jetzt mit einer Polizeiwaffe und sechzehn Schuss Munition da draußen herum!", mahnte die LKA-Beamtin.

„Mist! Wissen die Eltern schon Bescheid?", fragte der Profiler nach.

„Ich glaube noch nicht", hoffte Kristin Bäumer und hakte bei ihrem eigentlichen Chef nach, der noch krankgeschrieben war.

„Sag mal, welche Rolle hast du denn hier? Gehörst du nicht wieder in die Klinik?“

„Vicci und ich haben zu seiner Mutter ein recht gutes Vertrauensverhältnis aufgebaut. Die Eltern wollen uns unterstützen. Das sollten wir nutzen und hier am Ball bleiben. Was meinst du?“, schlug Thorsten Büthe vor.

„Von mir aus bleibt bei ihnen. Ich möchte aber, dass du Carlotta mitnimmst. Sie bestreitet dann euren Part, wenn ihr wieder raus müsst. Müsst! Verstehst du?“, mahnte die derzeitige OFA-Leiterin.

„Einverstanden!“, erwiderte Thorsten ergeben.

Kapitel 18
Amokalarm

„Deister an alle, Deister an alle, konkreter Amokalarm in der KGS Bargenstedt. Alle verfügbaren Kräfte sowie die bereits eingesetzten SEK-Einheiten sofort zur Schule verlegen. Bei der Anfahrt keine Verwendung von Martinshörnern. Ich wiederhole: Keine Signalhörner! Die vorläufige Einsatzleitung vor Ort übernimmt Deister 76.3. Nach ersten Informationen soll sich ein namentlich bekannter Schüler bewaffnet noch außerhalb der Schule auf dem Pausenhof aufhalten. Es soll noch zu keiner konkreten Bedrohungslage gekommen sein. Dennoch besondere Beachtung der Eigensicherung. Nach meinem Kenntnisstand wird Deister 76.3 als Erstes in drei Minuten vor Ort sein. Ihr wartet bis zum Eintreffen des SEK, keine Alleingänge. Ist das verstanden?", versicherte sich der Einsatzleitbeamte.

„Deister 76.3 hat verstanden", bestätigte die Streifenbesatzung.

„Deister von 76.2, wir sind etwa in einer Minute da und übernehmen die erste Phase", sprach Polizeioberkommissar Andi Kessler in sein Funkgerät. Sein neuer Streifenkollege gab Gas und raste in Richtung der Schule.

„Deister 76.2, das ist negativ. Ihr seid nicht in diesen Einsatz eingebunden. Bitte um sofortige Rückkehr in die Dienststelle. Bitte um Bestätigung", wies die Leitstelle an.

„Was ist das denn für ein Nonsens“, kommentierte der Einsatzführer diese Anweisung, als sein Handy klingelte und sein Vorgesetzter Siggi Strecker am anderen Ende war.

„Andi, ihr kommt bitte rein und fahrt nicht zur Schule. Das ist eine Anweisung. Hast du verstanden?“, forderte er.

„Siggi, was soll das? Es kann hier um Leben und Tod gehen. Der Mörder von Susi läuft da draußen mit ihrer Waffe rum. Ist es Hannes?“, vermutete der Streifenbeamte.

„Andi, ihr brecht sofort ab. Hörst du. Abbruch!“, schrie sein Chef ins Telefon und POK Kessler ahnte, was der Grund war.

„Mein Gott, Siggi. Es ist Conny, stimmt's?“, fragte er direkt und die Antwort bestätigte seine schreckliche Vermutung.

„Andi, bitte komm rein und fahr nicht zur Schule. Ich erkläre dir alles“, versuchte Siggi Strecker seinen Mitarbeiter zum Abbruch zu veranlassen.

Andi Kessler brach das Gespräch ab und feuerte seinen Kollegen an: „Los, gib Gas, wir sollen doch anfahren.“

Der Fahrer war skeptisch, hatte den Inhalt des Telefonates aber nicht mithören können und beschleunigte somit den Motor des VW Passat.

Das Handy der Schulleiterin klingelte.

„Ich bin jetzt oben. Conny sitzt noch auf der Bank und hat die Pistole auf seinem Schoß. Er ist allein und niemand ist in der Nähe“, beschrieb die junge Lehrerin ihre Beobachtungen.

Corinna Schwablinger fiel ein Stein vom Herzen.

„Wir haben alle vollzählig im Gebäude. Der Haupteingang samt den Nebeneingängen sind verschlossen. Hier befindet sich erst mal jeder in Sicherheit“, teilte die Schulleiterin mit, während die Junglehrerin die Situation weiter beobachtete.

„Jetzt ist die Polizei da. Komisch, das ist nur einer“, stellte sie verwundert fest.

Andi Kessler wusste genau, wo sich die Jungs in der Pause trafen, und dirigierte seinen Kollegen direkt vor die Feuerwehrzufahrt zum Pausenhof. Der bremste stark ab und wollte mit Andi Kessler auf das Gelände stürmen.

„Du bleibst im Auto und wartest auf das SEK, klar?“, wies er seinen verblüfften Kollegen an. „Es ist Conny, mein Sohn. Ich muss es allein schaffen. Verstehst du?“, versuchte Andi ihm zu erklären.

Der sportliche Einsatzführer sprang über das verschlossene Zufahrtstor und sah seinen Sohn in der Raucherecke einsam auf einer Bank sitzen.

Conny wusste genau, was jetzt passierte. Er hörte starke Motoren aufheulen und die Einsatzfahrzeuge vor der Schule stark abbremsen. Dann sah er ihn. Er hatte gehofft, dass er nicht ausgerechnet seinem Vater gegenüberstehen würde, aber es war zu spät. Er kam ohne Begleitung und ging direkt auf ihn zu.

„Conny, ich bin's. Egal, was du getan hast, wir kriegen das gemeinsam wieder hin. Okay?“, sprach er seinen Sohn an.

„Stopp! Wir übernehmen. Treten Sie zurück!“, forderte ein hinter Andi aufgerücktes SEK-Team den Streifenbeamten auf. Sie waren mit Maschinenpistolen und Pumpguns bewaffnet, die sie auf den Jungen richteten.

Der Vater ließ sich nicht beirren und ging zielstrebig im Zickzack auf seinen Sohn zu. Sollen sie ihm in die Beine oder in den Rücken schießen. Das war ihm egal. Hauptsache, Conny passierte nichts.

„Bleib stehen, Papa!", rief ihm sein Sohn entgegen. Andi zögerte kurz, öffnete seinen Einsatzgürtel und ließ ihn etwa zehn Meter vor seinem Sohn samt Waffe zu Boden gleiten. Er zog sein Diensthemd aus und stand nur in Hose und Unterhemd vor seinem einzigen Kind.

„Conny, ich spreche jetzt als Vater zu dir und nicht als Polizist. Wir stehen das gemeinsam mit Mami durch. Wir sind eine Familie und müssen zusammenhalten. Bitte, bitte, leg die Waffe weg, Conny", flehte Andi ihn an.

Der Schüler griff die Waffe fester, ließ sie aber weiterhin im Schoß liegen. „Seit wann kannst du den Vater und Polizisten in dir trennen? Wo ist Mama?", fragte der 14-Jährige.

„Die ist bestimmt auf dem Weg hierher. Du kannst gleich mit ihr sprechen, Conny", schluchzte sein Vater und sah sich unsicher um. Die SEK-Beamten hielten sich zurück.

„So viel Zeit habe ich nicht mehr. Ich möchte nicht, dass sie das mit ansieht. Sag ihr, dass ich sie lieb habe", bat er in einem Ton, der in seinem Vater Panik auslöste. Conny riss die Pistole hoch und legte sie an seine rechte Schläfe an.

„Neiiiin!", schrie Andi Kessler und rannte wie von Sinnen auf seinen Sohn zu.

Als Hannes das Video auf seinem Handy sah, brach seine Welt endgültig zusammen. Er konnte niemandem mehr unter die Augen treten. Was er da anschauen musste, war nicht er selbst. Das war eine Bestie, die vor einem blutigen Körper stand, ihn schändete und auf ihn einstach – wie ein Besessener. Wer sollte ihm jetzt noch glauben?

Der Schüler raste mit seinem Mountainbike an die bekannte Stelle zum Bahndamm und kletterte zu den Gleisen hoch. Er war ein paar Minuten zu spät und sah nur noch die Rücklichter des durchfahrenden Regionalzuges. Der Schüler setzte sich in Rückenlage zur Fahrtrichtung auf die Gleise, drückte sich seine AirPods in die Ohren, drehte den Song auf, den sie mit der Schulband so perfekt eingeübt hatten: ‚School' von Supertramp. Dann schloss er die Augen, sah sich auf der Bühne an seinem Klavier spielen und genoss den Jubel der Zuschauer, den er nie wieder hören sollte.

Maybe I'm mistaken expecting you to fight
Or maybe I'm just crazy, I don't know wrong from right.
But while I am still living, I've just got this to say.
It's always up to you if you want to be that
Want to see that. Want to see that way ...
... You're coming along.
(... Vielleicht lieg ich falsch, wenn ich von euch erwarte,
dass ihr kämpft.
Oder vielleicht bin ich einfach nur verrückt und weiß
nicht mehr, was richtig und was falsch ist.
Aber solange ich noch lebe, habe ich nur das eine zu sagen:
Es ist ganz allein EURE Entscheidung, ob ihr so
sein wollt, ob ihr das Leben so sehen wollt.
– dann seid ihr auf dem richtigen Weg!)

Rettungshubschrauber Christoph 4 war für die Amokmeldung alarmiert worden und flog Bargenstedt an. Während des Flugs bemerkte die Besatzung plötzlich auf den Gleisen der Bahnlinie eine hockende Gestalt.

„Deister von Christoph 4. Auf den Gleisanlagen der Bahnstrecke Bückeburg–Hannover sitzt eine vermutlich jüngere

Person. Wie dringlich ist der Einsatz in Bargenstedt. Haben wir Zeit, hier runterzugehen?", fragte die Hubschrauberbesatzung nach.

„Hier Deister, Christoph 4, danke für die Meldung. Sie ziehen bitte durch nach Bargenstedt. Die Lage ist dort weiter unklar und kann jederzeit eskalieren. Ich kümmere mich um die Schienen", klärte der Einsatzleitbeamte.

Der erste Anruf galt der Bundespolizei, die für die Bahnanlagen bundesweit zuständig war und unmittelbare Streckensperrungen veranlassen konnte.

Ein weiterer Kollege des Lagezentrums kam auf den Einsatzleitbeamten zu.

„Du hast eine Person auf den Gleisanlagen in Bargenstedt. Wir haben gerade eine Peilung des Handys von Hannes Oltendorf bekommen. Sie kommt von den Gleisanlagen in Höhe des Gewerbegebietes. Das dürfte der Junge sein", mutmaßte der Polizist.

Die Beamten des Lagezentrums hatten per GPS einen direkten Überblick, wo sich ihre Einsatzfahrzeuge befanden. Aufgrund der Gefährlichkeit des Schülers wurde ein SEK-Team, das zur Fahndung des Täters abgestellt war, zum Bahndamm beordert.

Bei Eintreffen meldeten sie ein abgestelltes Mountainbike im Gebüsch und arbeiteten sich mit ihren Waffen im Anschlag zu den Gleisanlagen hoch. Sie mussten zu diesem Zeitpunkt immer noch von einem bewaffneten Doppelmörder ausgehen.

Supertramp näherte sich in ihrem Song ‚School' der letzten Strophe, als Hannes ein Vibrieren der Gleise bemerkte. Er sah sich um und konnte aus der Entfernung einen Zug wahrnehmen, der schnell näher kam. Seine Finger bewegte er im Rhythmus der Klavieranteile des Songs und wartete auf den Aufprall des Zuges. Doch nichts geschah. Hannes wagte es, sich über die Schulter nach hinten zu drehen und erschrak. Ein Regionalzug kroch langsam an ihn heran und stoppte etwa drei Meter vor ihm. Der Lokführer starrte ihn ungläubig an. Die Bahnpolizei hatte eine Notsperrung der Strecke veranlasst und die Stromzufuhr der Oberleitungen unterbrochen. Der Suizident wollte frustriert aufstehen und flüchten, als er von SEK-Beamten in das Gleisbett gedrückt, durchsucht und gefesselt abgeführt wurde.

„Deister von SEK-Team III, Person unverletzt gestellt. Es handelt sich um die zur Fahndung ausgeschriebene Person. Festnahme ohne Widerstand, keine Waffe aufgefunden. Der Bahnverkehr kann wieder freigegeben werden“, meldeten die Spezialisten an die Einsatzzentrale.

Ein weiteres SEK-Team hatte sich auf dem Pausenhof von hinten an die Bank angeschlichen. Der Schüler hatte sich vollkommen auf seinen Vater konzentriert und war bereit, abzudrücken, als ein SEK-Beamter ihn in letzter Sekunde entwaffnen konnte. Conny wurde zu Boden gebracht und mit Handfesseln fixiert sofort abgeführt. Andi Kessler, der seinen Sohn in den Arm nehmen wollte, wurde von den Spezialkräften, die hinter ihm waren, zurückgehalten.

Sein Vorgesetzter war zwischenzeitlich eingetroffen und nahm ihn an die Seite.

„Andi, komm, du bist Profi und weißt, wie das jetzt läuft. Komm erst mal mit in die Dienststelle, da sprechen wir in aller Ruhe“, kündigte der Erste Polizeihauptkommissar an.

Andi Kessler stand neben sich.

„Ich muss doch Anna anrufen. Meine Waffe, ich muss meine Waffe holen", stammelte er.

„Um deine Dienstwaffe kümmern wir uns und Anna rufen wir von der Wache aus an", versuchte Siggi Strecker seinen Mitarbeiter zu beruhigen.

Conny und Hannes wurden ins Fachkommissariat 1 in Bargenstedt gefahren, wo die beiden Mordkommissionen untergebracht waren. Man achtete darauf, dass sich beide nicht begegneten, um eine Abstimmung zu verhindern. Bei den Vernehmungen der beiden 14-Jährigen mussten aufgrund ihres Alters ihre Eltern nicht nur benachrichtigt werden, sie hatten sogar ein Anwesenheitsrecht während der gesamten Befragung.

Jan Radek setzte die Staatsanwältin Dr. Anne Weber in Kenntnis und bat sie um einen dringenden Antrag an das Amtsgericht, dessen Entscheidung der Kommissariatsleiter gerne unmittelbar überbringen wollte. Bis die Eltern der beiden Beschuldigten informiert und in der Dienststelle waren, wollte er die Zeit nutzen.

Die Verfügung des Amtsgerichtes vorliegend, griff er zum Telefon.

„Hallo, Frau Wolters, ich würde Sie gerne abholen, um zu Ihrem Mann zu fahren. Ich erkläre Ihnen alles während der Fahrt zur JVA. Wären Sie einverstanden?", fragte er, und die Ehefrau des inhaftierten Lehrers stimmte sofort zu.

„Dann bis gleich, Frau Wolters", kündigte er an.

Verunsichert öffnete die junge Mutter mit ihrem Baby auf dem Arm die Haustür ihres Elternhauses.

„Hallo, Herr Radek, ich habe die Videos gesehen. Sie sind schrecklich, entlasten aber doch meinen Mann, oder?", wollte die Ehefrau des Inhaftierten wissen.

„Frau Wolters, genau darum bin ich hier. Die aktuelle Situation habe ich soeben der Staatsanwaltschaft vorgetragen, die sofort reagiert und die Aufhebung der Untersuchungshaft Ihres Mannes verfügt hat. Sie können ihn jetzt abholen", stellte der Leiter der Mordkommission ‚Schulhof' in Aussicht.

Von Frau Wolters fiel die Anspannung schlagartig ab und sie brach in Tränen aus. „Wenn Sie wüssten, was wir die letzten Tage durchgemacht haben. Nachbarn, sogar Freunde haben sich abgewendet. Im Supermarkt hat mich eine Frau angespuckt. Ich hätte das nicht länger ausgehalten", schluchzte sie und wurde von ihrer Mutter tröstend in den Arm genommen.

„Das tut mir leid. Ich würde Sie gerne begleiten, wenn Ihnen das recht ist und Ihren Mann aus erster Hand über die Entwicklung informieren. Zudem werden wir veranlassen, dass Ihr Mann auch medial rehabilitiert wird. Soll ich vorfahren und Sie folgen mir?", schlug der Ermittler vor.

Frau Wolters war einverstanden.

Aus dem Auto hatte Jan Radek die JVA Hannover von der Abholung informiert, sodass Dirk Wolters bei ihrem Eintreffen schon in der Besucherschleuse wartete.

Die Eheleute fielen sich weinend in die Arme. Der Kriminalbeamte hielt sich erst zurück und kam dann auf Dirk Wolters zu. Der Ermittler reichte ihm die Hand.

„Herr Wolters, es tut mir wirklich leid, aber unter den vorliegenden Umständen war die Maßnahme unumgänglich", gab er zu.

„Hallo, Herr Radek, das hat mir mein Anwalt bestätigt. Ich mache Ihnen persönlich keine Vorwürfe. Aber was ist passiert, dass ich jetzt entlassen werde? Haben Sie den wahren Täter ermitteln können?", fragte der Lehrer.

Jan Radek berichtete ihm von den veröffentlichten Videos und dem Amokalarm in der Schule.

„Hannes? Nie im Leben würde er so etwas tun. Conny hätte ich alles zugetraut, aber einen Mord?", schränkte Dirk Wolters ein und erfuhr erst jetzt von der toten Polizistin. Er war fassungslos.

„Ich muss wieder zurück. Es war mir ein tiefes Bedürfnis, Sie als direkt Betroffenen aus erster Hand zu informieren. Wenn ich irgendetwas für Sie tun kann, melden Sie sich bitte", bot der Erste Kriminalhauptkommissar an und verabschiedete sich von dem Ehepaar Wolters.

Helmut, Barbara und Melly Meininger waren nach Veröffentlichung der Videos über die Autobahn nach Bargenstedt gerast und wurden von ihren Mitarbeitern auf dem Bauernhof empfangen. Sie wurden zwischenzeitlich auch von Jan Radek informiert und eindringlich gebeten, ruhig zu bleiben und die Polizei ihren Job machen zu lassen.

„Sie haben ihn", verkündete der Vorarbeiter.

„Hier war die Hölle los. Die Polizei war überall, Hubschrauber und auch Spezialkräfte haben alles abgesucht. Ein anderer Schüler aus dem Jahrgang, der Sohn des Polizisten, soll noch mit einer Waffe in der Schule gewesen sein. Das hat sich wie ein Lauffeuer herumgesprochen", berichtete der Vorarbeiter des Hofes aufgeregt.

Barbara Meininger rief sofort beim Leiter der Mordkommission an. „Hallo, Herr Radek, wir sind zurück. Bitte sagen Sie uns, was los ist", flehte sie den Beamten an.

„Frau Meininger, wir sind aktuell in den ersten Befragungen. Sobald ich mehr weiß, komme ich zu Ihnen und bringe Sie auf den neuesten Stand. Bleiben Sie bitte bis dahin zu Hause. Geben Sie nichts auf die Gerüchte und sprechen Sie bitte nicht mit Pressevertretern", mahnte der leitende Kriminalbeamte.

Helmut Meininger riss das Telefon an sich.

„Herr Radek, hören Sie auf mit diesem Geschwafel. Auch wir mussten uns diese schrecklichen Videos ansehen. Meine Tochter erklärte uns, dass aktuell jeder auf der Welt die Vergewaltigung und Tötung unserer Kim sehen kann. Stoppen Sie das! Sofort! Neben Hannes Oltendorf, dem Sohn des Leiters der Notaufnahme, wird in Bargenstedt noch Conrad Kessler, der Sohn des Polizisten, genannt. Ich möchte jetzt nur eine Antwort von Ihnen hören und die sind Sie uns schuldig. Können Sie das bestätigen?", schrie Helmut Meininger ins Telefon.

Es brachte nichts, hier herumzueiern.

„Das ist der aktuelle Stand der Ermittlungen. Herr Meininger, ich bitte Sie eindringlich, lassen Sie uns unseren Job machen. Beide werden sich dafür verantworten müssen", versuchte der eigentlich erfahrene Ermittler die Situation zu deeskalieren.

Ganze Scharen von Reportern schwärmten in Bargenstedt aus. Niemand konnte sich in der Fußgängerzone bewegen, ohne angesprochen und interviewt zu werden. Leider konnte auch eine Vielzahl der Angesprochenen einen Beitrag leisten, da jeder über tausend Ecken irgendwen der Beteiligten kannte. Die Journalisten mussten nur die Informationen bündeln, bewerten und hatten somit sämtliche Details für eine tragische Geschichte, die weltweit für mediale Aufmerksamkeit sorgen würde.

Andi Kessler wurde in die Polizeiinspektion Bargenstedt geführt und fühlte sich als Täter. Alle Kollegen und Kolleginnen, die ihn bis vor einer Stunde noch gegrüßt und ein Gespräch gesucht hätten, blickten zu Boden. Niemand wagte es, ihm ins Gesicht zu sehen. In der Dienststelle hatte sich zudem die Erkenntnis herumgesprochen, dass sein Sohn im Besitz der Dienstwaffe von Polizeikommissarin Susi Reimann war. Es stand im Raum, dass ausgerechnet der Sohn ihres Bärenführers an der Ermordung oder gar Hinrichtung der Kollegin zumindest beteiligt war.

Im Büro seines Vorgesetzten nahm er in einem Sessel Platz und vergrub das Gesicht in seinen Händen, um die Tränen zu verbergen. Der Leiter des Einsatz- und Streifendienstes war nicht in der Lage, ihn anzusprechen, und stellte ihm wortlos eine Tasse mit heißem Kaffee auf den Beistelltisch neben ihm.

Es klopfte und eine Kollegin führte Anna Kessler hinein. Die Eltern von Conny fielen sich in die Arme und sanken, von unkontrollierten Heulkrämpfen begleitet, auf die Knie.

Die junge Kollegin beugte sich zu ihrem Vorgesetzten herunter und flüsterte ihm ins Ohr: „Das Ehepaar Oltendorf ist auch da. Wir haben sie erst mal in den Aufenthaltsraum gebracht. Ihr Anwalt ist auch schon dabei."

Siggi Strecker bedankte sich für die Umsicht seiner Mitarbeiterin, dass sich Oltendorfs und Kesslers nicht begegnet waren.

„Anna, Andi, wir würden gerne mit der Vernehmung von Conny beginnen. Andi, du weißt, ihr habt das Recht, der Befragung beizuwohnen. Ich gebe euch die Gelegenheit, euch vorher allein mit eurem Sohn zu unterhalten. Wollt ihr das nutzen?", stellte der Vorgesetzte in Aussicht.

„Mein Gott, Conny hat Hannes gefilmt, während er Kim und auch Susi getötet hat. Was soll ich ihm denn sagen? Alles wird gut? Er wollte sich vor meinen Augen mit Susis Pistole in den Kopf schießen, Anna. Kannst du dir das vorstellen?", flennte der Oberkommissar.

Anna Kessler war tough. „Das zeigt ja seine Verzweiflung. Andi, Conny ist immer noch unser Sohn. Bevor wir ihn verurteilen, müssen wir erst hören, was er dazu sagt. Verstehst du? Wir sind hier jetzt gefordert. Jammern können wir hinterher. Das wird alles schwer genug. Reiß dich zusammen. Entweder wir beide gehen da jetzt rein oder ich mache es allein", entschied seine Frau.

Siggi Strecker war beeindruckt. „Andi, deine Frau hat recht. Gebt ihm die Chance zu sagen, was wirklich vorgefallen ist", riet er seinem Mitarbeiter.

Anna Kessler reichte ihrem Mann ein Taschentuch und forderte ihn auf: „Los jetzt!"

Er wischte sich die Tränen aus dem Gesicht und die Eltern ließen sich in den Vernehmungsraum bringen. Eine junge Beamtin grüßte formell und ließ die Familie allein.

Vor Conny stand eine Flasche Cola und eine leere Burger-Verpackung.

„Oh, hat man dir schon etwas zu essen besorgt?", eröffnete Anna Kessler das Gespräch. Conny nickte nur.

„Gleich wird dich die Polizei zu den Vorwürfen befragen. Wir haben die Videos gesehen, die du von Hannes gepostet hast. Du warst immer dabei und hast die Taten aufgenommen. Stimmt's?", fragte seine Mutter ungläubig. Conny nickte wieder.

„Warum? Warum nur? Susi war unsere Freundin. Du hast dich doch auch gut mit ihr verstanden. Warum Susi, Conny?", hakte sein Vater ein.

Conny zuckte mit den Schultern.

„Egal, was du getan hast, wir stehen dir bei und wollen dir helfen. Bitte hilf uns zu verstehen, was und warum das alles passiert ist. Uns kannst du vertrauen, Conny“, flehte seine Mutter.

„Ich verstehe es selbst nicht mehr und kann nicht darüber sprechen. Ich kann nicht, versteht ihr?“, antwortete ihr Sohn.

„Hast du Angst vor diesem Hannes?“, fragte sein Vater. Conny schüttelte den Kopf.

Es klopfte. „Frau und Herr Kessler, wir würden gerne mit der Vernehmung beginnen. Sind Sie so weit?“, kündigte EKHK Radek an.

„Einen kleinen Moment noch“, verzögerte Anna Kessler die polizeiliche Maßnahme.

„Wir brauchen einen Anwalt, Andi. Kennst du jemanden, den wir sofort anrufen können?“, forderte seine Frau ein.

Andi Kessler war schon des Öfteren vor Gericht mit versierten Verteidigern von jugendlichen Intensivtätern befragt worden.

Diese Begegnungen waren für ihn stets unangenehm, aber er hatte sich geschworen, genau diese Typen zu wählen, wenn sein Sohn einmal in eine solche Situation kommen sollte.

„Ich gehe mal telefonieren“, kündigte er an und verließ den Vernehmungsraum.

Für Anna völlig überraschend sprang ihr Sohn plötzlich auf, warf sich auf ihren Schoß und umarmte seine Mutter heulend.

Als er die Stimme seines Vaters vor der Tür hörte, löste er schnell die Umarmung und setzte sich wieder an den Tisch, als ob nichts gewesen wäre.

„Herr Radek, ich habe gerade mit Rechtsanwalt Dr. von Haltern telefoniert. Er ist auf dem Weg und möchte bis zu seinem Eintreffen keinen weiteren Kontakt von Ihnen oder Ihren Kollegen zu meinem Sohn. Wir warten drinnen", erklärte Andi Kessler und kehrte zurück in den Vernehmungsraum.

„Dr. von Haltern ist ein renommierter Anwalt für Jugendstrafrecht. Er ist in einer halben Stunde hier", setzte er seine Frau und seinen Sohn in Kenntnis.

In dieser Zeit war von Conny nichts zu erfahren. Nach etwa dreißig Minuten Wartezeit hörten sie draußen eine tiefe Stimme, die den Leiter der Mordkommission zu einer Sachstandsschilderung aufforderte.

Es klopfte kurz kräftig an der Tür, die, ohne eine Antwort abzuwarten, aufgestoßen wurde. Dr. von Haltern war ein stattlicher, knapp zwei Meter großer Mann um die sechzig Jahre. Er trug einen teuren Maßanzug und hatte eine hochwertige Lederaktentasche unter den Arm geklemmt.

„Von Haltern. Wir hatten telefoniert. Ich komme gleich zur Sache. Hat sich Ihr Sohn Ihnen gegenüber geöffnet?", fragte der Rechtsanwalt direkt, ohne Zeit für Höflichkeitsfloskeln zu verschwenden. Kesslers schüttelten den Kopf.

„Gut, Conny, ich soll dich als dein Rechtsanwalt vertreten. Wenn ich das vernünftig durchführen soll, musst du mir vertrauen und genau sagen, was passiert ist. Machst du das nicht, schreibe ich deinen Eltern eine Rechnung über fünfhundert Euro, verschwinde wieder und überlasse dich deinem Schicksal. Ich gebe deinem Vater jetzt die Mandatsübertragung zur Unterschrift. So lange hast du Zeit, dir deine Antwort zu überlegen. In Ordnung?", überrumpelte der Anwalt den Beschuldigten, legte Andi Kessler ein vorbereitetes Schreiben und einen Stift vor.

Mit einem Seitenblick auf den 14-Jährigen setzte er ihm das Messer buchstäblich auf die Brust. „Sollen deine Eltern dabei sein oder willst du mit mir allein sprechen?"

„Allein", flüsterte Conny zur Überraschung seiner Eltern. Andi bestätigte das Mandat und verließ mit seiner Frau den Vernehmungsraum für etwa zwanzig Minuten.

Die Tür öffnete sich. „So, wir wären dann so weit und können mit der Vernehmung beginnen. Ich gehe davon aus, dass Sie mit hineingehen, Herr und Frau Kessler", stellte Dr. von Haltern nur fest.

Die Vernehmung von Conrad Kessler erfolgte durch den Leiter der Mordkommission ‚Schulhof', Jan Radek, und die Leiterin der Mordkommission ‚Eichengrund', Martina Herbert, die offiziell eröffnete.

„Die Beschuldigtenvernehmung des 14-jährigen Conrad Kessler erfolgt in Anwesenheit des Ersten Kriminalhauptkommissars Jan Radek, beiden Elternteilen, Anna und Andreas Kessler, sowie dem Rechtsbeistand des Beschuldigten, Herrn Dr. von Haltern. Verantwortlich für diese Vernehmung zeichnet Kriminalhauptkommissarin Martina Herbert.

Beginn der Vernehmung: 16:25 Uhr.

„Conrad Kessler, dir wird zur Last gelegt, als Mittäter an den Morden zum Nachteil von Kim Meininger und der Polizistin Susi Reimann beteiligt zu sein. Zudem wird dir eine Bedrohung mit einer Schusswaffe in Form eines versuchten Amoklaufes in der KGS Bargenstedt vorgeworfen. Als Beschuldigter hast du das Recht, zu den Vorwürfen zu schweigen und über deinen Anwalt eigene Beweisanträge einzureichen. Angaben zu deiner Person musst du allerdings abgeben. Hast du das verstanden und möchtest du dich zu den Vorwürfen äußern?“, belehrte die Ermittlerin den beschuldigten Jugendlichen.

„Frau Herbert, ich glaube, das können wir abkürzen. Conny, seit wann bist du vierzehn Jahre alt?“, sprach der Anwalt seinen Mandanten an.

„Ich habe heute meinen vierzehnten Geburtstag“, bestätigte er.

Jan Radek sah seine Kollegin vorwurfsvoll an und warf auch sich vor, dass ihm das genaue Alter des Jungen nicht mehr präsent war.

„Danke, Conny, ich stelle auch für das Protokoll fest, dass mein Mandant zur Tatzeit der beiden Tötungsdelikte mit dreizehn Jahren nicht strafmündig war. Er kann daher zu diesen beiden Taten als Beschuldigter weder vernommen noch strafrechtlich belangt werden. Strafprozessuale Maßnahmen gegen meinen Mandanten sind in diesen beiden Fällen ebenfalls nicht zulässig.

Zu den Vorwürfen des von Ihnen geschilderten versuchten Amoklaufs kann ich nur feststellen, dass mein Mandant mit einer scharfen Waffe auf dem Schoß auf dem Schulhof auf einer Bank sitzend angetroffen wurde. Es ist in den Polizeiberichten nachzulesen, dass zu diesem Zeitpunkt niemand konkret bedroht oder gar gefährdet wurde und mein Mandant die Waffe höchstens gegen sich selbst einsetzen wollte. Mein Mandant hatte nicht einmal den Versuch unternommen, mit der Waffe zurück ins Schulgebäude zu gelangen. Ich muss weiter feststellen, dass Conrad Kessler sich vor der Pause bereits im Besitz der Waffe sogar im Schulgebäude aufgehalten hatte. Auch hier kam es zu keinerlei Bedrohungs- oder Gefährdungssituation. Die Maßnahmen der besorgten Schulleiterin waren umsichtig, jedoch durch das passive Verhalten meines Mandanten objektiv überzogen. Ich muss daher feststellen, dass ein Amoklauf meines Mandanten nicht im Geringsten geplant war und dazu auch nicht angesetzt oder sogar durchgeführt wurde.

Mein Mandant wird sich des unberechtigten Führens und des temporären Besitzes einer Schusswaffe verantworten müssen, was allein sicherlich keine freiheitsentziehenden Maßnahmen rechtfertigt. Angaben macht er hierzu nicht. Der hier Beschuldigte ist in die Obhut seiner Eltern zu entlassen. Weitere Sanktionen, insbesondere Sicherheitsverwahrung, sind nicht zulässig", referierte der Rechtsanwalt.

Nach einem weiteren Blickkontakt zwischen Jan Radek und Martina Herbert sprach die verantwortliche Ermittlerin in ihr Diktiergerät: „Ende der Vernehmung: 16:43 Uhr."

Dr. von Haltern schrieb eine kurze WhatsApp-Nachricht und wartete auf dem Flur des Fachkommissariates für Tötungsdelikte, als sich die Tür des zweiten Vernehmungsraumes öffnete.

„Hallo, Meinhard, wir sind durch. Wie sieht es bei euch aus? Hast du einen Moment auf einen Kaffee?", erkundigte sich Dr. von Haltern bei seinem Partner der gemeinsamen Sozietät, Rechtsanwalt Meinhard Hinrichs, dem Rechtsbeistand von Familie Oltendorf.

Im Gegensatz zu Conny hatte sich Hannes seinen Eltern im Beisein des Rechtsanwaltes geöffnet.

Die beiden Verteidiger stimmten sich in der Kantine der Polizeiinspektion kurz ab und Meinhard Hinrichs kehrte zu Familie Oltendorf zurück.

„Ich habe mich mit meinem Partner ausgetauscht. Es besteht das juristische Problem, dass Conny für seinen Anteil an den Taten nicht belangt, nicht einmal angeklagt werden kann. Er war zum Zeitpunkt der Morde noch dreizehn Jahre alt und somit strafunmündig. Die Schilderungen von Hannes klingen plausibel, reichen ohne Beweise oder ein Geständnis von Conrad Kessler aber nicht aus. Die veröffentlichten Videos zeigen Ihren Sohn bei der Tatausübung. Dazu kommt, dass Hannes schon vierzehn war und er damit voll verantwortlich ist. Ich habe mich mit meinem Kollegen dahin gehend abgestimmt, dass wir die Polizei erst mal kommen lassen. Hannes macht keinerlei Aussage und wir reagieren punktuell auf die Vorwürfe. Wir beantragen Akteneinsicht und müssen die ersten Gutachten abwarten. Wir dürfen unser Pulver nicht zu schnell verschießen", schlug der Anwalt vor.

„Was passiert in dieser Zeit mit unserem Sohn?", fragte Dr. Kerstin Oltendorf verunsichert nach.

„Ich kann Ihnen dabei keine falsche Hoffnung machen. Hannes wird in der JVA Hameln in Untersuchungshaft genommen", kündigte der Rechtsanwalt unmissverständlich an.

„Johannes, unser Kind im Knast. Das geht nicht. Mach etwas!", bettelte seine Frau.

„Es tut mir leid, Sie können nichts tun, Frau Dr. Oltendorf", erklärte der Anwalt bedauernd.

„Und der echte skrupellose Täter geht hier raus, ohne dass jemand dagegen etwas unternehmen kann? Nur wegen eines Geburtstages?" Kerstin Oltendorf war verzweifelt.

Meinhard Hinrichs nickte nur, was nach der formalen Vernehmung durch den Leiter des Fachkommissariates 1, Jan Radek, bestätigt wurde.

„Wir führen Hannes nun dem Haftrichter vor. Die Staatsanwältin Dr. Anne Weber hatte bereits den Haftbefehl für Ihren

Mandanten beantragt. Unter den uns bislang bekannten Umständen müssen wir davon ausgehen, dass er unmittelbar vollstreckt wird", kündigte der Ermittler an.

Kesslers wollten die Polizeidienststelle verlassen, als sie draußen eine aufgebrachte Menschenmenge wahrnahmen.

„Mörder!", schrien Hunderte Bürger und Bürgerinnen unter Begleitung der Medien und blockierten die Ausgänge des Polizeigebäudes. Mittendrin erkannten sie Familie Meininger, die im Fokus der Kameras stand.

Andi Kessler ging in die Wache, in der die Spätschicht ihren Dienst bereits übernommen hatte.

„Leute, ihr seht ja, was da draußen los ist. Könnt ihr uns da durchlotsen?", bat er höflich. Seine Kolleginnen und Kollegen blickten unbeteiligt zu Boden, nur der Einsatzführer, mit dem Andi sogar befreundet war, blickte ihm ins Gesicht. „Nein, Andi, wir chauffieren keine Polizistenmörder, und ich glaube, du hättest noch ganz andere Sachen mit ihnen gemacht. Bitte verlass die Wache. Das ist nicht mehr deine Dienststelle", behauptete der Oberkommissar.

„Sag mal, spinnst du jetzt völlig?", echauffierte sich Andi Kessler, als sein Vorgesetzter Siggi Strecker ihn ansprach. „Andi, kommt ihr mal in mein Büro?"

„Macht die Tür zu. Ich spreche ganz offen zu euch. Anna soll ruhig zuhören, Conny bleibt bei den Kollegen. Das Jugendamt hat sich angekündigt und wird heute schon mit einem richterlichen Beschluss Conny für sechs Wochen in einer sozialpsychiatrischen Einrichtung unterbringen. Dann sehen wir weiter. So lange kann er hierbleiben. Das Präsidium hat gerade angerufen. Du nimmst ab sofort sämtliche Überstunden und tauchst ab.

Ihr bekommt das alleine nicht hin. Haltet euch ein paar Wochen aus der Schusslinie, es wird schwer genug. Der Kollege hat recht. Du wirst nach deiner Auszeit nicht wieder in diese Dienststelle zurückkehren können. Man wird dir außerhalb im Innendienst etwas anbieten, was du erst mal annehmen solltest. Ich habe eine Streife zu eurem Haus geschickt, damit sie es nicht abbrennen. Es wimmelt dort von aufgebrachten Bürgern und der Presse. Könnt ihr irgendwo unauffällig unterkommen?", fragte der Vorgesetzte.

„Vielleicht bei meinen Eltern. Meinen Mädchennamen kennt eigentlich kaum jemand. Sie wohnen im Harz", erwähnte Anna Kessler.

„Okay, ich habe eine Idee. Ruf sie an. Sie sollen in einer Stunde auf der Autobahnraststätte ‚Hildesheimer Börde' sein", wies Siggi Strecker an und rief in die Wache: „Thomas, komm mal rüber!", womit er den Dienstschichtleiter meinte. Ihm erteilte er klare Anweisungen, die dieser nur widerwillig entgegennahm.

Strecker suchte das Gespräch mit Jan Radek, um sich abzustimmen, und kehrte zu Kesslers zurück.

„Hört zu, die Pressesprecherin gibt vor der Dienststelle ein Statement ab und bindet die Meute und Reporter. Meine Leute fahren ein Ablenkungsmanöver mit zwei Fahrzeugen mit Blaulicht aus der Tiefgarage. In der Mitte fährt ein ziviler VW Bus mit abgedunkelten Scheiben. Eine Minute später fahre ich nach Hause, während ihr euch unter Decken auf der Ladefläche versteckt", teilte der Vorgesetzte mit.

Sie verließen in einem Mercedes T-Modell ungehindert die Polizeiinspektion und Siggi Strecker begleitete das Ehepaar Kessler auf die Autobahnraststätte, auf der sie von Annas Eltern empfangen wurden. Von dort aus wurden sie unerkannt in den Harz gebracht.

Hannes wurde ebenso anonym an der aufgebrachten Meute dem Haftrichter vorgeführt, während Oltendorfs in dem Pkw ihres Rechtsanwaltes das Gebäude verlassen konnten.

Der Untersuchungshaftbefehl wurde verkündet und der 14-Jährige kam unmittelbar danach in die Jugendanstalt Hameln, die mit insgesamt fast achthundert Haftplätzen größte Jugendstrafanstalt Deutschlands.

Das Telefon von Dr. Kerstin Oltendorf klingelte. Es war Thorsten Büthe.

„Wie ist es gelaufen?“, wollte er in Erfahrung bringen.

„Herr Büthe, Sie hatten mir angeboten, uns zu helfen. Stehen Sie noch dazu?“, musste die Mutter von Hannes sichergehen.

„Ich pflege meine Versprechen auch zu halten, wobei ich gewisse Spielregeln einhalten muss, Frau Dr. Oltendorf“, bestätigte der LKA-Beamte mit Einschränkungen.

„Wir sind gerade auf dem Weg in die Kanzlei unseres Anwalts in die Parkstraße 12–16 in Bargenstedt. Ich möchte Sie bitten, zu uns zu kommen. Wäre das möglich?“, bat sie.

„Ich bin in dreißig Minuten da“, kündigte der eigentlich dienstunfähige Profiler an.

„Sie wollen einen LKA-Beamten ins Vertrauen ziehen? Allein aus seiner beruflichen Rolle heraus kann er nicht neutral sein und kann vertrauliche Dinge nicht für sich behalten. Seien Sie vorsichtig“, mahnte Meinhard Hinrichs, wobei ihm Dr. Johannes Oltendorf beipflichtete.

Die Ärztin bestand darauf und ließ keine weiteren Diskussionen zu.

„Schatz, kannst du mich zur Kanzlei fahren?", bat er seine Frau Vicci, die wusste, dass sie ihren Mann nach wochenlanger Abstinenz in seinem Job nicht davon abhalten konnte.

Thorsten rief aus dem Auto bei seiner Vertreterin Kristin Bäumer an. „Hey, Kristin, sag mal, ich habe gehört, dass keiner der beiden Jungen sich zu den Taten geäußert hat. Ist das richtig?", fragte er direkt.

„Das stimmt, wo hast du denn das schon wieder her?", wunderte sich die Kollegin. Der angeschlagene Profiler ignorierte die Frage und regte an:

„Würde es dann nicht sinnvoll sein, dass ihr in beiden Taten zumindest eine Rekonstruktion durchführt. Vielleicht schafft ihr es, die einzelnen Tatbeiträge zuzuordnen. Das hat doch schon öfter funktioniert."

Kristin und Thorsten kannten sich mittlerweile dreißig Jahre und er wusste, wie sie tickt, und stieß auf offene Ohren.

„Wir sind aus einem Holz geschnitzt, mein Lieber. Wir saßen gerade mit beiden Mordkommissionen zusammen und ich habe genau das vorgeschlagen. Martina und Jan haben wir auf unserer Seite. Aber die Staatsanwältin macht komplett dicht. Ihr reichen die Videos als Beweis der Täterschaft von Hannes. Conny ist nicht schuldfähig, sodass Hannes die beiden Morde voll verantworten muss und sie die Höchststrafe beantragen wird. Der Fall muss schnellstens Erfolge zeigen und aus dem Fokus der Öffentlichkeit kommen. Sie wird keine Rekonstruktionen zulassen und sie ist nun mal Herrin des Verfahrens. Wir sind raus. Tut mir leid", klärte die aktuelle OFA-Leiterin auf.

„Habt ihr die sieben verfehlten Schüsse auf die Polizistin zuordnen können?“, fragte Thorsten Büthe nicht ohne Hintergedanken.

„Ja, wir haben ein entsprechendes Gutachten in Auftrag gegeben und den Leichenfundort samt Einschüssen im Opfer und in die Beete vermessen und visualisieren lassen. Wir rechnen in den nächsten Tagen mit dem Ergebnis“, kündigte Kristin Bäumer an.

„Ich will nur wissen, ob ihr von euch aus tiefer einsteigen wollt. Ich habe eine Idee und kann euch wieder ins Spiel bringen. Wäre das okay, Kristin?“, verkündete ihr Chef geheimnisvoll.

„Wenn sie uns danach nicht alle in den Knast stecken, sind wir dabei. Ich wünsche dir gute Besserung. Lass dich von Vicci pflegen, genieße die Ruhe und leg die Beine hoch“, lachte sie provokativ.

In der Parkstraße standen alte, ehrwürdige Gründerzeitvillen, die top restauriert waren. Sie beherbergten Steuerberater- und Anwaltskanzleien, zu denen auch die von Dr. von Haltern und Meinhard Hinrichs zählten. Thorsten fiel ein Stein vom Herzen, dass man an dieses kleine Schloss einen gläsernen Außenfahrstuhl angebracht hatte, der sie in das geräumige Obergeschoss der Villa beförderte.

Hier wurden sie von der attraktiven Büroleiterin empfangen, die das Ehepaar Büthe in einen großzügigen Besprechungsraum mit einer beeindruckenden Deckenmalerei samt Stuckdecke führte.

Ein überdimensionaler Kronleuchter illuminierte den riesigen Besprechungstisch, der aus einer einzigen Baumscheibe gefertigt war. Er musste ein Vermögen gekostet haben. Auch an hochwertiger Technik samt zweier Smartboards an den Stirnseiten des Tisches hatte man nicht gespart.

Rechtsanwalt Meinhard Hinrichs stellte sich dem Ehepaar Büthe vor und kam umgehend zur Sache.

„Frau Dr. Oltendorf hat mich über Ihr Verhältnis als Patient auf ihrer Station und über Ihren eigentlichen Beruf in Kenntnis gesetzt. Ich war daher verwundert, als Sie Familie Oltendorf das Angebot unterbreiteten, sie in diesen beiden Fällen, in denen es immerhin um den Mord an einer Mitschülerin und einer Polizistin geht, unterstützen wollen. Mit Verlaub, Herr Büthe, wie stellen Sie sich das vor? Ich vertrete einen mutmaßlichen Mörder und vor uns steht ein aktiver LKA-Beamter, der uns beraten und unterstützen will. Was steckt dahinter?“, wunderte sich der Jurist.

„Lassen Sie es mich so formulieren. Ich bin derzeit krankgeschrieben und nicht offiziell in den Fall involviert. Es ist Ihnen nicht neu, dass auch die Polizei sämtliche be- und entlastenden Aspekte einer Tat erheben und berücksichtigen muss. Und genau das tue ich im Moment und sehe überhaupt keine Probleme. Zudem stehe ich mit meinem Team im Kontakt. Ohne aktuell näher darauf einzugehen, besteht in beiden Fällen in einigen Bereichen Klärungsbedarf, was den Ablauf der Taten angeht. Neben Ihrem Mandanten muss es zumindest einen weiteren Tatbeteiligten geben, der das Video gedreht hat. Ich beschreibe mal im Konjunktiv meine Gedanken. Die Staatsanwaltschaft könnte aus gutem Grund auf die Idee kommen, dass es sich bei dem weiteren Tatbeteiligten um den seinerzeit schuldunfähigen Conny K. handelt, der zumindest die Kamera geführt hat. Egal, an welchen Tathandlungen er noch beteiligt war, er darf nicht angeklagt werden. Hannes wird bei der Tatausführung einer Vergewaltigung eines hilflosen Opfers, der Tötung des Mädchens und der Erschießung einer am Boden liegenden Polizistin gefilmt. Mehr braucht die Staatsanwaltschaft nicht. Egal, welche Version Hannes zu der Beteiligung von Conny vorbringt. Wenn Conny Ihren Mandanten nicht durch ein Geständnis entlastet, wird Hannes die volle Härte des Gesetzes treffen. Das erwarten die Angehörigen, das erwartet die Öffentlichkeit, das erwarten die Medien und das erwartet die Politik. Ein kurzer, knackiger Prozess, der die Ermittlungsbehörden als kompetent und durchgreifend darstellt. Hannes wird zehn Jahre in den Jugendknast gehen. Er wird ein anderer Mensch sein, wenn er mit vierundzwanzig Jahren wieder vor Ihnen steht. Dazu gefilterte Informationen nach außen und keine Details aus Opferschutzgründen. Das ist doch einfach, oder? Und jetzt frage ich Sie: Wie sieht Ihre Strategie aus, Ihrem Mandanten einen fairen Prozess zu gewährleisten, Herr Hinrichs? Ach, Entschuldigung, eines noch: Liebes Ehepaar Oltendorf, ich schildere Ihnen jetzt Worst-Case-Szenarien, an die Sie heute noch nicht denken. Was, glauben Sie, werden Ihre Arbeitgeber sagen, wenn Sie morgen oder in den nächsten Tagen wieder die Stationsleitung in Bad Münder und die Notaufnahme im Kreiskrankenhaus übernehmen wollen? Wie werden Ihre Kollegen Ihnen entgegentreten, wie die Patienten während der Visite, Frau Dr. Oltendorf? Wie wird es bei Ihnen sein, Herr Dr. Oltendorf? Waren Sie es nicht, der sowohl bei Kim vor Ort und im OP um ihr Leben gekämpft hat? Waren Sie nicht bei der Polizistin und konnten ihr vor Ort nicht mehr helfen? Wie, glauben Sie, werden Sie von Ihren Kollegen und Kolleginnen empfangen? Was machen Sie, wenn Ihre Patienten darum bitten, von einem anderen Arzt behandelt zu werden? Es tut mir leid, dass ich Ihnen das so sagen muss, aber wie werden Ihre Vorgesetzten mit dieser Situation umgehen? Wie Ihre Freunde, Nachbarn und Verwandten? Ihr Leben ist ab heute ein völlig anderes. Sie und auch Kesslers sind als Eltern die Opfer dieser beiden Täter", stellte Thorsten Büthe schonungslos in den Raum, in dem plötzlich betroffene Stille herrschte.

„Jetzt gestehe ich Ihnen meinen Interessenkonflikt. Ich könnte Sie bitten, mir zu schildern, wie sich Hannes Ihnen gegenüber geäußert hat. Das zwingt mich, einen offiziellen Bericht zu schreiben. Sie könnten allerdings auch Ihre eigenen Hypothesen aufstellen, was sich eventuell an den beiden Tatorten ereignet haben könnte. Da sind wir alle auf der sicheren Seite. Bitte vertrauen Sie mir", bot der Profiler an.

Der Rechtsanwalt schluckte und bat Büthes, sie kurz allein zu lassen und sich am Empfang von seiner Mitarbeiterin einen Kaffee bringen zu lassen.

„Musste das sein? Die sind jetzt fix und fertig", mahnte Vicci.

„Ja, Schatz, es musste sein. Sie denken aktuell nur an Hannes. Aber alles kann schon morgen auf sie einprasseln", rechtfertigte sich Thorsten, als sich nach zehn Minuten die Tür zum Konferenzraum öffnete und Büthes hereingebeten wurden.

Kristin Oltendorf wischte sich die Tränen aus dem Gesicht. Auch die Augen ihres Mannes waren stark gerötet.

„Ich habe mit dem Ehepaar Oltendorf gesprochen. Sie haben leider recht und uns bleibt gar nichts anderes übrig, als Ihnen zu vertrauen. Wir müssen aktuell nach jedem Strohhalm greifen", erläuterte Meinhard Hinrichs unter zustimmendem Nicken des Ehepaars Oltendorf.

Der Rechtsanwalt begann mit seiner Schilderung über die Vorstellung der Tat, die Thorsten Büthe nachvollziehen konnte.

„Das ist eine Variante, die ich mir vorstellen könnte, Herr Büthe. Selbst wenn es so wäre, hätten wir keine Chance, das vor Gericht beweissicher einzubringen", resümierte der erfahrene Strafverteidiger.

„Herr Hinrichs, ich habe eine Bitte. Stellen Sie beim Gericht einen Beweisantrag zur Durchführung je einer objektiven Tathergangsrekonstruktion durch die OFA Niedersachsen. Das verschafft Ihnen Klarheit, und wenn Hannes noch eine Chance haben soll, ist es dieser Weg", mutmaßte der Profiler.

Erst nach Stunden, zu Beginn der Dämmerung, löste sich die Menschenansammlung vor der Polizeiinspektion auf und es kehrte wieder Ruhe ein. Die Nachrichten aus Bargenstedt hatten sich Plätze in der „Tagesschau" und den „Tagesthemen" gesichert.

Das Ehepaar Oltendorf wurde von Vicci und Thorsten Büthe zurück zum Parkplatz vor dem Polizeigebäude gefahren. Sie konnten ihren SUV allerdings nicht mehr nutzen, da alle vier Reifen zerstochen waren. Nur unter Vermittlung des LKA-Beamten gelang es, die Eltern von Hannes unter Polizeischutz nach Hause fahren zu lassen. Ihre Ankunft wurde von einem Blitzlichtgewitter von Reportern und aufgebrachten Bürgern begleitet, die auf ihre Rückkehr begierig gewartet hatten. Das Ärztepaar war schockiert. Die weißen Wände ihres Hauses waren mit Farbschmierereien und Beschimpfungen versehen. Reste von Eiern liefen die Wände und Fenster herunter. Ihnen blieb nichts anderes übrig, als ein paar Sachen zu packen und

Bargenstedt für ein paar Tage zu verlassen, bis sich der Aufruhr gelegt hatte. Sie verstauten einen Koffer und eine Reisetasche auf den Notsitzen des Porsche 911 von Kerstin Oltendorf und verließen das Grundstück, wobei sich die Polizeibeamten gerade noch bereit erklärt hatten, den Weg bis zur Straße freizuhalten. Die Eierwürfe, Tritte und Schläge gegen den teuren Sportwagen konnten jedoch die Beamten nicht verhindern. Versuche von einzelnen TV-Teams, dem schnellen Sportwagen zu folgen, schlugen durch den rasanten Fahrstil von Kerstin Oltendorf fehl.

Sie wollten nur raus und hofften, dass niemand von dem festen Liegeplatz ihres Segelbootes im Hafen von Kühlungsborn wusste, den sie nun direkt ansteuerten.

Beide Ärzte konnten ihre Professoren noch am Abend erreichen und ihnen die aktuelle Situation schildern. Sie mussten an die Worte von Thorsten Büthe denken, denn ihre Vorgesetzten verhielten sich distanziert, weil sie sich um den guten Ruf der Kliniken sorgten. Ihre Dienste waren schon von anderen Kollegen übernommen worden. Das sonst äußerst anerkannte Ärztepaar wurde bis auf Weiteres freigestellt.

Am nächsten Morgen kam der Schwiegervater von Andi Kessler vom Bäcker zurück und hatte die aktuelle Ausgabe der ‚Brillant' mitgebracht. Die Titelseite dominierte ein fast seitenfüllendes Foto. Die Schlagseite dazu lautete:

„Wusste der Polizist Andreas K. bei der Umarmung der Mutter von Kim schon, dass sein eigener 13-jähriger Sohn Conny Mittäter bei dem brutalen Sexualmord war?"

Die reißerische Berichterstattung setzte sich auf den Folgeseiten mit leicht gepixelten Fotos von Connys Mutter und Hannes' Vater fort.

„Das ist an Tragik nicht zu überbieten!

Der Notarzt Dr. O. und die Krankenschwester Anna K. versorgten beide Opfer ihrer Söhne.

Haben sie wirklich alles gegeben?"

Kapitel 19
Der Auftrag

Dr. Anne Weber hatte die Anklage gegen Hannes Oltendorf wegen zweifachen Mordes erhoben und dem Landgericht Hannover vorgelegt, welches nach Prüfung der Fakten einen Eröffnungsbeschluss zum Hauptverfahren erlassen hatte.

Das OFA des LKA Niedersachsen saß in einer Besprechung mit den beiden Verantwortlichen der Mordkommissionen, Martina Herbert und Jan Radek, zusammen und strukturierte noch ausstehende Ermittlungen.

Das Handy von Kristin klingelte.

„Guten Morgen, Frau Bäumer, hier ist Dr. Frank Harder, ich bin Vorsitzender Richter der Jugendkammer des Landgerichtes Hannover. Wir haben gerade die beiden Tötungsdelikte zum Nachteil der Kim Meininger und Susanne Reimann übernommen, und ich bereite die Hauptverhandlung vor. Ich gehe davon aus, dass Sie in die Untersuchungen um beide Fälle involviert waren oder es sogar noch sind. Ist das richtig?“, wollte der Richter wissen.

„Guten Morgen, Dr. Harder. Sie kennen unsere Arbeit. Wir sind in beiden Vorgängen noch beratend tätig“, formulierte die OFA-Leiterin zurückhaltend.

„Wie kann ich mir diese Beratung vorstellen? Haben Sie beide Fälle fallanalytisch aufgearbeitet?“, fragte der Richter direkt.

„Nein, wir hatten es angeboten, aber die Staatsanwaltschaft sah eine Fallanalyse aufgrund der aktuellen Entwicklung für nicht erforderlich“, antwortete die Profilerin ehrlich.

„Danke für Ihre Offenheit. Ich ordne hiermit die Erstellung je einer Tatrekonstruktion durch Ihr Team im Rahmen der Beweiserhebung des Hauptverfahrens an. Wann können Sie damit beginnen, Frau Bäumer?“, hakte der Richter sofort nach.

Kristin kannte Dr. Harder schon aus anderen Verfahren. Sie mochten sich und konnten sich offen austauschen.

„Das hören wir gern, Dr. Harder. Wäre Ihnen heute recht?“, bot die LKA-Beamtin an.

„So habe ich mir das vorgestellt. Wann kann ich mit einem schriftlichen Ergebnis rechnen, Frau Bäumer?“, ließ der Richter nicht locker.

„Haben wir eine Woche?“, handelte Kristin aus.

„Wunderbar, herzlichen Dank für Ihr Engagement, Frau Bäumer, und viele Grüße an Ihr Team“, beendete Dr. Harder das Gespräch.

Motivation und Wertschätzung kann so einfach sein, dachte sich die OFA-Leiterin und musste schmunzeln. Da hatte doch Thorsten seine Finger drin.

„So, Leute, ich weiß nicht, wie das passiert ist, aber wir legen offiziell in beiden Fällen los. Der Vorsitzende der Jugendkammer des Landgerichtes hat uns direkt beauftragt. Wir haben eine Woche“, kündigte Kristin Bäumer an.

„Das wird der Staatsanwaltschaft nicht gefallen“, bemerkte Jan Radek, war aber froh, dass er das Portfolio der OFA über diesen Weg einbringen konnte.

Thorsten Büthe las beruhigt die WhatsApp-Nachricht des Rechtsanwaltes Meinhard Hinrichs. „Dem Beweisantrag wurde stattgegeben. Vielen Dank."

Mehr musste er nicht tun, und er wusste, dass er sich auf sein Team verlassen konnte.

Kapitel 20
Die Tatrekonstruktionen

Maik Holzner hatte die Informationen zum Fall Kim Meininger bereits für das Analyseteam strukturiert.

Im Analyseraum der OFA saßen neben Kristin Bäumer und Maik Holzner auch Saskia Münter und Leander Reinert sowie die LKA-Psychologin Carlotta Bayer-Westholdt zusammen.

In der Vorbereitung hatte der verantwortliche Fallanalytiker für den Fall Kim Meininger sämtliche Einzelheiten zu dem 15-jährigen Opfer zusammengeführt, der ersten wichtigen Säule einer Fallanalyse.

Ihre Persönlichkeit, das familiäre und soziale Umfeld, Hobbys sowie die Erkenntnisse aus Social Media und ihren Handydaten wurden mit einbezogen. Im Fokus der ersten Bewertung standen die Routinen und der Ablauf des vorherigen sowie des Tattages.

Hierzu luden sie einen Experten für die Funkzellenabfrage ein. Der konnte über Handyauswertung exakt bestimmen, wann sich das Mobiltelefon von Kim wo aufgehalten hatte und ein- und ausgeschaltet wurde.

Die zweite Säule umfasste die rechtsmedizinische Diagnose zu Verletzungen und sexuellen Handlungen am Opfer. Hier suchte das Analyseteam das rechtsmedizinische Institut in der Medizinischen Hochschule Hannover auf und ließ sich diese Erkenntnisse und Einschätzungen von Dr. Sandra Stockinger persönlich erläutern.

Die dritte Säule beinhaltete sämtliche Informationen, die am Tatort zu erlangen waren, zur objektiven Spurenlage. Anhand der Tatortfotos und -videos gingen sie mit zwei Kriminaltechnikern, die sämtliche Spuren gesichert hatten, unter Vorlage des objektiven Tatortbefundes und des Spurensicherungsberichtes alles step by step durch.

Erst jetzt war das OFA-Team für die eigentliche Tatrekonstruktion optimal vorbereitet.

Mit einer weiblichen Rekonstruktionspuppe, ähnlichem Nylonband zur Fixierung, Panzerband zur Knebelung, Foto- und Videoausrüstung, einem Spurensicherungskoffer und einem Laptop bewaffnet, suchte das Team früh morgens um sechs Uhr das Schulgelände der KGS auf. Ein Streifenwagen der Polizeiinspektion Bargenstedt sicherte den Bereich um die Tischtennisplatte gegen dreiste Zuschauer und vor allem die Presse ab.

Nicht einmal den Hausmeister hatten sie in Kenntnis gesetzt, um nicht seine Neugierde zu wecken.

Auf dem Laptop öffneten sie die ersten Fotos, die Polizeioberkommissar Kessler von der Lage des noch schwer verletzten Opfers gemacht hatte, und parallel die Videos, die Hannes beim Geschlechtsverkehr sowie dem Einstechen auf das Opfer zeigten.

Die Rekonstruktionspuppe hatte das Team ähnlich mit T-Shirt und Rock bekleidet. Sie war derart flexibel, dass sie die

Position des Opfers exakt so darstellen konnten, wie auf den Fotos und Videos zu sehen war.

Das Team schlang drei Lagen Panzerband um Mund und Nackenbereich. Sie fixierten die Arme beidseitig über dem Kopf an dem Metallgitter der Tischtennisplatte mit dem fast identischen Nylonband und positionierten die Puppe so, wie von der Chronologie auf dem Video des sexuellen Missbrauchs zu sehen war. Leander Reinert schnitt mit einem Messer das T-Shirt und den BH auf, entfernte den Slip und spreizte die Beine der Puppe.

Dann nahm Kristin Bäumer das Zepter in die Hand.

„Schaut bitte noch mal. Haben wir jetzt alles so wie im Video vorbereitet? Okay. Maik, Hannes hat etwa deine Größe. Übernimmst du bitte seinen Part? Die Hose kannst du anlassen", bat die Team-Leiterin. Maik Holzner positionierte sich zwischen den Beinen der Puppe, die etwa die gleiche Körpergröße hatte wie auch Kim Meininger.

„Leander, versuch bitte die gleiche Stellung zu finden, mit der das Video aufgenommen wurde", wies Kristin an, während Saskia Münter und Carlotta Bayer-Westholdt anhand des Videos die Position des Opfers und Täters prüften.

„Von hier aus müsste es passen", bestätigte Leander und ließ sein Team einen Blick auf sein Display werfen.

„Okay, dann können wir starten", stellte die OFA-Leiterin fest und ergänzte.

„Wir dürfen nicht vergessen, dass Kim bereits im Gesicht schwer lädiert war und sie schon eine Vielzahl von Bruststichen aufwies. Ihr Gesicht ist als solches nicht mehr zu erkennen. Sie zeigt im Video während des Missbrauchs keine vitalen Zeichen mehr", stellte Kristin nüchtern fest und sprach den ‚Täter' an.

„Wie fühlst du dich gerade, Maik?“, erkundigte sich Kristin nach seinem Befinden in der Rolle.

„Ganz ehrlich? Beschissen. Auch ich bekomme die Bilder nicht aus dem Kopf und muss mich zusammenreißen. Ich schätze aber, euch geht es nicht anders. Kann es sein, dass ich mit 175 Zentimetern knapp fünf Zentimeter größer bin als Hannes?“, stellte Maik in den Raum.

Leander bestätigte nach einem Blick in seinen Laptop die Vermutung seines Kollegen.

„Nicht ganz. Hannes ist 171 Zentimeter groß“, ergänzte sein Kollege.

„Schaut mal, schon ich hätte Probleme, mit meinem Geschlechtsteil allein über die Tischtennisplatte zu kommen. Wenn ich die Bewegung mit meinem Becken mache, die Hannes in dem Video vollzieht, hätte ich überhaupt keinen Halt und keine Kontrolle über das Opfer. Außerdem liegt der Genitalbereich des Opfers viel zu weit hinten. Ich müsste die Puppe viel weiter an mich heranziehen. Schaut mal rein“, forderte Maik Holzner auf.

In dem Video führte Hannes Beckenbewegungen nach vorn und wieder nach hinten aus. Seine Arme hingen seitlich am Körper, berührten weder die Tischtennisplatte noch das Opfer selbst.

„Sexuelle Erregung sieht anders aus“, äußerte Carlotta und setzte fort: „Wenn ich seinen Blick zurück in die Kamera beurteilen sollte, fiele mir eher Ekel, Verzweiflung und Angst ein.“

Saskia blieb anfangs zurückhaltend, wobei sie einen ganz wichtigen Aspekt einbrachte.

„Wir sehen nicht nur keinerlei vitale Anzeichen beim Opfer. Es gibt überhaupt keine Bewegung des Körpers von Kim, was bei einem Eindringen sicherlich wahrzunehmen wäre. Ich wage die Hypothese, dass es hier nicht im Ansatz zu einem Geschlechtsverkehr durch Hannes gekommen ist. Unter diesen Umständen wären Carlottas Aussagen zur Deutung seiner Mimik durchaus nachvollziehbar", befand die junge Fallanalytikerin.

„Dem kann ich nur zustimmen. Ein Geschlechtsverkehr wäre unter diesen Bedingungen als Täter nicht umsetzbar", pflichtete Maik bei.

„Ich danke euch für diese Einschätzungen", lobte Kristin ihr Team. „Ich schlage vor, Leander lässt die Kamera laufen, wechselt die Perspektive und jeder von euch stellt seine eigenen Hypothesen vor. Einverstanden?", schlug die OFA-Leiterin vor.

Sie brauchten vier Versuche, bis alles passte und das Team zufrieden war.

„Okay, kommen wir zu Part zwei, dem Einstechen auf Kim", eröffnete Kristin die Bewertung des zweiten Videos.

„Maik, wäre das in Ordnung, dass du noch mal in die Täterrolle schlüpfst? Leander ist einfach zu groß", fragte seine Chefin besorgt.

Maik nickte, brachte sich in Stellung und nahm das baugleiche Messer, das sie extra für die Rekonstruktion besorgt hatten, in die rechte Hand.

Leander spielte das Video des Einstechens mehrfach ab und erklärte die relevanten Fakten, die für die Beurteilung der Situation von Bedeutung waren.

„Wir sehen Kim in unveränderter Haltung. Einzig die Blutlache hatte sich weiter auf der Tischtennisplatte ausgebreitet. Hannes hat sich die Hose wieder hochgezogen und hält in der rechten Hand das Messer. Hier fällt auf, dass sein gebrochener rechter Mittelfinger geschient ist und er das Messer nicht fest umgreifen kann. Er stützt sich mit dem linken Arm auf der Platte ab, beugt sich zum Opfer herunter und führt erst zögerlich das Messer nach unten, was sich steigert. Blut schießt zu beiden Seiten seines Körpers hoch. Erst zum Schluss sticht er wie von Sinnen und in einer schnellen Abfolge weiter zu. Interessant ist, dass jetzt kein Blut mehr spritzt, selbst vom Messer nicht. In der letzten Szene hält er lediglich noch den Messergriff nach oben und sieht wieder mit diesem Blick zurück in die Kamera", interpretierte Leander den Inhalt dieses Videos.

„Danke. Fragen, Anregungen aus dem Team?", fragte Kristin in die Runde.

„Dann leg los, Maik", forderte sie ihren Kollegen auf, die Handlungen aus dem Video nachzustellen.

Der kompetente Fallanalytiker beugte sich nach vorn und erklärte: „Ich komme in dieser Position maximal an den linken Oberschenkel. Bauch oder gar Brust erreiche ich gar nicht. Ich müsste mich viel weiter nach vorn beugen."

Saskia schaltete sich ein: „Stich mal auf die Puppe so hoch wie möglich ein."

Maik schaute noch mal in das Video, um sich nicht weiter nach vorn zu beugen als Hannes, und stach auf den linken Oberschenkel direkt über dem Knie ein.

„Seht ihr?", setzte Saskia fort. „Die Puppe bewegt sich, das Opfer nicht", stellte sie wieder fest.

„Wir oft hat der Täter im Video zugestochen?", vergewisserte sich die LKA-Psychologin.

Leander schaute in seine Notizen. „Ich habe sechsundzwanzig Mal gezählt."

„Und wie viele Stiche haben wir im linken Oberschenkel?“, setzte Carlotta nach.

„Maximal zwei“, wusste Leander, worauf Kristin ergänzte: „Die aber von einem Messer verursacht wurden, das viel breiter war als die sichergestellte Klinge von Hannes’ Messer.“

„Ich bin gleich wieder da“, kündigte Saskia an, ging mitten in der kreativen Phase zum Dienstwagen und kehrte mit ihrer Thermoskanne Tee zurück.

„Ist dir kalt?“, fragte Kristin besorgt und alle waren perplex, als Saskia den Inhalt der Kanne auf der Tischtennisplatte ausgoss.

„Maik, schlägst du mit der flachen Hand in die Teelache? Leander, drehst du?“, forderte die Fallanalytikerin ihre beiden Kollegen auf.

Kristin ahnte, was sie vorhatte. Carlotta wunderte sich nur.

Leander war aufnahmebereit und Maik schlug in dem Tempo, das Hannes in dem Video vorgab, immer wieder mit der flachen Hand in die Teepfütze, die sich auf der Tischtennisplatte ausgedehnt hatte.

Leander hatte die Szene in Zeitlupe gedreht, sodass die Teespritzer, die sich beidseitig von Maiks Oberkörper ausbreiteten, deutlich zu sehen waren.

Saskia legte los.

„Wir haben weder entsprechende Stichverletzungen noch einen so aktiven und druckvollen Kreislauf des Opfers, der solche beidseitigen Spritzrichtungen erklären würde. Wir haben nicht einmal einen einzigen Einstich, der die Ausmaße dieser Klinge aufweist. Wie auch bei der angenommenen Vergewaltigung glaube ich, dass Hannes maximal mit dem Messer in der flachen Hand auf die Betonplatte in die Blutlache geschlagen hat. Nur so konnten sich die Blutspritzer beidseitig ausbilden. Ich glaube, er hat nicht einmal auf Kim eingestochen, und könnte mir vorstellen, dass er aus Angst nur so gehandelt hat", begründete Saskia Münter.

„Ich gebe dir recht, Saskia", bestätigte die Psychologin. „Die gleiche Situation einer möglichen Bedrohung spiegelt sich im Übrigen in dem fast identischen, verzweifelten, ängstlichen Blick wider", schätzte Carlotta ein.

Leander meldete sich nach einem erneuten Blick in das Video zu Wort. „Schaut ihr bitte mal auf diese Sequenz? Hannes dreht sich zur rechten Seite und beugt sich neben die Tischtennisplatte. Ich habe mir die Tatortfotos noch mal angeschaut. Hier sind noch Reste von Erbrochenem", warf er ein.

„War das nicht der Hausmeister, der sich erbrochen hatte?", fragte Maik nach.

„Ja, aber diese Reste haben wir auf diesen Fotos vor der Platte. Seht ihr?", zeigte Leander auf den Fotos.

„Es gibt also zwei Stellen mit Erbrochenem", fasste Kristin zusammen. „Leider ist nur eine im objektiven Befund festgehalten. Vermutlich haben die Kollegen gedacht, dass alles durch den Regen verteilt wurde. Okay, dann lasst uns das mal drehen. Maik, schaffst du es mit einem Versuch, dass deine Klinge auf der Tischtennisplatte abbricht? Dann haben wir zumindest diese mögliche Variante im Kasten", schlug Kristin vor.

Es funktionierte.

Das Team ging alles nochmals durch und prüfte, ob es in ihren Hypothesen noch Unstimmigkeiten gab. Dieser Ablauf aus den beiden Tathergangsrekonstruktionen korrespondierte mit der objektiven Spurenlage und den Erkenntnissen aus den beiden Videos.

Das OFA-Team hatte seine Rekonstruktion noch vor Schulbeginn ungestört umsetzen können.

Sie kehrten zurück in die Dienststelle, um die Erkenntnisse in einem Analysebericht zu verfassen, wofür Kristin und Maik zuständig waren.

Um die Aufarbeitung und Zusammenstellung der Videos und Fotodokumentation kümmerten sich Saskia und Leander.

Carlotta erstellte einen Bericht über die psychologische Einschätzung und Verfassung von Hannes Oltendorf während dieser Tatphasen.

Wider Erwarten kehrten sich die erst belastenden Beweise der Videos in diesem Fall als klares Entlastungsmaterial um.

Jetzt war die Frage zu klären, ob sie in dem Mord an der jungen Polizistin ähnliche Aspekte methodisch herausarbeiten konnten.

Am nächsten Morgen bereitete das OFA-Team die Tatrekonstruktion des Mordes an Susi Reimann genauso systematisch vor. Sie hatten sich entschlossen, diesen Part vor Ort mit den neuen Informationen in der Form wie auf dem Schulgelände nachzustellen.

Sie erfassten sämtliche Informationen zur Person des Opfers und werteten die Alltagsroutinen der Beamtin aus. Normalerweise hätten sie sich mit ihrem Streifenpartner im Vorfeld ausgetauscht, was sie aufgrund der traumatischen Situation von Andreas Kessler allerdings verworfen hatten. Ihr Tagesablauf war durch die Einsatzprotokolle, die Vernehmungen ihres Streifenpartners und den Leiter des Einsatz- und Streifendienstes, Siggi Strecker, transparent geworden.

Erneut suchte das gesamte Team Dr. Sandra Stockinger in der Rechtsmedizin auf, wobei sie ihr vorab die Erkenntnisse aus der Rekonstruktion von Kim Meininger vorstellten, die ihren Fachbereich betrafen. Sandra Stockinger war erstaunt über die Bewertung, stimmte den Hypothesen der OFA aber aus rechtsmedizinischer Sicht vollumfänglich zu.

Im Fall der getöteten Polizistin gingen sie das Sektionsprotokoll sowie die Fotos vom Auffinden und von der Obduktion akribisch durch und Kristin machte der Rechtsmedizinerin den Vorschlag, direkt an der Tatrekonstruktion teilzunehmen, den Sandra Stockinger sofort annahm.

„Sandra, bevor wir jetzt alles noch mal in deinem Büro durchkauen, komm doch einfach morgen Abend mit raus", schlug die OFA-Leiterin vor und sparte dadurch Zeit, die ihnen sonst davonlief.

Das gleiche Angebot unterbreitete sie den verantwortlichen Kriminaltechnikern, die sich dann direkt vor Ort einbringen konnten.

Sie verabredeten sich für den nächsten Abend um 21 Uhr vor dem Grundstück im Eichengrund.

Kapitel 21
Das Trauma nach der Tat

Die Täter waren gefasst. Für Familie Meininger war es ein unerträglicher Umstand, als sie erfuhren, dass sich der damals 13-jährige Sohn des Polizisten nicht einmal in einem Verfahren verantworten musste. Er befand sich nun in psychologischer Behandlung. Man kümmerte sich jetzt um ihn. Das hätte schon früher erfolgen müssen. Auch Meiningers wurden vor wenigen Tagen noch betreut. Jetzt waren die Täter ermittelt, aber wo waren die Betreuer heute? Ein Seelsorger der Kirchengemeinde war stets präsent, wobei die Familie mit der Kirche nicht viel am Hut hatte. Die Polizei hatte Kontakt zum Weißen Ring, einer ehrenamtlichen Opferhilfsorganisation, hergestellt, die Experten und auch psychologische Hilfen vermittelte. Eine pensionierte Polizeibeamtin erklärte ihnen die besondere Situation und was nun juristisch mit dem 14-jährigen Täter und mit 13-jährigen Mittäter geschah. Auch wenn sie das Stichwort ‚Schuldunfähigkeit' aus den Medien schon einmal gehört hatten, waren die Meiningers erschüttert, als ihnen die Mitarbeiterin des Weißen Rings offenbarte, dass Conny überhaupt nicht strafrechtlich belangt werden konnte. Selbst strafprozessuale Maßnahmen wie eine Durchsuchung oder eine Beschuldigtenvernehmung waren juristisch nicht möglich. Für den 14-jährigen Doppelmörder Hannes Oltendorf hingegen war die Höchststrafe nach Jugendstrafrecht auf zehn Jahre begrenzt. Eine lebenslängliche Freiheitsstrafe war für den Haupttäter nicht anwendbar.

„Dann steht der Mörder meiner Tochter mit vierundzwanzig Jahren vor mir im Laden und kauft bei uns ein? Ich weiß nicht, was ich dann mit ihm mache!", wetterte der Vater von Kim.

Das Ehepaar Meininger war nicht fähig, seinen Alltag zu meistern. Auch Melly fühlte sich außerstande, in ihre Schule zurückzukehren, in der sie täglich an ihre Schwester und die beiden Mörder erinnert worden wäre.

Familie Oltendorf telefonierte täglich mit ihrem Anwalt und erkundigte sich nach Hannes. Besuche waren von der Jugendanstalt Hameln bis auf Weiteres unterbunden worden. Meinhard Hinrichs berichtete von der Zustimmung des Gerichtes, die beiden Taten noch einmal durch die OFA des LKA begutachten zu lassen, und sorgte damit für einen kleinen Hoffnungsschimmer. Das Ärztepaar war auf seinem Segelboot von Kühlungsborn aus nach Bornholm gestartet und hoffte, dort unbehelligt ein paar Tage verbringen zu können. Auf dem Weg dorthin starrten beide stundenlang auf den leichten Wellengang der Ostsee und sprachen kein Wort.

Anna Kessler beobachtete ihren Mann, den sie kaum noch ohne eine Flasche Bier sah. Sie hatte Angst, dass er seinen Trost im Alkohol suchte. Mit ihren Eltern saßen sie oft bis in die Nacht an einem großen Tisch vor ihrem Haus in St. Andreasberg. Schlafen konnten sie ohnehin nicht.

„Andi, was machen wir nur, wenn Conny in sechs Wochen wieder zu Hause ist? Wie gehen wir mit ihm um? Alles wird gut? Du bist doch unser Sohn? Nichts wird wieder gut, Andi. Er muss wieder in die Schule. In welche eigentlich? Wie reagieren die Nachbarn, seine Mitschüler, die Lehrer, unsere Freunde, sofern wir überhaupt noch welche haben. Wir beide müssen zusammenhalten, allein schaffen wir das nicht. Andi, wir müssen uns Hilfe holen", flehte Anna Kessler unter Tränen.

Andi war in sich gekehrt und sprang plötzlich auf. „Ich muss nach Hause. Ich muss es wissen", sprach er eher zu sich und ging schwankend auf seinen Pkw zu.

„Stopp, Andi!", hielt ihn sein Schwiegervater zurück und hakte ihn ein. „Du kannst nicht mehr fahren", mahnte der 70-Jährige.

„Ich muss es jetzt tun, und du kannst mich nicht zurückhalten", bestimmte der Polizist.

„Okay, dann komme ich mit und fahre dich. Einverstanden?", stellte sich der Vater von Anna zur Verfügung.

„Schlaf dich doch erst mal aus und morgen sieht der Tag wieder ganz anders aus", versuchte es Annas Mutter mit dieser aktuell völlig überflüssigen Floskel.

„Nein, lass sie. Was sich Andi in den Kopf setzt, macht er sowieso. Dann lieber mit Papa, bevor er heute Nacht allein aufsteht und besoffen losfährt", stellte Anna fest und ging ins Haus.

„Wartet, ich koche euch noch einen Kaffee für die Fahrt", bot Andis Schwiegermutter an und setzte Wasser auf.

Sie übergab ihrem Mann den frisch aufgebrühten Kaffee in einer großen Thermoskanne und eine große Tupperdose mit geschmierten Broten, bevor die beiden Männer in die alte Mercedes-C-Klasse stiegen und Richtung Bargenstedt fuhren.

Der alkoholisierte Polizist schlief auf dem Beifahrersitz schnell ein, sodass sein Schwiegervater seine Ruhe hatte.

Kurz vor Mitternacht erreichten sie das Siedlungshaus der Kesslers. Zu dieser Zeit warteten keine neugierigen Reporter und sie hatten freien Zutritt.

„Was hast du vor, Andi? Kann ich dir helfen?“, machte sein Schwiegervater das Angebot.

„Setz dich einfach. Getränke sind im Kühlschrank“, erwähnte der Polizist und lief ins Obergeschoss. Er drehte in Connys Zimmer alles auf links, wie bei einer polizeilichen Durchsuchung. Er suchte unter dem Bett, in Kissenbezügen und hinter den Schränken. Nach was, wusste er selbst nicht. Als er im gesamten Haus und auch im Keller offensichtlich nichts gefunden hatte, verschwand er mit seiner großen Taschenlampe im Garten. Er stöberte im Gartenhäuschen und im Carport. Schließlich fiel ihm ein, dass Conny als Kind seine Schatzkiste unter dem kleinen Holzhäuschen versteckt hatte. Er legte sich in Bauchlage auf das nasse Gras, kroch auf allen vieren um das Gartenhaus herum und leuchtete in den Unterbau der Holzkonstruktion. Da war sie, seine Kiste: etwas größer als eine Zigarrenkiste und vom Erdreich bedeckt.

Beim Öffnen hoffte er inständig, nicht das zu finden, was er vermutete. Er erschrak, während er den Deckel öffnete und der grelle Schein seiner LED-Lampe den Inhalt preisgab.

„Stopp! Polizei! Bleiben Sie ganz ruhig liegen und strecken Sie Ihre Arme so zur Seite, dass ich sie sehen kann“, forderte plötzlich eine laute Stimme und drückte den Oberkörper von Andi Kessler mit einem Fuß auf dem Rücken kräftig nach unten.

Ein Lichtkegel blendete ihn ins Gesicht, als eine zweite Stimme fragte: „Andi, bist du das?“

„Natürlich, darf ich mich nicht einmal mehr in meinem eigenen Garten aufhalten?", beschwerte sich der Eigentümer.

„Wir haben uns den ganzen Abend in der Nähe eures Hauses aufgehalten und wollten verhindern, dass sie euch die Bude anstecken. Dann haben eure Nachbarn Taschenlampenschein im Garten gemeldet", klärte der Streifenbeamte auf und hakte nach:

„Aber jetzt noch mal meine Frage. Was machst du nachts hier draußen?"

Andi Kessler hielt seinem Kollegen die Holzkiste entgegen.

„Bringt die bitte zu Jan Radek und richtet ihm aus, dass ich sie gerade in einem Versteck unter dem Gartenhaus gefunden habe", bat der Vater von Conny.

Der Beamte öffnete den Deckel, leuchtete in das Behältnis und war erstaunt. Sie blickten auf das durch den Schuss zerstörte Handy von Susi Reimann, eine Rolle Panzerband sowie eine Rolle Nylonschnur.

Die begleitende Polizistin fragte ihren beurlaubten Kollegen: „Du weißt, was das heißt, Andi?"

Andreas Kessler nickte. „Das weiß ich. Nehmt es bitte mit und übergebt es der Moko. Ich kann das genauso wenig verstehen wie alle hier. Ich muss aber wissen, was wirklich geschehen ist. Auch wenn es weh tut, das bin ich Susi schuldig", schluchzte Andi.

Die Polizistin wollte gerade ihrem Impuls folgen und Andi Kessler in den Arm nehmen. Ihr Kollege hielt sie zurück und klärte ihn über die weitere Verfahrensweise auf.

Er ging in die Hocke und leuchtete in den Bereich unter dem Gartenhäuschen. „Da ist noch was!", rief er und zog einen hölzernen Baseballschläger hervor.

„Du weißt, wir werden darüber einen Einsatzbericht schreiben, und ich will dir gegenüber offen und fair sein. Ich werde formulieren müssen, dass wir nicht beurteilen können, ob du die Kiste freiwillig herausgeholt hast oder gerade die Beweismittel gegen deinen Sohn verstecken wolltest. Du hättest es sicher genauso verfasst."

Andi Kessler hatte so etwas erwartet.

„Ist mir scheißegal, was du schreibst, und jetzt runter von meinem Grundstück", ärgerte er sich über die Beamten.

„Noch nicht!", ertönte die tiefe Stimme des Schwiegervaters, der sich den beiden Polizisten vorstellte.

„Kommen Sie bitte ins Haus, ich möchte Ihnen etwas zeigen", kündigte er an und führte sie in das Zimmer seines Enkels und in den Keller.

„Mein Schwiegersohn hat hier gerade alles in meiner Anwesenheit auf links gedreht. Er wusste nicht einmal, wonach er suchte. Als er hier nicht fündig wurde, setzte er die Suche im Garten fort, bis Sie dazukamen. Ich bin Zeuge und möchte sofort von Ihnen zur Sache vernommen werden. Bitte machen Sie Fotos von der akribischen Hausdurchsuchung durch meinen Schwiegersohn. Falls Sie dann immer noch solch einen Unsinn behaupten, werde ich Ihnen eine Dienstaufsichtsbeschwerde anhängen. Haben Sie mich verstanden? Sie glauben doch wohl nicht ernsthaft, dass Ihr eigener Kollege die Morde an dem Mädchen, das er sogar selbst noch angesprochen hat, und seiner Kollegin decken will. Dann legen Sie mal los. Ich habe Zeit", forderte der resolute Schwiegervater ein.

Das Team der OFA Niedersachsen hatte vereinbart, den nächsten Tag erst mittags zu beginnen, da sie bis spät abends mit der

Rekonstruktion beschäftigt waren. Das nannte man ‚versetzten Dienst', um planbare und zusätzliche Überstunden zu vermeiden.

Kristin Bäumer begrüßte euphorisch ihr Team.

„Der Tag fängt gut an. Andi Kessler hatte keine Ruhe und hat sich gestern in seinem Haus auf die Suche nach Gegenständen von den Taten gemacht.

In einer Holzkiste unter dem Gartenhäuschen hatte Conny das durch einen Schuss beschädigte Handy von Susi Reimann, einen Baseballschläger sowie die Nylonschnur und das Panzerband, das bei Kim verwendet wurde, versteckt. Es muss erst noch auf Spuren untersucht werden, aber wir können das als zusätzliche Indizien schon mit in unsere Rekonstruktion einbringen. Ich schlage vor, wir aktualisieren den gestrigen Analysebericht und bereiten uns dann auf die Arbeit am Tatort im Eichengrund vor. Ich würde mit euch gerne um achtzehn Uhr die Tatortfotos und Videos sowie die Obduktion durchgehen, sodass wir draußen sattelfest sind. Danach brechen wir um zwanzig Uhr auf, essen noch eine Kleinigkeit und sind um einundzwanzig Uhr vor Ort", regte die OFA-Leiterin an. Ihr Team war einverstanden.

Die beiden Kriminaltechniker hatten dort schon alles vorbereitet. Selbst Tatortlampen waren installiert und verursachten ein neutrales Tageslicht an der Örtlichkeit. Streifenbeamte hatten die Straße und den Gehweg beidseitig großzügig abgesperrt, sodass die Experten ungestört arbeiten konnten.

Die Vermieterin von Susi Reimann war nun auf einen Pflegedienst angewiesen und von Kristin von der abendlichen Aktion informiert worden.

Auch die Rechtsmedizinerin traf pünktlich ein, sodass sie starten konnten. In der ersten Rollenverteilung war Saskia als die uniformierte Susi Reimann eingeteilt worden. Die OFA war bedacht, die Rekonstruktionen möglichst realistisch darzustellen. Dazu gehörte es eigentlich auch, dass ein baugleiches Fahrzeug, also ein Opel Adam, genutzt wurde. Das Team hatte allerdings beschlossen, den Dienstwagen der OFA zu nutzen, da der Fahrzeugtyp für den Verlauf der Tat keine wesentliche Rolle spielte. Dr. Sandra Stockinger und die beiden Kriminaltechniker staunten nicht schlecht, als Saskia in einer Polizeiuniform am Set erschien, die während der Tat allerdings von hoher Relevanz war.

Maik hatte wieder den Part von Hannes übernommen, Leander führte die Kamera.

„Okay, Leute, seid ihr so weit?“, rief Kristin in die Runde und alle streckten den Daumen in die Höhe.

„Ach, sorry, macht ihr bitte das Flutlicht aus? Das gab's am Tatabend auch nicht“, bemerkte die Teamleiterin.

Plötzlich war es dunkel, da die defekte Laterne vor dem Grundstück noch nicht repariert worden war.

Saskia war mit Kristin über ihre Headsets verbunden.

Das gesamte Team stellte sich auf dem Gehweg der gegenüberliegenden Straßenseite auf.

„So, wir haben jetzt folgende Ausgangssituation: Hier irgendwo müssten sich Hannes und zumindest eine weitere Person, vermutlich Conny Kessler, der später filmt, verdeckt aufgehalten und auf Susi Reimann gewartet haben. Sie durften aber die Straße nicht aus den Augen verlieren, um frühestmöglich agieren zu können. Was meint ihr, wäre hier ein idealer Standort?“, fragte Maik Holzner alle Beteiligten.

Leander schlug vor, das Fahrzeug von Susi erst passieren zu lassen, das Versteck zu verlassen, um dann die Polizistin in einen Hinterhalt zu locken. „Ich glaube, sie haben links von uns in der Einfahrt gewartet“, vermutete er.

„Okay, versteck dich dann dort“, regte Kristin an. Kaum hatte der Profiler die Grundstücksgrenze überschritten, wurden Bewegungsmelder aktiviert und Leander stand im Scheinwerferlicht.

„Ups, ich ziehe meinen Vorschlag zurück“, räumte er ein.

„Wir fangen einfach mal an“, entschied Kristin und gab Saskia das Startsignal.

Der BMW X3 bog in die einspurige Anliegerstraße ein, in der beidseitig geparkt wurde. Mehr als die zulässigen dreißig Kilometer pro Stunde konnte man hier keinesfalls fahren. Saskia lenkte den SUV nach links auf das Grundstück und beleuchtete kurz eine weitere Ecke, hinter der man sich verstecken könnte. In diesem Moment stand man aber auch dort direkt im Scheinwerferlicht.

Saskia stellte im Carport den Motor ab, in dem ebenfalls eine Lampe per Bewegungssensor in Gang gesetzt wurde, aber lediglich den vorderen Bereich am Fahrzeug erhellte. Saskia stieg aus.

„Saskia, gehst du bitte ganz normal auf den Hauseingang zu. Wir schauen mal, wann das Licht am Carport wieder erlischt und die Lampe am Hauseingang zu leuchten beginnt“, erklärte Maik Holzner.

Saskia war noch nicht einmal an der Haustür angekommen, als sich etwa drei Meter davor eine helle Lampe per Bewegungsmelder einschaltete. Erst dann erlosch die Lampe am Carport.

„Okay, danke, Saskia. Hier zu warten, bietet sich auch nicht an“, stellte Maik fest.

„Setz dich bitte wieder ins Auto und nimm dann den Weg über den Rasen auf den Gehweg zum eigentlichen Angriffsort“, wies Maik an.

Die aktivierte Beleuchtung im Carport erlosch, noch bevor Saskia den Gehweg erreichte. Hier war es relativ dunkel.

„Saskia, hast du eine Idee, warum Susi diesen Weg gegangen sein könnte?“, fragte Kristin.

„Eigentlich nur, weil ich etwas gehört habe. Vorher kann ich den Gehweg nicht einsehen“, stellte Saskia aus ihrer Position fest.

„Gut, wir müssten jetzt hellsehen können, um zu beurteilen, was genau ihre Aufmerksamkeit gefordert hat. Sie hat es aber getan und es ist nicht ihr üblicher Weg. Wir haben keine Hinweise auf Schreie, einen Kampf oder lauten Streit. Susi hat keinerlei Abwehrverletzungen und wir haben keinen Anhaltspunkt, dass sie versucht hat, ihre Waffe zu ziehen. Sie dürfte in dieser Situation arglos gewesen sein. Das heißt, sie hat eine Begegnung, die sie vorerst nicht als Bedrohung bewertet. Vielleicht trifft sie auf eine bekannte Person, von der für sie keinerlei Gefahr ausgeht. Ein Typ mit Baseballschläger wird es kaum gewesen sein“, schätzte Kristin ein.

„Susi war Streifenbeamtin. Sie hatte ein Gespür für Gefahrensituationen auf der Straße. Sie konnte sich wehren, zumal sie neben ihrer Waffe auch Pfefferspray am Gürtel führte“, gab Saskia zu bedenken.

Jetzt schaltete sich die Rechtsmedizinerin ein. „Der Schlag hat sie von hinten überraschend voll erwischt. Sie konnte nicht ausweichen, weil sie den Angreifer nicht wahrgenommen hatte. Um einen solch kräftigen Schlag gezielt zu platzieren, musst du genügend Raum und Zeit haben, mit dem Werkzeug auszuholen. Du brauchst die maximale Energie, die ja auch auf ihren Schädel massiv eingewirkt hatte", stellte Dr. Sandra Stockinger fest.

„Sie dürfte also rückwärts zum Carport gestanden sein, als sie den Schlag abbekam. Das heißt, wir haben schon in dieser Phase zwei Täter, die sich aus verschiedenen Richtungen dem Opfer angenähert haben", schloss Leander zu Recht.

„Einer lenkt ab, der andere schlägt mit voller Wucht zu. Eiskalt!", stellte Carlotta fest.

Die Kriminaltechniker schalteten sich ein. „Wir hatten Tropfspuren auf dem Gehweg, die sich erst aus größerer Höhe, dann etwas niedriger gebildet hatten, bevor die sich dann mit einer blutigen Schleifspur in das Beet verlagert haben", erklärten sie aus ihrer Perspektive.

„Wie erklärt ihr die Tropfen aus unterschiedlicher Höhe?", fragte Carlotta.

„Kopfplatzwunden bluten sehr stark. Die ersten Tropfen des noch stehenden Opfers prallen mit einer höheren Energie auf den Boden auf, als die einer zum Beispiel knienden Position", erläuterten sie, wobei Dr. Sandra Stockinger nickend zustimmte und ergänzte. „Die kniende Position ist ein gutes Beispiel, weil ich mir in dieser Position und Phase den seitlichen Tritt in die Rippen sehr gut vorstellen kann. Der Ablauf korrespondiert bislang einwandfrei mit dem Verletzungsmuster."

„Dann schleifen der oder die Täter Susi Reimann vom Gehweg herunter auf das Grundstück, wo die Polizistin in Rückenlage positioniert wird", setzte Maik die weitere Analyse des Täterhandelns fort.

„Sandra, du erwähntest, dass Susi nach der schweren Kopfverletzung kaum noch handlungsfähig war. Ist das richtig?“, hakte Kristin nach.

„Ich kann nicht ausschließen, dass ihr Körper irgendwelche Reaktionen gezeigt hat, aber ein von ihr gesteuertes bewusstes Abwehr- oder Fluchtverhalten halte ich nach dieser schweren Hirnverletzung für höchst unwahrscheinlich“, bestätigte die Rechtsmedizinerin.

„Spätestens jetzt müsste einer der Täter dem Opfer die Dienstwaffe aus dem Holster gezogen haben, wobei dazu die aktive Entriegelung eines Sicherheitsstiftes am Holster erforderlich ist. In ersten Versuchen durch Sandra ist es ihr nicht gelungen, die Waffe zu entnehmen“, stellte Kristin fest und setzte fort.

„Irgendwie gelingt es ihm oder er weiß genau, wie der Mechanismus funktioniert. Er nimmt die Waffe an sich und setzt sie sofort ein. Der Täter schießt dem Opfer viermal ins Gesicht und fünfmal in den Oberkörper. Leander, du hast die Detailfotos der Einschüsse. Zeigst du uns diese mal?“, bat die OFA-Leiterin.

Die Treffer lagen sowohl im Gesicht als auch in der Brust zentral zusammen. „Im Schießtraining würden wir von einem zentralen Trefferbild sprechen“, verglich die OFA-Leiterin und sprach die Kriminaltechniker direkt an.

„Haben wir am Kopf oder im Brustbereich Einschüsse in den Boden, die vorbeigegangen sind?“

Die Spurensicherungsexperten zeigten eine Grafik vor, in der der Leichnam in dem Beet eingezeichnet war und sämtliche Einschüsse im und auch neben dem Opfer markiert worden waren.

„Die neun Treffer in den Körper wirken exakt platziert, keiner ging daneben. Weitere sieben Einschüsse finden sich weit rechts neben dem Leichnam mit einer Streuung von bis zu drei Metern. Ein Täter war offenbar in der Lage zu schießen, während der andere nicht treffen konnte oder wollte", mutmaßten sie.

Dr. Sandra Stockinger meldete sich zu Wort. „Ich möchte noch ergänzen, dass wir die Körpertreffer sondiert und festgestellt haben, dass dieser Schütze vor und über dem Opfer gestanden und auf den liegenden Körper geschossen haben muss."

„Dank des heute gefundenen Handys ist auch der Schuss in die linke Brusttasche durch das Telefon des Opfers geklärt", ergänzte Kristin und schlug vor: „Das war schon mal ein riesiger Schritt. Lasst uns eine kurze Pause machen und dann können wir mit dem Abgleich des Videos starten."

Nach einem heißen Kaffee aus der Thermoskanne schauten sie sich wieder das Video an, in dem Hannes die Schüsse auf die leblose und bereits blutüberströmte Polizistin abgab.

Leander war polizeilicher Schießtrainer und wurde als Erster von Kristin aufgefordert zu beschreiben, was ihm in dem Video auffiel.

„Hannes hält die Waffe wie einen Fremdkörper in der Hand. Wenn das nicht das erste Mal ist, dass der Typ überhaupt eine Pistole in der Hand hat, fresse ich einen Besen. Wie schon bei den Stichen baumelt seine linke Hand am Körper herunter. Es fehlt jegliche Körperspannung und er ballert einfach drauflos, als wäre er in einer Schießbude. Er hat keinerlei Kontrolle über die Waffe, die in seiner Hand hin und her tanzt", beurteilte der Schießtrainer und hatte infolgedessen eine Idee.

„Saskia, legst du dich mal bitte in Position? Maik, nimm bitte die gleiche Haltung ein wie Hannes und richte die Waffe auf das Opfer. Jetzt schwenke ich mit der Kamera nach rechts direkt hinter dich. Du bleibst exakt so stehen. Schaut mal von hinten auf mein Display. Fällt euch etwas auf?“, fragte Leander in die Runde.

„Ach, du Scheiße!“, rutschte es Saskia heraus. „Der konnte ja gar nicht treffen.“

„Hannes zielt eindeutig vorbei! Der wollte Susi nicht treffen“, konnten jetzt auch Kristin und das gesamte Team beurteilen.

Leander war in seinem Element. „Seht mal genau hin, der drückt immer noch ab, obwohl der Verschluss schon lange blockiert ist. Jetzt blickt er ungläubig auf die Waffe. Der hat keine Ahnung von dem, was er mit dem Ding macht.“

Das Team klatschte sich ab und wusste, dass es den Fall gedreht hatte.

„Morgen liegt eine Menge sinnvoller Arbeit vor uns. Ich weiß nicht, wie es euch geht, aber ich kann sowieso noch nicht schlafen. Nicht weit vom LKA gibt es eine coole Kneipe. Ich gebe eine Runde alkoholfreies Bier aus. Seid ihr dabei?“, motivierte Kristin ihr Team, die Kriminaltechniker und Dr. Sandra Stockinger. Alle freuten sich auf ein oder zwei kühle Absacker.

Kurz vor Mitternacht wagte sie es und schrieb Thorsten Büthe eine WhatsApp. „Bist du noch wach?“

Es dauerte keine Minute, bis er mit einem Zwinker-Emoji antwortete. „Na klar, ich warte auf deinen Anruf.“

Es klingelte nur einmal. „Na, Kristin, seid ihr durch?“, fragte er nur rhetorisch.

„Ja, wieso?“, hielt sie ihn hin.

„Komm, leg los!", rief er ungeduldig in den Hörer.

„Danke für die geniale Idee. Sie hat Hannes den Kopf gerettet", verkündete sie erleichtert und erläuterte ihrem genesenden Chef die Ergebnisse der Rekonstruktion.

„Wow, ich bin stolz auf euch. So etwa hat es der Anwalt vermutet, nachdem sich Hannes ihm anvertraut hatte", gab Thorsten zu.

„Was, du wusstest es schon?", echauffierte sich die Fallanalytikerin.

„Er hatte ja nur eine Ahnung gehabt und ihr solltet natürlich unbefangen in die Analyse gehen. Daher bin ich froh, dass ihr das so detailliert herausgearbeitet habt. Ich schätze, du musst das in der Hauptverhandlung darlegen, sehe da aber kein Problem. Ich glaube, wir beide schlafen heute besser als vorher", vermutete Thorsten.

„Das stimmt nur bedingt, bis ich weiß, dass du der Familie und dem Anwalt gegenüber noch nichts ausplauderst. Er wird es früh genug lesen. Kann ich mich auf dich verlassen, kranker Chef?", forderte Kristin ein.

„Wie immer", sicherte Thorsten zu.

„Genau das macht mir Sorgen", lachte Kristin und beide wünschten sich eine gute Nacht.

Thorsten Büthe zögerte, dann wählte er eine Nummer, von der er wusste, dass es um diese Zeit ein wenig länger dauerte, bis jemand das Gespräch annahm.

„Ja bitte? Herr Büthe? Sind Sie das?", fragte die weibliche Stimme zaghaft.

„Ja, Frau Dr. Oltendorf. Ich hoffe, Sie entschuldigen die späte Störung. Darf ich Sie fragen, wo Sie sich aktuell aufhalten?", erkundigte er sich – ein bisschen indiskret, wie er fand.

„Ich gehe davon aus, dass gerade Sie uns nicht der Presse zum Fraß vorwerfen. Wir ankern zurzeit noch vor Bornholm. Gibt es etwas Neues, weshalb Sie mitten in der Nacht anrufen?“, erfragte die Ärztin hoffnungsvoll.

„Ich kann Ihnen leider keine Details nennen, bitte Sie aber, nach Hause zu kommen. Ihr Sohn braucht Sie jetzt, und das meine ich durchaus optimistisch. Vertrauen Sie mir bitte. Melden Sie sich doch bei mir, wenn Sie zurück in Deutschland sind. Ich freue mich“, verabschiedete sich Thorsten Büthe und schenkte seiner Frau Vicci ein Glas Primitivo ein, die sich eigentlich erkundigen wollte, mit wem er so spät noch telefonierte und wann er ins Bett kommen wollte. Sie blieben noch eine Zeit lang wach und hatten sich viel zu erzählen.

Die OFA hatte schnellstmöglich ihre Analyseberichte verfasst, in denen die rekonstruierten Tatabläufe anhand der Tatortfotos der Kriminaltechnik sowie eigene Fotos illustriert wurden. Kristin Bäumer und Carlotta Bayer-Westholdt ließen es sich nicht nehmen, die Unterlagen persönlich beim Richter Dr. Frank Harder am Landgericht abzugeben. So konnten sie eine kurze Zusammenfassung darstellen und standen für Rückfragen direkt zur Verfügung.

Der Rechtsanwalt von Hannes Oltendorf hatte von diesem Übergabetermin erfahren und offiziell eine aktuelle Akteneinsicht beantragt, um die Inhalte der OFA-Analyse für einen Haftprüfungstermin zu nutzen.

Kapitel 22
Der Prozess

Nico Brückner war sich von Anfang an sicher, dass sein Freund niemals in der Lage gewesen war, diese Taten zu begehen. Er vermutete, dass Hannes von Conny dazu gezwungen worden war. Sämtliche Versuche, mit seinem Freund Kontakt aufzunehmen, wurden von Hannes vehement ignoriert. Er konnte einfach nicht mehr an ihn herangekommen, nachdem sich die Ereignisse förmlich überschlagen hatten.

Dennoch hatte Nico den Anspruch, aktiv zu handeln, und nicht wie alle anderen wegzuschauen. Er suchte den Kontakt zu den Eltern von Hannes. Allerdings waren sie nicht zu erreichen und niemand wusste, wo sie sich aufhielten.

Nico vertraute sich seinen Eltern an, schilderte sein Dilemma und fand vollstes Verständnis.

Seine Mutter erfuhr aus den Medien von dem Rechtsanwalt, der Hannes verteidigte. Sie kontaktierte Meinhard Hinrichs und suchte mit ihrem Sohn die Kanzlei auf.

Nico Brückner beschrieb gegenüber dem Rechtsbeistand die Entwicklung seiner Freundschaft zu Hannes. Von den Mobbinghandlungen, den Erpressungen und körperlichen Angriffen der Gang, die Conny anführte, berichtete er ausführlich und nannte auch die Namen von Leon und den anderen Jungs.

Er schilderte die pure Verzweiflung seines Freundes und die damit verbundene Unterwürfigkeit gegenüber Conny. Hannes hatte einfach Angst vor ihm.

Der Rechtsanwalt machte sich umfangreiche Notizen und bedankte sich für den Mut, den Nico und seine Mutter aufbrachten, sich in dieser Phase für Hannes einzusetzen. Abschließend stellte er Nico eine Frage, aus der die Dimension seiner Aussage deutlich wurde.

„Nico, wärst du bereit, das alles vor Gericht auszusagen?"

Frau Brückner nahm ihren Sohn in den Arm, der, ohne zu zögern, sofort zusagte.

„Ich bin stolz auf dich, mein Schatz", lobte sie ihren Sohn und wischte sich eine Träne von der Wange.

Nach wenigen Tagen lagen dem Verteidiger die aktuellen Unterlagen samt der Ergebnisse der Rekonstruktion der OFA vor. Er beantragte sofort einen Haftprüfungstermin, dem nach kurzer Zeit stattgegeben wurde. Zu diesem Termin beim Landgericht waren neben dem Verteidiger und den Eltern von Hannes die Staatsanwältin, Dr. Weber, der Leiter der Mordkommission „Schulhof", Jan Radek, die Leiterin der Moko „Eichengrund", Martina Herbert, die Leiterin der OFA, Kristin Bäumer, und der Rechtsbeistand der Nebenklage der Familie Meininger sowie eine Protokollantin des Gerichts zugegen.

Der Richter am Landgericht, Dr. Harder, eröffnete die Haftprüfung und ließ den wegen zweifachen Mordes angeklagten Hannes Oltendorf von Justizbeamten hereinführen. Er suchte sehnsuchtsvoll den Blick zu seinen Eltern, wobei der Ansatz einer Umarmung durch seine Mutter durch einen Wachtmeister aufgehalten wurde.

Der Richter begrüßte die Anwesenden, eröffnete formal die Haftprüfung und erteilte dem Rechtsanwalt das Wort.

Meinhard Hinrichs war gut vorbereitet und strukturiert. Er beschrieb die Entwicklung der toxischen Beziehung zu Conrad Kessler und konnte Sachverhalte aus dem Schulalltag vorbringen, die dieses Bild abrundeten. Er zitierte auszugsweise die Ergebnisse aus der Tatrekonstruktion der OFA, die das von purer Angst geprägte Abhängigkeitsverhältnis von Hannes gegenüber Conrad Kessler unterstützte und die bisherigen Vorwürfe der Vergewaltigung und Tötung von Kim sowie die Tötung der Polizistin objektiv widerlegen konnte.

Schließlich erhob sich Rechtsanwalt Meinhard Hinrichs: „Dr. Harder, sehr geehrte Damen und Herren, nach Würdigung der bislang bekannten Gesamtumstände bestehen deutliche Zweifel an den erhobenen Vorwürfen gegen meinen Mandanten. Im Hinblick auf das Alter, die Entwicklung und das zu erwartende Ergebnis der Hauptverhandlung beantrage ich die Außervollzugsetzung des Untersuchungshaftbefehls bis zur Hauptverhandlung."

Der Richter erteilte dem Anwalt der Nebenklage das Wort, der nach Kenntnis dieser neuen Ermittlungen keine Einwände vorbrachte.

Dr. Harder stand auf. „Meine Damen, meine Herren, wie jeder hier im Raum bin ich noch immer erschüttert, was geschehen ist. Es ist daher wichtig, immer wieder genau hinzuschauen und sich nicht von scheinbar authentischen Videos auf den Social-Media-Kanälen beeindrucken zu lassen. Die Wahrheit kann ganz anders aussehen. Ich habe mit den beteiligten verantwortlichen Kriminalbeamten und der Staatsanwaltschaft im Vorfeld Gespräche geführt, ob Ansätze zu einem völlig anderen

Tatablauf bestehen. Das ist von allen negiert worden. Ohne ein Ergebnis der anberaumten Hauptverhandlung vorwegnehmen zu können, wird dem Antrag der Verteidigung mit sofortiger Wirkung stattgegeben. Hannes, du kannst deine Eltern jetzt umarmen und mit ihnen nach Hause fahren", beschloss der Richter am Landgericht.

Diese Entscheidung des Landgerichtes hatte sich wie ein Lauffeuer verbreitet und zierte die Schlagzeilen der Medien.

Mit einem Screenshot aus einem der Videos blickt Hannes leicht gepixelt mit ‚irrem Blick' blutverschmiert in die Kamera.

Brutaler Mädchen- und Polizistenmörder aus U-Haft entlassen!
Der zweite Täter wird gar nicht belangt!
Was ist los in unserem Staat?

Familie Oltendorf zog es vor, bis zum Prozess mit Hannes wieder auf ihr Segelboot zu ziehen. Sie ahnten aber auch, dass selbst ein Freispruch sie vor große Herausforderungen stellen würde.

Der Rechtsanwalt der Opferfamilie informierte Familie Meininger über die für sie überraschenden Inhalte der Haftprüfung. Sie waren einerseits erschüttert über die dominierenden Anteile von Conny Kessler, konnten aber andererseits die Rolle von Hannes Oltendorf nachvollziehen und ihm verzeihen.

Das Ehepaar Kessler wurde zu einem Gespräch ins Jugendamt Bargenstedt geladen, um die zukünftigen Maßnahmen abzustimmen, wie es mit Conny weitergehen sollte.

Man stellte sie vor die Tatsache, dass die Sozialtherapie nicht optimal verlaufen sei. Conrad habe niemanden an sich herangelassen und sich durch sein weiterhin anhaltend aggressives Verhalten auch nicht in die Gruppe integrieren können. Die sozialtherapeutische Unterbringung war auf sechs Wochen beschränkt, sodass mit dem Jugendamt nun die weitere Vorgehensweise abgestimmt werden musste.

Man bot Kesslers eine Erziehungsberatung, einen Erziehungsbeistand und auch eine ambulante Hilfe zur Erziehung an. Wenn das alles keinen Erfolg versprechen sollte, war auch die Unterbringung in einer Pflegefamilie oder im Extremfall auch in einer stationären Einrichtung möglich. Mit den Worten: „Das lassen Sie mal alles sacken und dann schauen wir mal“, endete die Beratung des Jugendamtes.

Anna und Andi Kessler waren völlig überfordert.

„Wir können nach den sechs Wochen doch unseren Sohn nicht begrüßen und sagen: Schön, dass du wieder da bist. Wie stellen Sie sich das denn vor?“, fragte Anna Kessler verzweifelt und hoffte auf eine befriedigende Antwort.

„Lassen Sie uns doch erst mal den Abschlussbericht der therapeutischen Einrichtung abwarten, dann sehen wir weiter“, empfahl die Mitarbeiterin des Jugendamtes und wollte beruhigend auf das überforderte Ehepaar einwirken.

„Wir stehen Ihnen dann mit Rat und Tat zur Seite. Wenn Sie uns brauchen, sind wir für Sie da.“

Andi Kessler war außer sich. „Wir holen unseren Sohn, der vermutlich zwei Menschen ermordet hat, aus der Therapie ab. Und dann? Conny ist schulpflichtig! Er kann nicht in seine alte Schule zurück. Wie sollen wir uns denn ihm gegenüber verhalten?“

„Herr Kessler, ich benötige den Bericht aus der Einrichtung. Sobald der vorliegt, melde ich mich bei Ihnen und dann sprechen wir über alles. Jetzt tut es mir leid. Ich habe noch einen Termin. Alles Gute für Sie", verabschiedete die Beamtin die frustrierten Eltern.

„Anna, ich glaube, dass schaffen wir allein nicht", vermutete Andi Kessler.

Die Hauptverhandlung beim Landgericht Hannover wurde bundesweit medial verfolgt. Wie bei allen Verhandlungen der Jugendkammer war die Öffentlichkeit zum Schutz der Betroffenen ausgeschlossen.

In der Beweisaufnahme wurden Zeugen gehört, die einen Beitrag zur Urteilsfindung leisten konnten. Besonders tragisch und belastend waren die Aussagen von Andi Kessler, der mit seiner getöteten Kollegin als Erster am Tatort an der KGS war und der Kammer seine Eindrücke und Feststellungen schildern sollte. Er konnte seine Tränen nicht zurückhalten, als er das beschreiben musste, wofür sein eigener Sohn verantwortlich war. Auch der Notarzt Dr. Oltendorf wurde als sachkundiger Zeuge gehört und gab sein medizinisches Statement zu den Verletzungen beider Opfer zu Protokoll. Nach seiner Aussage hatte er als Vater des Angeklagten das Recht, im Saal bei seiner Frau zu bleiben. Die Eltern von Kim ließen sich durch ihren Anwalt vertreten, sie konnten es psychisch nicht ertragen, wenn sämtliche Details zur Tötung ihrer Tochter preisgegeben wurden. Nico, Leon und andere Mitschüler wurden von Dr. Harder in Anwesenheit der Schöffen einfühlsam befragt. Leon hatte sogar von der Begegnung mit der Polizistin in der Parkgarage berichtet, als sie Conny und ihn beim Verkauf von Haschisch beobachtet hatte. Der Richter hatte ihn mehrfach belehrt, dass er sich als Zeuge nicht selbst belasten müsse. Es war ihm jetzt egal, die Wahrheit war ihm wichtiger. Nach der Vorstellung der Verletzungsmuster der Opfer durch Dr. Sandra Stockinger stellte die OFA-Leiterin im Rahmen einer einstündigen Powerpoint-Präsentation eindrucksvoll die Ergebnisse der Tatrekonstruktionen vor. Vor der Urteilsverkündung hatte der Angeklagte noch Gelegenheit, sich zu den Vorwürfen zu äußern, und schilderte, psychisch stark betroffen, die Entwicklung der Beziehung zu Conrad Kessler bis zu den Tötungen. Erst in der Gesamtbetrachtung aller Beiträge wurde die Dimension deutlich, die nicht Hannes Oltendorf, sondern allein der im Tatzeitraum erst 13-jährige und somit schuldunfähige Conrad Kessler zu verantworten hatte.

Selbst die Anwälte von Hannes und der Nebenklage durch Familie Meininger als auch die Staatsanwältin plädierten abschließend auf einen Freispruch des Angeklagten.

Die Jugendkammer zog sich fast eine Stunde zur Beratung zurück, bevor der Vorsitzende Richter am Landgericht verkündete: „Im Namen des Volkes ergeht folgendes Urteil: Der Angeklagte ist nicht schuldig und wird in Bezug auf die Vorwürfe der Morde an Kim Meininger und Susanne Reimann freigesprochen!"

Allen Anwesenden fiel ein Stein vom Herzen, wobei sich die einstündige Urteilsbegründung durch Dr. Harder direkt anschloss.

Der Gerichtssprecher des Landgerichtes versuchte so transparent wie möglich, das Urteil in der Öffentlichkeit zu begründen. Er konnte allerdings keine Detailinformationen preisgeben, sodass insbesondere die Boulevardpresse die Entscheidung des Landgerichtes verurteilte und sich ihre eigene

Wahrheit zusammenreimte. Die Videos von Hannes waren viral präsent und eine echte öffentliche Rehabilitation war daher kaum möglich.

Familie Oltendorf war seit Langem glühender Dänemark-Anhänger. Das Ärztepaar fand eine Stelle im Klinikum in Aarhus. Hannes konnte dort auf einer internationalen Schule sein musisches Profil wieder aufbauen. Sein Bruch war vollständig verheilt, sodass sein Klavierspiel nach vielem Üben keine Einbußen davontrug. Die Familie bezog ein reetgedecktes Haus am Strand von Skæring und versuchte, dort ein unbeschwertes Leben zu führen.

Die junge Familie Wolters spürte täglich die verstohlenen Blicke der Nachbarn. Das Kollegium verhielt sich distanzierter als vor seiner Verhaftung. Man sprach hinter vorgehaltener Hand, und die einstige Leichtigkeit des Lebens war nicht mehr gegeben. Dirk Wolters bewarb sich auf eine Stelle an einer deutschen Schule in Budapest und unterschrieb einen Vertrag für die nächsten sechs Jahre, in denen ihr Kind in einem anderen Umfeld unbefangen aufwachsen könnte.

Indessen versuchte das Ehepaar Meininger, langsam seinen Arbeitsalltag wieder aufzunehmen. Beide waren in traumatherapeutischer Behandlung und gestalteten ihre Tage, so gut es ihnen möglich war. Melly konnte keinen Fuß mehr über die Schwelle der KGS setzen. Sie wechselte auf die Realschule und musste auch dort erst lernen, dass kaum jemand ihren Vornamen kannte. Sie war die ‚Schwester von Kim'.

Conny Kessler kehrte nach dem sechswöchigen Aufenthalt in der Sozialtherapie vorerst in sein Elternhaus zurück. Doch er zeigte in den wenigen Gesprächen, in denen er seine Eltern an sich heranließ, keinerlei Reue. Er war aggressiv, hielt sich nicht an Absprachen und verweigerte Beratungsgespräche mit einer Psychologin des Jugendamtes. Das Ehepaar war völlig überfordert und verzweifelt. Das Polizeipräsidium hatte Polizeioberkommissar Andi Kessler inzwischen in die Zentrale Polizeidirektion versetzt. Hier verwaltete er die Ausrüstung der technischen Züge und hatte keinen Bürgerkontakt. Die bereits angekündigte Beförderung zum Polizeihauptkommissar wegen seiner herausragenden dienstlichen Leistungen war zurückgezogen worden. Man hatte es als ein falsches Zeichen zur falschen Zeit gesehen.

Die Leitung des Kreiskrankenhauses hatte Anna Kessler erst freigestellt und ihr dann im Rahmen der allgemeinen Einsparungen von Personalkosten gekündigt. Der Wegfall ihres Verdienstes mit dem Verlust der Schichtzulagen von Andi führte zu so vielen finanziellen Einbußen, dass sie die Kosten für den Hauskredit nicht mehr leisten konnten. Ein Sanierungsstau von mehreren Zehntausend Euro lag zudem vor ihnen. Die Zeit für einen Verkauf durch das Ehepaar Kessler gab ihnen die Bank nicht mehr und ließ das Siedlungshaus für einen Preis versteigern, der nicht einmal die Hypothek abdeckte.

Nach langem Hin und Her wurde Conny vorübergehend in einer betreuten Wohngruppe in Bad Münder untergebracht. Andi Kessler suchte den Trost im Alkohol, während Anna sich täglich vergeblich bemühte, einen neuen Job zu finden, was auch ihrem Namen geschuldet war, der im Umfeld Bargenstedts bekannt war. Sie schafften es nicht. Kesslers trennten sich. Anna Kessler nahm ihren Mädchennamen wieder an und fand darüber eine Stelle als Altenpflegerin im Harz.

Kapitel 23
Die Rückkehr

Die Gruppe ging ihm auf die Nerven. Conny ließ sich nichts mehr sagen. In Bad Münder war auch nicht besonders viel los. Er kannte hier niemanden, und was für ihn viel wichtiger war, niemand kannte ihn. Er genoss es, angestarrt zu werden, er mochte es, wenn über ihn getuschelt wurde, sobald er vorbeiging. Besser ein schlechtes Image als gar keines. In dieser kleinen Kurstadt wurde er nicht einmal wahrgenommen. Er musste diesen Ort schnellstens verlassen.

Sechs Monate war es her. Vor einem halben Jahr hatte er zwei Menschen getötet. Was war in dieser Zeit in Bargenstedt passiert? Er empfand fast so etwas wie Sehnsucht. Würden sie ihn heute noch wiedererkennen? Munkelten sie wieder? Er musste es erfahren und stieg am Busbahnhof Bad Münder in den Bus nach Bargenstedt, um in die Innenstadt zu fahren. Nach einer halben Stunde Fahrt kam ihm die Gegend wieder bekannt vor. Noch vier Stationen bis zum Bahnhof. Es war Anfang November und durch die Winterzeit schon früh dunkel. Er schaute nach draußen und stutzte. „Gemüsehof Meininger" stand auf dem beleuchteten Schild an der Straße. Conny sprang auf und stieg als einziger Fahrgast aus. Er überquerte die Kreisstraße und steuerte direkt den Hofladen an. Hier arbeiteten drei Mitarbeiterinnen und die Chefin, Barbara Meininger, im Verkauf. Melly half im Nebenraum, die Kürbisse zu reinigen und sie mit einem scharfen Messer von den harten Stielen zu befreien. Helmut Meininger war im Hof mit seinen Mitarbeitern beschäftigt, einen Anhänger mit Kürbissen abzuladen. Conny Kessler trug einen dunklen Hoodie, die Kapuze hatte er über den Kopf gezogen. Er betrat den Hofladen und schaute sich ohne konkrete Kaufabsicht um, was den Mitarbeiterinnen auffiel. Barbara Meininger blickte kurz auf, ob der junge Mann vielleicht mit seinen Eltern einkaufte und sich langweilte. Da sich keine weiteren Kunden im Laden aufhielten, sprach ihn die Inhaberin freundlich an: „Na, junger Mann, was können wir denn für dich tun?"

Erst als Conny den Kopf hob, erkannte sie ihn. „Hallo, Frau Meininger, wie geht's Ihnen?", entgegnete er zynisch und genoss die Reaktion von Kims Mutter. Diese schlug die Hände vor ihr Gesicht, hyperventilierte und schrie wie von Sinnen.

Eine junge Verkäuferin rannte auf den Hof und rief Helmut Meininger zu Hilfe. Melly schnellte aus dem Nebenraum, erkannte Conny auf Anhieb und stützte ihre Mutter. „Was willst du hier? Hau ab!", forderte sie den Mörder ihrer Schwester auf. Im Gegensatz zur Öffentlichkeit hatten Meiningers detailliert erfahren, was er Kim angetan hatte.

Für seine Verhältnisse sprintete Helmut Meininger förmlich in den Hofladen und auch der Vater identifizierte Conny sofort. Er konnte von seinen Mitarbeitern nur schwer zurückgehalten werden, sich auf den Mörder seiner Tochter zu stürzen.

„Geh mir aus den Augen, du Bestie, sonst vergesse ich mich", drohte Kims Vater.

Conny behielt seine Kapuze auf, legte den Kopf schräg und rechtfertigte sich ironisch: „Ich wollte eigentlich nur einkaufen und schauen, wie es euch geht. Dann komme ich halt ein anderes Mal wieder. Bis bald."

Beim Verlassen des Ladens trat er noch gegen eine kleine Schubkarre aus Holz, auf der aufwendig bunte kleine Kürbisse dekoriert waren. Sie kullerten wie Bälle über den Boden.

„Verschwinde!", schrie Helmut Meininger aufgebracht hinter ihm her. Barbara Meininger musste sich setzen und heulte panisch. „Ruft die Polizei!", forderte der Inhaber eine Verkäuferin auf, als Melly intervenierte. „Quatsch, was wollt ihr denen denn sagen? Conny war hier und hat gegen einen Kürbiswagen getreten? Was sollen sie denn machen? Ihn festnehmen? Lass es und kümmere dich um Mutti", verlangte sie von ihrem aufgebrachten Vater.

Conny war zufrieden. „Was für eine geile Aktion", dachte er sich. „Das kann mir Bad Münder nicht bieten."

Kurz vor dem Überqueren der Kreisstraße fuhr ihm der Bus in die Innenstadt vor der Nase weg. Er fluchte, platzierte sich als einziger Wartender in der überdachten Bushaltestelle auf eine Bank und nahm sein Ego-Shooter-Spiel wieder auf. Leichter Nieselregen hatte eingesetzt, als er mit einem Mal den Schatten eines weiteren Fahrgastes wahrnahm und kurz überrascht aufschaute.

„Was willst du denn noch von mir? Verpiss dich, du Bitch!", blaffte Conny ihn an.

„Das passiert nie wieder. Verstehst du? Nie wieder", äußerte die Stimme bedrohlich. Einen solchen Ton war Conny nicht gewohnt und wollte sich die Person zur Brust nehmen, als er völlig unvorbereitet einen kräftigen Schlag an seiner rechten Halsseite spürte. Reflexartig drückte er seine Hand auf den Hals und spürte, wie etwas Warmes, Dickflüssiges aus seiner Halswunde pulsierte. Es sah zu der Person hoch und konnte gerade noch: „Mach doch keinen Scheiß", sagen.

Die Reaktion dieser Person – „Keinen Stress, ich bin doch erst dreizehn" – nahm er nicht mehr wahr. Das scharfe Kürbismesser hatte seine Halsarterie durchtrennt. Conny sackte auf der Bank zusammen, als die unbekannte Person in der Dunkelheit untertauchte. Der Leichnam von Conrad Kessler wurde erst fünfzehn Minuten später durch den Fahrer des nächsten Busses entdeckt.

Die eingerichtete Mordkommission hatte ihren Ermittlungsschwerpunkt auf den Gemüsehof konzentriert. Sämtliche Mitarbeiter und Familienangehörige schworen, dass sich zum Zeitpunkt der Tatausübung alle vollzählig im Hofladen aufgehalten hatten. Eine Tatwaffe war nie gefunden worden.

Die Tat blieb ungeklärt.

Anmerkungen

Für treue LeserInnen meiner bisherigen Romane wird dieses Buch „ungewöhnlich" erscheinen. Während des Schreibens habe ich gespürt, dass meine bisherigen Hauptprotagonisten, das OFA-Team des LKA Niedersachsen um Thorsten Büthe, in den Hintergrund traten. In keinem meiner bisherigen Romane habe ich den Straftätigen und ihrem Umfeld so viel Raum gegeben.

Mir war es wichtig aufzuzeigen, dass eine derartige Entwicklung nicht nur in desolaten Familienverhältnissen möglich ist.

Ich wollte betonen, dass es auch Familien betreffen kann, die sich in der sogenannten Mitte oder teilweise sogar am oberen Rand der Mittelschicht befinden.

Mein Anliegen war es, Facetten in der Entwicklung dieser jungen Menschen bis hin zu möglichen Tätern zu beschreiben, die unabhängig jeglicher sozialen Einbindung ihrer Angehörigen geschehen können, wenn wir nicht früh genug genau hinschauen.

Mir war es wichtig, diese Familien nicht pauschal zu verurteilen, ohne die Umstände zu kennen, die zu solchen Taten führen können.

Durch die völlig unzureichende öffentliche Transparenz bezüglich solcher Ermittlungsverfahren und Prozesse werden die Ereignisse aus unterschiedlichen, teils unseriösen Quellen schnell in den Medien verbreitet, wobei diese Informationen mit der Realität nicht im Ansatz übereinstimmen.

Die Familien der Opfer leiden nicht nur unter der Tat selbst, sondern auch unter der medialen Berichterstattung sowie dem späteren Prozess, in dem die oft unerträglichen Details der Taten schonungslos thematisiert werden, was traumatisierend ist, sofern es überhaupt zu einer Anklage und einem Prozess kommt. Begeht eine Person unter 14 Jahren eine Straftat, erfolgt weder eine Anklage gegen sie noch ein Prozess. In Deutschland sind Kinder per se nicht strafmündig und können daher zumindest strafrechtlich nicht belangt werden. Das Datum des Geburtstages entscheidet darüber, ob diese Tat juristisch sanktioniert werden kann.

Ich halte es für zielführender, nicht nur die Herabsetzung des strafmündigen Alters zu diskutieren, sondern sich stattdessen den sozialtherapeutischen Herausforderungen mit diesen jugendlichen Straffälligen unter Berücksichtigung aller fachlichen und personellen Konsequenzen zu stellen.

Die Tragik dieser Tat ist für die Familien der Opfer kaum zu überbieten. Auch die Familien der Täter werden Opfer ihrer eigenen Kinder. Wie gehen sie damit um? Haben sie eine solche Entwicklung ihres Kindes absehen können? Haben sie überhaupt genau hingesehen? Haben sie schon eine Veränderung im Verhalten ihres Kindes wahrgenommen und versucht, kompetente Hilfe zu suchen? Haben sie bei der Kinder- und Jugendpsychiatrie für den dringenden Anlass einen ersten Termin erhalten, möglicherweise erst nach neun oder zwölf Monaten? Vielleicht war es am Ende dann schon zu spät?

Bei Tötungsdelikten von Kindern handelt es sich – trotz starker medialer Präsenz – um ein äußerst seltenes Verbrechen, wobei in den letzten Jahren ein signifikanter Anstieg von Gewalt an Schulen verzeichnet wurde. Statistiken helfen den von der Tat Betroffenen nicht.

Ich glaube, wir müssen sensibler werden und in der Lage sein, schneller und effizienter zu reagieren. Wir als Gesellschaft sollten zusätzliche finanzielle Mittel zur Schaffung und Qualifikation von Fachkräften im sozialen Bereich bereitstellen. Allein der Beruf des Lehrers hat in den letzten Jahren erhebliche Herausforderungen aufgezeigt, die nur wenig mit dem traditionellen Berufsbild gemein haben.

Kulturelle und digitale Kompetenzen müssen vorausgesetzt werden, um zu verstehen, wie Schüler heute funktionieren. Sind die Fortbildung und das aktuelle Schulsystem diesen enormen Veränderungen gewachsen? Mit der oft so präferierten, altbewährten Herangehensweise kommen wir heute nicht mehr weit. Zu dem Fachkräftemangel in vielen Bereichen treffen Haushaltseinsparungen oder sogar -sperren häufig genau den sozialen und öffentlichen Bereich, der für die Minderung solcher fatalen Entwicklungen von grundlegender Bedeutung ist.

Die zeitweilige Betreuung in Krippen, Kindergärten und Schulen entbindet uns nicht von unserer grundlegenden Verantwortung für die Erziehung unserer Kinder. Insbesondere lassen sich familiäre Entwicklungsdefizite nicht durch diese Maßnahmen ausgleichen. In den frühen prägenden Phasen übernehmen unsere Kinder das, was wir ihnen als Beispiel vorleben.

Schaut hin – und das früh genug!

Danksagung

Mein aufrichtiger Dank gilt immer wieder meiner Ehefrau, die im Roman „Vicci" genannt wird. In meiner aktiven beruflichen Phase musste sie mich als leidenschaftlichen Polizisten ertragen.

Ich bin überzeugt, dass sie – genauso wie ich – von meiner aktuellen „Ruhestands"-Situation andere Vorstellungen hatte.

Die Vorbereitungen und Recherchen in meinen Büchern erfordern stets einen gewissen Aufwand, wobei uns dieser Roman mental intensiver als je zuvor beansprucht hat.

„Vicci" war stets mittendrin und hat mich zusammen mit meinen Töchtern in der Entwicklung der Story parallel begleitet und beraten.

Herzlichen Dank für euren äußerst wichtigen Beitrag!

Glücklicherweise erhielt ich wertvolle Unterstützung von dir, liebe Katja. Du liest nicht wie meine Familie die Romanvorlage eines Vaters oder eines Ehemannes, bist nicht polizeilich sozialisiert und bringst neben deiner fachlichen Qualifikation auch den „objektiven Blick" ein. Deine konstruktiven Anmerkungen waren immens hilfreich, wofür ich dir vielmals danken möchte.

Ich habe im Laufe von zwanzig Jahren in der Operativen Fallanalyse Einblicke in Fälle nehmen müssen, in denen Kinder und Jugendliche getötet wurden, aber auch selbst getötet haben. Diese polizeilichen Erfahrungen konnte ich in die fiktive Handlung einfließen lassen. Die Perspektiven aus Sicht der SchülerInnen, Mobbingopfer, Eltern, LehrerInnen, der Schulleitungen, der Sozialarbeit, Psychologie und Psychiatrie usw. habe ich mir in intensiven und emotionalen Interviews erarbeitet. Einige dieser Gespräche haben mich tief bewegt. Mangelndes Personal, unzureichende fachliche Qualifikation, fehlende Kooperation und ein lähmender Bürokratismus wurden von vielen Interviewten genannt. Dennoch hat mich das enorme persönliche Engagement dieser Menschen beeindruckt, die unermüdlich gegen diese Windmühlen ankämpfen, was jedoch oft auch Spuren bei ihnen hinterlässt.

Besonders bemerkenswert war ein offenes Gespräch mit einem Schüler, den ich im Roman „Nico" nenne. Hier wurde mir deutlich, dass sich das Konzept von „Schule" und der Umgang miteinander, im Vergleich zu meiner eigenen Schulzeit oder der meiner Töchter, mächtig verändert haben. Danke, Nico, für diese aufschlussreichen Einblicke.

Ich hatte den meisten Personen zugesagt, sie nicht namentlich zu erwähnen, und daher möchte ich allen herzlich pauschal danken. Ich wünsche Ihnen und euch weiterhin die Kraft, dieses hohe Level aufrechterhalten zu können und nicht nachzulassen.

Dieser Dank gilt in gleicher Weise Dir, lieber Carsten Holzendorff, Geschäftsführer der CW Niemeyer Buchverlage in Hameln, ferner Deinem hervorragenden Team mit Malina Lüders, Sarah Krasemann, Luisa Grage und dem genialen Grafiker Carsten Riethmüller sowie allen anderen guten Seelen, die an der Entstehung des Buches mitgewirkt haben.

Euer großer unermüdlicher Einsatz, die sympathische und stets serviceorientierte Betreuung sind beispiellos.

Verbindlichsten Dank dafür und vor allem für euer Vertrauen von Anfang an.

Ihr/Euer
Carsten Schütte

Ab März 2024 im Verlag CW Niemeyer ...

OLAF PACKT DAS AN!

Was passiert, wenn der Bundeskanzler beim Gassigehen über eine Leiche stolpert? Und warum gibt es noch drei weitere spektakuläre Morde? Hängen die Fälle überhaupt zusammen?

Olaf beginnt zu ermitteln und nutzt jede freie Minute zwischen Regierungserklärungen, Fototerminen, Debatten bei der EU in Brüssel und Telefonaten mit Joe Biden. Hochkarätige Helfer unterstützen ihn dabei. Ehefrau Britta, Karl Lauterbach, eine Kellnerin mit österreichischem Migrationshintergrund, ein schlitzohriger Kleinganove, eine taffe Obdachlose.

Zwischendurch muss er auch noch die Kids von Annalena Baerbock hüten. Robert Habeck nervt, Macron auch, und der Geschirrspüler gibt den Geist auf. Aber Olaf wäre nicht der Scholz, wenn er das nicht alles packen würde. Mit anderen Worten: Es brennt die Luft, wenn Olaf ermittelt!

„Eine fesselnde Mischung aus Spannung, Humor und Politik. Macht Spaß zu lesen.“
„Mr. Tagesschau“ Jan Hofer

„Wenn dieses Buch nicht amüsant ist, fress ich ’nen Besen!“
Dieter Hallervorden

„Spannung und Humor vom Feinsten, absolutely funny!“
Maite Kelly

„Atemlos durch das Buch!“
Harald Schmidt